花
笙
STORY

让好故事发生

五个失踪的少年

宁航一 著

FIVE MISSING TEENAGERS

中信出版集团 | 北京

图书在版编目（CIP）数据

五个失踪的少年 / 宁航一著. -- 北京：中信出版社，2023.10（2024.9 重印）
ISBN 978-7-5217-5610-4

I. ①五… II. ①宁… III. ①推理小说－中国－当代 IV. ① I247.5

中国国家版本馆 CIP 数据核字（2023）第 066224 号

五个失踪的少年
著者： 宁航一
出版发行：中信出版集团股份有限公司
（北京市朝阳区东三环北路 27 号嘉铭中心 邮编 100020）
承印者： 北京盛通印刷股份有限公司

开本：880mm×1230mm 1/16 印张：26 字数：350 千字
版次：2023 年 10 月第 1 版 印次：2024 年 9 月第 3 次印刷
书号：ISBN 978-7-5217-5610-4
定价：59.90 元

版权所有·侵权必究
如有印刷、装订问题，本公司负责调换。
服务热线：400-600-8099
投稿邮箱：author@citicpub.com

目录

- 001　第一章　事发之前
- 008　第二章　四个报案的妈妈
- 015　第三章　情况开始不对劲了
- 019　第四章　女刑警队长的烦恼
- 024　第五章　冷春来其人
- 031　第六章　令人不解的绑架案
- 037　第七章　五一节怪事
- 047　第八章　孩子们的秘密
- 054　第九章　爆发的一家人
- 064　第十章　特殊的案件
- 070　第十一章　冷春来的计策
- 079　第十二章　两种可能
- 087　第十三章　勒索短信
- 097　第十四章　苏静的计划
- 102　第十五章　赎金攻防战（一）
- 109　第十六章　赎金攻防战（二）
- 115　第十七章　赎金攻防战（三）
- 122　第十八章　孩子们提供的线索
- 131　第十九章　国王游戏
- 141　第二十章　崩溃边缘
- 148　第二十一章　搜寻行动

155	第二十二章	出人意料的状况
163	第二十三章	不对劲的男孩
171	第二十四章	厉鬼
178	第二十五章	另有目的的绑架案
185	第二十六章	心理医生的诊断
191	第二十七章	关键证人
199	第二十八章	迷雾重重
206	第二十九章	悲伤的她们
216	第三十章	儿子的主意
225	第三十一章	实施计划
231	第三十二章	奇怪的她
238	第三十三章	试探
244	第三十四章	跟踪
250	第三十五章	隐藏的事情
256	第三十六章	暗中联系
263	第三十七章	密室之中
269	第三十八章	恐怖的回忆
280	第三十九章	穿帮
286	第四十章	陈娟的推论
295	第四十一章	泄密
301	第四十二章	问询
309	第四十三章	疑点

317	第四十四章	觉醒的她们
324	第四十五章	溺亡的受害者
330	第四十六章	儿子的启发
336	第四十七章	国王游戏终极版（一）
343	第四十八章	国王游戏终极版（二）
351	第四十九章	国王游戏终极版（三）
359	第五十章	国王游戏终极版（四）
366	第五十一章	第六个孩子
373	第五十二章	孩子们的动机
384	第五十三章	最后的救赎
401	尾声	

第一章 事发之前

5月20日 晚上21:10

韩雪妍：@冷春来 今天晚上该你去接孩子们哦。[1]

冷春来：知道的，今天周五嘛，该我了。

韩雪妍：嗯，提醒一下，怕你又忘了。（捂嘴笑的表情）

冷春来：我就忘了那么一次，你就每次都要提醒我了。（笑哭的表情）

陈海莲：今天是月考吧？不知道孩子们考得咋样。

苏静：我家那个学渣，我已经不想问了。还好现在不兴公布成绩和排名，不然更没面子。

陈海莲：我女儿也没好到哪儿去。（捂脸笑哭的表情）

苏静：比赵星好多了吧，薇薇至少是中等水平。

陈海莲：你家少爷成绩好不好都无所谓啦，以后直接进你们家族企业不就行了嘛，哪用得着像普通人一样走常规路线。

苏静：话不能这么说，不学无术，进了家族企业又能怎样？管理得了这么多员工吗？

陈海莲：赵星这孩子除了学习成绩之外，其他方面都挺优秀的，性格外向、能说会道、脑子活泛，这些恰好都是管理企业必备的特质，

---

[1] 本书微信聊天内容，文字信息用楷体字标识，语音信息以正常对话显示。——编者注

你还担心什么。

苏静：我估计他就是因为知道家里能跟他铺路，才不认真学习的。其实这孩子确实挺聪明，要是能把这股聪明劲儿用一半到学习上，成绩也不会像现在这样惨不忍睹。

梁淑华：家里能铺路，胜读十年书。

梁淑华：哪像我们这些普通人家的孩子，只有读书这一条路可走。

苏静：全班第一的妈妈开始凡尔赛了。

梁淑华：到底谁在凡尔赛啊。（笑哭的表情）

韩雪妍：哈哈哈哈。

韩雪妍：大型凡尔赛现场。

陈海莲：你们要么家里条件好，要么孩子是学霸，总归占了一样吧。我们这种该何去何从？（叹气的表情）

韩雪妍：@陈海莲 你家薇薇人长得漂亮，身材也好，以后当个明星演员什么的不在话下。

陈海莲：哪有这么容易，现在漂亮的女孩儿太多了，再说还可以整容，满大街的网红脸，这也算优势吗？

韩雪妍：当然算，整容的网红脸怎么能跟天生丽质相比呢？

陈海莲：你家靳亚晨也是小帅哥好不好。

韩雪妍：本来我也觉得是，但是跟冷俊杰一比，就觉得还是有差距。

韩雪妍：@冷春来 你儿子有明星气质。

苏静：她现在开车去学校呢，别打扰她。

韩雪妍：哦，对了，估计她现在正在路上。

5月20日　晚上21：39

冷春来：@所有人 我接到孩子们了。

韩雪妍："好的，辛苦你了。"

冷春来：赵星说他饿了，另外四个孩子说他们也有点饿，我带他们去吃点夜宵吧。

苏静:"这孩子,在学校肯定又挑食了。"

苏静:"你们去哪儿吃夜宵啊?"

冷春来:不知道,我问问他们的意见吧。

苏静:去我朋友开的那家 Tivano 意大利餐厅吧,他们家是黑珍珠餐厅,赵星很喜欢他家的芝士焗龙虾和意面。你们吃完后用我名字签单就行了。

冷春来:算了吧,我们就随便吃点夜宵,别把规格整太高了。

苏静:行吧,不过,还是得找干净卫生的餐馆哦。

冷春来:知道了,放心吧。

韩雪妍:"其实孩子们在一起,吃什么并不重要,只要是跟同学在一起就是开心的。"

梁淑华:"是啊,我小时候,家长给个一两块钱的零花钱,就请同学在学校门口的摊子上吃麻辣烫,连坐的地方都没有,就站着吃,边吃边聊,觉得太香了!后来长大了,反而没吃过这么香的东西了。"

苏静:真让人羡慕,我小时候每天放学家里都有车来接,根本没有过跟同学一起吃路边摊的体验。

陈海莲:几十年前你们家条件就这么好了啊?我记得那时候没几家人家里有车的。

苏静:我们家族企业有六十多年的历史了,你说呢。

陈海莲:你这才是真让人羡慕好吧,我小时候几乎没坐过私家车,只坐过大巴车。(捂脸笑哭的表情)

梁淑华:我也是,第一次坐小轿车,还是十几岁的时候,跟父母一起打的一辆出租车。

苏静:有什么好羡慕的,因为这个,同学跟我都有距离感。

梁淑华:你刚才说的那家黑珍珠餐厅,也让我有距离感,我这辈子就没去过这么贵的地方吃饭。

苏静:那你怎么知道那地方很贵?

梁淑华：我刚才在大众点评上搜了，人均一千多，吓死人。完全是你们这种有钱人消费的场所，我们这种老百姓可不敢去。

韩雪妍："说到餐厅，我和亚晨爸爸发现了一家很有情调的深夜食堂，其实他们可以去这家的，刚才忘记跟春来说了。"

苏静：有情调在哪儿？

韩雪妍："这是一家小店，装修很日式，只在晚上营业。跟漫画里的深夜食堂有点相似，他家每天提供的餐食都不固定，依照老板当日买到的食材和心情决定做什么菜式。客人每次去，并不知道会吃到怎样的料理，有一定的随机性，但这正是乐趣所在。"

苏静：听起来很有意思啊，什么时候咱们去试试？

韩雪妍：好啊。

陈海莲：贵吗？

韩雪妍：因为每天的料理都不一样，所以价格也是随机的。不过总体还好，我们上次两个人，一共消费了四百多，吃到了很新鲜的海鲜呢。

梁淑华：比起那家意大利餐厅，确实好很多了。

5月20日　晚上22：59

苏静：@冷春来 你们吃完夜宵了吗？

5月20日　晚上23：08

苏静：@冷春来 怎么不回复我？

陈海莲：他们是不是在一个特别吵的地方？听不到微信提示音。

苏静：这都十一点过了，该差不多了吧？

梁淑华：他们是不是吃烧烤去了？有些网红烧烤店生意太好，上菜就特别慢。

苏静：赵星的肠胃不太好，不能吃烧烤的。

苏静：不过无所谓了，关键是他们怎么吃这么久？

韩雪妍：可能是孩子们在一起聊得开心吧，加上明天是周末，就想着晚点回来也无所谓。

苏静：赵星明天还得去补课呢，不能太晚睡。

陈海莲：这倒是，薇薇明天也得去补课呢。

陈海莲：@冷春来

苏静：别艾特了，我直接跟她打电话吧。

5月20日　晚上23：21

苏静：@韩雪妍 @陈海莲 @梁淑华

苏静："喂，我觉得有点不对劲，我跟冷春来打了好几个电话，她都不接！"

韩雪妍："我也打了，包括手机和微信语音，也都没接。"

苏静："这都马上十一点半了，你们孩子都没有回家吗？"

陈海莲：没有啊。

梁淑华：思彤也没有回来。

陈海莲：这……不会出什么事了吧？

苏静："所以我才担心啊！孩子们没回家，冷春来又不接电话，这是怎么了？"

韩雪妍：别吓我啊……

韩雪妍：能出什么事？

苏静："正常情况下，冷春来不可能这么久都没看过一眼手机吧？我们之前艾特她这么多次，还有这么多个未接来电，她不可能看不到的！"

韩雪妍："啊……你这么一说，我心里也开始慌了。"

陈海莲："你们别吓我，这里是大城市，能出什么事？"

苏静：@梁淑华 你怎么不说话？

梁淑华："我和老余也觉得不对劲，刚才一直在跟冷春来打电话，但她就是不接！老余急得不行，准备出门去找了！"

陈海莲："会不会是冷春来的手机没电了？"

韩雪妍："不会，我打她手机，是打通了的，只是没人接，并不是关机状态。"

梁淑华：对！

陈海莲："那孩子们身上有电话手表之类的吗？"

苏静："要是有的话我早就打了！赵星不喜欢戴电话手表，戴的是机械表，哎呀，早知道就不由着他，让他戴电话手表好了！"

梁淑华："思彤没有戴电话手表。"

陈海莲："薇薇也是。"

韩雪妍："亚晨是戴了电话手表的，但是我刚才打了，他也没有接！"

梁淑华："什么？亚晨也没有接？那肯定出事了！我们都开车出去找一下吧！"

陈海莲："全市这么多家餐馆，我们怎么知道他们去了哪家？一家一家挨个找吗？"

梁淑华："他们不可能去太远的地方，我们以学校为中心，挨个找附近几条街的餐馆吧！"

韩雪妍：等一下。

梁淑华：怎么了？

韩雪妍："我觉得，我们别找了，直接报警吧。"

梁淑华："报警？为什么不先找找看呢？"

韩雪妍："冷春来不接电话，我儿子也不接电话，这样的状况肯定不正常。所以我觉得，他们肯定遇到什么突发状况了，而不会是在某家店里吃夜宵。我们去找，纯粹是浪费时间。"

苏静："韩雪妍说得对，我也赞成直接报警。这样吧，我们四个妈妈马上去附近的派出所报警，家里最好留人，如果孩子在这期间回来了，立刻告知我们，怎么样？"

梁淑华："好，那我让老余留在家里！"

陈海莲："行，我也让薇薇他爸留家里，我们去报警。"

韩雪妍："我在百度地图上搜了一下，附近最近的派出所是高新区派出所，学校这一带都是他们的管辖区域。我们就去这里吧！"

第二章　四个报案的妈妈

凌晨十二点零五分，南玶市高新区派出所一下涌进来四个神情焦急的中年妇女。其中一个眉目鲜活、身材高挑，一头干练的短发，身穿一套价格不菲的名牌春装，正是赵星的妈妈苏静；她旁边的女人同样衣着得体，面容姣好、身材匀称、气质出众，是靳亚晨的妈妈韩雪妍；另外两个女人在外形和气质方面，明显略逊一筹，衣着也没那么讲究。其中一个体形微胖的女人穿着松散的衣服，未施粉黛，是余思彤的妈妈梁淑华；另一个身材瘦削的女人同样素面朝天，是邹薇薇的妈妈陈海莲。

派出所值班的民警见同时涌进来四个女人，并且每个人都神色慌张，起身问道："你们是报案吗？"

"是的。"苏静说。

"出什么事了？"

"我们的孩子丢了。"

"谁的孩子丢了？"

"我们四个人的孩子，"苏静说，"我们分别是四个孩子的妈妈。"

男民警眉头一蹙："四个孩子一起丢了？"

"对，准确地说，是五个孩子，一个家长，"韩雪妍补充道，"这六个人，都联系不上了。"

"什么时候联系不上的？"

"就是今天晚上。"

男民警示意她们进一间接待室，对另一个年轻女警察说："小秦，你来记录一下。"

"是。"女警察拿着一个本子，跟着他们几个人一起进入接待室。

分别落座后，男警察说："具体是怎么回事，把详细情况说一下。"

"我来说吧，"韩雪妍望了一眼另外三个妈妈，然后望向警察，"我们四个妈妈，加上另外一个叫冷春来的妈妈，是南玶二中高新校区初二四班五个孩子的家长。我们的孩子是同班同学，学校每天的晚自习是九点半放学，以往我们都是每天提前到学校门口去接孩子的。

"因为大家都是一个班的家长，等候的区域也是划分好的，所以接孩子之前，家长们会在一起攀谈，一来二去就成熟人了。其中，我们五个人的关系最好，还建了一个小群。

"初二上学期，也就是去年十月份的时候，余思彤的妈妈，就是她——"韩雪妍指了一下旁边的梁淑华，"她提议说'其实我们何必每天晚上都来接孩子呢？我们五个人可以轮流来接孩子的'。大概的意思就是，我们五个人，可以分别在星期一到星期五的晚上开车接上五个孩子，然后分别将几个孩子送回家，这样的话，大家就不用天天晚上朝学校跑了，可以节约很多时间。

"这个提议得到了另外几个人的一致赞同，回家跟孩子商量好后，他们也觉得这个方案不错，于是就这样执行了。从去年十月份到今天——除开中间的寒假和其他节假日——几乎都是如此。

"但是今天晚上，轮到冷春来去接孩子的时候，出状况了。她是九点半准时到学校门口接到五个孩子的，距离现在已经有接近三个小时了。我们完全联系不上她，几个孩子也全都没有回家。"

说最后这番话的时候，一直努力控制着情绪的韩雪妍声音颤抖起来，语气中透露出难以抑制的紧张、担忧和不安。

男警察问："你们确定那个叫冷春来的家长，接到了五个孩子吗？"

"确定！"梁淑华迫不及待地说。

"怎么确定的？"

"她在群里发了信息，说接到了几个孩子，然后说孩子们有点饿，带他们去吃点夜宵。我们想着明天是周末，不上学，去吃点夜宵也无妨，就答应了。结果……直到现在都没有一个孩子回家，打冷春来的电话，也联系不上了！"

"家长，你先别着急。既然能确定冷春来接到了孩子们，就好办，这是大城市，学校门口和每条道路上都有监控摄像头。我们调出来一看，就能知道他们去哪儿了，只是需要花点时间。"男警察说。

"可是，我们认为他们不可能在哪里吃夜宵，否则没理由这么晚都不回来，"苏静面色凝重地说，"我们担心的，是另一种情况。"

"什么情况？车祸吗？"男警察问。

"对。"苏静之前不愿把这个词说出来，现在不得不面对这种可怕的可能。

"说到这个，你们每次去接孩子，都是开的什么车？"负责记录的女警察问道，"一个家长加上五个孩子，一般的车能坐下这么多人吗？"

"我每次去接孩子，开的都是七座的商务车，"苏静说，"但她们开的是五座的车。"

"那不是超载了吗？"

"嗯……但是因为我们家离学校很近，几分钟就能到，所以只会超载一小会儿。另外两个姑娘都挺瘦，加起来才有一个成年男人的重量，所以我们认为问题不大……"陈海莲说。

"现在不是计较这个的时候吧，先找到人再说，超载的问题以后怎么处罚都行。"苏静说。

超载本来就不归派出所民警管，是交警的事，女警察只是顺口一问而已。正如苏静所说，现在最重要的，是找到失联的一个大人和五个孩子。目前需要排除发生车祸的可能性。

男警察走出办公室，打电话到交警支队，询问今天晚上九点半到十二点这段时间，是否有车祸发生。一两分钟后，他回到办公室，对四个妈妈说:"我刚才问了交警,今天晚上,本市的确发生了两起比较严重的车祸。"

几个人心脏瞬间发紧了,睁着惊惧的眼睛,像雕塑般死死盯着男警察的嘴,呼吸在这一刻暂时停止。梁淑华捂住嘴,等待某种噩耗的降临。

然而,男警察的下一句话拯救了她们:"但是交警说,出事这两辆车的驾乘人员,都是成年人,并没有孩子。"

四个妈妈重新夺回呼吸的权利,氧气再次填充肺部和大脑。松了一口气后,苏静问:"能确定吗?"

"交警说,出车祸的这两辆车,一辆是奔驰 GLC,驾车的是一个醉酒的中年男人;还有一辆是捷豹的敞篷跑车,坐在里面的是一对年轻情侣——不管是车型还是人员,应该都对不上吧?"

"对,冷春来开的是一辆十几万的国产轿车,没那么高级。人更是对不上,真是太好了。"苏静再次舒了口气。但是说完这句"太好了"之后,她立刻发问:"那么既然他们没有出车祸,现在会在哪儿呢?"

"你们确定,在报案的这段时间内,几个孩子仍然没有回家吗?"女警察问。

"我们家里都留了人,如果孩子回去的话,家里人早就跟我们打电话了!"陈海莲说。梁淑华跟着附和。

"我家里没有其他人,但是赵星如果回了家,发现我不在家的话,绝对会跟我打电话。"苏静说。

女警察点头表示明白了,她看了一眼手表:"现在是凌晨十二点四十,孩子们还有那个家长跟你们失联了三个小时,对吧?目前可以确定的是,他们没有发生车祸,那样,你们先回家等待,我们这边密切关注着辖区内相关的报案信息,一有消息就联络你们。"

"什么意思?这就打发我们走了?你们就打算这么不管了是吗?"苏静的火暴脾气一下就上来了,厉声质问。

女警察耐心地解释:"不是不管,您先冷静一下,调查也需要时间的。再说，那个家长不是告知了你们，她带几个孩子去吃夜宵，也得到你们的同意了吗？"

"我们是同意了，但没同意她带着几个孩子吃到凌晨都不回家啊！再说了，她为什么不接电话呢？我们四个人加起来给她打了一百多次电话！这样的情况，你们觉得正常吗？"苏静说。

"而且我儿子靳亚晨，是戴了电话手表的，也打不通了。"韩雪妍补充道。

"对，警官，冷春来和靳亚晨两个人都不接电话，肯定是出什么事了！你现在让我们回家，我们能安心吗？"梁淑华焦急地说。

"是啊，而且我觉得，冷春来不可能带着五个孩子吃三个小时以上的夜宵，她之前说过的，'随便吃点'就好了，三个小时还叫'随便吃点'？都够喝顿大酒了！"陈海莲说。

"欸……说到这个，冷春来说不定还真做得出来。"梁淑华突然说。

"什么？"

"她之前不是一直标榜自己是一个态度非常开明的妈妈嘛，从来不会逼着儿子学习或者做他不愿意做的事情，儿子对她都是直呼其名，两人就像是朋友一样。你说……她会不会真带着孩子们喝酒去了？"梁淑华说。

"不会吧？这可是一群初中生啊！"陈海莲叫了起来。

"你别说，以冷春来那种特立独行的另类性格，也许还真做得出来这种事。"韩雪妍认真思索着说。

"连你也……那你们的意思是，冷春来带着几个孩子喝大酒，全喝趴下了，所以才没有接我们的电话？"陈海莲难以置信地说。

"我不知道。如果是别的家长，我认为几乎没有这种可能性，但是以冷春来的性格，真有点说不准……"韩雪妍说。

两位警察聆听着她们的对话，判断形势。男警察此时插嘴道："以前有过这样的情况吗？"

"没有。"几个人异口同声地说道。苏静眼神凌厉、表情严肃地说：

"我不相信冷春来有这么大的胆子,敢不经得我允许,就把我儿子带出去喝酒,而且喝到这种时候都不回家!"

"苏静,老实说,我觉得冷春来不是这么受控制的女人,"韩雪妍说,"而且你别忘了,你儿子赵星也是。"

听到"赵星"这两个字,苏静倏然一怔,哑口无言了。

"啊……这么说来,会不会是这样——冷春来带着五个孩子去吃夜宵,也许她没有主动让孩子们喝酒,只是自己点了啤酒。赵星就提出他也想喝。冷春来'开明'也好,管不住赵星也好,就让他喝了——最后的结果是几个孩子连同冷春来一起,都喝醉了。"陈海莲推测。

"有这个可能。"韩雪妍说。

"但是……我家思彤是班长,她从来不喝酒的,怎么可能在外面喝得烂醉如泥?"梁淑华还是不敢相信。

"这个年龄段的孩子,正好处在青春期和叛逆期,即便是以前乖巧听话的孩子,到了这个阶段也会有叛逆的举动。这样的情况,我们遇到过太多次了。"男警察说。

四个妈妈对视在一起,虽然难以置信,但这似乎是目前最有可能的推测了。

"要真的这样,赵星回来,我饶不了他!"苏静气愤地说。

"四位家长,我建议你们要么去学校附近还开着的夜宵店找找看,再尝试联络联络他们,说不定是玩得太开心没注意到呢,或者就先回家,等我们后续的消息。"女警察说。

妈妈们交流了一下眼神,认为也只能如此了。就在她们站起来准备离开的时候,韩雪妍说:"警官,冷春来和几个孩子全都喝醉了,毕竟只是我们的猜测,如果实际情况不是这样呢?"

"假如你有证据证明,这几个孩子可能有人身危险,或者说可能受到了侵害,我们现在就可以立案。"

"危险和侵害……"韩雪妍望向另外三个人,看到她们迷茫的眼神。

"我觉得,除非冷春来疯了,否则她不可能做伤害几个孩子的事吧?

毕竟她自己的儿子也在。"苏静说。

"是啊,带着几个孩子一起喝酒,应该是她能做的最出格的事了。"陈海莲说。

"那么,就请按照我们的建议去做吧。"女警察做了一个送客的姿势。四个女人怅然若失地走出了派出所。

第三章　情况开始不对劲了

现在已过凌晨一点，街道上的车辆和行人明显减少。四个女人刚从派出所里出来，梁淑华的手机就响了，是丈夫余庆亮打来的，她立刻接起电话，问道："思彤回来了吗？"

"没有！我还想问你呢，你报案了吗？警察怎么说？"电话那头传来余庆亮焦急的声音。

梁淑华把刚才在派出所里分析的情况告诉了丈夫。韩雪妍和陈海莲也分别给自己的丈夫打电话，通报情况。只有苏静例外，她从爱马仕皮包里拿出一盒女士香烟和一个精致的银质打火机，点燃香烟后，站在一旁，望着月明星稀的夜空吞云吐雾。

各人通报完情况后，陈海莲说："那我们现在就去学校附近的夜宵店找找？"

苏静掐灭烟头，对她们说："你们去吧，我就不去了。"

"那你做什么？"

"我昨天晚上很晚才睡，现在困得要命，刚才去报案都是强打精神，现在知道他们没事，我就回去睡了，明天再跟赵星这臭小子算账。"

"你就这么确定他们没事吗？"韩雪妍说，"刚才只是推测他们喝醉了而已。"

苏静打了个哈欠，说："其实仔细想起来，他们不可能出什么事——车祸已经排除了，那还能有什么事呢？南坪市是大城市，治安也一直很好,假如出现什么打架、斗殴、抢劫、杀人之类的事,公安局一定会通知下属的派出所。也就是说,高新区派出所的警察不可能不知道。"

"这倒也是……这几个孩子的户口全都在高新区,身上也有学生证什么的,要是真的出了什么事,周围的居民肯定会报警,警察来了之后,看到他们的学生证,肯定会联系管辖区域的警察和孩子们的家长。换句话说,要是真的出了事,警察早就主动联系我们了。"韩雪妍说。

"这么说,他们只可能在夜宵店?"梁淑华对陈海莲说,"我们去找吧,我不允许我女儿做出这种事情!我对她从小就管教得特别严,哪怕是离开家一小会儿,都必须跟我汇报,今天晚上这事简直太离谱了,我必须搞清楚这到底是怎么回事!"

"嗯,必须找到他们。薇薇也是女孩子,大半夜的不回家,成何体统!"陈海莲说。

"我也去找,亚晨没回来,我不可能睡得着。"韩雪妍说。

"行,那你们去找吧。对了,提醒一下,除了餐馆之外,酒吧也是有可能的。"苏静说。

"什么,酒吧?"梁淑华叫了起来,"思彤从来不会去这种地方的!而且酒吧能卖酒给未成年人吗?"

"现在有些酒吧会提供夜宵、烧烤之类的吃食,也有无酒精的起泡酒,并不限制未成年人入内,况且他们还有冷春来带着一起,就更没问题了。"苏静说。

"好的,知道了,我们会把附近还开着的餐饮店全部找一遍。"陈海莲说。

"找到后给我发信息啊。"苏静再次打了个哈欠,看起来一脸倦容。她抬手招了辆出租车,打车回去了。

剩下的三个妈妈商量后,决定先打车去距离最近的梁淑华家,开上他们家的车后,沿途寻找。

"啊……我好后悔,为什么会同意冷春来带着几个孩子去吃夜宵!"陈海莲坐在车上,懊悔地说道。

"谁知道呢！我以为的吃夜宵，就是找家小馆子，吃点面条、云吞什么的，谁知道会成这样的状况！"梁淑华一边开车，一边抱怨。

韩雪妍用手机拨打电话，片刻后，她放下手机，说道："冷春来和我儿子的电话，现在已经不是不接，而是关机状态了。"

"这也正常吧，这么多个小时，手机也该没电了。"陈海莲说。

"但我儿子的电话手表充一次电，可以用三天左右。我记得才用了一天多……不至于这么快就没电了。"韩雪妍说。

"正常情况下，不可能手机和电话手表同时没电，然后关机吧？有这么巧的事吗？"梁淑华说。

"就是很奇怪啊，我总觉得这事没那么简单……心里有点慌。"

"雪妍，你别吓我啊，你这样一说，我也慌了！"陈海莲说。

"这种情况下，苏静居然还能回家安心睡觉？睡得着吗？心也太大了吧！"梁淑华说。

"她可能是觉得赵星是男孩子，人又机灵，吃不了什么大亏吧。我们两家就不一样了，薇薇和思彤都是女孩子，才十四岁，这大半夜的不回家算怎么回事！"

"可不是嘛！"梁淑华激动起来，嗓门儿也大了起来，"思彤从来没有晚归过。从小我就教育她，女孩子一定要洁身自好，而且要注意安全，晚上不要到处乱跑……今天突然做出这么过分的举动，真是气死我了！"

"你别激动，好好开车，"韩雪妍说，"今天这事肯定不是思彤的错，找到孩子们后问个清楚吧。而且你们也别说什么男孩子不怕吃亏之类的话，现在这社会，什么人都有，男孩子吃亏的还少吗？我的担心一点都不比你们少。"

"欸，我看到前面有家吃小龙虾的，还有好几家夜宵店！"陈海莲指着前方说。

"看到了，我马上停车，咱们挨个找！"

梁淑华把车停在路边，这大半夜的，也顾不上是不是画线的停车区域了。三个妈妈下车后，直奔龙虾店，先是在店里搜寻了一圈，没看到人后，跟老板和店员打听，问有没有一个中年女人带着五个初中生来这里吃过东西。老板摇头表示没有，三个人又去往下一家店。

这一路过来，烧烤店、火锅店、酒吧、面馆、露天大排档……全都找了个遍，也问了个遍，得到的全都是否定的答复。三个女人愈发焦急了，除了时间越来越晚，人始终没有找到之外，增加她们心中不安的，还有其中一家烧烤店老板说的一句话："要是客人在我们店里喝醉了，我们不会不管的，肯定会想办法给客人醒酒，或者帮他们联系家里人。总不能让他们一直趴桌上吧，酒精中毒了怎么办？"

得知他们找的人是初中生后，那老板又说："小孩儿就更不可能了！我们要是看到某桌客人大多数都是未成年人，压根儿就不会拿太多酒给他们。小孩儿喝酒没个数的！喝醉了、出事了，家长还不得找我们拼命？甭说我了，全市做餐饮的都不敢这时候还卖酒给未成年人，做生意也得有底线不是！"

这番话仿佛让三个妈妈如梦初醒，又仿佛给了她们当头一棒。韩雪妍说："这老板说的有道理，咱们别再找下去了，他们不可能这时候还在任何一家夜宵店里了。"

"那他们会去哪儿呢？这都马上凌晨三点了！"梁淑华无比焦急地说道，声音里已经带着哭腔了。

韩雪妍短暂地思考了一下，用手擦拭了一下额头上浸出的汗珠，控制着情绪说道："回高新区派出所，再次报警，别等到早上了。我有种直觉，他们几个人肯定出大事了！"

第四章　女刑警队长的烦恼

凌晨三点半，南坪市高新区刑警大队的队长陈娟接到下属打来的电话。下属叫何卫东，是一个二十七岁的年轻男警察，警校毕业就分到刑警大队，由陈娟带着参与一系列案件的侦破，积累了不少刑侦经验。当时陈娟还不是刑警队长，只是一个颇有经验的警察而已，后来跟何卫东一起破获了一桩离奇的医生杀人案，才被公安局提拔为队长，成为全国公安系统中，为数不多的女刑警队长之一。

"娟姐，本来不想打扰你休息的，但是今天晚上这事，着实有点奇怪……"半夜打来电话的何卫东小心谨慎地掂量着措辞，他知道陈娟的脾气，一不小心就会挨骂。

"别废话了，直接说吧，出什么事了？我知道一般情况下你不会半夜给我打电话。"陈娟躺在床上，一只手拿着手机，闭着眼睛说道。

"是这样，高新区派出所今晚凌晨十二点的时候，有四个妈妈一起来报案，说他们的孩子，还有另一个孩子，一个家长，共六个人，在今天晚上集体失联了。派出所的民警一开始没当回事，因为失踪时间太短，只有三个小时，而且那家长之前说了要带五个孩子去吃夜宵，就以为只是夜宵吃得太晚而已，于是让那四个妈妈先回家等候，或者去附近的夜宵店找找看。结果这四个妈妈中的三个，几乎把高新区的所有夜宵店都找了一遍，也没找到人。那个失联家长的手机也从最开始的不接，变成关机了。这三个妈妈觉得不对劲，再次到高新区派出所报案，民警也觉得不对劲了，怀疑是刑事案件，就跟刑警队打了电话，让我们来处理。"何卫东叙述案情。

"那你先去了解情况，是不是刑事案件都还不清楚，跟我打什么电话？没准儿就是手机没电了，或者几个孩子贪玩，跑哪儿通宵玩游戏去了，这种乱七八糟的事我们遇的还少吗？何卫东，你来刑警队也有五六年了吧，该独当一面了！别什么事都赖着让我来处理好不好？我本来就有点失眠，好不容易睡着了，好嘛，你一个电话我又醒了！"陈娟果然发火了，对着电话里的何卫东一顿数落。

"娟姐，别生气……我刚才话还没说完呢。之所以告知你，还有一个原因。"

"什么原因？"

"失踪的这五个孩子，跟你儿子王兆杰读同一所学校，都是二中高新校区的。"

陈娟睁开了眼睛："是兆杰的同班同学？"

"不是，只是同校。兆杰现在是初三吧，他们是初二的学生。但我想着毕竟是一所学校的，而且一下就失踪了五个，是下晚自习后失踪的，不知道这事跟学校有没有关系。兆杰不是还有二十多天就要中考了嘛，他所在的学校发生了这种事，我觉得有必要跟你说一声。"何卫东解释道。

"好的，我知道了。"

"那……要不我先去了解情况？你再接着睡会儿？"

"还睡个屁！"陈娟没好气地说，"她们几个家长现在在哪儿？高新区派出所吗？我过去一趟吧。"

"对，我已经在这儿了。"

"行，我二十分钟后到，你先跟她们了解情况。"

"是。"

陈娟挂了电话，叹了口气，从床上坐了起来，穿上衣服。主卧的床上只有她一个人，丈夫王传平又出差了，家里现在只有她和儿子两个人。

在主卧的洗手间里，陈娟把头发扎成马尾，显得精神、干练。镜中的她，是一个四十一岁的成熟女性，皮肤并未松弛，得益于长期的健身和锻炼，身材管理得也很好，样貌虽然没有年轻时那么楚楚动人，却多了几分成熟的韵味和独特的气质，那是岁月赋予她的礼物。跟很多怕老的女性不一样，陈娟从来不在意变老这件事，也不做任何无谓的掩饰，而是欣然接受。甚至，她期待看到自己每一个年龄段的样子，并认为这才是真实而完整的人生。

洗漱完毕后，陈娟蹑手蹑脚地走出主卧，不想吵醒还在睡觉的儿子。然而，就在她打算悄悄开门出去的时候，瞥了一眼儿子的房间，发现了一丝端倪。

房门是关着的，但下方的门缝，却透出来一丝微光，证明儿子的房间此刻开着灯。

陈娟有些疑惑，儿子不是十一点半就关灯上床睡觉了嘛，怎么现在房间里还亮着灯呢？

她轻手轻脚地走了回去，推开儿子的房门。

坐在床上玩手机的王兆杰悚然一惊，下意识地将手机藏在了身后，但是陈娟已经看到了，她既惊又怒，呵斥道："王兆杰，你在干什么？凌晨三点过了，你不睡觉，居然在偷偷玩游戏？"

"我……睡不着，所以……"

"少来这一套！你是不是从一开始就在玩？假装睡觉，然后偷偷玩游戏！"

"没有……"

陈娟怒不可遏，伸手去拿儿子藏在身后的手机。儿子也不敢反抗，把手机交了出来。这部手机是去年过年的时候，儿子缠着要买的，说班上同学都有属于自己的手机了，他也想要一个。陈娟挨不住儿子纠缠，就给他买了，同时约法三章，手机只能在周末和假期的时候用，并且由陈娟设置锁屏密码，儿子每次使用之前，需要经过陈娟允许，由她解锁。

今天晚上，儿子说要用手机听英语的听力题，陈娟就把手机解锁后给他了。听完之后手机重新锁屏，陈娟想着他反正也没法解锁，就把手机留在了这个房间，所以现在的问题就是——他是怎么解锁的？

"这手机你是怎么解锁的？你知道锁屏密码是什么吗？"陈娟质问儿子。

事实摆在眼前，王兆杰只能点头承认。这让陈娟觉得不可思议，她问道："你怎么会知道解锁密码？这串数字不是我们家任何一个人的生日，也不是谁的手机号码，而是……一串你不可能想到的数字。王兆杰，你说实话，是怎么知道锁屏密码的？我输入的时候你偷看了？"

"你每次解锁的时候都背着我，我偷看得了吗？"

"那你怎么解锁的？"

"妈，这事我改天跟你说吧，你先去办案，别耽搁了正事。"

"你怎么知道我要去办案？"

"你是刑警队长，大半夜的出门，不是办案，难道是去当夜游神？"

"王兆杰，你知不知道你还有二十多天就要中考了？这是你人生中最重要的考试之一，最近的'一诊'成绩下降了，再这样下去你还能考上高中吗？这种情况下，你居然熬夜偷偷玩游戏？"

"我又没有天天熬夜玩！不是想着明天周末嘛，才玩了一会儿……"

"一会儿？现在凌晨三点过了！我要是没发现，估计你就玩通宵了吧？"

"妈，你到底去不去办案啊？你们刑警的工作这么随意的吗，先在家里训完儿子再去抓杀人凶手？"

"谁跟你说有杀人凶手？《名侦探柯南》看多了吧！我现在先抓的是你！手机没收！中考结束后再给你！"

"你出去了，爸也不在家。家里又没有座机，要是手机都不留一个，我遇到危险或者紧急情况该怎么办？"

"你在家关上门睡觉，能遇到什么危险情况？我把手机留下，你肯定又玩上了！"

"不会，其实我本来就要睡了。我跟你保证，不会继续玩了。"

陈娟不敢相信儿子，但是转念一想，很多事情不怕一万，就怕万一。把儿子一个人丢在家里，要是他真遇到点事，又没法跟任何人联系……也罢，只能把手机留下了。

"好吧，我就相信你一次。你现在马上关灯睡觉，我把手机放在你书桌上，别再碰了，知道吗？密码的事我回来再说。"

"嗯。"王兆杰乖乖地躺下，闭上眼睛睡觉。

陈娟把手机放在儿子的书桌上，关了灯，走出家门。

五分钟后，假装睡着的王兆杰判断妈妈已经走远了，不可能再杀个回马枪，便翻身起床，拿起桌子上的手机，熟练地输入六位数的锁屏密码，手机背光的照耀下，他的嘴角露出一丝坏笑。

第五章　冷春来其人

陈娟来到高新区派出所，在接待室见到了何卫东、三个报案的妈妈以及两个民警。何卫东站起来说："娟姐，现在的情况跟我之前向你汇报的一样，几个孩子都没有回家，那个家长的手机和其中一个孩子的电话手表，都已经关机了。"

陈娟"嗯"了一声。男民警起身说道："陈队，麻烦你这么晚了跑一趟，坐下说吧。"

陈娟点了点头，坐在一张椅子上，面对三个妈妈，问道："最开始报案的不是四个家长吗？还有一个呢？"

"苏静……就是另外的那个家长，先回去睡了。"韩雪妍说。

"孩子大半夜不归家，又联系不上，她不着急吗？是孩子亲妈吗？"陈娟问。

"是。但是她可能以为情况没有那么严重，之前民警同志和我们都觉得，可能是冷春来，也就是失联的那个家长，带着几个孩子出去吃夜宵，然后喝醉了，所以才联系不上。"

"你们的孩子为什么由这个叫冷春来的家长来接呢？"

"是这样的……"韩雪妍把她们五个妈妈轮流接孩子的事告诉了陈娟。

"你们四个妈妈，跟冷春来的关系怎么样？"

"挺好的，要是关系不好，也不会互相接孩子了。"梁淑华说。

"事发之前，你们之间有没有发生过什么矛盾？"

三个妈妈一起摇头。韩雪妍说："我九点十分的时候提醒她，今天晚上该她去接孩子了，她说知道了，马上就去。九点半过一点儿，她接到了五个孩子，说孩子们有点饿，带他们去吃点夜宵，我们还在群里探讨了一下吃什么的问题，她说随便吃点就行，我们也就没管了。结果从大概十一点钟到现在，就再也联系不上了。"

陈娟思索片刻，看了一眼手表："现在是凌晨四点，冷春来接到五个孩子后，已经失踪接近七个小时了，没有发生车祸，我也不认为他们这个时候还会在任何一家店里。那么，只剩下一种可能了。"

"是什么？"陈海莲战战兢兢地问。

"冷春来绑架了这五个孩子。"

"什么？！"三个妈妈同时大叫出来，这是她们之前完全没有思考过的。梁淑华说："警官，但是……这不可能！冷春来自己的儿子也跟他们在一起，谁会绑架自己的儿子？"

"排除一切不可能的情况后，剩下的，不管多难以置信，都是真相。"陈娟先是引用了福尔摩斯的话，接着说，"当然，我也希望这不是真的。那么你们还能想到别的可能性吗？"

三个妈妈面面相觑，只看到彼此眼中焦虑、迷茫的神情，说不出话来，显然她们都想不出还有什么别的可能了。

陈娟是有着二十年办案经验的老刑警，思路清晰、逻辑严密，她说："首先我们要确定一点，五个孩子真的上了冷春来的车吗？"

"冷春来说是接到了五个孩子……不过，这是她自己说的。"韩雪妍说。

"对，所以我们需要确认的是，冷春来说的是不是实话，以及五个孩子是否真的上了她的车，"陈娟对何卫东说，"你联系一下交警，让他们调出今天晚上九点半左右，学校门口的监控录像，看看冷春来的车是不是到过学校门口，以及五个孩子是不是上了她的车。如果上了，你让交警调出附近路段的所有监控视频，看看这辆车后来开去哪儿了。"

"好的。"何卫东走出这个房间。

"对,这是在大城市里,每条路上都有监控摄像头,调出来一看,就知道他们去哪儿了!"梁淑华说。

"嗯,少安毋躁吧。应该很快就能知道结果了。"陈娟说。

"陈警官,其实我觉得,不用确定孩子们是否上了冷春来的车,"陈海莲说,"因为这是肯定的。我叮嘱过女儿,除了我们五个家长的车之外,其他人的车都不能上。"

"对,我也这样叮嘱过思彤,不能随便上别人的车,能够把他们接走的,只有我们五个家长。"梁淑华说。

"交警查看监控,需要点时间。现在我来问问题,你们回答,好吗?"陈娟说。

"好的。"三个妈妈一起点头。

"这个冷春来是一个什么样的人?"

三个人对视一眼,陈海莲正要开口,陈娟说:"记住,说你们对她的真实看法,不要有所顾忌,这不是在闲聊,而是在破案。"

"明白了。"

"那么,挨个说吧。"

陈海莲说:"我们五个妈妈一开始认识的时候,确实挺聊得来的,关系也很融洽,但是渐渐地,冷春来跟我们四个就有点格格不入了。"

"为什么会格格不入?"

"其实也没有什么矛盾,就是价值观不太一致吧。我们四个呢,可能是属于那种比较传统的家长,特别是在教育和培养孩子方面。但冷春来就有点特立独行。"

"举例说明一下。"

"我来说吧!"梁淑华说,"比如我经常教育女儿,只有好好学习,以后才能考上名牌大学,找到一份体面的工作,在这个竞争激烈的社会站稳脚跟。我觉得我这样教育孩子没有问题,毕竟大多数家长都是这么跟子女说的,不是吗?但冷春来对此不以为然,她说学习成绩代表不了什么，应该尊重每个孩子的天赋和个性，让他们往自己真正感兴趣的方向去发展。对于这样的论调，我无法苟同，说：'要是孩子告诉你，他真正感兴趣的是玩游戏，你也支持吗？'她说：'如果他真的有这样的天赋，能当职业电竞选手，也不错啊，我当然支持。'话说到这份儿上，我就接不下去了。"

陈娟不置可否地挑了一下眉毛。

"除此之外，冷春来奉行的原则是'和儿子像朋友一样相处'，儿子对妈妈一向是直呼其名。这我有点接受不了，就算是平等相处，对家长还是应该有基本的尊重吧？就算是西方国家，孩子也是叫'爸爸、妈妈'的啊，所以冷春来确实有点太超前了，感觉跟我们不是一个世界的人。"陈海莲说。

"那你们跟她沟通交流过吗？"陈娟问。

"聊过很多次，特别是苏静，她的性格比较直爽，明确表示没法接受冷春来'过于先进'的教育理念。"韩雪妍说。

"冷春来怎么说？"

"她说，我没有要求你们接受，你们可以按照传统的方式来培养孩子，我也可以用我的理念来培养孩子，大家互相尊重就好了。这话一出，就把天聊死了。"

"听这意思，你们另外四个妈妈，对冷春来颇有微词啊，那为什么还要维系朋友关系？"

韩雪妍望了一眼陈海莲和梁淑华，说："因为我们和她只是理念不同，并没有爆发什么矛盾。而且她这人能歌善舞、性格外向，跟她相处总体还是很愉快的。"另外两个人点头附和。

"也就是说，你们四个人并没有排挤过她？"

"没有！"韩雪妍先是斩钉截铁地回答，然后又变得不那么肯定了，"应该没有吧。"

陈娟凝视着她们三个人："你们确定吗？真的没有排挤过她？"

"陈警官，我认为真的没有。或者这么说吧，就算有一点，也不是明面上的。比如有时群里会聊起孩子周末补课之类的话题，参与的就只有我们四个人，但那不是我们要排挤她，是她主动不参与这种话题的，因为她对儿子的成绩向来不在乎，更不会让孩子去补课。"韩雪妍说。

"对，而且就算我们有点排挤她，也不算是什么大事吧？至于把几个孩子给绑架了吗？这得多大的仇，才能做出这种事情来啊！"梁淑华说。

"我只是问你们有没有排挤她，没说一定跟绑架案有关，况且现在还不能百分之百认定这是一起绑架案。"陈娟说，然后又问，"冷春来的职业是什么，她丈夫呢？"

"她自己说，以前是一个不知名的小演员，在横店等地拍戏，演的都是些配角。后来不演了，就到南坪市的一家培训机构教表演。至于她丈夫，她从来没提起过，好像对这个话题有点避讳。我们更是没有见过，从认识她的时候，就知道她是一个单亲妈妈。"梁淑华说。

"听我女儿说，就连冷俊杰，也就是冷春来的儿子，都不知道他爸是谁。"陈海莲补了一句。

陈娟思索着说："我大概明白了，冷春来是一个比较特别的女人。"

话音刚落，何卫东捧着一台笔记本电脑进来，说道："娟姐，交警那边把学校门口的监控视频发过来了，从视频上看，五个孩子确实上了冷春来的车。"

"我看一下。"陈娟示意何卫东把笔记本电脑放在桌子上。三个焦急的妈妈立刻凑了过来，问："我们能看吗？"

陈娟点头道："一起看吧，你们认一下，是不是你们的孩子。"

三个妈妈站在陈娟的身后，观看监控视频。画面中显示，冷春来的车缓缓开到学校门口，在接孩子的老地点停了下来。几分钟后，下晚自习了，学校组织每个班的学生有序地离校。很快，赵星他们五个孩子一起走了出来，径直走向冷春来的车。

"是思彤！"梁淑华第一个叫了起来，眼泪簌然而下，"我看到我女儿了！"

"我也看到亚晨了！"

"对，是薇薇没错，还有赵星和冷俊杰，就是他们五个，每天晚上，他们都是一起走出来的。"

接下来的画面显示，赵星第一个上车，坐在了副驾的位置。接着靳亚晨、冷俊杰、余思彤和邹薇薇四个人先后上车，坐在汽车的后排。邹薇薇是最后一个上车的。上车前，她似乎想起了什么，招呼了一下旁边的一个女生，然后跑过去从校服口袋里拿了一样什么东西给那女生——估计是之前跟同学借的东西。两人挥手道别后，邹薇薇才上了车。接着车子在路边短暂地停了大约半分钟，才朝前方开去。

这段视频播放完后，陈娟若有所思地说："看来，开车的人真是冷春来。我之前还怀疑，驾驶者会不会不是她。"

"你怎么知道？娟姐，这视频上看不到开车的人是谁啊。"何卫东说。

"四个孩子先后上了车，假如驾驶者不是冷春来，难道他们不会觉得奇怪，从而下车吗？特别是，他们上车后，车子并没有马上发动，而是在路边停了半分钟。不过，这是为什么？"陈娟说。

"啊……应该是赵星说他饿了，然后几个人商量吃夜宵的事吧！"陈海莲说。

"对，"梁淑华指着视频上显示的时间说，"九点三十九分……那时候，冷春来在群里发了一条信息，说接到孩子们了，还说孩子们有点饿，带他们去吃夜宵。车子停在路边暂时没有开走，是因为冷春来正在跟我们发微信！"

"之后，车子开到哪里了，监控有拍到吗？"陈娟问何卫东。

"有，交警把这辆车经过的所有路段的监控视频，全都发给我了。"何卫东说。

"那车子现在在哪儿？"

"监控显示，这辆车离开学校后，并没有去往任何一家餐饮店，而是一路开上了绕城高速，在靠近南部新区的路口下了绕城高速，又行驶一段时间后，就消失不见了。"

三个妈妈听得目瞪口呆，梁淑华的心提到了嗓子眼："什么叫……消失不见了？"

"南部新区原来是郊区，现在正在开发打造中，有大量荒地和农田，这些地方没有监控摄像头。如果我没猜错的话，冷春来是故意开到这里的，目的就是避开监控。"何卫东说。

"她……真的绑架了几个孩子？而且包括她自己的儿子？"韩雪妍惊恐地摇着头，"她为什么要这样做？！"

"那你让人去南部新区找了吗？"陈娟问。

"刚才看完监控视频后，我就让刘丹他们去找了。估计还没找到，不然他们肯定会跟我联系。"何卫东说。

陈娟点了点头，对三个神色惊惶的妈妈说："再等一下吧，相信我们的同事很快就能找到那辆车了。"

第六章　令人不解的绑架案

凌晨五点，派出所里的三个妈妈全无睡意，韩雪妍在外面的走廊来回踱步，忧心忡忡。梁淑华也是坐立不安，跟她丈夫余庆亮发着信息，她丈夫按捺不住，早就想来派出所了，却被梁淑华的一连串问题——你来有什么用？能帮上什么忙吗？万一思彤又回来了呢？——摁在了家里。余庆亮便忍着没有过来，但他在家里的焦急程度，可想而知。陈海莲掉着眼泪，低声啜泣，女民警安慰着她。

这段时间，陈娟让何卫东通知技术科的人，让他们追踪冷春来的手机以及靳亚晨的电话手表现在所处的位置。技术科很快就给了回复——这两部手机（电话手表）都在同一个位置，定位显示在南部新区的某块荒地。

陈娟立刻把这个定位发给了正在南部新区找寻失踪车辆的同事。两个警察之前是在整个南部新区寻找，难度很大，现在有了准确定位，立即前往。

半个小时后，陈娟的手机响了。三个妈妈立刻聚拢过来，盯着陈娟。陈娟看了一眼来电显示，正是下属刘丹打来的。她理解家长们无比急切想要了解情况的心情，与其转述，不如让她们直接听电话内容，于是开启了免提。

"刘丹，车子找到了吗？"

"找到了娟姐，我们核对了车型和车牌号，可以确定这就是冷春来的车。这辆车停在了郊区的一块荒地上，四周都没有监控摄像头，现在车上一个人都没有。"

"你是说，冷春来和那五个孩子全都下车了，现在下落不明？"

"是的，他们下车后是换了一辆车，还是弃车步行，就不知道了。"

"你们仔细观察一下周边环境，有发现什么异常情况吗？"

"现在是夜里，这周围没有路灯，能见度非常低，我们用手电大致看了一下，没有发现什么特殊情况——哦，对了娟姐，我们砸开车窗，将车门打开，在里面发现了一个电话手表。"

"是我儿子的，肯定是我儿子的！"韩雪妍忍不住叫道。

陈娟示意她暂时别说话，问刘丹："电话手表什么样，大概形容一下。"

"黑色面板，蓝色的表带，品牌是小米。"

陈娟望向韩雪妍，后者连连点头，表示这就是她儿子靳亚晨的电话手表。

"追踪定位显示，冷春来的手机跟这个电话手表在一起，那你们在车上发现冷春来的手机了吗？"

"没有，估计是冷春来把手机扔在附近的荒地上了，这里杂草丛生、遍地石砾，很不好找。"

"白天再找吧，你们现在搜查一下周边有没有废弃厂房、烂尾楼、建筑工地、待拆除的老房子之类可以藏身的地方。"

"知道了，娟姐。"

陈娟挂了电话，对三个妈妈说："你们都听到了，冷春来把车开到没有监控的郊区荒地上，然后和几个孩子一起失踪了。因为事发到现在已经过去十个小时，所以我猜，她早就把孩子挟持到别的地方去了。"

"挟持……可是，她一个女人怎么挟持五个人？虽说是些孩子，可现在的初中生人高马大的，赵星、靳亚晨和冷俊杰三个男生都有一米七几的个子，再加上思彤和邹薇薇。冷春来是个身材瘦削的女人，有本事同时挟持五个人吗？"梁淑华质疑道。

"她如果有武器,就能办到,比如用刀抵着其中一个孩子的脖子,然后要挟另外四个人就范,"陈娟说,"当然我只是猜测,实际情况是怎样,不得而知。"

"陈警官,我们要不要动员家里的人,一起去那附近找找?"陈海莲焦急地说。另外两个妈妈也连连点头。

"你们就别去了。我刚才叫同事在附近展开搜寻,只是例行调查而已。实际上,我认为他们现在还在那周围的可能性微乎其微。你们想想看,如果这是一场有预谋的绑架,十个小时过去了,他们还会在附近吗?而且从冷春来把自己的手机和靳亚晨的电话手表扔掉这一点来看,她是具有反侦查意识的,知道怎么摆脱警察的追踪。这样的情况下,她更不会蠢到这么久了还待在附近,肯定早就把几个孩子转移到别处了。"陈娟说。

听到这话,三个妈妈愈发焦急了,韩雪妍说:"那怎么办?假如冷春来十点过就已经把孩子们转移到另一辆车上,这么多个小时,都可以开到外省去了!"

"是啊!陈警官,拜托您赶紧组织警员,立刻展开调查吧!"梁淑华恳求道,声音中带着哭腔,旁边的陈海莲亦然。

"你们别着急,我们会立刻展开调查的,"陈娟吩咐何卫东,"你马上通知各个高速路口的交警,让他们严格盘查经过的车辆,如果发现车里有几个初中生,立刻拦下,然后通知我们。另外就是查看昨晚十点以后,各条道路的监控录像,看看电子眼有没有在某辆车上拍到冷春来和几个孩子。"

"好的娟姐!"何卫东匆匆出去了。

"陈警官,那我们呢?有什么是需要我们做的吗?"韩雪妍问。

"是啊,作为孩子的家长,我们不可能什么都不做!"梁淑华说。

"三位妈妈,听我说,"陈娟用手势示意她们冷静下来,"我也是一个初中生的家长,而且我儿子跟你们的孩子在同一所中学,所以你们的心情,我完全能理解。但是现阶段,你们确实帮不上什么忙,就请信任我们警察,交给我们来处理吧。你们也折腾一夜了,不管能不能睡着,都回家休息一会儿,补充体力。我相信之后还会找你们了解情况的,所以在此之前,务必养精蓄锐,千万别把身体累垮了。有什么情况,我会立刻跟你们联系。"

陈娟这番话说得真挚而笃定,令人信服。三个女人想了想,觉得她们确实帮不上什么忙,留在这儿反而是给警察添乱,便点头答应了。

"另外,如果冷春来跟你们当中任何一个人联系了,记住,立刻告知我,我的手机号是186××××××××,你们都记一下吧。"陈娟说。

三个人把陈娟的手机号记录在手机通信录中,然后拖着沉重的步子走出派出所。梁淑华情绪失控,大哭起来:"怎么会有这种事情?绑架?这种事不是发生在电影里的吗?而且被绑架的不都是些有钱人家的孩子吗?我和老余都是普通工薪阶层,这两年把钱全花在培养孩子上了,哪还有什么钱!冷春来疯了吗?怎么会绑架我们这种人家的孩子!"

梁淑华一哭,陈海莲也被带哭了,呜咽着说:"可不是嘛,我们家的情况,估计还不如你们呢。老余至少是个顾家的男人,我家那个呢?又抠门,又不管事儿!每个月上缴那点死工资还跟我藏着掖着的,就知道喝酒、打牌!孩子的学习他管过吗?平时接送过一次吗?完全就是那什么……丧偶式教育!孩子想参加国外的夏令营,让他出个几千块他都说拿不出钱来。这些事我在群里都吐槽过,冷春来也知道,她是不是脑袋被门夹了,绑架我们这种家庭的孩子?!"

借着孩子失踪的事,陈海莲把生活里其他的苦水也一并倒了出来。她的音色本来就有点尖锐,再一哭诉,更让人心烦意乱。韩雪妍眉头紧蹙,烦躁地揉着头痛欲裂的脑袋,说道:"好了,你们都别哭了,哭能解决问题吗?"

梁淑华和陈海莲遂停止哭泣,小声抽噎着。韩雪妍说:"你们刚才说,你们的家庭条件一般,可你们想过没有,被绑架的这几个孩子中,可是有家庭条件不一般的啊。"

这话一下提醒了两人，梁淑华说："对……赵星家很有钱。苏静又喜欢显摆，经常在群里炫富。难道是因为这个，冷春来才……"

"那绑架赵星一个人不就好……"陈海莲脱口而出，话说一半，又觉得这么说有点不合适，改口道，"我的意思是，有什么必要把另外几个孩子也带上呢？"

"除了赵星家之外，你们家的条件也不错吧？"梁淑华对韩雪妍说，"你和你老公都是高收入者，只是你们比较低调，不像苏静那么爱炫耀而已。但你们的家境，冷春来肯定是知道的。"

韩雪妍叹息道："我们家最多算中产，跟苏静、赵从光他们那种富豪比，还是有很大差距的。苏静是他们家族企业的首席财政官，赵从光是一家文化公司的董事长，赵星的爷爷还是去年刚退休的市长呢。这样的家庭，我能比得了吗？"

"不管怎么说，你们都是有钱人，至少冷春来可能是这么觉得的。"梁淑华说。

"那……"陈海莲话到嘴边又咽回去了，望了一眼韩雪妍。

韩雪妍知道她想说什么："你想说，那冷春来只绑架赵星和靳亚晨两个人就好了，对吧？"

"绑架不就是冲着钱去的吗……"陈海莲小声嘀咕着，"而且绑架两个人，在难度上也比绑架五个人容易些吧？"

"但你想过没有，冷春来没有机会单独接触赵星和靳亚晨。她每次去接孩子，都是五个孩子一起上车的，总不能让一些孩子不上车吧？"韩雪妍说。

"那你的意思是，她没有选择，只能把五个孩子一起绑架了，连同她儿子在内？"

"最让人费解的，就是这一点——这世上有哪个母亲会绑架自己的儿子呢？"韩雪妍说，"虽然冷春来这人是有点特别，但那也只是表现在一些价值观上。之前她也没有做过什么太离经叛道或者惊世骇俗的事情。绑架，而且一次性绑架五个人，这已经不是惊世骇俗了，是彻彻底底的犯罪！"

"说得对，而且以我们对她的了解来看，她作为单亲妈妈，其实非常在乎自己的儿子，上次体育课冷俊杰不是受伤了嘛，冷春来立刻就跑到学校里把儿子接去医院了，都不放心由校医来处理。"梁淑华说。

"是啊，这样的情况下，突然把自己儿子连同另外四个同学一起绑架了，怎么都说不过去。"陈海莲说。

"而且，绑架的话，通常都不会亮明身份吧？会有人这么明目张胆地绑架吗？"梁淑华说。

三个女人陷入了一阵短暂的沉默。

"这件事情确实有太多不合理的地方。如此说来，冷春来真的是为了钱才绑架这几个孩子的吗？……"韩雪妍喃喃自语。

这时，陈海莲突然想起了什么，说道："喂，你们说，今天晚上的事，会不会跟五一节发生的那件事有关系？"

听到这话，梁淑华的面部肌肉不自觉地抽搐了一下，没有往下接话。由于是夜里，另外两个人没有注意到她脸上这一细微的变化。韩雪妍显得有些迷茫："五一节？"

"你不会忘了吧？这才过去二十天。那天，我们五家人一起去郊区的湖边野炊。"陈海莲提醒道。

"哦，我想起来了。"韩雪妍说。

思绪将她带到二十天前，五一节的那一天。

第七章　五一节怪事

事情的起因是四月三十日下午，靳亚晨对韩雪妍说的一句话。

"妈妈，赵星约我和冷俊杰明天出去玩。"

"明天不正好是五一吗？你爸爸安排了去三岔湖露营。"韩雪妍说。

"是吗，那改天去露营吧。"靳亚晨说。

听到母子俩对话的靳文辉从房间里出来，说道："亚晨，你以前不是很喜欢去露营的吗？我这次把装备升级了，除了超大的天幕之外，还有自动充气沙发和烧烤架呢。"

靳亚晨沉默了一会儿，说："我想和同学一起去玩。"

儿子大了，不再是以前那个任由家长安排的小孩子，这个年龄段的他们，更向往跟同龄人在一起。作为父母的韩雪妍和靳文辉，早就有了这样的觉悟，但是这一天真正到来的时候，失落感仍是油然而生。

"赵星只叫了你和冷俊杰吗？"韩雪妍问。

"嗯。"

"你们三个男生，准备怎么玩呢？"

"不知道，赵星说到时候再决定。"

"那肯定是玩一整天的游戏。现在的孩子聚在一起，除了玩游戏之外，几乎没有别的可能了。"

靳亚晨没有反驳，因为母亲说的是事实。

"让我想想吧。"

韩雪妍走进卧室，在五个人的小群里向苏静和冷春来发信息，把自己的顾虑告知她们——如果让三个孩子单独出去玩的话，他们肯定会长时间地玩游戏。除了影响孩子们的视力，也容易让他们对游戏上瘾。但是如果不同意的话，又势必引发孩子们的抵触情绪，让孩子们认为他们是专制的家长，从而加重叛逆心理。该如何是好呢？韩雪妍想听一下她们的意见。

在这件事上，苏静和冷春来的态度出奇地一致——他们都不希望三个男孩子单独出去玩。原因是，从这个学期开始，赵星和冷俊杰的视力都出现了不同程度的下降，冷俊杰已经戴上眼镜了，而手机游戏显然是视力的第一大敌——实际上，现代父母的主要敌人，就是各类电子产品和手机游戏。

"他爸专门在网上购买了一套升级版的露营装备，安排了明天去三岔湖露营，目的就是希望亚晨多亲近大自然。但现在的孩子好像只对手机游戏感兴趣。"韩雪妍苦恼地说。

"不如我们明天一起去露营吧，"苏静说，"这样的话，孩子们可以一起玩，我们在旁边，也可以监督一下他们。"

"这主意不错，两全其美！"韩雪妍说。冷春来也表示赞同。

苏静询问陈海莲和梁淑华要不要一起去，两人征求家人意见后，都给予了肯定的答复。

于是就这样决定下来，五个妈妈在群里商量露营的细节，最后决定：韩雪妍家出露营装备，苏静购买烧烤食材，冷春来带饮料和酒水，陈海莲购买零食和水果，梁淑华自制卤菜和熟食。

翌日，五一节当天，和天气预报显示的一样，风和日丽、不冷不热，非常适合春游。五家人分别开车，在上午十一点来到了郊区的三岔湖。

几家人很快就碰了头。韩雪妍和梁淑华都是一家三口全部参加，另外三家则只有母子或者母女俩。原因不言而喻：冷春来本来就是单亲妈妈；苏静和老公赵从光向来各玩各的；陈海莲的老公邹斌，则是不喜欢参加此类亲子活动。

几个大人彼此寒暄了几句,便开始物色合适的露营地点。当天是节假日,来三岔湖玩的人很多,湖边比较好的位置已经被很多人抢占了。他们选了一处挨着水又有树荫的地方,忙活起来。

靳文辉和余思彤的爸爸余庆亮负责搭帐篷和天幕,然后把折叠桌、椅子、充气沙发等露营设备一一摆好,最后呈现的效果,犹如置身野外的全景式大客厅,几个妈妈拍手叫好。一向喜欢文艺腔调的韩雪妍拿出蓝牙音箱,播放曼妙的音乐,氛围一下就起来了;再拿出茶具,用便捷式炉子烧一壶开水,泡上热茶,坐在充气沙发上,一边听音乐,一边欣赏美景。湖边微风吹拂,众人沉浸在春天的气息中。

五个孩子一开始就在旁边跑着玩,后来赵星提议去附近逛一会儿,跟家长们说了之后,苏静说:"去吧,注意安全哦,别靠近湖边。"

"放心吧,不会掉湖里的!"赵星挽着靳亚晨的肩膀,笑嘻嘻地说。

"玩一会儿就回来,我们准备烤肉了。"靳文辉对儿子说。

"知道了!"靳亚晨答应。

梁淑华和陈海莲也分别叮嘱了两句,五个孩子便嘻嘻哈哈地跑远了。冷春来望着他们的背影,感叹道:"年轻真好,看到他们,让我想起我的青葱岁月了。"

"你现在也显得挺年轻啊,根本不像一个初二孩子的妈,"梁淑华说,同时自嘲道,"哪像我,完全是大妈了。"

冷春来笑了起来:"你也才四十二三罢了,别把自己归类到大妈的行列,好吗?"

"对,保持年轻的心态很重要。"韩雪妍说。

"好吧好吧,听你们的。"梁淑华一边说一边把自己带的熟食从大袋子里拿出来,"这是我自己卤的鸡翅、鸭脚、肥肠、郡肝……还有我做的小菜,凉拌海蜇丝、芝麻海草和孜然土豆。"

"太棒了,都是些下酒菜,"冷春来把自己带的酒水也拿出来摆在桌子上,"我带了树莓利口酒和韩国烧酒,不如趁孩子们去玩了,咱们喝起来吧。"

"现在就开始喝吗？还没有生火烤肉呢，BBQ才是今天的主角。"靳文辉说。

"看到这些卤菜和小菜，我已经忍不住想喝两杯了，哈哈。"

几个人都笑了起来，靳文辉拿出杯子，冷春来往每个杯子中注满酒。大家一起碰杯，齐声道："节日快乐！"

几杯酒下肚，气氛愈发热烈起来，大人们也不像之前那样拘着了，言语之间随意起来。苏静半开玩笑地说："韩雪妍、靳文辉，你们俩的着装打扮，我真是忍不住想吐槽。"

"啊？怎么了？"两口子低头看自己的服饰。

苏静指着他们俩，对另外三个妈妈说："你们看看，他们俩，一个是崭新的白衬衣、高档西裤、锃亮的皮鞋；一个是飘逸的长裙配高跟鞋，还有大檐帽。你们这是出来野炊的吗，简直像出来拍婚纱照的啊！"

"我刚才就忍不住想说了！他们俩这装扮，让我情何以堪？"穿着往年过时春装的梁淑华苦笑道，"所以我才说，跟他们比较起来，我简直就像个大妈！"

"哪有那么夸张？"韩雪妍笑着说，"今天不是过节嘛，而且湖边这么美，一会儿肯定要照相，我这才稍微捯饬了一下。"

"你这精致的妆容和服饰，还叫'稍微'捯饬一下？化妆和穿戴，至少一个小时——我没说错吧？"苏静说。

韩雪妍抿着嘴，笑而不语。

"他们俩本来就是帅哥美女，收拾打扮漂亮点，也是应该的。"陈海莲说。

"这倒是真的，你们俩的形象、身材、气质，真是甩同龄人几条街。"梁淑华由衷地说道。

"哎呀，别说我们了，"韩雪妍不好意思地说道，"苏静也是大美女好不好？她穿的这身运动套装，是香奈儿的新款春装，一万多呢。这才是真正的低调奢华。"

"那又怎么样，至少我穿的是运动装啊，不像你们，都可以上T台走秀了！靳文辉，你一会儿就穿着这身衣服BBQ吗？"

"我带了围裙的。"靳文辉咧嘴一笑，露出一口洁白整齐的牙齿。

"说起BBQ，食材呢，苏静？"韩雪妍趁机转移话题，"你不会忘了吧？我没见你拎东西啊。"

"没忘，我刚才在山姆会员店下单了，让他们帮忙送到这里来，具体位置我已经发送给他们了。"

"山姆会员店会把买的东西送到郊区的湖边来？"梁淑华有些惊讶。

"我是他们最高级别的会员，而且加运费不就行了吗？"苏静不以为意地说。正好一个穿着超市工作服的店员朝他们走了过来，她冲着店员挥了挥手，对其他人说："正说着他就来了。"

店员把两大袋冷鲜包装的新鲜食材交给苏静，然后离开了。陈海莲问："你买了些什么啊，这么多？"

"就是牛排、羊排和一些海鲜。"苏静说。

陈海莲打开袋子看里面的食材，首先看到的是一张小票。她拿起小票，定睛一看，惊呼起来："我的天哪！这两包东西……四千多？"

"不对吧，应该是八千多。你看的是其中一包。"苏静云淡风轻地说。

另外几个人都被吓到了，尤其是余庆亮，这个中年男人睁大眼睛说："什么食材八千多？！"

陈海莲把食材名称挨个念了出来："澳洲和牛、西班牙火腿、宁夏特级小羊排、挪威三文鱼、蓝鳍金枪鱼……全是顶级的食材！"

"苏静，你这也太夸张了，我们就是带孩子出来露营一下，烤烤肉，你这简直比去五星级酒店吃一顿还贵，太奢侈了。"梁淑华摇着头，啧啧感慨道。

"是啊，你这一对比，我买的那些普通的水果、零食，都不好意思拿出来了。"陈海莲苦笑着说。

"又不是攀比大会，有什么不好意思拿出来的？我不是想着今天过节嘛，而且几家人难得出来露营一次，就吃点好的呗。本来没打算跟你们说这些食材的价格——好了,咱们生火,准备烤肉吧!"苏静说。

靳文辉拿出烧烤架,往里面放了烧烤果木炭和助燃的固体酒精,用点火器点燃后,木炭很快就燃烧了起来。靳文辉系上围裙,准备露一手厨艺,笑着说:"这么高级的食材,我可不能烤煳了,得用心料理才行。"

"孩子们呢,打电话叫他们回来吧。"陈海莲说。

"我来打。"梁淑华说,拿出手机,拨通了女儿余思彤的电话。接通之后,她告诉女儿,已经开始烤肉了,让他们回来吃大餐。余思彤表示知道了,他们再玩一会儿就回去。

靳文辉相貌英俊、身材匀称,年纪虽然有四十一二,却仍然保持着干净清爽的面庞和颇有品位的穿衣风格,他头发浓密、梳理整齐,身姿挺拔、玉树临风。更难得的是,这样的帅哥,竟然还会做菜和烤肉,据说家里很多时候都是他做饭,色香味俱全。如此优质男士,妻子若是稍显平庸,一定会自惭形秽,缺乏安全感。但韩雪妍和靳文辉是天造地设的一对,站在一起,互不逊色。儿子靳亚晨也是一个小帅哥,长相随母亲、白净、秀气,这一家人集体亮相,总是给人一种莫名的仪式感和高级感。在全国的优质家庭中,都算得上翘楚。

相较之下,旁边大腹便便、秃顶、不修边幅的余庆亮简直就是油腻中年男的代表。妻子梁淑华也是典型的中年妇女,身体略微发福,衣着不再讲究,刚才自嘲是"大妈",其实恰如其分。

冷春来在这几个妈妈当中,不管是外形还是性格,都属于比较特殊的一个。她没有苏静那么犀利张扬,也不及韩雪妍那么精致优雅,但是跟"大妈"梁淑华以及带有市井气息的陈海莲又有着本质区别,仿佛一朵并不高贵却有着独特幽香的花。这种特殊体现在很多方面,比如刚才陈海莲和梁淑华她们大呼小叫,认为苏静买的食材太过奢侈时,冷春来就没有过多置评,只是淡然一笑,继续吹着微风,喝着小酒,一副超然、洒脱的模样。

靳文辉烤好了两块澳洲和牛,撒上现磨的黑胡椒颗粒和玫瑰盐,放在盘子里,请大家品尝。陈海莲吃了一口后,大呼美味,夸张地说这辈子从没吃过这么好吃的牛排,然后把买高级食材的苏静和烹制牛排的靳文辉挨个夸了一遍。其他人品尝后,也是赞不绝口。

"孩子们呢,怎么还不回来?单独去玩了一个小时了吧?"梁淑华说。

就在准备再次给女儿打电话的时候,她看到女儿余思彤一个人从远处跑了过来,但是奇怪的是,只有她一个人,不见另外四个孩子。

余思彤走近后,梁淑华迎过去,问道:"怎么你一个人回来了,赵星、薇薇他们呢?"

"他们……"余思彤迟疑一阵后,说,"他们先回去了。"

听到这话的几个大人全都愣住了,正在烤肉的靳文辉也不烤了,把烤架上的肉夹到一旁,走了过来。苏静惊诧地问余思彤:"'回去'是什么意思?"

"就是先回家了。"余思彤说。

"回……什么意思?"苏静急了,"出什么事了吗?他们怎么不打个招呼就跑回去了?!"

"是啊,为什么要先回去呢?"陈海莲说,"薇薇也回去了?"

"是的。"

"发生什么事了?"韩雪妍问。

余思彤一脸通红,满头大汗,不知道是刚才跑过来的原因,还是别的缘故。她沉默了几秒,说:"没出什么事。他们就是不想在这儿玩,就先打车回去了。"

梁淑华是了解女儿的,一看就知道她没说实话,说道:"思彤,你是班长,也是校三好和优干,我知道你不会说谎话的。你老实告诉我们,到底出什么事了?他们四个人为什么会突然跑回去?"

余思彤咬着嘴唇不说话,几个大人的目光都集中在她脸上,让她十分不自在。片刻后,她有些烦躁地说:"别问了,我也不知道。反正他们就是回去了。"

梁淑华有点急了："你怎么可能不知道呢？你不是跟他们在一起吗？是不是闹矛盾，打架了？"

余思彤烦躁地闭上眼睛，索性一言不发地转身就走。梁淑华一把拉住她："你去哪儿？"

"我就知道我不该回来的，我也回去好了！"

一向懂事、听话的女儿从来没有这样跟自己说过话，梁淑华呆住了。余庆亮感觉事情有点不对劲，走过来对妻子说："好了，别逼思彤了，她不想说就算了。"然后对女儿说："思彤，爸就问一个问题。他们四个人，没出什么事吧？我的意思是，他们是安全的吧？"

这个问题也是另外几个家长最关心的。余思彤说："没事，别担心，我说了，他们只是打车回去了。你们一会儿回家就能看到他们了。"

家长们面面相觑，看样子从余思彤这儿肯定是问不出来什么了。苏静立刻拨打了儿子赵星的手机，对方接起了电话，苏静劈头盖脸地骂道："赵星，你干什么？！怎么不跟我们说一声，就跑回去了！"

赵星简短地回应了一句。苏静说："什么叫让余思彤跟我们说？说好了出来玩的，我们什么都准备好了，你们几个却突然打车回家，有你们这么任性的吗？！你现在在哪儿，赶紧给我回来！喂……喂？"

显然，赵星已经把电话挂了，苏静气得想砸手机。韩雪妍问靳文辉："要不要跟亚晨打个电话？"

靳文辉想了想："现在别打，过会儿再说吧。"

冷春来从椅子上站起来，说道："你们别着急，估计是孩子之间发生矛盾了。还好他们都是大孩子了，也不用担心被拐卖什么的。既然已经打车回家了，就让他们先回去吧。"

"那我们……"陈海莲望着这一桌丰盛的食物和食材。言下之意是，我们还继续吗？

发生了这样的突发事件，家长们自然没有心情留在这里玩了。梁淑华说："要不我们也回去吧，把食物全部装好带走。"

"凭什么？"苏静气呼呼地说，"他们几个人闹脾气先走，我们大人也要跟着走，我们是围着他们几个小屁孩转的是不是？"

"我觉得苏静说得对，"冷春来表示赞同，"我们约好了出来玩，他们不辞而别，是他们的问题，为什么我们就要跟着放弃这次露营呢？我们要是这样做，他们真觉得自己是小皇帝、小公主了。"

"但是孩子一个人先回家，能放心吗？而且也不知道发生了什么事……"陈海莲担心地说。

"有什么不放心的？他们既然能打车回去，难道不会在外面的餐馆点东西吃吗？至于发生了什么事，回去问个清楚就行了。"冷春来说。

"既然如此，那我们把这些肉烤熟吃了，然后就回去吧。"陈海莲有些无奈地说。

于是靳文辉继续烤肉，但是经过这一出，所有人都没有吃饭喝酒的心思了。他们勉强吃了点东西后，就再也按捺不住，收拾东西，分别驾车回家。

韩雪妍和靳文辉回到家后，已经是下午三点半了。靳亚晨果然已经回来了，在房间里睡午觉，不知道是不是累了。夫妻俩没有叫醒他，等儿子睡到四点半醒来后，他们才走进靳亚晨的房间，问他之前在三岔湖玩的时候，发生了什么事。

靳亚晨的回复总结起来无非就是两句话，"没什么"和"我不想说"。

问了半天，得到的就是这样的结果。

晚上，纳闷儿的韩雪妍在群里问另外四个妈妈："你们问出来了吗，今天下午到底发生了什么事？"

得到的答复是一样的——没问出来。看来孩子们的态度出奇地一致，他们都在回家后选择了沉默和抗拒。这个年龄段的孩子正在逆反期，多问几句就不耐烦，甚至产生敌对情绪。家长们也不便再问下去，只好选择不了了之。

当晚，五个妈妈在群里猜测了好几种可能，但猜来猜去，最有可能的是孩子们发生了矛盾。可奇怪的是，如果只是发生一般的矛盾，哪怕就是吵起来、打起来，又有什么不能说的呢？至于这么讳莫如深吗？

由此可见，这起事件不是普通闹矛盾那么简单的——但这也只是猜测。在孩子们始终不肯开口的情况下，谁也无法证实是否如此。

　　后来时间晚了，大人们也疲倦了，便互道晚安，没有再谈论此事。

　　再后来，随着孩子们正常地上学，下晚自习后也仍然像往常那样坐某个家长的车回家，看起来已经没事了，家长们也就渐渐淡忘了此事，没有再提及。

第八章　孩子们的秘密

"所以,你们觉得这次绑架案,跟五一节发生的那件事有关系?"韩雪妍问另外两个妈妈。

"我只是这样猜测罢了,毕竟五一节那件事很莫名其妙,我们直到现在都不知道孩子们之间究竟发生了什么。之后过了十几天,就发生了这起绑架案,这两件事都很不寻常,难免让人觉得,这两件事会不会有什么关联。"陈海莲说。

"应该没有什么关系吧。"梁淑华说。

"为什么?"

"因为怎么想,都想不出这两件事有什么因果关系。五一节那天的事,纯粹发生在几个孩子之间,跟大人没有丝毫关系。但是今天晚上的事,是冷春来绑架了几个孩子!"

"这倒也是……我本来还想着这会不会是什么线索,打算告诉那个陈警官呢。"

"无关联的事情,还是不要告诉警察吧。否则对警方破案反而是误导和妨碍。"梁淑华说。

"对,现在还是让他们把全部精力集中在寻找孩子上吧。"韩雪妍说。

"我们呢?真的回家等消息吗?"陈海莲说。

"不然呢?我们能做什么,胡乱行动说不定还会帮倒忙,还是听警察的话,回家等待吧。现在只能相信警察了。"韩雪妍说。

另外两个人无奈地点了点头,三个妈妈分别驾车或打车回家了。

早上八点,睡醒起床的苏静发现儿子赵星仍然没有回来,立刻在群里询问另外几个妈妈。几分钟后,陈海莲给苏静打了一个电话,把几个孩子可能被冷春来绑架的事告诉了她。

苏静大吃一惊,感到难以置信。陈海莲把昨晚苏静回家之后,她们三个妈妈挨个去夜宵店找孩子,之后再次去派出所报案,警察根据各种迹象将这起事件定性为绑架案的过程详细地告诉了苏静。听完之后,苏静呆若木鸡。

"冷春来这个女人,竟敢做出这种事情!我饶不了她!"苏静恼羞成怒,破口大骂。

"我们觉得,冷春来绑架这几个孩子,很大程度是冲着赵星和靳亚晨去的,因为你们两家的经济条件,明显比我们家和余思彤家要好得多。"陈海莲说。

"她想要什么?钱吗?我给她就好了!但是现在怎么联系她呢?"

"警察说,她把手机都扔了,自然是联系不上了。现在要么等她联系我们,要么就看警察能不能抓住她了。"

苏静烦躁地抓挠着头发,感到一阵头痛。片刻后,她说:"如果是绑架的话,冷春来岂不是连她儿子冷俊杰一起绑架了吗?"

"看起来就是这样。"

"这女人疯了吗?!哪有人绑架自己儿子的!她要是想要钱,直接跟我说,我给她不就行了!"

"苏静,你先冷静一下,这件事情可能没那么简单。"

"什么意思?"

"昨天晚上,我们几个人分析了一下,觉得这事有很多地方都说不过去。首先就是冷春来怎么可能绑架自己儿子,这完全不是一个精神正常的人能做出来的事,但你要真说冷春来疯了,也不可能。她去接孩子们之前，还有接到之后，发在群里的信息不是都挺正常的吗？而且从她之后做的一系列事情来看，不但没疯，反而冷静和缜密到了极点，警察都说，她具有一定反侦查意识，否则的话，以现在的刑侦水平，恐怕早就抓到她了。"

"是啊……"苏静逐渐冷静下来，"她一个人能绑架几个人高马大的初中生，而且消失无踪，让警察都找不到，肯定有着严密的计划和高明的作案手段，否则不可能办到。"

"是的，而且这件事还有很多疑点——绑架的话，通常都不会亮明身份，怎么会有人这么明目张胆地绑架呢？这也不符合逻辑和常理。"

"没错。"

"另外我们昨天还想起了一件事——五一节发生的那件事，你还记得吗？"

"你是说，我们几家人去三岔湖露营，结果赵星他们四个孩子提前打车回家这件事？"

"对。你觉得这件事和这次的绑架事件，会不会有关系？"

苏静愣了一会儿，说："会有什么关系？当时我们不是推测，是几个孩子之间发生了矛盾吗？"

"这是我们猜的，事实到底是怎样的，没有人知道。因为几个孩子都没把事情经过告诉家长。"

"对，我无论怎么问，赵星都不肯说，最后直接把门锁上了，不让我烦他，我也就懒得问了。"

"薇薇的态度也差不多。那天我回家之后，问了她至少半个小时，她都不肯告诉我。因为薇薇是女孩子，我有点担心她是不是吃了什么亏，难以启齿，便试探着猜测，结果她说：'瞎猜什么呢，没有的事。'我说：'那你为什么不把发生的事说出来呢？'她被问得烦了，就说了一句：'这是我们几个人的秘密，说好了不能告诉任何人的，否则天打五雷轰。'她都说到这份儿上了，我也就不好再问下去。"陈海莲说。

"薇薇说了这句话吗？那五一节当天晚上，我们几个人在群里猜测这是怎么回事的时候，你怎么没把她说的这句话告诉我们？通过她这句话，至少可以判断孩子们不是发生了矛盾，而是发现了什么秘密，而且他们试图共同守护这个秘密。"苏静说。

"因为……"

"怎么了？吞吞吐吐的。"

"因为薇薇要我保证，就连她说的这句话，都不能告诉任何人。"

"你是说，就连她告诉你，这是他们几个人共同的秘密这一点，都不能跟别人说？"

"对。"

苏静略微沉吟："看这意思，这肯定不是普通的秘密，不然几个孩子不会讳言到这种程度。"

"我也是这样想的。"

"但他们几个小孩，能有什么不得了的秘密？孩子们在乎的，无非就是成绩、游戏、恋爱之类的。还能有什么？我想不出来了。"

"苏静，你不觉得这个秘密，可能跟五一节那天，他们单独离开的一个小时有关系吗？"

"你是说，他们五个孩子在三岔湖的时候，跑到附近去玩，结果无意中发现了什么秘密？"

"有可能吧。"

"但当时是大白天，三岔湖又是景区，有很多露营的人。这样的情况下，能发现什么秘密呢？"

"我不知道，但可以肯定的是，在他们单独离开的那一个小时，肯定发生了什么事。不然不会几个孩子全都提前回家，余思彤其实也想走的，但她是班长，又是乖乖女，所以才被迫留了下来，我当时就看出来了。"

"好吧，就算如此，这件事跟冷春来绑架几个孩子有什么关系？冷春来当时跟我们在一起，她不可能知道孩子们发生了什么事，回家之后，冷俊杰也没有告诉她。"

"你确定吗?"

"什么?"

"冷春来确实是说,冷俊杰什么都没告诉她。但这可是她自己说的。你别忘了,冷春来跟儿子保持着'朋友关系',母子俩无话不谈,没有代沟。"

"你是说,冷俊杰可能把那天的事告诉了冷春来,但是冷春来在我们面前假装不知道?"

"对,就像薇薇让我保证,别把她说的话告诉任何人一样。冷俊杰估计也让他妈做了同样的保证。"

苏静张着嘴愣了一会儿,说:"但我还是不明白,这跟绑架案有什么必然联系——冷春来从儿子那里知道了某个秘密,然后就把连同自己儿子在内的五个孩子全都绑架了,这说不过去啊。"

"你真的觉得,冷俊杰一定是被绑架的吗?"

苏静脸色一变:"你该不会是想说,他跟他妈是共犯吧?这可能吗?他只是一个初中生!而且他跟赵星、靳亚晨都是好朋友。一个十几岁的孩子,和母亲一起把几个好伙伴绑架了,这样的事情,好像全世界范围内都没有听说过。"

"听你这么一说,确实是有点离谱……那可能是我想多了。"说到这里,电话那头的陈海莲哭了起来,"苏静,我脑子里乱得很,薇薇没回来,我寝食难安,总是控制不住地胡思乱想……"

苏静蹙起眉头说:"我的境况不是跟你一样嘛,好了别哭了,五个孩子同时被绑架,对警察来说肯定是大案要案,他们会想尽一切办法破案的。"

"希望如此吧。"

两人又聊了几句,挂了电话。苏静从烟盒里抽出一支香烟,点燃,吸了一口后,想起一件事——直到现在,丈夫赵从光都不知道儿子失踪的事。

并非苏静故意不告诉他,而是——说来可笑,她直到刚才才想起赵从光这个人。

估计有十天或者半个月左右,他们夫妻俩彼此没有联系过了。这十几天里,赵从光一天都没有回过家,苏静也没有问过他在哪里过的夜,因为她根本不在乎这件事,或者说,她根本不在乎赵从光这个人。

他们结婚十六年了,从媒人介绍认识的那天起,彼此就心照不宣,知道他们的结合正是所谓的"官商联姻"。苏静娘家的家族企业,是南枰市很有实力的民营企业;赵从光的父亲赵士忠,是南枰市市长。苏静漂亮、有魅力;赵从光英俊、有魄力。从任何角度看,他们都是家族和外人眼中的天作之合——除了一点,他们两人几乎没有任何感情基础,见面聊天的时候,也没摩擦出任何火花,当然互相也不讨厌,于是就找不出不在一起的理由。双方家里人一撺掇,认识一个多月后,两人就稀里糊涂地结婚了。

婚后一年,苏静就怀上了孩子。赵星出生,成为赵苏两家的掌上明珠。特别是爷爷奶奶,对赵星分外宠溺,惯出了好多坏毛病却浑然不觉。苏静一开始觉得不妥,会跟公公婆婆理论几句,后来发现丈夫对儿子和家庭全然不在意,仿佛结婚生子之后,就已经完成了父母交代的最大任务。此种态度让苏静难免感到心寒,渐渐地,她也就不太管了。

赵从光一开始还比较收敛,只是借口各种应酬多,长期晚归。后来渐渐就发展成了夜不归宿。他们家有多套房产,住宅、别墅加起来八九套房子。这还是明面上的,暗地里有没有买房产,用来金屋藏娇,这就不知道了。苏静也懒得去管,因为她并不爱赵从光,也就不在意他是否出轨。她只知道,自从结婚之后,娘家的家族企业便顺风顺水、蒸蒸日上,一跃成为本市最大的民营企业。

苏静从小接受的教育和她的价值观中,金钱是比爱情重要太多的东西。所以,她只需要维持形式上的婚姻就行了。况且她也不是什么省油的灯,赵从光在外面包二奶、养小三,已是不言而喻的事实。那她这种有钱又漂亮的富婆,会老老实实在家里独守空房吗?当然,为了自身和家族企业的形象，也为了夫家的面子，她不可能明目张胆地包养小白脸，但是手机里存几个"少爷"的号码，需要的时候招之即来，玩够了挥之即去，干脆利落，不拖不欠，岂不更妙？

赵从光长期不归家，也不过问家里或孩子的情况，导致苏静自然而然地忽略了这个人的存在，很多时候，她都有一种自己其实是单身的错觉。不过这是平常时候，现在出了这么大的事，儿子都被绑架了，还是有必要跟赵从光说一声的。

苏静拨打赵从光的手机，响了很多声，对方也没有接。今天是周六，现在还不到九点钟，估计他要么是昨晚喝了大酒，现在还昏睡不醒，要么就是沉溺在哪个女人的温柔乡中无法自拔。苏静心想反正电话我已经打过了，儿子也是我们两个人的，你要是不在意他的死活，我又何必那么上心？当然这是置气的想法，作为母亲，孩子是身上掉下来的肉，她不可能真的不在意。

正想着，门厅传来开门的声音，有人进家里来了。苏静一怔，心想难道刚才赵从光没有接电话，是因为他已经在门口了？或者，回来的是赵星？她赶紧从卧室跑了出去。

来到客厅一看，苏静愣住了，站在面前的，既不是丈夫赵从光，也不是儿子赵星，而是公公和婆婆。

第九章　爆发的一家人

"爸，妈……你们怎么来了？"苏静怔怔地说。

"你起来了，苏静，我以为你们还在睡呢。"婆婆蒋岚是退休的大学教授，知书达理，说话温柔，"你们家是密码锁，密码我们是知道的，就直接进来了，没打扰你们睡觉吧？"

"没有，不过，你们怎么过来了呢？"

"再过三天，不是星星的生日嘛，我看了下，那天是星期二，星星要上学，没法给他办生日宴，就想着干脆今天来提前跟他过生日好了。我们一会儿带他去商场，让他自己挑选生日礼物。"赵士忠说。他是去年才退休的，当了大半辈子领导，突然闲下来，有种强烈的不适应感。他只有赵从光一个儿子，也只有赵星一个孙子，自然把所有的爱、金钱和时间都倾注在了孙子身上。无奈进入初中后，赵星学习、补课的时间日渐增多，陪伴爷爷奶奶的时间就变少了，所以遇到生日这样的"大事"，老两口便无比重视，一大早便来到儿子媳妇家，打算跟孙子度过一天亲情时光，享受天伦之乐。

"我们本来想直接给星星买乐高那款星球大战拼装玩具的，但是孩子现在大了，也不知道他还喜不喜乐高玩具，就想着还是让他自己选吧。"蒋岚笑盈盈地说，一脸慈祥。

糟了。看着公公和婆婆，苏静背后冒起冷汗。这可如何是好？他们在这节骨眼上登门，来得真不是时候。该怎么跟他们说呢？"爸，妈，不好意思，赵星昨天被人绑架了。"——就这样说吗？向来把孙子视为心肝宝贝的老两口听了这话会是怎样的反应，苏静简直不敢想。关键是赵从光现在又不在家，甚至都不知道这件事，凭什么让她一个人面对这样的局面？

赵士忠发现苏静脸上的神色有点不对劲，问道："怎么了，难道星星不在家吗？"

苏静的脑子快速转动，打算用缓兵之计，先把这老两口糊弄过去再说。如果一两天后，警察破案了，赵星回到家来，她就不打算把绑架这事告诉公公婆婆，权当没发生过这回事；如果赵星还是没能回来，至少那时候赵从光肯定知道这事了，让他自己跟他爸妈说，应付他们吧。

"对，爸，你们又没有提前说要来，星星就去补课了。您知道他周末都是要去补课的。"苏静编瞎话。

"这么早就去补课了？我记得他周末的课十点钟开始啊。"赵士忠说。

"现在提前了一个小时，所以八点过就得出门……"

"星星去补课，你不开车送他吗？"蒋岚说。

"嗯……星星现在长大了，不用每次都让我送吧。我给他打了辆专车，他自己去了。"

赵士忠皱起眉头："还是父母亲自接送放心一些，这些专车靠谱吗？"

"爸，您就放心吧，专车司机都是平台审核过的，驾驶技术比我们还好。"

"我还是不太放心，苏静，你们如果没空或者想多睡一会儿，可以跟我们说，我们送星星去补课就行了。"蒋岚说，赵士忠在一旁点头。

"好的，我下次跟你们说。"

"星星几点下课？"

"十一点……"

"那我们就在这儿等吧。或者你把补课的地方告诉我们，过会儿我们去接。"赵士忠说。

"啊……不必了吧。"苏静一阵心慌意乱。

"那就让从光去接，"蒋岚说，"我们在这儿说这么久的话了，他怎么也不出来，不会还在睡觉吧？"

这件事，苏静懒得给赵从光打掩护。她不是跟对方父母告状的性格，但是遇到这样的情况，当然得实话实说，哪有帮他遮掩的道理。"妈，您可能不知道吧，从光有十多天没回过家了。"

"啊？为什么？他去外地出差了吗？"

"不是，他应该是在'别的家'里过夜吧。"苏静意有所指地说。

赵士忠眼珠一转，听出了儿媳的弦外之音，愤然道："不像话！我给他打电话，让他马上回来！"

正好。苏静心想，你们把他叫回来，免得我独自面对这一切。

然而，赵从光也没有接父亲打的电话。赵士忠生气地说："几十岁的人了，还是一家公司的董事长，还是这么不着调！不知道在干什么，不接电话。今天正好我过来了，一会儿得好好说他一顿才行！"

蒋岚轻抚丈夫的背，让他别动怒："一会儿你好好说，问清楚原因，别一上来就骂。"

苏静趁机岔开话题："爸，妈，你们吃早饭了吗？"

"我们吃过了，你还没吃吧？那你做点早餐吃。"蒋岚说。

"好。"苏静朝厨房走去，暂时逃离，思考对策。蒋岚用遥控器打开电视，和丈夫一起看电视节目打发时间。

接近十点的时候，赵从光分别回了电话给妻子和父亲，说昨天接待几个从北京来的大客户，喝到很晚，为了不打扰家人，就在旁边的酒店开了个房间睡了，手机没电自动关机了，刚才睡醒起床把电充上才看到他们的未接来电。这番鬼话苏静都懒得去揭穿，现在也不是计较这些的时候，她对赵从光说，你爸妈现在就在我们家，你赶紧回来吧，我有很重要的事要跟你们说。

二十分钟后，赵从光回来了。父亲不满地数落了他几句，他也没有过多辩解，只是问父母来家里做什么。母亲就把来给孙子过生日的事告诉了儿子，赵从光挠着头说："哦，再过三天就是星星的生日了。"

"听这意思，你连自己儿子的生日都忘了？"赵士忠不满地说。

"我每天工作很忙，哪记得住这么多事。他一个小孩子的生日，用得着这么重视吗？到时候让他选一件礼物就好了。"赵从光说。

"别'到时候'了，我们今天过来，就是带星星去商场选礼物的，然后请他吃顿大餐。你和苏静一起吧，孩子还是得多陪伴，不然以后跟你们没感情。"赵士忠说。

"行，星星现在应该是补课去了吧？"赵从光看了一眼手表。

"对，十一点下课，现在差不多该去接他了。"

"那我开车，咱们一起去接上星星，然后去商场买礼物、吃大餐。"

老两口一起点头，刚刚起身，苏静从饭厅走过来，说道："不必了。"

三个人眨巴眼睛，望着苏静，赵士忠说："什么不必了？"

"不必去接星星，也不必给他买礼物。"

赵士忠皱了下眉："又让他自己打车回来？我们既然都来了，去接一趟又何妨？至于生日礼物，当然是要买的……"

"爸，您误会我的意思了。"苏静说。

"那你是什么意思？"赵士忠问。

"你们先坐下来，好吗？"

老两口对视一眼，坐回沙发上，凝视着儿媳妇。苏静表情严峻，赵从光和父母本能地感觉到，可能出什么事了，神情也随之紧张起来。

"赵从光，你知道我今天早上给你打电话，是想给你说什么事吗？"

赵从光清楚自己和妻子维持着怎样一种婚姻关系，也知道她如果没有要紧的事，不会轻易给自己打电话。他吞咽了一口唾沫，问道："什么事？"

苏静望着公公婆婆："爸，妈，我告诉你们，你们要有心理准备啊。"

这话一出，更令人不安了。蒋岚紧紧攥着丈夫的手，惶恐地说："苏静，你要说什么？别吓我们啊。"

苏静深吸一口气，说："昨天晚上，星星和班上另外四个同学一起，被人绑架了。"

"什么？"三个人齐声大叫起来。赵士忠和蒋岚噌的一下站了起来，瞪大眼睛望着苏静："你说的是真的？"

"我怎么可能用这种事来开玩笑？当然是真的！"

老两口呆立原地，片刻后，赵士忠的身体摇晃起来，仿佛快要昏厥。蒋岚和赵从光都吓到了，赶紧把他扶到沙发上坐好，赵从光安慰道："爸，您别着急，绑架的话……无非就是要钱，咱们出钱，把星星赎回来就好了。"

苏静给公公倒了杯水，递给他："是啊，爸，您别太着急了，我昨天知道这事后，立刻就报警了。警察已经在调查这起案件了。"

赵士忠摆了摆手，示意不想喝水，生气地说："这么大的事，你怎么不早跟我们说呢？刚才还想瞒着我们，说星星去补课了！"

"我这不是不想让你们二老担心嘛，你们就算知道了，也没有用，只能跟着着急罢了。"

"谁说没用？虽然我退休了，但是去年才退的。就算人走茶凉，这杯茶也不至于凉得这么快吧？现在市里的好几个领导，包括副市长和两个区委书记在内，都是我当初提拔起来的！我找他们帮忙，他们会不给我这个面子？"赵士忠激动地说。

"爸，星星是被绑架了，这事归公安局管，您找副市长和区委书记帮什么忙啊？"苏静说。

"我可以让他们给管辖区域的公安局施压，让他们务必尽快破案！实在不行，我亲自去一趟省公安厅，让公安厅的刑侦专家成立专案组，尽快把星星……还有另外那几个孩子营救出来！"

"对，你爸向来不喜欢动用这些关系，但是到了关键时刻，就非动用不可了！"蒋岚着急地说。

"我明白了，那您就想办法让市领导给高新区刑警大队施压吧，听说现在负责此案的，是他们的队长，好像叫……陈娟，是个女刑警队长。"苏静把从陈海莲那里听到的信息告诉公公。

赵士忠摸出手机，正准备给认识的一些市领导打电话，突然想起还有一些细节没有了解："你刚才说，被绑架的除了星星之外，还有四个孩子，他们五个人都是同班同学？"

"对。"

"什么时候被绑架的？"

"昨天晚上下晚自习之后。"

"五个人同时被绑架了？"赵士忠瞪着眼睛说，"现在的孩子长得那么高大，星星都快有一米七五了吧？绑架他们的是一个团伙吗？一群人在学校门口把五个孩子同时劫持了？"

"不是，没您想的那么夸张。绑架他们的，只有一个人。而且这个人，就是其中一个孩子的妈妈。"

"什么？你是说，一个女人把包括自己孩子在内的五个初中生一起绑架了？"赵从光难以置信。

"对，就是这么回事。"

"她怎么办到的呢？持枪还是用刀胁迫他们？"

苏静烦躁地叹了口气，知道这事怎么都绕不过，就把整件事的来龙去脉讲了出来。果然，听完她的讲述后，赵士忠气不打一处来，不客气地指责道："苏静，你让我说你什么好！为了省事，你居然让不认识的人帮忙接星星，有你这么当妈的吗？"

"爸，什么叫'不认识的人'？这不是星星同班同学的妈妈吗？我跟她，还有另外三个妈妈从孩子刚进初中就认识了，经常在一个群里聊天，熟得不能再熟了，才相互接孩子的。而且我们想的是，不管五个妈妈谁去接孩子，都是连着自己的孩子一起接的啊！正常情况下，怎么可能出事？可谁知道……这个冷春来丧心病狂，连同自己儿子都一起绑架了！这样的事情简直闻所未闻！我怎么防得住？"

"怎么防不住？知人知面不知心，你知道她是怎么想的？我们这种家庭，本来就跟一般家庭有区别，绑架这类的事，就是需要考虑进去的。所以我刚才才说，补课什么的，最好都亲自接送。要是你不图省事，天天都自己接送孩子，会发生这样的事吗？"

苏静本来不想跟公公婆婆争吵，虽然她和赵从光关系不好，但公婆毕竟是长辈，而且他们也从来没做过什么对不起自己的事。可是听了公公这番话，她实在是忍不住了，将儿子丢失后的焦虑和积攒在心中多年的愤懑一起发泄了出来。

"爸，照您这么说，我应该防着身边的每一个人，不让赵星跟任何一个外人接触，对吧？那他干脆别去读书好了，他身边这些同学、老师，还有学校的保洁、保安，谁知道都是些什么人？真要计划绑架的话，他们全都能办到，又何止一个冷春来？我是给赵星配几个保镖，陪他一起上学，还是叮嘱他不准跟任何人交往？您打算一直把他当成温室的花朵，不让他跟外界接触吗？"

这番话说得赵士忠哑口无言，苏静不客气的态度更是令这位长期高高在上的前市领导感到颜面尽失。苏静不说则已，一旦开了口，便再也控制不住了。

她接着说："您刚才口口声声说，有我这么当妈的吗，还怪我没有天天接送孩子。那您怎么不说自己儿子呢？我再不尽责，好歹管了赵星绝大多数的事吧。赵从光呢？你们知道他有多久没回过家了吗？至少半个月了！而且不是最近才是如此，我跟他早就处于分居状态了，只是表面上还维系着婚姻关系，没有离婚而已！赵星的事，他基本上从来没有管过！不信你们问问他，赵星现在学习成绩怎么样，读的是几班，每天晚上几点下晚自习，看看有一样他能答出来吗？！"

赵士忠和蒋岚望向儿子，这些事他们确实是现在才知道，现在自然震惊无比。蒋岚说："从光，苏静说的是真的吗？你们早就分居了？"

"没那么夸张！我只是工作忙，偶尔没回家而已。"赵从光瞪着苏静，"你转移注意力是不是？怎么冲我来了？孩子丢了，现在最重要的不是找到孩子吗？你说这些乱七八糟的事干吗？"

"是我想说吗?你爸把什么都怪到我身上,你倒成好人了!我只是让他们了解我们家的实情而已,别把锅全部甩在我身上!另外,赵从光,既然咱们已经把话说开了,你就别再遮遮掩掩了。你刚才说什么?你工作忙,'偶尔'没回家?哼,你这个'偶尔',指的是一年中绝大多数时候吧?你自己掐着指头算一下,一年365天,你有30天是在家里的吗?"

"什么?真是这样吗?"蒋岚惊讶地望着儿子,"你们周末或者过节的时候到我们那里去,我看你们一家三口……或者夫妻俩,感情挺好的,怎么发展成这样了!"

"妈,您还不明白吗?那是逢年过节的时候,在你们面前演的戏。让你们觉得我们好像很幸福美满似的,其实我们这个家早就散了。"

"够了!"赵从光突然怒吼起来,"赵星被绑架了,我爸妈已经够着急的了,你还要给他们添堵是不是?我们的感情破裂了,那是我们俩的事,你跟爸妈说得着吗?我经常不回家,你呢?你背着我做了些什么,你自己心里清楚!我是不是也要把这些事告诉你爸妈?"

苏静的个性属于典型的吃软不吃硬,要是赵从光说几句好话,她也就不会再发泄下去。现在听到丈夫这样说,她心中的怒火瞬间被点燃了,指着对方的鼻子说道:"赵从光,你要说我是不是?你确定?"

其实赵从光刚才话一出口就后悔了,因为他突然想起了妻子的强势性格。他们夫妻俩许久没有接触,他都快忘记苏静的个性了,刚才说了一句不该说的话,等于挑起了战争,他正想给自己找补,但已经来不及了,苏静望向公公婆婆,抛出了重磅炸弹。

"爸,妈,其实你们也不用太着急,就算赵星回不来了,也无所谓。因为,你们知道吗——你们其实不是只有这一个孙子。"

"你这叫什么话!"赵士忠怒吼道,然后一惊,"什么……你最后说的那句话,是什么意思?"

赵从光明显紧张了起来:"苏静,你不要乱说啊!"

"我乱说?我忍了十几年了。赵从光,你老实告诉我,你在外面是不是有一个私生子？"

"胡说八道，没有的事！"赵从光矢口否认。

"苏静，你们夫妻感情不和，倒也就罢了，但是私生子这种事情，可不能随便乱说啊。因为这意味着，从光不但欺骗了你，也欺骗了我们这么多年！"蒋岚因激动而颤抖起来，"你这样说，有证据吗？"

苏静沉吟一刻，说道："我和赵从光刚结婚一两年的时候，我还是比较在乎他的。那个时候，我隐约看出一些端倪，于是找人暗中调查他。结果这个人跟我说，赵从光不但在外面有女人，这个女人还给他生了一个孩子。只是这女人是背着他生下孩子之后，才把这事告诉了赵从光。那时赵星也刚刚出生不久，所以这件事如果是真的，意味着他这个私生子的年纪，跟赵星差不多大。"

"苏静，你别血口喷人啊！"赵从光一边说一边瞄了一眼自己的父母，"你有证据吗？有就拿出来，否则就别在这儿瞎说！"

"我没有证据，要是有的话，我早就跟你当面对质了。毕竟出轨是一回事，背着我养私生子，就是另一回事了。但这事绝对不是空穴来风，因为向我提供情报的那个人，发誓他说的是实话，只是你非常谨慎，把这个女人和私生子安置在了另一个城市，而且很少跟他们见面，只是按时支付抚养费，所以我找的人没能收集到确凿的证据，但是他打听到的这个消息千真万确——他是这样告诉我的。"

"他是这样告诉你的，所以你就信了？苏静，我不知道你找的什么人，但这些人为了从你那儿赚到钱，当然要提供劲爆的消息！你被骗了，知道吗？"

"我不认为这个人会为了赚钱而骗我。因为我提供给他的好处，不过是这一次酬劳而已。他完全没有必要这样做。"

"够了！"赵士忠突然暴喝一声，制止他们继续说下去，"你们这些乱七八糟的事，留着以后说吧，我不想听！你们听好，我只有唯一的一个孙子，而他现在被人绑架了，所以现在最重要的事，就是找到他，把他救回来！"

赵从光和苏静缄口不语。赵士忠拿起手机，走到阳台上，拨打现任副市长的电话。一番沟通之后，他挂了电话，走回来说道："我把这件事跟方副市长说了，他说马上给高新区公安局局长打电话，让他们引起高度重视，立即破案！"

第十章　特殊的案件

星期六上午十一点，高新区公安局局长王历来到刑警队，在队长办公室找到陈娟，开门见山地问道："陈娟，五个孩子被绑架的案子，现在有进展吗？"

"我们正在调查呢，王局。你是怎么知道这事的？"陈娟搬了把椅子过来，示意王历坐下说。

"刚才方副市长给我打了电话，让我们务必引起高度重视，尽快破案，可以说给了我们很大的压力。"

"方副市长？"陈娟蹙眉，"他又是怎么知道这事的？难不成被绑架的几个孩子中有他的亲属？"

王历摇头："没有方副市长的亲属，但是你知道吗，被绑架的五个孩子中，有一个叫赵星的，是去年刚退休的赵市长的孙子。赵市长知道这事后，自然是急得要命，立刻打电话给方副市长，让他督促我们立即破案，还说如果我们没能尽快侦破此案的话，他就去省公安厅，让省厅的刑侦专家成立专案组来破案。"

这话陈娟就不爱听了，双手环抱胸前，闷哼一声："什么意思，瞧不起我们高新区刑警队？那他去找省厅的人，我正好不管了，乐得清闲！"

王历点着一根手指头说："你这脾气啊，总是说这种言不由衷的话。要是这事真让省厅的人接管了，你这个高新区刑警队队长不会感到脸上无光？"

"我的面子无所谓，王局，到时候恐怕是你脸上无光吧？"

"所以说，为了咱们高新区公安局整体的颜面，此案务必引起重视，力争尽快破案！"

"王局，五个孩子同时被绑架，这本来就是重大刑事案件，不管这里面有没有市长的孙子，我们肯定都会高度重视的，不需要他们强调！但这个赵市长动不动就用市领导和省厅来压我们，好像不这样做的话，我们就会懈怠一样，这不可气吗？他知不知道，从凌晨三点钟到现在，我和何卫东、刘丹他们一直在全力调查，没合过眼！还要怎么样？"

"我明白，我明白，辛苦你们了。"王历赶紧说好话，"其实我刚才就跟方副市长说了，陈娟是我们南坪市最得力、最有刑侦经验的刑警，破获过多起大案要案，包括两年前那起被称为'切除杀人事件'的离奇案件。陈娟的办案能力丝毫不比省厅那些刑侦专家差，甚至更强。加上这起案件本来就发生在咱们高新区，也理应由更熟悉高新区情况的刑警来负责侦破。"

"王局，你就别往我脸上贴金了，实话告诉你，这起案件不是那么好破的。要是省厅的人接管了，对咱们来说真不是什么坏事。"

听到这话，王历的表情严肃起来："为什么这么说？"

陈娟说："首先这起绑架案非常特殊，不是匪徒将小孩拐骗上车这种常规套路。绑架这五个孩子的，是其中一个孩子的妈妈，也就是说，她连自己的儿子都绑架了，这样的事情，你听说过吗？"

王历摇头，问道："她为什么要这样做？"

"这就是问题所在，现在不管是我们警察，还是被绑架的另外四个孩子的家长，全都搞不清楚这是怎么回事。也就是说，绑架者的动机成谜。"

"通常情况下，绑架不都是为了钱吗？"

"对，但是从几个孩子被绑架到现在，已经过去十几个小时了，那个叫冷春来的女人，也就是绑匪，并没有提出任何赎金的要求。而且有一点也让人难以理解，哪有人如此明目张胆、亮明身份绑架的？在警方明确知道绑架者是谁的情况下，就算她勒索这几家人，拿到了天价赎金，又有多大的意义呢？毫无疑问，警方是会在全国范围内发布通缉令的，她只要现身，立刻就会被捕。所以拿这么多钱，意义何在？更别说她还跟自己儿子在一起，难不成她打算带着一个十几岁的孩子浪迹天涯、东躲西藏？正常人能干出这样的事来吗？"

"会不会她就是有点不正常，压根儿没想到这样做的后果是什么？"王历猜测。

"不，我不这样认为，"陈娟摇头，"事实证明，这个女人心思缜密、行事谨慎，并且具有很强的反侦查意识。这次绑架事件，也绝非突发事件，而是深思熟虑、策划已久的了。她利用接五个孩子放学的机会，顺理成章地让他们上了自己的车，然后开车到郊区的荒地，避开城市里的监控，之后就和这五个孩子一起消失了，并且把自己的手机和其中一个孩子的电话手表留在了荒地上，避免被警察追踪到位置。我让刘丹他们去附近具有隐蔽性的场所找过了，没发现人，说明他们在下车后换了一辆车，而这辆车极有可能提前就停在荒地上等着。"

王历一边听一边点头，认同陈娟的分析。

陈娟继续道："掌握这些情况后，我让何卫东立刻通知各个高速路口的交警，让他们严格盘查经过的车辆，如果发现车里有几个初中生，就立刻拦下，然后通知我们。另外就是查看昨晚十点以后，各条道路的监控录像，看看电子眼有没有在某辆车上拍到冷春来和几个孩子。结果是，不但没发现人，就连电子眼都没拍到他们。这说明，冷春来挟持五个孩子上了另一辆车后，开车的不是她本人！他们几个人极有可能坐在一辆中型车或者面包车的后座，车窗是深色的，电子眼没法拍到他们。"

"照你这么说，冷春来岂不是还有一个同伙？"

"对，我认为这种可能性非常大。她一个女人要独立完成这整件事情，难度太大了。"

"一个母亲，伙同另外一个人绑架了包括自己儿子在内的五个孩子？"王历皱起眉头。

"很匪夷所思，对吧？所以我刚才说，她做这件事的动机成谜。"陈娟说，"王局，你想想看，这么特殊的一起案子，我们连犯人的动机都不清楚，她和同伙又具有很强的反侦查意识——这样的案件，是轻易就能侦破的吗？而且破案最大的难点，还不止于此。"

"是什么？说说看。"

"有两个问题，是阻挠我们破案的巨大难点。第一是，这起案件刚刚发生的时候，高新区派出所的民警无法确定是不是一起刑事案件，是在凌晨三点过，家长们再次报案后，才意识到事情不对劲。这个时候，我们刑警介入了。了解情况后，我初步判断有可能是一起绑架案。但这时，距离几个孩子被绑架，已经过去了六个小时。这么长的一段时间，冷春来和同伙完全有可能已经驾车离开本市了，甚至离开本省都有可能。"

王历眉头拧得越来越紧，说："如果他们跑到外省或者外地去了，这事就麻烦了！还得通知当地警方协助调查才行，关键是，我们不知道他们去了哪个城市，都不知道该通知谁！"

"正因如此，这是第一个麻烦的地方。第二是，假如他们还在本市，但南玶市也是一个面积不小的大城市，有十多个区县，各种小区、住宅楼、公寓、写字楼、厂房、别墅、农村自建房……这些加起来，简直不计其数。别说我们一个小小的高新区刑警队，就算把全市的警力都调动起来，也不可能把这些地方全都搜寻一遍。况且警察在没有搜查证的情况下，也不能随便进入居民家中搜查。所以王局，你知道这起案子的难度有多大了吧？"

王历深吸一口气，感到压力陡增，想了一下，说："监控呢？看看监控有没有拍到他们出现在某处。"

"是，我们可以跟其他区县的公安局联系，让他们配合调查，查看当地各街道的监控视频。但我个人认为，这样做的意义不大。"

"为什么？"

"因为这件事情发生在夜里，本来就很难通过监控来观察和判断，加上嫌疑人具有很强的反侦查意识，他们一开始就考虑到了被监控拍到这种可能性，所以一定会想方设法避开监控。这样的情况下，你觉得他们会出现在某条有监控的街道上，被拍到行踪吗？更大的可能，是事先选好一个没有监控的地方，然后直接将车开到此处，再把孩子们囚禁起来吧。"

"没有监控的地方，多半都是乡镇和农村，我们要不要重点找一下这些区域？"

"即便是乡镇和农村，仍然是非常大的一个范围。况且也不一定，城市里的很多老小区，也没有安装监控，或者有些地方是监控死角。嫌疑人只要事先做好周密的准备，就完全可以用一些巧妙的方法避开监控。而且我再提醒一次，王局，他们现在都有可能不在南坪市了。你确定要耗费这么大的警力进行意义不大的搜寻吗？"

"那你说，现在该怎么办？"

"结合目前的各种情况，已经可以确定犯罪嫌疑人就是冷春来，符合发布通缉令的条件了。王局，我建议立刻在南坪市和周边的省市发布通缉令，并提供悬赏，如果有民众看到冷春来，立刻跟我们警方联系。"

"好的，通缉令的事我马上安排人去办。"

"嗯，但是以冷春来的谨慎程度，恐怕不会轻易现身，或者她肯定会想办法乔装，不让人认出来，所以我们别寄太多希望在通缉令上。我觉得，还是得从问题的根源，也就是冷春来的作案动机入手。只有先把这一点搞清楚，才有可能根据了解到的情况，做出相应的判断。"

"有道理，那你准备通过哪些途径调查她的作案动机呢？"

"两个方面：第一，跟冷春来有交集的人，以及了解她的人，除了那几个家长之外，还有她工作地方的同事等；第二，学校的老师、同学，看看他们是否知道，近期有没有什么事情，可能导致绑架案的发生。"

王历点头表示赞同，说："就这么办，立刻成立专案组，由你担任组长，成员是哪些，你来定。"

陈娟想了想，说："我、何卫东、刘丹、张鑫，我们四个人就够了。再多也没有意义，浪费警力资源。"

"好，你刚才说的，通过两个方面来调查冷春来的作案动机，我建议同时进行。"

"我也是这样想的，打算让刘丹和张鑫去冷春来工作的地方，我和何卫东去学校了解情况——不过这两天正好是周末，学校里没人。"

"可以先去老师家里，找他们了解情况。周一再去学校询问部分学生。"

"好的，不过王局，有句话我得先说在前面，如果什么方副市长、赵市长再找到你，跟你施压，你就跟他们说，我们已经非常重视这起案子了，但我们警察也是人，别指望我们像机器一样连轴转，不休息。老实说，我从凌晨三点工作到现在，已经困得不行了，我得回去稍微睡一下，下午再去找老师了解情况，没问题吧？"

"当然，你们赶紧去吃午饭，然后回家睡个午觉，千万别把身体累垮了。那些领导，我来应付就好了，你就别管了。"

陈娟点了点头，闭上眼睛长吁一口气。体力和脑力的严重消耗，确实让她疲惫到了极点。但她是了解自己的，嘴上说需要休息一下，无非是希望得到领导的理解，不要给他们专案组太大的压力。实际上，有这种大案要案的情况下，她是不可能安心睡觉的。回家午睡就免了，叫点外卖吃，然后在办公室的沙发上小憩一下吧。她在手机上设了一个闹铃，打算下午两点就联系学校的老师，进行走访。

第十一章　冷春来的计策

下午两点半,陈娟和何卫东来到某小区,敲开其中一户的门,见到了之前电话联系过的邱新良老师——这位男老师年纪约莫三十五岁,五短身材、其貌不扬,戴着一副厚框眼镜,正是赵星等人的班主任。

之前电话联系的时候,陈娟并没有跟邱新良说具体什么事,只是说需要找他当面了解一下情况。见面之后,这位老师显得有点忐忑不安,显然没有太多跟警察,特别是刑警打交道的经历。事实上,一般人面对警察的造访,肯定都是惴惴不安的,这位班主任也不例外。

陈娟和何卫东出示了警察证后,邱新良将两人请进门,招呼他们坐在客厅的沙发上。

"邱老师,你知不知道,我们找你是因为什么事?"陈娟说。

邱新良茫然地摇头,看来并不知道自己班上几个学生被绑架的事。

"是这样的,你们班的五个学生赵星、靳亚晨、余思彤、邹薇薇和冷俊杰,在 5 月 20 日,也就是星期五的晚上,同时被绑架了。"

"什么?!"邱新良大吃一惊,瞠目结舌,隔了好一会儿才说,"五个人同时被绑架了?"

"对。"

"是在下晚自习之后吗?"

"是的。"

"刚出校门就被绑架了?什么绑匪这么大胆,校门口和道路上都是有监控的啊！"

陈娟沉吟一下，问："你知不知道，绑架他们的是谁？"

邱新良摇了摇头，但作为数学老师的他逻辑思维能力很强，略一思量，从陈娟的问话中品出了什么，问道："陈警官，听你这意思，我有可能认识这个绑匪？"

"不是可能，而是肯定认识。"

邱新良再次感到惊讶，张着嘴想了片刻，说："学校的老师应该是不可能的，不然的话，同事之间早就传开了……学生更不可能，这么说，绑架他们的，是某个家长？"

陈娟和何卫东对视一眼，有点佩服这个数学老师的逻辑推理能力。陈娟本来想直接把冷春来绑架几个孩子的事告诉这位班主任，现在突然改变了想法，说道："没错，绑架他们的，正是你们班上某名学生的家长。邱老师，如果我不直接告诉你是谁，而是让你凭直觉来猜一下，你觉得你们班的家长中，谁有可能干出这种事来？"

"这……我怎么猜得出来？绑架这种事情，可不是一般人干得出来的。"

"没关系，你就凭对家长们的了解和印象，猜一下。因为我发现，你的直觉挺强的。"

"那，我想想看……"邱新良思忖片刻说，"该不会是冷俊杰的妈妈冷春来吧？"

这次轮到陈娟和何卫东吃惊了，他们俩的脸上不由自主地浮现出惊讶的神情，因为他们根本没想到，班主任竟然会一猜即中。

邱新良观察到了两位警察的表情："难道……我猜对了？"

"是，你猜对了。绑架者正是冷春来，"陈娟说，"那你能告诉我们，你为什么一下就猜到是她吗？"

"而且我们之前已经告诉过你了，被绑架的五个孩子中有冷俊杰。按照一般人的逻辑，不会认为一个母亲会绑架自己的儿子，但你却仍然觉得有可能是冷春来。能解释一下这是为什么吗？"何卫东说。

"是啊,按理说,母亲是不会绑架自己儿子的……但你们刚才让我凭直觉猜一下,我立刻想到的,就是她。"邱新良说。

"听这意思,以你对冷春来的了解,她是一个有可能会做出绑架这种事的家长?"陈娟问。

"这倒不是,绑架是犯罪,她之前没做过什么犯法的事——至少我不知道。"

"那你为什么觉得她的嫌疑最大?"

"我是用的排除法。我从初一起就是这个班的班主任,对于家长们的情况,还是比较了解的。其他的家长,我很难把他们跟绑架这样的事情联系在一起。唯独冷春来,我觉得有一定的可能性。原因是,她以前做过类似的事情。"

"什么?你说她以前做过类似绑架的事?"何卫东感到惊讶。

"不,不算绑架吧,怎么说呢……"邱新良挠着脑袋,一时不知道该怎么表达。

"邱老师,你把冷春来曾经做过的这件事告诉我们吧。没关系,慢慢说。"陈娟说。

"好吧,事情的起因是这样的,刚刚进入初二的那段时间,班上的学生特别浮躁,表现很不好,我十分生气,就罚每个人抄班规十遍。其他的同学要么抄完了,要么抄了一部分,总之多多少少都抄了,唯独冷俊杰,一遍都没有抄。

"我把他叫到办公室,问他为什么没有抄班规,他说是他妈妈不让他抄的,还说老师这样做其实是变相体罚。为了求证冷俊杰说的是不是实话,我打电话给他妈妈冷春来,结果对方非常直接地告诉我:'对,邱老师,是我不让我儿子抄的,因为我觉得,罚全班同学抄十遍班规不合理。'"

听到这儿,陈娟打断道:"班规有多少字?"

"可能一千字左右吧。"

"抄十遍的话,不就是一万字吗?就算书写速度很快,至少也得抄好几个小时吧。"

邱新良叹了口气，用诉苦的口吻说道："陈警官，我承认，严格地说，这确实算变相体罚。但是您知道我们初中老师，特别是班主任有多难当吗？初中生正好处在叛逆期，非常难管教，很多父母面对一个孩子都感到头疼，别说我们老师了，我们面对的可是四十多个学生！现在规定不能体罚孩子，要是罚抄课文、班规都不能用的话，我真的不知道还有什么方法能管教这一个班的孩子了。无奈之下，才出此下策。"

陈娟正是叛逆期少年的母亲，当然明白老师的难处，表示理解地点了点头。

"而且说的是抄十遍，没有抄完，还不是就算了。但如果个个家长都像冷春来这样，明确告诉孩子，不用理睬老师的惩罚，因为这是变相体罚，是违规的，那我真不知道该怎么教育孩子了。"

"所以，当冷春来这样跟你说的时候，你肯定很生气吧？"

"对，我当时赌气地说，你既然质疑我的教育方法，就把孩子领回去吧，你这孩子我教不了了。"

"冷春来怎么说？"

"她说：'老师，这不可能。初中是义务教育，你没有权利让任何一个孩子回家，这是违法的。'她这样说，让我哑口无言，只好挂断了电话。"

"然后呢？"

"我就无计可施了，遇到这样的家长，我只能自认倒霉。"

"但这事肯定没有结束吧，后面又发生了什么？"

邱新良露出局促不安的表情，似乎有些难以启齿。陈娟猜到了，说："你给冷俊杰穿小鞋了，对吧？只要孩子在你的班上读书，你就有一百种整他的方法。"

"陈警官，我……"

"邱老师，你不用辩解。我是警察，不是教育局的人，我找你是了解冷春来这个人，以及之前发生过怎样的事情，你只管如实告诉我就行了，不要有任何隐瞒。"

"好吧。因为冷俊杰没有抄写班规，所以上数学课的时候，我让他到教室后面去罚站。结果冷俊杰说：'老师，这是体罚，如果你这样做，我就到教育局去告你。'这话当着全班学生的面说出来，让我情何以堪？老实说，我从教这么多年，从来没有遇到过这么难搞的学生和家长，当时一怒之下，就说了一句气话：'那你去吧！现在就去，别在班上待着了。'

"冷俊杰听了这话后，非常冷静地说了一句'老师，这是你让我走的啊，不是我旷课'，然后就当着全班同学的面，走出教室门，扬长而去。我当时呆住了，反应过来的时候，发现他已经走出校门了。"

"之后呢？"

"当天晚上，冷春来给我打电话，说孩子没有回家，问我是怎么回事。我被吓出了一身冷汗，硬着头皮把事情的经过跟冷春来解释了一下，她说：'原来是这样啊，那么邱老师，既然是你把我儿子赶出学校的，就麻烦你把他找回来吧，如果他在外面出了什么事，就只好由你来负责了。'

"我们当老师的，最怕发生这样的事情了。如果因为我们的过失导致孩子出事，丢工作都是其次，搞不好还会被判刑。我当时急得满头大汗，又不敢报警，只好沿着每条街大海捞针一样地找冷俊杰，找了几乎一个通宵。"

"找到了吗？"

"没有。结果第二天，冷俊杰自己回来了。我松了口气，下课后把他叫到办公室，说了一番好话，跟他道了歉，让他以后不能再这样做了，然后问他昨天跑哪儿去了。他说在一个公园的凉亭里睡了一晚，我心想谢天谢地，幸好没有出事，不然我怎么跟学校和家长交差？这件事之后，我就对这对母子敬而远之，不敢再招惹他们了。"

听完邱新良的叙述，何卫东说："这个冷俊杰这么有性格啊，感觉跟他妈一脉相承。真是有其母必有其子。"

"对，一开始，我也这样想，"邱新良苦笑道，"直到有一天，我才得知这件事的真相。"

"怎么，这事还有什么隐情吗？"何卫东问。

"每个班主任，都有几个作为心腹的学生，也就是所谓的眼线，帮老师暗中了解班上的情况，然后及时汇报。这件事过了一段时间后，其中一个心腹对我说，邱老师，你知道吗，冷俊杰把他前段时间离家出走的真相告诉赵星、靳亚晨他们了。

"接着，这个学生把整件事的过程告诉了我。我听完后起了一身鸡皮疙瘩。原来是这样的：我罚全班抄班规的事，冷俊杰回家告诉了他妈，冷春来知道后，让儿子不要理会，一个字都别抄。冷俊杰说，但是这样的话，老师肯定饶不了我的。冷春来就教他怎样应对，比如跟老师说这是变相体罚。冷俊杰还是不放心，担心这样说了之后，我会用别的方式惩罚他。冷春来就对儿子说，老师的办法只有那几样，无非就是罚站什么的，到时候你不要站，就说这是体罚，可以去教育局告他。老师肯定火冒三丈，说让你滚出教室之类的话，你只需要冷静地告诉老师'这是你让我走的'，然后就真的离开学校。在外面闲逛一阵后，你找家小旅馆住下来，不要跟任何人联系。当天晚上，我会跟老师打电话，就说你没回家，他肯定急得要命，四处找你。当然他是不可能找到你的。第二天，你回学校上课，这个时候，老师一定会谢天谢地，觉得只要你没出事就是万幸，然后他会跟你赔礼道歉，并问你昨晚是在哪里过的，你就说在公园的凉亭里睡了一晚。听了这话，老师会感到后怕，从此以后，再也不敢做任何对你不利的事。"

听完邱新良的这一大段叙述，陈娟和何卫东几乎呆了。陈娟说："意思是，冷春来提前想到了各种可能，然后教他儿子怎么做。所有的一切，都在她的算计当中。"

"正是如此。我当了十几年老师，从没见过这么可怕的妈。为了对抗老师，她竟然想出这种计策，教唆儿子离家出走，并以此来威胁老师。实际上，一切都在她的掌控之中，而我则被她耍得团团转，完全不是对手。要不是冷俊杰把这事告诉了赵星他们，又恰好被我的心腹听到的话，我直到现在还蒙在鼓里。"

"冷春来这个女人，果然不是普通角色。"何卫东望向陈娟，后者点了点头。

"所以两位警官，你们现在明白，为什么让我猜绑架的事可能跟班上哪个家长有关，我会立刻想到冷春来了吧？刚才说的那件事，虽然不是绑架，但是玩消失这种事，可是冷春来最擅长的。"邱新良说。

"但是这一次，消失的可不止冷俊杰一个人，还有赵星、靳亚晨、余思彤和邹薇薇。"陈娟说。

"是啊，而且余思彤是班长，邹薇薇还是我的心腹之一。所以这次的状况，我也搞不懂了。"

"邹薇薇是你的心腹？"陈娟略感意外，"为什么不是班长余思彤呢？"

"班长的话，就太明显了，同学们会防着她。邹薇薇则具有隐蔽性，所以冷俊杰跟赵星说这件事，才被邹薇薇听到了。"

"原来把这件事透露给你的，是邹薇薇啊。冷俊杰和赵星估计根本不知道她是老师的眼线。"何卫东忽然觉得，现在的学校生活宛如谍战，老师、学生和家长彼此斗智斗勇。

"那么，5月20日之前的几天，有没有发生过什么特殊的事情？"陈娟问道。

"没有，"邱新良连连摆手，"这次真没发生什么事了。我刚才就说了，自从那件事后，我就知道冷春来母子俩不好惹。我跟这些学生相处的时间最多就三年，现在已经过去一大半了，再过一年，等他们毕业，基本上也就不会有太多联系，所以相安无事最重要。"

他叹了口气，苦恼地说："现在班上一下子有五个学生被绑架，校方还不知道这件事吧？星期一早上，班上的同学问起来，我该怎么说呢……"

"校方我们会通知。至于班上的学生，你不必跟他们说什么，我会找他们的。"陈娟说。

"啊？你们还要找学生了解情况吗？"

"是的，麻烦你帮我整理一份名单，就是班上跟赵星他们五个人关系最好的一些学生，大概七八个吧。星期一早上，我会来学校找这些学生问话。"

"明白了。"

"另外，邱老师，你这儿有赵星、冷俊杰他们几个人的照片吗？"陈娟问。

"有的，我手机里就有。是学校运动会和班上搞活动的时候照的。"

"麻烦给我看看吧。"

"好的。"邱新良摸出手机，从图库里找到一张全班同学近期的集体照，递给陈娟。

"冷俊杰是谁，指给我看一下。"

"这儿。"邱新良指着其中一个个子高挑、相貌英俊的男生说道。

"赵星呢？"

"赵星……在这儿。"

陈娟挨个把照片上五个失踪的少年看了一遍，记住了他们的长相。然后，她又看了下班上的其他学生，说道："冷俊杰、靳亚晨和赵星，这三个男生都是小帅哥。特别是冷俊杰和靳亚晨，打扮一下的话，不比当初的TFBOYS差。邹薇薇也是个漂亮女孩。余思彤稍微一般点儿，不过成绩优异，还是班长，对吧？"

"是的。"

"赵星的家庭条件是不是特别好？"

"对，他爷爷是赵士忠市长，去年才退休。父亲是一家文化公司的老板，母亲是家族企业的高管。家庭条件应该是我们班的学生中最好的。估计正是这个原因，这孩子学习一点都不认真，成绩长期垫底，品行嘛，也不太好。但是碍于他家庭的关系，我们当老师的也不好多说，很是头疼。"

"品行不好,是指什么?"

"就是调皮捣蛋,喜欢恶作剧,也爱撒谎。"

陈娟微微颔首,又问:"另外四个孩子呢?麻烦你从老师的角度,评价一下他们吧。"

"余思彤是班长,各方面都挺优秀的;邹薇薇成绩一般,但这孩子比较亲近老师,刚才也说了,她是我的心腹之一;靳亚晨各方面都不错,没有明显的缺点;冷俊杰嘛……"邱新良迟疑一下,"发生那件事之后,我就对他敬而远之了,没怎么太关注他。"

"他在班上的人缘好吗,冷俊杰?"

"还可以吧。"

"冷春来和他儿子的关系怎么样,你知道吗?"

"他们母子俩关系应该很好吧,不然冷春来也不会为了让儿子不抄班规,想出这种计策来对付老师。另外我记得有一次,冷俊杰上体育课脚受伤了,一般这种小伤都是在校医那儿处理一下就行了。但是我打电话给冷春来后,她立刻赶到学校,带冷俊杰去医院拍片,生怕是骨折什么的。由此可见,她很在乎这个儿子。"

"听说她是单亲妈妈,就连冷俊杰都不知道自己父亲是谁?"

"好像是这样。这种事情,我们当老师的也不好多问。"

"明白了。那么邱老师,我们就不打扰了,如果后面还要了解什么情况,我会再跟你联系的。"

"好的。"

陈娟和何卫东起身离开,邱新良送客出门。

第十二章　两种可能

走出邱新良的家，陈娟对何卫东说："原本我打算，在班主任这里了解一下情况就可以了，现在看来，还要再去找另外几位科任老师了解情况才行。"

"为什么？娟姐，你觉得这个邱老师有问题吗？"

"有没有问题，需要结合另外几个科任老师的意见之后，再做出判断。"

陈娟吩咐何卫东："你现在跟校方联系，第一，把五个孩子被绑架的事告知校方；第二，让校方提供初二四班几位主科老师的手机号码，然后挨个跟他们联系。这一次，我们不一一登门造访了，跟他们约一个时间，找家茶楼，开一个包间，在那里跟他们集中见面。"

"好的。"何卫东立刻去办。

几十分钟后，在高新区某家茶楼的包间内，陈娟和何卫东见到了初二四班语文、英语、物理和体育四科的老师。体育现在中考占60分，据说以后可能会增加到100分，在所有学科中的地位与日俱增，跟十几年前不可同日而语。所以体育老师也被归类为主科老师之一。

陈娟把五个孩子被冷春来绑架的事告知他们，四位老师自然十分震惊。陈娟说："找几位老师来，是想跟你们了解一些相关情况。需要提醒的是，这是一起重大刑事案件，我们刑警现在是在调查和取证，请几位老师务必实话实说，我们会全程录音。如果你们考虑到同事关系等问题而有所隐瞒，或者说的不符合事实，以后是有可能承担法律责任的，明白吗？"

"明白。"四位老师正襟危坐，表情严肃。陈娟的话无疑起了很大的威慑作用。语文老师说："警官，您问吧，我们一定知无不言。"

陈娟点了点头，说："班主任邱新良老师，在你们眼中，是一个怎样的老师？记住，我刚才提醒了，不要因为同事关系而有所顾忌。你们尽管放心，所有聊天内容我们都会保密。"

"警官，初二四班是全年级最好的班级。分到这个班的老师，都是教学经验丰富的优秀教师。邱老师三十多岁就评上了高级教师，教学成绩也十分突出，四班的数学平均成绩，长期都是全年级第一。"语文老师说，另外三个老师点头附和。

"教学方面，我相信邱老师是十分优秀的。那么，人品方面呢？"

"人品……"几位老师对视了一眼，英语老师说："我好像没有觉得，他人品有什么太大的问题吧。"

"那么，我就问具体一点。据你们所知，邱老师有没有偏袒过赵星？同时，他有没有针对过冷俊杰？"

听到陈娟这样问，四个老师露出有些尴尬的神情。陈娟捕捉到了他们脸上的表情，说道："果然是有这种情况的，对吧？"

"嗯……可能有一点吧。"语文老师说。

"不要含糊其词，有就是有，没有就是没有。准确地回答我，到底有没有这样的情况。"

"有。"语文老师带头承认，另外三个老师也默默点头。

"举例来说明，他是怎么偏袒赵星，又是怎么针对冷俊杰的。"

物理老师想了想，说："有一次，在实验室做物理实验的时候，赵星他们几个孩子调皮捣蛋，把物理实验器材当成玩具来瞎搞，结果把静电感应起电机和滑线变阻器等好几样器材都损坏了。我当即批评了他们，并得知是赵星带头这样做的。下课后，我把这事告诉了邱老师，他也批评了这几个孩子，但是我很明显地看出来，他骂得最凶的是冷俊杰，对于'主要肇事者'赵星，反倒没有过多责骂，只是让他赔偿损坏的器材而已。赵星的家庭条件很好，赔这点钱根本不在话下，甚至都不用告知父母，用他自己的零花钱就足够了。"

陈娟点了点头，望向另外三位老师。语文老师说："这样说起来的话，邱老师好像是有点针对冷俊杰。有一次，班上一个女生给冷俊杰写了封情书，邱老师知道后，在班上冷嘲热讽了一番，说冷俊杰是'金玉其外败絮其中'，暗指他根本不值得喜欢。我当时就觉得有点不妥，用这句话来形容一个孩子，有点过分了，况且这件事并不是冷俊杰的错，不知道为什么邱老师要这样讽刺挖苦他。"

"那么，你们知不知道邱老师为什么会针对冷俊杰呢？"陈娟说。

四个老师一起摇头。英语老师说："可能是冷俊杰成绩不是很好吧，老师通常都喜欢成绩好的学生。"

"但是成绩更不好的人是赵星，邱老师却不但没有针对他，反而偏袒他。如果我没猜错的话，赵星的妈妈经常请客送礼，对吧？"

四个老师都没说话，等于默认了。陈娟说："没关系，我是警察，不是教育局的，这些事情不归我管，所以你们就大方地承认好了。"

语文老师便点头承认了："是的，赵星家很有钱，他妈妈苏静知道儿子成绩差，表现又不好，唯有通过请客送礼来跟老师搞好关系，以免赵星在学校日子不好过。她刚开学就请过所有老师吃饭，安排在一家富丽堂皇、宛如皇宫一样的餐厅，餐费加上酒水，保守估计，至少好几万，还送了每个老师一部价值不菲的新款手机。"

"真够大方的。"何卫东说。

"对，苏静确实是那种又有钱又大方的女人，特别是花在儿子身上，一点都不会吝啬。"语文老师说。

"逢年过节的时候，苏静也会送礼品给老师们，给女老师的，通常都是些奢侈品牌的包包、化妆品之类的，男老师的话，则是皮夹或腕表。这些还只是我们几个科任老师收到的礼物，作为班主任的邱老师，肯定是有过之而无不及，只是我们不好去问罢了。"英语老师说。

"我明白了，如此看来，邱老师为什么会偏袒赵星，答案非常明显了。那他针对冷俊杰，会不会是因为那件事的关系？"陈娟说。

"哪件事？"

陈娟就把刚才邱新良讲的"罚抄班规事件"说了出来，几个科任老师一听，表示他们知道这件事。随后，语文老师说："警官，邱老师针对冷俊杰，是这件事情之前。这件事发生之后，他反倒没有那么针对冷俊杰了，或许是领教了他妈妈冷春来的厉害，就不敢了吧。"

"好的，我明白了，"陈娟基本上已经搞清楚情况了，对几位老师说，"辛苦你们了，我今天就先了解这么多，各位请回吧。"

四位老师便起身告辞，一起走出了包间。何卫东憋了一肚子的疑问，正要问陈娟，后者用手势示意他先别说话，摸出手机给另一个手下刘丹打了个电话。

"刘丹，你和张鑫去冷春来居住和工作的地方调查得怎么样了？"

"娟姐，我们已经调查完了，情况是现在跟你说，还是回刑警队说？"

"回刑警队，我们专案组的四个人需要开个小会。"

"好的，我们现在就回去。"

陈娟挂了电话，对何卫东说："走吧，我知道你想问什么，回去再说。"

于是两人离开茶楼，驾驶警车返回高新区刑警大队。不一会儿，刘丹和张鑫也回来了，四个人在陈娟的办公室里开会。

"先说我们这边的情况，"陈娟说，"我和何卫东刚才分别跟初二四班的班主任和四门主科的科任老师见面详聊了，得出的结论是，科任老师基本上没有太大的问题，但是班主任邱新良存在问题。当然，我说的问题，不是指他参与了绑架案，而是他有可能是这起绑架案的导火索——这是目前的猜测。"

"娟姐，我刚才就想问了。从邱新良家出来，你就觉得他有问题，你是怎么发现这一点的呢？"何卫东问。

"在跟邱新良交谈的过程中,我注意到了几件事。第一,这个数学老师非常聪明,也有着很强的逻辑思维能力,所以他一下就猜到了,绑架几个孩子的人可能是冷春来。接下来,他讲述了'罚抄班规事件',从他的叙述来看,冷春来非常有心计,而且故意跟老师作对,明显是个'刺头'。但是别忘了,这只是邱新良的一面之词,实际情况真是如此吗?"

"那你觉得有可能是怎么回事呢?"

"我们刚才已经从几个科任老师那里证实,邱新良的师德是存在一定问题的。班上最调皮捣蛋、让人头痛的孩子是赵星,但是因为赵星的家庭背景以及他妈妈苏静长期给老师好处,让邱新良对赵星有明显的偏袒。那么这件事,班上的学生知不知道呢?肯定是知道的,我就是一个初中生的妈妈,知道现在的孩子有多精。老师对一个成绩差、表现差的孩子有明显偏袒,他们不可能看不出来,也不可能不知道原因是什么。

"这件事,冷俊杰可能告诉了他妈妈冷春来,因为他们母子俩关系很好,无话不谈。那么冷春来对这位班主任,就可能产生不好的印象。

"同时,因为冷春来一贯特立独行,不配合老师,也可能让她跟班主任之间产生矛盾。加上冷俊杰在班上非常受女生欢迎,作为班主任,他大概觉得冷俊杰给班上的风气带来了不好的影响。虽然这并不是冷俊杰的错,但他有可能归咎到冷俊杰身上。以上两点,也许就是他针对冷俊杰的原因。"

"嗯,的确如此,"何卫东点头道,"所以有女生跟冷俊杰表白的时候,邱新良才会冷嘲热讽,很明显他对冷俊杰是心有不满的。"

"那么我们来分析一下,在'罚抄班规事件'之前,邱新良就处处针对冷俊杰,而冷春来肯定也对班主任产生了不满,甚至是不信任,所以冷俊杰即便是体育课只受了点小伤,冷春来都要带他去医院检查才放心。

"这样的情况下,冷春来才想出了计策来对抗邱新良,从而让邱新良不敢再针对自己的儿子。而邱新良在领教了冷春来的厉害后，确实有所收敛了。但他被冷春来这样耍弄一番，肯定是颜面无存、怀恨在心。"

"娟姐，我觉得你分析的很有道理。但我还是不明白，就算冷春来和班主任之间存在矛盾，这跟她绑架五个孩子有什么关系？"何卫东问。

"你忘了邱新良说过的一句话吗——'玩消失这种事，可是冷春来最擅长的'。如果说，她之前策划让儿子消失一天，只是小试牛刀，那这次就是大显身手了。"

"但这次不止她儿子，还有另外四个孩子。这四个孩子有什么理由配合他们玩消失呢？"

"这次一起失踪的五个孩子，有一个共同点，那就是，他们五个人是好朋友。而且值得注意的是，冷俊杰、靳亚晨和赵星，都是班上的帅哥。初中生正值情窦初开的年纪，假如余思彤和邹薇薇两个女孩是出于情感的因素，就完全有可能配合他们做一些事情。"

"娟姐，你的意思是，搞不好这次的事件并不是绑架案，而是冷春来和几个孩子因为某种原因，共同策划的一起'消失事件'？"何卫东睁大眼睛说。

"我只能说，有这种可能。如果是这样的话，就解释了为什么直到现在，冷春来都没有联系这几个孩子的家长，索要赎金。"

分析完这边的情况，陈娟望向张鑫和刘丹——他们是两个年轻警察，一男一女，跟何卫东一样，也是陈娟从他们进入刑警队就带在身边的徒弟。这几年下来，也成了陈娟的得力助手。"说说你们这边调查到的情况吧。"

"好的，娟姐，"刘丹说，"我们先去了冷春来居住的地方，是一栋老居民楼，房龄差不多有四十年了。走访冷春来的一些邻居后，得知这房子是冷春来租的，房租很便宜，一个月才一千多点儿。我们叫了开锁匠打开冷春来的家门，进去之后发现了一个重要线索。"

"是什么?"

"她家养了一只小猫,饭厅里有宠物用的自动喂食器、自动饮水机和自动猫砂盆,我用淘宝扫价的方式查了一下,这些东西都是品牌货,价格不便宜,比如那个自动猫砂盆,就要接近三千元。但是这个家里的其他物品,基本上都比较便宜。这就显得有点奇怪了,冷春来的经济条件肯定不太好,才会住在这种便宜的老居民楼,人使用的生活用品都很一般,却给猫买这么贵的用品,这合理吗?"刘丹说。

"而且我还注意到,冷春来买的猫粮,也是价格昂贵的品牌猫粮。自动喂食器里,倒入了满满一桶猫粮,估计够一只小猫吃上一个月了。水和猫砂也准备得很充分。由此可见,冷春来早就做好了准备,知道自己和儿子会消失很长一段时间,所以给家里的猫准备了充足的食物和水。"张鑫说。

陈娟思忖着说:"给猫买很贵的用品和猫粮,只有两种可能。第一是,冷春来非常爱猫。但这似乎有点说不过去,她再爱猫,也不可能胜过爱自己的儿子吧。在经济拮据的情况下,任何一个母亲肯定都是优先保证孩子的生活品质,而不是本末倒置地先保证宠物。所以,第二种可能就是,这些很贵的东西并不是她自己买的。"

"那会是谁买的呢?"刘丹问。

"赵星跟冷俊杰不是好朋友吗?有没有这种可能,赵星到冷俊杰家玩,看到这只可爱的小猫,就给小猫买了品牌猫粮和自动猫砂盆等东西。这个赵星跟他妈一样,既有钱又大方,所以这完全有可能。"

"确实。"刘丹点头。

"假如是这样的话,就进一步证明了,赵星跟冷俊杰的关系确实非常好,说不定,跟冷春来的关系都很好。听说冷春来是一个非常开明的妈妈,把儿子当成朋友一样,那么儿子的朋友,自然也是她的朋友。"

"不管怎么说,至少证明冷春来早就做好了要和儿子一起消失一段时间的准备。"何卫东说。

"冷春来家里的情况,就是这些吗?"陈娟问。

"对，其他我们就没发现什么特别之处了。"

"那她工作的地方呢？"

"这也是一个重要线索。我们去了冷春来之前上班的那家培训中心，得知这家培训中心因为经营不善，已经在两个月前倒闭了，冷春来也因此失业。这段时间，她好像一直没有找到工作，因为南坪市其他的培训中心基本上都已经饱和了，而她教的表演课又相对冷门，加上她年纪有点大，所以不是那么容易找到工作的。"刘丹说。

"你的意思是，在这样的情况下，她就动了绑架的念头，因为赵星和靳亚晨的家庭条件都很好，特别是赵星。但是这样的话，又涉及之前一直让我们想不通的那个问题——谁会连同自己的儿子一起绑架呢？而且谁会这么明目张胆地绑架？"何卫东说。

"是啊，这一点确实让人想不通。"刘丹耸了下肩膀。

陈娟思忖片刻，说道："综合两边调查到的情况，这起案件无非有两种可能：第一，冷春来和几个孩子因为某种原因共同策划并上演了一起'消失事件'；第二，冷春来出于某种特殊目的，绑架了几个孩子。具体是哪种，目前的线索还是太少，不足以让我们做出准确的判断。只有等到星期一，去学校找学生们了解情况了。有些时候，学生之间会有一些老师们不知道小秘密，希望能从他们那里获得新的线索。在此之前，只能看通缉令发布后有没有作用，以及冷春来会不会主动联系那几位家长了。"

第十三章　勒索短信

5月22日，星期日，下午。

梁淑华的头疼了整整一天，自然是长时间的焦虑、紧张和睡眠不足所致。丈夫余庆亮在房间里来回踱步，烟一支接一支地抽，若是平时，梁淑华是不会允许丈夫抽这么多烟的，现在已无暇顾及这些琐事。

余庆亮抽完第二包烟后，梁淑华终于忍不住说道："老余，你别在我面前晃来晃去的了，烟也别抽了，我有点想吐。"

余庆亮便把刚刚拿起的香烟放下，坐在沙发上，烦躁地抓着一头油腻的头发，说道："我静不下来，心乱如麻，这辈子都没有这么难受过。"

"你以为我不是吗？但你是一家之主，你要是都这么沉不住气，让我怎么办？"

"已经过去三十多个小时了，不知道思彤现在怎么样……"余庆亮双手掩面，一向疼爱女儿的他，面对这样的事情，无法做到冷静和坚强。梁淑华听到这样的话，更是心烦意乱，房间里飘荡着愁云惨雾和叹气声。

韩雪妍走进书房，从书柜中拿出一本相册，翻开第一页，映入眼帘的是儿子靳亚晨的周岁纪念照，再往后翻，则是记录着儿子成长历程和他们一家人快乐时光的照片。这些照片唤醒了她的记忆，她想起了第一次带儿子去游乐场，小家伙玩得不想回家；第一次带他去动物园，他被蟒蛇吓得大哭；第一次送他上学；第一次出国旅游……往事纷至沓来，令人无限感怀。再想起儿子目前的处境，她不由得悲从中来、黯然泪下。

靳文辉也走进书房，看到默默掉泪的韩雪妍，叹了口气，把相册轻轻合拢，说道："现在就别看这些了吧，心里会更不好受。"

韩雪妍扑到丈夫怀中，小声啜泣着："为什么会发生这样的事……我们原本的生活这么完美、幸福，为什么会变成这样？"

"现在还不是悲伤难过的时候，相信我，一切都会好起来的，我们要有信心。"靳文辉搂着妻子的肩膀，安慰道。实际上，他只是没有看到自己那张忧伤的脸而已。

陈海莲昏昏沉沉地睡了个午觉——弥补连续两晚缺失的睡眠。走出卧室，她看到丈夫邹斌半躺在沙发上，茶几上是一瓶喝了一大半的白酒，气恼地说："喝喝喝！你就知道喝酒！孩子没出事的时候，你就天天出去喝，现在出事了，你还是喝。除了烂酒，你还会别的吗？"

喝醉的邹斌鼻头通红，眼神涣散，说道："那你要我怎么样？出去找薇薇吗？警察都找不到，我能找到？"

"就算找不到，至少……"

"至少什么？"

"至少别再喝了！"陈海莲走过去一把抓起酒瓶子，走向卫生间，打算把剩下的小半瓶酒倒进马桶。

"别倒！"邹斌跌跌撞撞地走过来夺陈海莲手里的酒瓶，"这不是散装高粱酒，贵着呢！"

"都这时候了，你心里想的就只有酒啊？！"

"你以为我想喝吗？薇薇被人绑架了，我又不知道该做什么好，只有借酒消愁！"邹斌抢过酒瓶，直接对着嘴喝了一大口。

"喝吧，喝吧！喝死算了！反正咱们这个家也快散了！"陈海莲蹲下来，号啕大哭。

苏静家中，相对平静得多。赵士忠和蒋岚已经回自己家去了，可以想象这老两口的担忧和焦虑程度，但是至少不是在他们面前，也就眼不见心不烦。赵从光今天倒是老老实实地待在家中，毕竟儿子丢了，再出去鬼混，怎么都说不过去。他跟赵星的关系虽然不是特别亲密，但毕竟是亲爹，要说没有感情，那也是不可能的。

为了避免再次吵架，夫妻俩各待一个房间。苏静倚靠在主卧的床上，看着抖音上那些无聊的短视频，用以打发时间和分散注意力。赵从光在隔壁的书房上网。下午三点十分，苏静收到一条短信，点开一看，眼睛遽然睁大，迅速直起身子，大喊道："赵从光，你快过来！"

赵从光走进卧室，问道："怎么了？"

"我刚才收到一条短信，你看。"苏静把手机递给丈夫。赵从光看了一眼，"啊"地叫了出来。

短信内容是：

> 你们四家人分别准备两百万元不连号的现金，装在一个拉杆箱内，明天中午，你们四个妈妈在我指定的地方交赎金。不准报警，否则的话，就等着给你们的孩子收尸吧。

"这是那个什么……冷春来发来的短信？"赵从光说。

"肯定是她！"

赵从光看了一眼发送号码，是一长串中间带有符号的数字，显然不是普通的手机号码，他说："这人很狡猾，不用手机，而是通过网页或者某些软件发送短信，这样根本就无法追踪到号码的来源。"

话音未落，第二条信息又发过来了：

> 提醒一句，不要自作聪明，以为我不知道你们有没有报

警。我能看到你们的一举一动。如果不相信，那就用你们孩子的命来赌一把吧。反正只要得知你们报警，我立即撕票。

夫妻俩对视在一起，还没来得及说话，苏静的手机响了起来，是陈海莲打来的。苏静接起电话，听到陈海莲大叫道："苏静！你刚才收到短信了吗？"

"收到了。看来，冷春来是给我们四个人群发的。估计韩雪妍和梁淑华也收到了。"苏静说。

"应该是……啊，梁淑华给我打电话了，肯定是说这事的！"

"韩雪妍也跟我打电话了。这样，我们先接她们的电话，然后在微信群里说。"

"好的！"

苏静接通韩雪妍打的电话，果然也是问她有没有收到冷春来发的短信。苏静告诉她，立刻在微信群里商量这事。

"对方只要求每家人交付两百万的赎金，比我想象中好多了，我还以为她会敲诈个几千万呢。"赵从光说。

"冷春来是了解梁淑华和陈海莲她们家的情况的，两百万已经是她们的上限了，再多的话，她们就算砸锅卖铁也拿不出来。"

"对我们家来说，倒是小菜一碟。如果两百万就能把赵星赎回来，真是太值了。"

苏静点了下头："那我马上跟她们商量一下交赎金的事。"

"在微信群里商量？这么大的事，见面商量比较好吧。"

"见面……好吗？"

"对方只说不准报警，没说你们几个人不能见面，应该没问题吧。"

"行，那我让她们来我们家一趟吧。"

苏静在群里通知另外四个人，让她们马上来自己家商量此事，然后把家的定位和门牌号发在了群里。韩雪妍和梁淑华问能不能和老公一起来，苏静说当然可以。

他们几家人离得不算远，半个小时内，就全都聚集在苏静家了。除了靳文辉和余庆亮之外，邹斌也来了。他虽然才喝了酒，但是出门前用热水洗了把脸，又喝了杯热茶，加上遇到这么大的事，酒自然也就醒了。

事关重大，几个家长也就没废话，直入主题了。苏静问："你们是不是都收到了两条短信？第二条是威胁我们不准报警的。"

另外三对夫妻一齐点头。韩雪妍说："第二条短信里说'我能看到你们的一举一动'，这话是什么意思？她怎么可能看到呢？会不会是虚张声势，吓唬我们的？"

"有可能，但问题是，就算她是唬我们的，你们敢冒险吗？就像她说的，用四个孩子的命来赌一把，我们敢吗？"苏静说。

梁淑华和陈海莲连连摇头，表示不敢冒险。韩雪妍说："我也不敢。估计冷春来就是吃准了我们这种心理。"

"那么，我们是不是按照她说的，准备八百万赎金？一家两百万。"苏静问。

几对夫妻面面相觑，靳文辉说："如果选择不报警，不就只有这一条路可走了吗？"

"对，我和赵从光也是这样想的，孩子的性命最重要，钱财是身外之物，如果冷春来的目的只是想要钱，就给她吧。"苏静说。

"话是没错，可是……两百万，我们家哪有这么多钱啊……"梁淑华面容愁苦地说。

"我们家的房子如果卖了，估计有个一两百万。可是房子也不是马上就能卖掉的，对方让明天中午就交赎金，我们怎么可能一下凑齐这么多钱？"余庆亮面有难色。

"钱我可以先借给你们，以后慢慢还就行了，也不用卖房子。重点是，你们是不是有这个决心和觉悟。"苏静说。

"那是当然！"余庆亮当即表态，"如果能借钱给我们应这个急，真是太感谢了，苏静！思彤是我们唯一的女儿，对我们来说，比一切都重要！只要能让她安全地回来，我们就算砸锅卖铁，也在所不惜！"

"对，女儿就是我们的一切，房子、财产跟她比较起来，都不重要！"梁淑华也表示了坚定的态度。

"好的，我明白了。那你们的两百万，就由我来垫付吧。"苏静说，然后望向韩雪妍和靳文辉。

"我和文辉刚才在路上已经商量过了。我们愿意支付两百万赎金，但是有个问题，现在已经下午四点了，得赶紧打电话给银行预约取款才行，直接去银行，是没法一次性取出这么多现金的。"韩雪妍说。

"这个不用担心，我是好几家银行的白金VIP，跟他们行长也是朋友，确定好之后，给他们打个电话就行了。"苏静说。

"那就好。"

"现在就只有你们了，"苏静望着陈海莲和邹斌，"你们是怎么想的？"

这两口子对视一眼，陈海莲说："我们当然也想救女儿！但是两百万，我们实在是拿不出来……"

"刚才已经说了，我可以先借给你们。如果你同意的话，你们两家的钱，就都由我来垫付好了。"苏静说。

"啊，可以吗？那真是太感谢了，苏静！"

"这样的话，我们的意见就统一了。由我来负责六百万，韩雪妍出他们家的两百万……"

苏静话没说完，邹斌打断道："稍等一下。"

"怎么了？"苏静问。

"我觉得，要不还是报警吧。"

"什么，报警？那不等于拿薇薇的命来冒险吗？要是冷春来知道了，真的撕票怎么办？"陈海莲对丈夫说。

"你们刚才都说了，冷春来其实是在虚张声势，她其实不可能知道我们有没有报警。"

"不怕一万，就怕万一！"

"其实遇到这种事情,本来就应该报警!我们自己能处理好吗?"

"不就是把赎金放到指定地点吗?有什么处理不好的?"

"要是对方收了赎金,也不放人呢?那不是人财两空吗?"

"收了赎金,她还有什么理由不放人呢?总不可能一直把这几个孩子拘禁起来吧?"

"反正我不同意交赎金,这么多钱,两百万啊,我一辈子都未必能赚这么多钱!"

"你……!"

"等一下,"苏静打断争吵的两口子,对邹斌说,"我刚才不是说了,钱可以先借给你们吗?并不需要你立刻拿这么多钱出来,你还有什么不愿意的?"

邹斌咂了咂嘴,说:"苏静,很感谢你这么大方,肯借这么多钱给我们。但是我们这种家庭,跟你们差距实在是太大了。不怕你笑话,我一个月的工资只有五千多一点,我老婆也跟我差不多。我们的年收入加起来,大概就是十一二万。两百万,等于我们一家人不吃不喝十几年的总收入了,但我们不可能真的不吃不喝吧……所以你明白了吧,如果跟你借两百万,等于背上了沉重的债务,不知何年何月才能还清这笔巨款……"

邹斌说这番话的时候,陈海莲羞愧得无地自容,一张脸涨得通红。邹斌说完后,她忍不住哭了出来:"所以,为了不背上巨额债务,你宁肯舍弃自己的女儿,对吗?"

"怎么能叫舍弃呢?报警的话,警察会想办法处理的!"

"可是那会冒很大的风险!要是冷春来真的撕票了,我会后悔一辈子的!"

"好了,你们俩不要争执了,"苏静说,"你们家的情况,我也了解了。这样吧,两百万,我帮你们出。随便你们什么时候还,我不会催你们的。再把话说明一点吧——就算你们不还,也无所谓。我不会跟你们打官司的,因为我根本没打算让你们写借条——这样总行了吧?"

"这……真的好吗？"邹斌迟疑着说。

"苏静既然这样说了，你们就放心吧。"赵从光说。

邹斌露出无比感激的神情，似乎无法用言语来表达自己此刻的心情，他走到苏静和赵从光面前，作势要跪下，以表谢意。赵从光赶紧扶他起来，说道："欸欸欸，这是做什么，快起来，快起来！"

邹斌又说了几句表示感激的话，苏静摆摆手，说："大家都是为了孩子，不必谢我，只要几个孩子能平平安安地回家，就是最好的。"

梁淑华和余庆亮连连称是，梁淑华说他们的借条是一定要打的，也表示一定会想办法还钱。苏静说："这些都不重要，以后再说吧。四点过了，我赶紧给银行打电话，预约取款。"

接下来，苏静便分别给两家银行的行长打了电话，约好次日上午分别在这两家银行取三百万现金。靳文辉也打电话跟银行预约了，次日上午取款两百万，并特别叮嘱了不要连号的新币。

"冷春来说，明天中午会告知我们交付赎金的具体地点。我建议，明天早上九点，在我家楼下集合。我们一起去三家银行，把取到的现金装进拉杆箱内，然后等候冷春来的指示。"苏静说。

"你们四个妈妈去办这件事吗？"靳文辉说。

"对，冷春来明确说了，只能由我们四个妈妈去交赎金。所以你们几位男士，就在家等候消息吧。"苏静说。

靳文辉、余庆亮和邹斌三个人对视一眼，点了点头。

走出苏静家，三对夫妻分道扬镳。陈海莲和邹斌上了自家的车，陈海莲冷着脸说："我们刚才真是把脸都丢尽了，又是暴露我们的低收入，又是表示没法还这么多钱，你还差点给人家跪下……当着这么多人的面，我真想找个地缝钻进去。"

邹斌没有说话，反倒笑了一声。

陈海莲诧异地望着他："你居然还笑得出来？"

"为什么笑不出来，略施小计，就节省了两百万，我不该高兴吗？"

"什么？"

"我刚才是故意坚持要报警的。因为，只要我们表示不愿交赎金，而是选择报警，性命受到威胁的就不只是薇薇一个人，而是四个孩子。苏静是一定不会让赵星冒任何风险的，他们家这么有钱，她又很大方，所以她一定会选择帮我们出钱，而不是借钱给我们。"

"你……竟然这么狡猾。"

"怎么了，这样不好吗？我刚才说的，很多都是事实，如果真的让我们背负两百万的巨额债务，下半辈子的生活质量就可想而知了。这样一来，也会影响薇薇今后的发展吧。"

陈海莲沉默片刻："但是有一件事，我一直没有跟你说。"

"什么事？"

"根据我的观察，赵星好像有点喜欢薇薇。毕竟薇薇是全班最漂亮的女生。薇薇对赵星也有好感，只是他们俩都还小，所以没有捅破这层窗户纸。但是知道这件事后，我就有点刻意拉近和苏静的关系……"

邹斌明白了，说："你是希望现在就打下基础？"

"嗯……"

"想太早了吧？他们现在只是初中生啊。"

"我并不是要强求，但是如果这俩孩子彼此有好感，加上我们两家的关系又一直很好的话，至少是有可能的吧？"

"这倒是。"

"但是你刚才的举动，实在是太丢脸了，也让我们两家的差距显得更大了。我以后在苏静面前，怎么抬得起头来？"

邹斌想了想，说："其实，你不必担心这一点。首先我们两家肯定不可能门当户对；其次他们这种有钱人，乐于享受优越感，未必会瞧不起我们，说不定还很乐意跟我们这种家境比他们差得远的人在一起。另外，薇薇和赵星毕竟八字都没一撇，以后能不能成，得看缘分才行。所以目前对我们来说，节省两百万才是最实际的，对吧？"

"说得也是……"这一刻，陈海莲忽然觉得老公也不是那么一无是处了,"看你天天喝得昏天黑地的,我还以为你喝傻了呢,没想到关键时刻,还挺有心机的嘛。"

"我嘛,大智慧可能没有,小聪明还是有的。这大概就是我们这种普通小市民的生存之道了。"

陈海莲点了点头,驾车回家。

第十四章　苏静的计划

翌日早晨，八点过一点，三个不同程度失眠的妈妈就早早地聚集在了苏静家楼下，打电话给苏静说她们已经等候在小区门口了。半个小时后，苏静开着车从地下车库出来了，招呼她们上车。

三个人上车后，苏静说："我能理解你们急迫的心情，但是去早了也没用，银行九点钟才开门呢。冷春来也没有发新的信息给我们——她是没发吧？"

"反正我没收到。"韩雪妍说。梁淑华和陈海莲也跟着摇头。

"那就是没发。估计冷春来是打算等我们取到钱，临近中午的时候，再通知我们交赎金的地点和方式，避免我们提前做准备。"苏静说。

"做什么准备？我们没打算报警啊。"陈海莲说。

苏静略微迟疑，低声说道："你们就没想过，可以利用这个机会抓住冷春来吗？"

"啊，你是说，趁她拿赎金的时候……"陈海莲明白了。

"对。"

"但是，冷春来会这么蠢吗？亲自现身拿走赎金？"

"就算她找别人，总会有一个人来拿吧。抓住这个人，就可以顺藤摸瓜把她抓住。"

"但是惹恼了她，她真的撕票怎么办？"梁淑华担忧地说。

"所以这事需要我们几个人商量一下——一会儿再说吧，现在先去银行取钱。"

"好的。"

苏静昨天预约的两家银行分别是浦发银行和建设银行。她先驾车来到浦发银行门口，停好车后，从后备箱取出一个空拉杆箱。四个女人一起走进银行大厅。

银行经理一眼就认出了苏静这个大客户，热情地迎上前来招呼，然后示意她到里面的VIP室办理取款业务。苏静说："她们三位都是我的好朋友，跟我一起，可以吗？"

"当然可以，几位请吗。"

在宽敞的VIP室，经理端来茶水和点心，苏静把卡和身份证递给她，说："就取昨天说的那个数，三百万现金，不要连号的新钞哦。"

"好的。"经理让一个工作人员为苏静办理业务。一番操作之后，像座小山一样的三百万现金堆在了台子上。陈海莲和梁淑华一辈子都没见过这么多钱，眼睛都直了。

"苏总，这是三百万，您点一下吧。"经理说。

"不用了，我还信不过你们吗？"苏静打开拉杆箱，和另外三个妈妈一起把钱装进箱子里。随后，她拎着箱子，在银行经理和保安的护送下上了车，前往下一家银行。

同样的操作和流程，一共进行了三次——包括去韩雪妍昨天预约的招商银行。一个多小时后，八百万现金全部取好，装了满满一箱。

现在的时间是上午十点二十，冷春来还没有发来信息，苏静说："咱们找个地方坐会儿吧。"

"行，去哪儿呢？"

"这附近有一家私人会所，我经常去，是他们的会员。里面可以喝茶、用餐，也可以休闲娱乐，私密性很好，咱们去这儿怎么样？"苏静说。

三个人一起点头，于是苏静驾车，前往这家会所。

这家私人会所的名字叫"子非"，位于护城河东南一隅，一边临街，一边临河，可谓是闹中取静。一看门头和装修，就知道是有钱人聚会的场所，内部的豪华程度，更是令人瞠目结舌。苏静拎着拉杆箱，熟门熟路地走进去，对前台服务生说，她们要在这里喝会儿茶，需要一个包间。服务生认得苏静，毕恭毕敬地把几位客人带到一个面积约五十平方米的包间内，房间落地窗正对河景和垂柳，环境十分优雅。

这家会所的茶很高档，正常情况下，包间里是有一个古风美女为客人沏茶、倒茶，并表演茶艺的。但她们今天显然没有这个闲情逸致，苏静对服务生说："你给我们上几杯矿泉水就行了，我按低消来付费。"

"好的。"服务生转身走了。不一会儿，服务生用托盘端了四杯矿泉水过来，说道："各位请慢用。"

"麻烦你出去一下，把门带拢，我们要聊点事情，没有按铃的话，不要进来打扰我们。"苏静说。

"好的。"服务生礼貌地退了出去。

苏静走到门口，把门锁上，坐回来说道："好了，现在我们商量一下刚才说的那件事吧。"

"趁机把冷春来抓住吗？"陈海莲问。

"对，计划是这样的——冷春来一会儿肯定会发短信让我们把装满钱的箱子放在某个地方，我们就照她说的去做，然后假装离开，实际上躲在附近某个可以暗中观察的地方，假如冷春来出现了，我们就立刻将她抓住。"苏静说，接着又补充道，"我倒不是为了节约这笔赎金才打算这么做，只是担心她拿了赎金不放人，而这又是我们唯一有可能抓住她的机会，所以不想错过。"

"啊……还有这种可能性吗？拿了赎金也不放人？"梁淑华问。

"我也不知道，只是觉得有这种可能而已。别忘了，冷春来向来都不按套路出牌。她可没有承诺我们，拿了赎金就一定会放人。或者是，她只放一部分孩子，再留下一两个，便于下次敲诈勒索，这也是有可能的吧？"

苏静此刻说的话，其实是昨天晚上和赵从光商谈后的结果。他们夫妻俩认为，冷春来的敲诈勒索，未必是一次性的。因为他们家很明显比另外三家有钱得多，别说两百万，就算是两千万他们也会毫不犹豫地支付。而冷春来显然也会想到这一点，所以她完全有可能在第一次的八百万到手后，把另外三个孩子放回家，只留下赵星一个人，然后单独勒索他们一大笔钱。关键是，这样的情况只会针对苏静他们，因为另外三家，特别是梁淑华和陈海莲家拿不出更多钱了，只能选择报警。当然，苏静没把话说得这么透，只是暗示了有二次敲诈的可能。

苏静的话果然引起了另外三个人的不安，特别是韩雪妍，他们家的经济情况在四家人中排在第二，她皱起眉头说道："如果是这样的话，赵星和靳亚晨被扣下来的可能性估计更大。"

"所以我才说，我们不能这么老老实实地把钱交出去，得利用这次机会，想办法抓住冷春来才行。"苏静说。

"但我之前就说了，冷春来会这么蠢吗，直接露面拿赎金。要是她这么笨，恐怕早就被警察抓住了。"韩雪妍说。

"是啊，就怕我们不但没抓住她，反倒激怒她，让她做出报复行为。"梁淑华说。

"昨天我和赵从光分析了一下，其实情况无非以下四种：第一，冷春来自己拿赎金，这种可能性确实比较低；第二，她乔装打扮后来拿赎金；第三，她指使某个人帮她拿，然后付给这个人报酬；第四，她还有一个同伙，由同伙出面来拿赎金。应该只有这四种情况了吧？你们还想得出来别的吗？"苏静说。

三个女人想了一会儿，一齐摇头。

"好，那么我说一下具体怎么做。交赎金之前，我会先预约一辆专车，等候在我们交赎金的地方附近。把箱子放在指定地点后，我们四个人假装离开，实际上是上了这辆车。车子行驶到箱子附近，停在路边等待。我们则坐在车上暗中观察。

"如果发现是冷春来亲自露面，我们就直接冲上前去把她抓住；如果她乔装打扮，我们就仔细观察一下是不是她，再决定是否抓住她；

如果她指使某个人或者同伙来拿箱子，意味着我们看到的会是一个完全不认识的人，假如是这样，我们就让司机悄悄跟踪这个人，看他会把箱子拿到哪里，再伺机行动。总之就是，根据不同的情况，采取不同的策略，随机应变。"苏静部署着战略计划。

"苏静，我不是不赞成啊，只是害怕我们这样做，万一适得其反，不但没抓住冷春来，反而惹恼她怎么办……"梁淑华提出担忧。

"首先，冷春来只是威胁我们不准报警，我们并没有报警，只是自己采取一些行动；其次，我刚才说了，什么都不做，直接交付赎金，未必就是万全之策，因为冷春来完全有可能不放孩子，或者不全部放回来；第三，我们的行动会非常谨慎，如果发现风险太大，就立刻放弃——这样总行了吧？"苏静说。

三个妈妈再次对视，陈海莲说："我觉得，可以试试。只要我们足够谨慎，不轻举妄动，应该不会有太大的问题。"

"对，我也这样想。实在不行就把赎金交出去好了，不用采取什么行动。但是要我老老实实地交付赎金，什么都不做，实在是有点不甘心。"苏静说。

"好吧，那我也赞成，就按照苏静说的计划来。"韩雪妍表态。

梁淑华犹豫半晌，也点了点头。

计划基本上制订好了，现在就等着冷春来发来短信，通知她们具体的交易方式。

第十五章　赎金攻防战（一）

四个女人在会所的包间一直待到中午十二点，心情自然是紧张而忐忑的。十二点零五分的时候，苏静的手机响了一声，她迅速拿起手机一看，说道："冷春来发来信息了！"

三个人立刻凑了过去，陈海莲问："内容是什么？"

苏静把手机展示在她们面前，同时把短信内容念了出来："你们四个人现在去往盛邦街的饕林餐厅，找一个包间坐下，然后点餐吃饭。吃完之后，把装着钱的拉杆箱留在包间内，买单离开即可。"

"怎么只有你一个人收到这条信息？"韩雪妍问。

"因为她知道我们四个在一起，就没必要发给我们每个人了。"苏静说。

"饕林餐厅……我去过这家，是家不大不小的中餐馆。"梁淑华说。

"冷春来让我们把箱子留在包间内，然后离开，意味着她肯定会在我们走之后来取箱子，对吧？"陈海莲说。

苏静想了下，说："不对，正常情况下，客人走后，服务员就会走进包间内收拾打扫，这个时候他们会发现遗留在包间内的箱子，猜想肯定是客人落下的。在无法联系到客人的情况下，他们会把箱子先寄放在店里，等客人回来拿。"

"嗯，一般的餐馆都会这样做。毕竟这么大一个拉杆箱，又不是小东西，客人不可能不回来取，所以店家肯定会帮客人把箱子存放好——

这样一来，冷春来怎么拿得到箱子呢？冒充之前在这个包间吃过饭的客人吗？但是店家没有见过她，应该不会这么冒失地把箱子给她吧？"韩雪妍说。

"是啊……我也想不出冷春来会用什么方法把这个箱子拿走。"梁淑华说。

"还有一个问题，我们不知道饭店服务员的品行如何，万一发现箱子的服务员打开一看，发现满满一箱的钱，起了贪念，把箱子私吞了，或者拿走其中的一部分钱，怎么办？"陈海莲说。

"这不可能，拉杆箱有密码锁，密码只有我知道，其他人打不开。"苏静说。

"那冷春来岂不是也打不开？"

"她要是拿到了箱子，可以发短信问我密码或者直接把锁砸烂。"苏静看了下手表，"咱们别聊了，先去她说的那家餐馆吧，一会儿吃饭的时候再商量。"

于是四个人起身离开，苏静拖着拉杆箱到前台去买了单，然后四人一起上车，驾车前往冷春来指定的那家"饕林餐厅"。

二十分钟后，她们来到目的地。停好车后，苏静依旧拖着箱子，和另外三个人一起走进餐厅。餐馆只有一层，面积约莫三百平方米。迎上前来招呼客人的店员说道："你好，请问几位？"

"四位，还有包间吗？"苏静问。

"不好意思，本店只有三个包间，都已经有客人或者预订出去了。"店员说。

四个女人一怔，对视在一起。冷春来明确要求她们找一个包间，可现在包间都没有了，这该怎么办？苏静问店员："那我们要等多久？"

"这个说不清楚，包间的客人都是才开始吃饭的。你们非得坐包间吗？其实我们大厅的环境也挺好的，要不我给你们找一个靠窗的位置？"

苏静摆了摆手，说："我们只在包间用餐。"

"那……只有请你们等一会儿了。或者我问一下老板,看看之前预订2号包间的客人还来不来。"

"好的。"苏静说,却又叫住要转身离开的店员,"等一下,你跟你们老板说,如果那个包间可以给我们用的话,我可以支付双倍费用,而且消费金额也一定会让你们满意。"

"好的,您稍等,我跟老板说。"

不一会儿,店员回来了,对她们说:"2号包间的客人还在路上,不能确定来的时间,我们就不给他们留了,几位这边请吧。"

四个人在店员的带领下来到包间坐下。店员递上菜单,苏静瞄了一眼,指着"本店特色"这一栏说:"把你们店的招牌菜,每样上一份,再来一扎西瓜汁。"

"好嘞,不过……一共八九样呢,分量也不少,几位吃得完吗?"

"我们每种尝尝味道,快去吧。"

店员离开了,把包间门带拢。苏静把拉杆箱放在自己身旁,环顾周围一圈,压低声音说道:"我在想,有没有这种可能——冷春来早就做好准备,买通了这家店的某个员工。等我们把箱子留在包间,买单离开后,这个员工就把箱子给她送到某处。"

"我觉得有这个可能。"陈海莲说。

"如果是这样的话,我们一会儿出门后,就注意观察有没有员工拖着拉杆箱出来。假如有,就悄悄跟踪这个人。"苏静说。

"这家店有没有后门?"梁淑华问。

"不知道,马上看一下吧,假如有的话,就把正门和后门都盯上。"苏静说。

"我出去看。"韩雪妍说。梁淑华说:"我跟你一起。"

两人离开包间,假装找卫生间,趁机把后厨和另外两个包间都观察了一下,然后回到2号包间。韩雪妍说:"我看过了,这家店没有后门,只有前面一个进出口。"梁淑华跟着点头。

"那就好,这样难度就降低了。"苏静说。

这时店员端着菜进来了，之后又陆续上菜，她们没有再交谈下去，开始吃饭。这家餐厅的招牌菜味道挺不错的，但四个女人根本无心品尝美食，什么东西吃进嘴里，都是味同嚼蜡。

一点过，她们吃完了饭。苏静按照之前计划的那样，在网约车平台叫了一辆七座的专车，指定司机把车停在饕林餐厅对面。这样的话，她们买单后走出店门，穿过马路就能上车，然后在车上观察对面餐厅的情况。

专车很快就到达指定的位置。苏静冲另外三个人使了个眼色，表示车已到位，喊了一声："服务员，买单。"

刚才那个店员走进包间，说道："好的，请在前台买单。"

四个人一起走出包间，故意将拉杆箱"忘记"在餐桌旁。店员似乎没注意到，并未提醒她们。

苏静到柜台前结了账，便和另外三人一起走出餐馆。苏静看到了等候在街对面的专车，对她们说："我们直接穿过马路上车，你们时不时回头望一眼，别让冷春来在这时候把箱子给拿走了。"

三个女人默默点了下头，快步朝对面走去，还好这不是主干道，不用非得走斑马线，直接走到对面就行。横穿街道的时候，几个人不时回头望，没有看到冷春来的身影，也没有看到有人拖着拉杆箱出来。来到专车旁后，四个人迅速上车，分别坐在后面两排。

苏静一边盯着对面的餐馆，一边问司机："这条路可以停车吗？"

"一般是不让停的。请问还有人吗？"司机说。

"不，没人了。但我们现在不走，就在车里。"

"可是……"

"现在是中午一点过，不是上下班高峰期，这条路也不是主干道，交警一般不会在这时候执勤。你只管把车停在这里，然后按时计费，我给你三倍的车费。如果被罚款的话，我全部帮你交。"

听到苏静这样说，司机自然没了意见。停在这儿不耗油就能拿到三倍车费，何乐而不为？

"喂，你说我们刚才走出来的时候，有没有被冷春来看到？她会不会就躲在这附近？我心脏怦怦直跳，好紧张。"陈海莲小声说。

"我也是。"梁淑华盯着餐馆门口，"我们想暗中观察她，说不定她也在暗中观察我们的一举一动。"

专车司机是个三十多岁的男人，听到这番对话，不由自主地瞄了她们一眼。

"我们在抓小三，没见过吗？"苏静说，"别管我们，你自己看会儿手机吧。我一会儿单独给你500元小费。"

"好的。"司机开心地一笑，拿出手机看网络小说，没关注她们了。

"冷春来的胆子不至于这么大吧，敢出现在这附近？"韩雪妍说。

"她可以躲在某栋楼上，用望远镜观察我们的一举一动，"苏静突然想到了这种可能性，拧紧眉头，"如果是这样的话，她就知道我们在这辆车里，并没有离开。"

"那怎么办？可千万别把她惹恼了。"梁淑华说。

"我想她还不至于因为这一点就撕票吧。我们是按照她的话做的。她只让我们留下东西后，就离开餐馆，并没有规定我们离开之后做什么。另外她用望远镜来观察我们，也是我猜的，也许没这回事，是我想多了。"苏静说。

"有道理，那我们还是继续观察餐馆门口出入的人吧。"韩雪妍说。

四个女人目不转睛地盯着饕林餐厅的大门，时间一分一秒地过去，不断有人进入和离开，但是这些人怎么看，都和冷春来没有丝毫关系——连疑似的人都没有，更没有看到任何一个人拖着拉杆箱出来。半个小时后，陈海莲有点沉不住气了，说道："冷春来到底要不要来拿啊，我们要在这里观察到什么时候？"

"她和店里的某个店员串通好，等晚上打烊之后，或者等到半夜三更的时候再来拿——有没有这种可能呢？"韩雪妍说。

四个人对视了一眼，苏静正要说什么，短信提示音响了，她拿起手机一看，正是冷春来发来的，内容是：

你们现在去饕林餐厅，把忘在那里的箱子拿走，然后乘坐地铁五号线，去往凤凰湖公园。从南大门进入公园，一直走，然后把箱子放在看到的第一个公共座椅旁边，就可以离开了。

苏静把手机短信给她们看，然后说："换地方了，不知道是不是冷春来知道我们守在饭店对面，并未离开，她没有机会进去拿箱子，才让我们把箱子拿走，换到另一个地方。"

"如果是这样的话，她可以明确要求我们离开这里，为什么要换地方，而且还要求我们必须坐地铁？"韩雪妍提出疑问。

"我已经搞不懂这个女人的想法了，"苏静摇头叹息，"现在只有照她说的去做。"

苏静单独支付给专车司机500元小费，几个人一起下车，再次过街，走进饕林餐厅。

她们还没开口询问，老板便说道："你们是刚才在这里用餐的客人吧，是不是一个拉杆箱忘在这里了？"

"是的，我的箱子，吃完饭忘拿走了。"苏静说。

"你们刚走，进去收拾桌子的店员就发现了，他追出去想找你们，结果没看到人，就把箱子放在柜台里面了——就在这儿呢。"老板一边说一边把拉杆箱取出来交给苏静。

"谢谢了啊，老板。"苏静接过拉杆箱，然后问道，"这个箱子，没有人动过吧？"

"绝对没有，"老板信誓旦旦地说，"你们买单走了最多半分钟，几个服务员就到包间里去收拾桌子、扫地，然后发现了这个箱子。其中一个马上追了出去，另外两个把箱子拖出来交给我，我说客人一会儿肯定会回来取的，就放在柜台里面吧——我们店里有监控，不相信的话，我把监控调给你们看？"

苏静本来想说"这倒不必"，想了一下，说："好的，如果不麻烦的话。"

"不麻烦，不麻烦。"可能是她们四个人就消费了一千多元的缘故，老板对她们特别有耐心，加上现在是中午两点过，店里本来就不忙了。他操作柜台上的电脑，调出店内的监控视频，招呼她们过来看："看吧，这就是你们离开后的视频。"

苏静等人清楚地看到，她们买单走出店内后，的确只过十几秒，三个店员就走进2号包间去打扫。很快，一直为她们服务的那个男店员就跑出店内，去找她们。另外两个店员也走了出来，其中一个拖着拉杆箱，跟老板说客人忘了东西，老板让他把箱子放在柜台里面，之后就没有碰过这箱子了。韩雪妍快进视频，发现直到她们再次进店，都没有人动过这个拉杆箱。她对老板说："太感谢了，老板。"

"不客气，这是我们应该做的。经常有客人落东西在店里，我们都习以为常了，手机呀，包包呀，行李箱什么的，我们都会帮客人存放好，等他们回来拿，不会丢东西的，放心吧！"

苏静等人再次表示感谢，拖着拉杆箱离开了这家餐馆。

第十六章　赎金攻防战（二）

按照短信的指示，她们现在要乘坐地铁五号线前往位于北边的凤凰湖公园。韩雪妍查了一下百度地图，说："这附近就有五号线的站台，但是凤凰湖公园几乎在郊区，很远，要坐十八站才能到。"

苏静气恼地说："冷春来可真能折腾人，找这么远一个地方，还非得让我们坐地铁。"

"有什么办法呢，几个孩子的性命掌握在她手中，我们只能唯命是从了。"韩雪妍说。

"是啊，苏静，忍耐一下吧。"梁淑华说。

"你的车怎么办？"陈海莲问苏静，"还停在餐馆旁边的停车场呢。"

"只有回头再来开了，"苏静摇着头说，"走吧，去地铁站。"

"箱子挺沉的吧，要不我们轮流拿？"梁淑华说，"你放心吗？"

"有什么不放心的，大白天的，还敢有人明抢？再说其他人知道这箱子里装的是什么吗？只要咱们表现自然一点，不会有人打这箱子主意的。"苏静说着，把拉杆箱交给梁淑华。四个女人朝地铁站走去。

通过下行的电梯进入地铁站内，韩雪妍看到前方的安检设备，忽然有点担心，说道："咱们带着这么多现金，能通过安检吗？"

"应该没问题吧，"苏静说，语气不是那么肯定，"安检主要是检查箱子或者包里有没有违禁物品或者危险物品，现金是违禁物品吗？"

"主要是数量太多了，怕被拦下盘问。"韩雪妍说。

"我就说是公司准备发给员工的奖金，管得着吗？"苏静挺起胸脯，"走吧，没事。"

四个人一起走向安检通道，梁淑华和韩雪妍一起把沉重的拉杆箱抬到传送履带上，几个人先走过去，经过手持金属探测器的工作人员的检查后，在另一边等着箱子从传送带上出来。估计是地铁安检并不是特别严格的原因，工作人员并没有询问箱子里有什么东西，直接让她们过去了。

随即，几个人一起上了地铁。现在是中午，地铁上的人并不多，有很多空座位。四个女人坐在一排，梁淑华扶着拉杆箱。

地铁行驶了七八站后，在"火车西站"这一站，一下涌上来很多人，他们很多都拖着拉杆箱，估计是刚从外地旅游或出差回来。韩雪妍小声提醒身边的梁淑华："你把箱子抓紧啊。"

梁淑华当然明白她的意思，这种拥挤的情况下，万一不小心箱子脱手滑出去，被别有用心的人趁机掉了包，可不是闹着玩的。她双手紧紧握住拉杆箱的把手，说道："放心吧。"

与此同时，四个人的眼睛都扫视着刚才上车的人。她们虽然没有交流，但似乎有一种心照不宣的默契——冷春来或者她安排的人会不会混在这些人之中？她要求她们一定要乘坐地铁，该不会是想利用这一站突然涌上来的人流打掩护，趁机拿走装满钱的箱子吧？

然而，这样的事情并没有发生。不知道是冷春来本来就没有这样打算，还是梁淑华全程紧抓着箱子，并且她和韩雪妍的腿几乎紧贴着拉杆箱，完全无机可乘的缘故。经过十几站后，她们到了目的地"凤凰湖公园"，梁淑华拖着箱子，四个人一起下车，走出地铁站，来到地面上。

凤凰湖公园的南大门就在地铁C出口旁边，四个女人步行进入公园内。此时的公园人员十分稀少，她们步行了几分钟，就看到了"第一个公共座椅"——是可以坐三到四个人的铁制防腐木长椅。她们放慢脚步，缓缓靠近座椅，陈海莲小声说："我们就按照冷春来交代的，把箱子放在这儿就走?"

梁淑华前后左右四顾了一下,说:"我们把箱子留在这儿,万一被公园里的其他人拿走怎么办?这里可不比之前的餐厅,会有店员或者老板帮我们把箱子存放起来。"

"冷春来让我们把箱子放在这里的时候,应该是想到了这一点的,"韩雪妍说,"为了避免被公园里的其他人拿走,唯一的办法就是,我们把箱子留下后,她或者她安排的人,在很短的时间内过来把箱子拖走。这意味着,冷春来此刻可能就躲在附近。"

听到韩雪妍这样说,几个人都不由自主地望向周围,公园是开放式的公共场所,四通八达的,全是路,而且这个公园有三个大门。目所能及的范围内,有一个公共厕所、一个凉亭、一片植被茂盛的小型植物园,以及几个售卖饮料零食的摊位——假如冷春来或者她安排的人就在附近的话,只可能躲在这几个地方。

"我们还是跟之前一样,把箱子放在指定地点,然后躲在附近暗中观察吧,"苏静说,"一是看冷春来会不会出现,二是以免箱子被其他人拿走。"

"但我们怎么知道'其他人'不是冷春来找的人呢?要是见到有人把箱子拿走,我们总不能上前问'请问是不是冷春来让你来的'吧?"韩雪妍说。

苏静想了想,说:"如果是冷春来指示的人,这人肯定毫不犹豫就走上前来把箱子拖走;如果是公园里的其他人,估计多少会有点迟疑,会先观察周围,等没有人再下手——这两类人的反应是不一样的。总之我们四个人分几个不同的方向,暗中观察情况,随时用微信沟通,随机应变吧。"

另外三个人点了点头,此时她们已经走到公共座椅前了,梁淑华把箱子放在座椅旁边,再看了下周围,发现没有人注意到这边,她们交换了下眼色,分别朝几个不同的方向走去。韩雪妍去凉亭,陈海莲走向公共厕所,梁淑华去小型植物园,苏静则走到售卖饮料的摊位。

从这四个位置都能观察到拉杆箱。十多分钟过去了，有几个人路过了箱子，有些直接无视了，有些看了一眼，露出狐疑的表情，但是并没有去碰箱子。估计这些人的素质都比较高，没有动歪念头，另一种可能性就是，他们怀疑这会不会是某种圈套或者新型骗局，毕竟这年头哪有天上掉馅饼的好事，决计想不到箱子里装满了人民币。

又过了十几分钟，就在大家都有点沉不住气的时候，她们注意到，一个中年女人推着一辆婴儿车，靠近了拉杆箱。几个人都紧张起来，睁大眼睛望着这女人，但是她们都在几十米开外的地方，看不清这女人的长相，也看不清婴儿车里到底有没有婴儿。韩雪妍发送语音信息到群里："喂，有人靠近箱子了。"

陈海莲："看到了，你们觉得她是冷春来吗？"

梁淑华："看不清楚，但是身材不像，这女人比冷春来胖，发型也不一样。"

苏静："发型是可以戴假发的，身材可以通过塞东西在衣服里，故意显得臃肿，脸更是可以化妆！"

梁淑华："那我们要过去看看吗？"

苏静："别忙，别打草惊蛇，先看看她会不会把箱子拿走。假如她拿了箱子，我们就悄悄跟踪。"

陈海莲："明白了。"

中年女人坐在了长椅上，左手边就是拉杆箱。她把婴儿车放在座椅右侧，视角上正好挡住了拉杆箱。韩雪妍愈发觉得这人可疑了，说："那个婴儿车把箱子挡住了，我现在看不到箱子了！"

陈海莲："我也看不到！"

苏静："别慌，她旁边没有其他人，不可能把箱子拿走。"

陈海莲发挥想象力："那个婴儿车是空的吧？是不是故意用来遮挡我们视线的？她会不会把箱子里的钱拿出来放在婴儿车里，然后带走？"

这一刻，苏静觉得陈海莲的智商有点问题："大庭广众之下，把八百万现金从箱子里拿出来放进婴儿车？冷春来怕是疯了才会干出这种事来。况且我之前不是说了吗，箱子是有密码锁的，她打不开。"

几个人通过微信语音沟通的时候，一直紧盯着这个女人。而这个女人则一直盯着旁边的拉杆箱，看得出来，她在打箱子的主意，但是又有着明显的警觉和迟疑。

一两分钟后，女人站起来，走到箱子旁，抓住箱子的把手往上提了一下，试了一下箱子的重量，然后又抽出拉杆，想把箱子拖走。附近的四个女人快要按捺不住了，几乎想冲到她面前去，将她当场抓获。

然而，女人拖了一下箱子后，又放下了，随即推着婴儿车，迅速离开。

这一行为让人无法解读。陈海莲在群里说："她这是怎么了？"

苏静："估计本来是想偷走箱子的，但是拎了一下之后，发现非常重，脑子里就冒出了一些恐怖的幻想，比如有人杀人抛尸，箱子里装的是一具尸体。"

陈海莲："那我们再等一会儿吧，看看有没有人来拿箱子。"

接下来的半个小时，没有人靠近和触碰箱子。韩雪妍有点沉不住气，发了一条信息到微信群里：冷春来到底来不来拿啊？

陈海莲：会不会跟之前一样，她知道我们几个就在附近，所以不敢现身拿箱子。

韩雪妍：如果是这样的话，她可以直接要求我们离开啊。

这时，苏静转发了一条文字信息到群里：你们现在带着箱子离开，乘车前往机场，在机场大厅等候我的下一步指示。

韩雪妍：苏静，这是冷春来发给你的？

苏静：对。咱们在箱子那里碰头吧，见面说。

四个女人再次聚集到刚才的公共座椅旁，苏静看起来十分恼火，说道："冷春来把我们当猴耍是不是？！她还要换几个地方？！"

"别发火，苏静。我猜，她就是想消耗我们的耐心，让我们放弃守在附近的想法。"陈海莲说。

"好吧，那她做到了。这一次，不管她让我放在哪里，我们放下箱子就走。这八百万给她好了！我懒得再跟她周旋下去了！"

"苏静，冷静一点，我总觉得冷春来这样做，是别有用意。"韩雪妍说，"如果她是因为我们守在附近，才不敢露面拿箱子，完全可以给我们发信息，强制要求我们离开，她若这样要求的话，我们也只能服从，但她为什么不这样做，而是一而再再而三地让我们换地方呢？"

"那你觉得是因为什么？"梁淑华问。

"我也不知道她是怎么想的，但可以肯定的是，冷春来的谨慎程度远超我们想象。我们之前打算守在附近等她露面，把她抓住，现在看来是绝对不可能的了。"韩雪妍说。

"对，我也这么觉得，还是放弃吧。"陈海莲疲惫地说。

"这一次，她让我们把箱子带到机场，我怀疑她又是在耍我们。谁都知道，机场的安保最严格，有很多执勤的警察，整个机场都有监控——谁会选择在这种地方交付赎金？不管我把箱子放在机场的哪个地方，也不管她本人还是其他人出面来拿，事后一调监控，就能知道是谁拿走了箱子。所以我猜，她多半是让我们在机场等个几十分钟，又让我们换地方。冷春来跟我们到底有什么仇啊，非得这样戏耍我们?！"苏静越说越来气。

"别生气了，就算她是成心耍我们，我们也无可奈何，只能照她说的去做。孩子在她手里，我们别无选择。"韩雪妍说。

梁淑华打开百度地图查看了一下，说："还好，凤凰湖公园跟南坪机场在同一个方向，从这儿过去的话，只要十几分钟。咱们走吧。"

苏静吐出一口浊气，拖起拉杆箱，朝公园大门走去。另外三个人紧跟其后。

第十七章　赎金攻防战（三）

在公园南大门，韩雪妍叫了一辆七座的商务车，几个人一起把行李箱放在车子后备箱，关好后盖，告知司机去南坪机场。

很快就到了机场的T1航站楼，因为冷春来没有要求在哪个航站楼，所以想必都是可以的。四个人下车后，司机帮她们把行李箱拿出来，苏静拖着拉杆箱，几个人一起朝机场入口走去。

进入机场大厅之前，有一个简单的安检，跟地铁安检差不多，只需要把箱子放在传送带上过一遍就行了。只要没有危险或违禁物品，就能通过。这一关，机场工作人员没有要求她们打开箱子检查里面的东西。

苏静四人在机场大厅找了个位置坐下，由于她们根本不是来乘飞机的，所以傻坐着不知道该干什么。几分钟后，苏静说："我给冷春来发个信息吧，跟她说我们到机场了。"

她刚把手机从皮包里摸出来，冷春来就发来了短信。跟以往的信息不同，这条信息是专门发给苏静的：

苏静，你现在去国航的柜台，买最近一班飞广州的机票，然后带着拉杆箱去办理行李托运。你本人可以不上飞机，只要让箱子上飞机就行了，明白了吧？

苏静把这条短信展示给另外三个人看,说:"冷春来让我把箱子通过托运的方式放上飞机,是不是意味着她也会在这趟航班上?她是打算带着钱逃往广州吗?"

"我觉得不可能。估计警方现在已经在通缉她了,她不可能明目张胆地乘飞机到任何一个地方。所以多半是她的同伙在飞机上,而飞机上这么多人,我们不可能知道谁是她的同伙。"韩雪妍说。

"只给箱子办理托运,人不上去,可以这样吗?"陈海莲问。

"当然可以。箱子办好托运后,就会被运送到飞机的行李舱。一般情况下,箱子主人当然也会上飞机。但是假如这个人没有登机,飞机到点了也会飞走,这样行李箱就被运送到了外地。至于下飞机后,冷春来的同伙如何把这个箱子拿到手,估计他们已经想好计策了。"苏静说。

"啊……这样说起来,之前冷春来会不会是在故意拖延时间?利用这段时间买了个一模一样的箱子,为之后调包行李箱做准备?"梁淑华说。

"完全有可能。"苏静说。

"我倒是在思考另一个问题,"韩雪妍说,"装着八百万现金的拉杆箱,能上飞机吗?"

"为什么不能上?航空公司没有规定携带现金的数量吧?而且现金也不是违禁物品。"苏静说。

"这可不一定,八百万这个数目太大了,而且现在谁会带这么多现金出门?怎么看都很可疑,所以有可能被机场的警察拦下来询问。"

"是啊,警察会不会以为这是赃款什么的?如果问起来,该怎么跟他们解释呢?如果说实话,岂不等于间接报警了吗?"梁淑华说。

"对,所以不能说实话,只能找个借口搪塞过去。还好我本来就是企业的CFO,有应对之策。不过,还是希望不要被警察盘问……只能试试看了。"苏静说。

另外三个人点了下头,苏静拖着行李箱,朝国航的售票口走去,咨询最近一班飞往广州的航班是几点,地勤人员告诉她是四点五十分,苏静买了机票，然后办理行李托运。

行李箱虽然之前安检过一次，但是上飞机之前是要进行二次安检的，而且这次安检会比第一次严格得多。箱子放上柜台后方的传送带，运往检验部门，扫描设备会对行李箱里的物品进行射线初检。苏静在心里祈祷着不要出问题。

事与愿违，很快，负责航空安全的工作人员就走到了苏静面前，问道："女士，请问您刚才托运的行李箱里，装的是什么？"

苏静只能说实话："现金。"

"多少现金？"

"一共是八百万。"

"麻烦您打开箱子让我们检查一下，好吗？"

"为什么？据我所知，只要不是出境，航空公司没有规定携带现金的数量吧？"

"是没有数额限制，但是数目如此巨大的情况下，我们是需要开箱检查的，以免出现行李箱丢失等意外情况，乘客和航空公司发生纠纷。假如箱子里确实是八百万现金，我们会格外注意这个行李箱，下飞机的时候也会单独通知您拿行李，避免误拿和丢失。"

苏静眉头一皱——这样的话，岂不是我非得上飞机不可了？而且航空公司对这个箱子如此重视的情况下，冷春来或她的同伙有什么办法偷换或者拿到手呢？该不会冷春来要让我到广州之后，再放在某个指定地点吧？这女人太过分了！把我当成木偶一样随便操控吗？！

工作人员见苏静没有说话，再次说道："女士，请配合一下，打开行李箱。"

"知道了。"苏静应承道，跟着工作人员来到一间办公室。工作人员把拉杆箱拖进来，示意苏静打开。

苏静蹲下来，输入四位数密码，"啪嚓"一声，箱子开启了。她一边掀箱盖一边说："来，你们检查……"

一句话没说完，她愣住了，看着这一箱"现金"，呆若木鸡。

工作人员察觉到苏静神色不对,走上前一看——箱子里的"现金",其实是一捆一捆的白纸,铺满了整个箱子。

"这就是八百万现金?"工作人员问。

苏静没有搭理他,把面上的一层"钱"拿开,发现下面也是如此。整整一箱钱,不知何时被全部换成了白纸!

发生了什么?钱什么时候被换掉的?苏静的表情彻底呆滞了。

对于不明就里的机场工作人员而言,他认为这有可能是一场敲诈表演——这女人说不定想要故意设计诈骗航空公司八百万元。如果是这样,就构成了犯罪。他说:"女士,我不知道发生了什么,但我觉得有必要报警了。"

苏静反应过来,阻止道:"不行!不能报警!"

"我认为目前的情况,可能涉及诈骗,所以我必须报警。"

"诈骗?你的意思是,我故意把这些白纸装进箱子,想讹你们八百万?"苏静从皮包里摸出名片和身份证,展示在工作人员面前,"我是恒云集团的首席财政官,而恒云集团是我们家族企业,资产几十亿。你要是不相信的话,可以马上打电话到恒云集团去核实我说的是不是实话。你以为像我这样的人,会来诈骗你们八百万?我是受害者!我的箱子被人调包了!"

工作人员半信半疑地说:"那你为什么不让我报警?"

"因为有某种特殊的理由,具体的我不能再多说了,发挥你的想象力吧。"苏静懒得跟这个工作人员多说下去了,"总之,我现在不坐飞机,也不托运行李了,八百万丢失这件事,我自己会处理,跟你们航空公司没有任何关系,我不会要求你们赔偿,行了吧?"

说完这番话,苏静把箱子重新锁好,拖着箱子头也不回地走出办公室。

在机场大厅,苏静跟另外三个妈妈会合。她们见苏静又提着箱子回来了,都露出诧异的表情。

"怎么了?航空公司真的不让带这么多现金上飞机吗?"韩雪妍问。

大厅里熙熙攘攘的全是人，苏静不想当着这么多人的面谈论此事，见旁边有一家星巴克，就说："我们去星巴克坐着说吧。"

四个人走进星巴克，选了一个角落的位置坐下，也没有点咖啡。陈海莲问苏静："怎么回事，苏静？"

"我不知道冷春来用了什么诡计，或者是什么魔法——刚才机场工作人员让我打开箱子检查，结果打开后我发现，整整一箱的钱，全都变成白纸了！"

"什么？"三个女人大吃一惊，同时叫了出来。梁淑华望了一眼周围，压低声音说道："怎么可能呢？她是怎么办到的？"

"我怎么知道？你们自己看吧。"说着，苏静打开箱子，把一箱白纸展示给她们看。三个女人都傻眼了。

"这些钱，是早上我们去银行取款后，亲自装进箱子的啊！"韩雪妍有些着急地说，"什么时候被调的包？"

"我们仔细回想一下从取款到现在的全过程吧！"苏静说，"从银行出来后是肯定没问题的，箱子一直我提着，没有离过手；之后我们就去了那家会所，箱子也一直在身边，没有其他人碰过；然后我们按照冷春来的指示去了饕林餐馆，吃饭时是一直在身边的，吃完后我们把箱子留在包间，买单离开了。"

"会不会就是这里出了问题？"梁淑华打断苏静说道，"箱子这时离手了，也没在我们的视线范围内。"

"对，但是半个小时后，我们回餐馆，看了监控，这个不可能作假。我们确实看到，我们刚刚离开这家店十几秒，三个店员就进入包间去收拾，发现了遗忘在里面的拉杆箱。一个店员把箱子拖出来，交给老板，放在柜台里面，直到我们再次进店，中间没人动过这个拉杆箱。"苏静说。

"是啊，而且监控上显示，我们离开后，没有人进入过那个包间，除了那三个店员。但他们只拿了抹布和扫帚之类的东西进去，不可能调包箱子。放在柜台里面后，就更不可能了。"梁淑华说。

"那会不会是后面被调包的？"韩雪妍说，"毕竟这个箱子后面还离手过好几次。"

"第二次离手，是在地铁站过安检，放在了传送带上——但是这不可能有问题吧？接下来就是在凤凰湖公园，我们把箱子放在公共座椅旁，就走开了。"苏静说。

"现在想起来，那个推着婴儿车、坐在箱子旁边的女人太可疑了！她故意用婴儿车挡住我们的视线，还碰了箱子！"陈海莲说。

"但是我们都看到了，她并没有打开箱子，也没有把箱子带走。就算是魔术师，也不可能摸一下箱子，就把里面的东西全部换掉吧？"苏静说。

"接下来，我们打车来到了机场，"韩雪妍回忆道，"等一下，在车上的时候，箱子也是离手的。而且我记得下车后，是那个司机把行李箱拿下来给我们的，该不会是那个时候……"

"你是说，那个专车司机把箱子换了？但我们是看着他把箱子放进后备箱，并盖上后盖的。当时后备箱只有这一个箱子，他怎么可能变一个一模一样的出来？"苏静说。

"行驶途中，车子停下来过吗？"韩雪妍问。

几个女人一起回想，梁淑华说："我记得上车后不久，车子就开上了通往机场的快速通道，这条路上没有红绿灯，所以直到在 T1 下车，车子都没有停下来过。"

"对，是这样的。"陈海莲说。

"那么就是说，在途中换掉也是不可能的。"韩雪妍说，"接下来我们就进入机场了，箱子没离过手，直到……"

"直到我给箱子办理托运，那时候箱子被传送带运往检验部门。很快工作人员就走到我面前，要求我把箱子打开检查。我跟着他到办公室，他把箱子拖进来，我打开后，就发现钱全部变成白纸了。难道冷春来买通了这个机场工作人员，是他偷偷调换了箱子，但是这可能吗？"苏静说。

"我觉得不管是餐馆的老板、店员,还是机场工作人员,冷春来都不可能买通他们,因为这样做太冒险了。万一对方不同意,说不定还会报警抓她。"韩雪妍说。

"对,我也觉得不可能,"苏静说,"而且还有一个问题,我刚才打开箱子的时候,用了我之前设置的四位数密码。这个密码只有我知道,就连赵从光都不知道,而且也不可能被谁猜到,因为我设的密码没有用任何人的生日或者电话号码。如果箱子被调包了,怎么可能密码都跟我之前设置的完全一样?"

"那有没有可能,箱子还是原来的箱子,只是里面的钱在某个环节被人偷偷地换掉了?"陈海莲说。

"如果真的是这样,那我们可能遇到大卫·科波菲尔[1]了。一般人不可能办到这一点。"苏静说。

四个人沉默了一阵,韩雪妍叹了口气,说:"算了,别想了。总之我们被冷春来摆了一道,她应该是用了什么诡计,神不知鬼不觉地把赎金拿到手了。"

"其实仔细想起来,这赎金不是本来就要给她的吗?只不过她用计策巧妙地拿到手了而已。这样的结果也不算坏,她现在已经拿到了钱,应该把几个孩子放回家了吧?"梁淑华关心的不是钱的去向,而是孩子们的去向。

"是啊,希望如此,"苏静说,"从冷春来没有再发来短信这一点看,她应该已经拿到钱了。我们跟她斗智斗勇,最后还是输给了她。"

"输给她无所谓,我只希望她能信守承诺,把孩子们全都放了。"陈海莲忧心忡忡地说。

"那我们回家吧,看看孩子们会不会回来。"苏静疲倦地说道。

折腾了大半天,四个人早就心力交瘁,拖着疲惫的身躯,同时又满怀希望地回家了。

---

1 美国著名魔术师。

第十八章　孩子们提供的线索

　　星期一早上九点半，陈娟和何卫东来到南玶二中高新校区。二中是省重点，也是南玶市排名第一的公立中学，一共两个校区，高新校区是几年前才成立的新校区，学校规模、环境和硬件设施等方面都好过位于旧城的老校区。陈娟来过这所学校很多次了，但以前都是以家长身份来参加家长会或者学校活动，以警察身份来，还是第一次。

　　现在正好是上午第二节课下课，两人在办公室里见到了昨天拜访过的初二四班班主任邱新良。昨天下午陈娟跟他说好了，今天会来找班上的学生了解情况，于是开门见山地问道："邱老师，我昨天请你整理的名单，就是跟赵星他们五个人关系最好的七八个学生，你整理好了吗？"

　　"整理好了，陈警官。"邱新良说。

　　"那就请你把名单上的这些学生，都叫到办公室来一下吧，可能要占用一会儿他们下节课的时间。"

　　"好的。"

　　"赵星他们五个人被绑架的事，班上的学生知道了吗？"

　　"估计不知道，我听到学生们在议论他们五个人怎么没来上学，但是并不知道缘由。"

　　陈娟点了点头："把学生们叫过来吧。"

　　邱新良去了教室，不一会儿，带着八个学生一起回到教师办公室，四个男生四个女生。现在的学生都人高马大,个个都比邱新良高。邱新良对他们八个人说:"这是刑警队的两位警察,找你们问点事情。"

听说对方的身份是刑警,几个学生都露出惶惑的神情。陈娟微笑道:"几位同学,我是高新区刑警队的队长陈娟,这是我的同事何卫东,找你们了解一些情况,你们如实回答我们的提问就行了,不必紧张。可能会占用一会儿你们下节课的时间,没关系吧?"

"没关系。"几个孩子一齐回答。

陈娟转头问邱新良:"邱老师,这里是大办公室,有安静点的地方吗?"

"有的,美术室和音乐室现在都没人,去那里可以吗?"

"可以。"

于是邱新良带着两位警察和班上的八个学生来到四楼美术室。正好第三节课的上课铃声响了,陈娟说:"邱老师,你去忙吧。我们问完这几个孩子,就让他们回教室上课。"

"好的。"邱新良离开了,将美术室的门带拢。

"坐吧,同学们,"陈娟尽量面带微笑地说话,用表情和语言缓解他们的压力,"我一方面是警察,另一方面,也是家长。我儿子跟你们一样,是这所学校的学生,现在读初三,比你们高一个年级。"

这话果然拉近了跟孩子们之间的距离,八个学生围坐在陈娟和何卫东身边,其中一个短发女生问道:"警察叔叔、阿姨,你们找我们什么事?"

在来学校之前,陈娟跟何卫东商量过要不要把赵星等人被绑架的事告诉这几个学生,最后做出的决定是:实言相告。因为这么大的事,本来就瞒不住,学校里的老师、同学迟早会知道。并且只有让这几个学生知道实情,才能让他们引起足够的重视,从而提供有用的线索。

"今天上午,你们班有五个同学没来上课,对吧?你们知道他们为什么没来吗?"陈娟问。

几个孩子一起摇头,一个齐刘海女生担心地说:"他们不会出什么事了吧？"

"这件事情，老师和校方没有公开，但我可以告诉你们——他们五个人被绑架了。"

"啊，绑架！"孩子们集体惊呼起来。

"对，所以我们今天过来，就是找你们了解一些情况的。你们平时跟赵星、靳亚晨、余思彤、邹薇薇和冷俊杰的关系比较好，对吧？"

孩子们点头，好几个都面露忧色。

"我相信，作为同学或者好朋友的你们，一定希望我们警察能尽快找到他们，让他们早日重返校园，是吧？"

"当然。"几个人一起说道。

"那么现在我来提问，你们如实回答。第一个问题是，失踪的这五个同学，他们彼此之间的关系怎么样？"

"他们几个人关系挺好的，特别是赵星、靳亚晨和冷俊杰三个人，他们是好朋友，经常在一起玩。"一个戴眼镜的男生说。

"邹薇薇跟他们走得也挺近，因为……"一个单眼皮女生欲言又止。

"因为什么？知道什么就说出来吧。"陈娟说。

"是一些八卦……可能跟绑架案无关……"

"没关系，你只管说，八卦我们也可以听听。"

"邹薇薇特别在乎冷俊杰，"单眼皮女生红着脸说，"不过，这也不是什么奇怪的事，冷俊杰是校草，好些女生都喜欢他，包括别班的女生。"

"这件事，班上的同学都知道吗？"

"嗯。另外大家还知道，赵星喜欢邹薇薇。"

"那他们几个人互相表白过吗？"

"没有，学校不准早恋，所以即便是对谁有好感，也只能埋藏在心里，或者跟关系好的同学倾诉一下罢了。但这些八卦总是会传开的。"单眼皮女生说这番话的时候，另外几个人默默颔首。

初中生正值情窦初开的年龄，男女同学之间彼此喜欢，是很正常的事情。这种所谓的"三角恋"也再平常不过。何卫东对小孩子之间的八卦全无兴趣,他想的跟单眼皮女生一样——这些八卦跟这起绑架案完全没有关系。但是陈娟似乎并不这样想,继续追问着这方面的话题。而何卫东明白,陈娟这样做一定是有道理的。

"那么,邹薇薇知道赵星喜欢自己吗?"陈娟问。

"当然知道,不仅她知道,她妈妈也知道。"单眼皮女生说。

"哦?她妈妈是怎么知道这些事的?"

"这我就不清楚了。可能是邹薇薇自己跟她妈妈说的吧。"

"那她妈妈对这件事持什么态度?"

"好像没有什么明确的态度,至少是不反对吧——邹薇薇是这么跟我说的。"

"明白了。余思彤呢,她有没有心仪的男生?"

几个孩子面面相觑,然后一起摇头。齐刘海女生说:"余思彤是班长,成绩很好,心思都放在学习上,我们从来没听她说过这方面的事,所以就算她喜欢谁,我们也不知道。"

"但她确实也跟这三个男生走得很近,跟邹薇薇更是闺蜜,每天下晚自习,他们五个人都是一起离校的,听说他们五个的妈妈关系很好,会轮流来接他们回家。哦对了,我想起来了,上学期的时候,赵星还帮余思彤出过头呢。"短发女生说。

"赵星帮余思彤出头?余思彤可是班长。"

"对,正因为是班长,也是班主任的得力助手,就难免有得罪班上同学的时候。上学期有一次数学考试,邱老师让余思彤帮忙监考,一个男生作弊,被余思彤发现了,男生求她不要告诉邱老师。但余思彤的性格有点刚正不阿,还是跟老师说了,结果导致这男生又是被记零分,又是被请家长。他对余思彤怀恨在心,就蓄意报复,抓了一只蜘蛛放在余思彤的课桌里。余思彤非常怕蜘蛛,摸到的时候吓得差点昏过去。赵星知道这事后,觉得那男生太过分了,就和冷俊杰、靳亚晨一起把他拖到厕所教训了一顿,还让他跟余思彤当面赔礼道歉。这件事让余思彤很感动,跟赵星他们的关系就愈发密切了。他们五个人就是这样成为'钢布'的。"短发女生说。

"什么？"陈娟没听懂最后这个词的意思。

"啊，韩剧里的一个词，就是关系非常铁的死党、伙伴的意思。"短发女生解释道。

陈娟点头表示明白了，又问："听说赵星有点调皮捣蛋，喜欢恶作剧和撒谎，是吗？"

"嗯！"一个胖乎乎的男生说，"赵星有点爱捉弄人，给同学起外号什么的，不过也没有什么恶意，就是开玩笑罢了。"

"这么说，即便他成绩不好，又调皮捣蛋，但同学们并不反感他。"

"对，因为赵星很大方，过生日的时候，请全班同学吃过大餐呢。人也挺仗义的，喜欢开玩笑，却从来不会欺负谁，反倒会帮助被欺负的人。他在班上的人缘挺好，有些男生叫他'老大'呢。"胖男生说。

"冷俊杰呢？"

"警察阿姨，您是问哪方面？"

"就是冷俊杰在同学们眼中，是个怎样的人。"

"他人缘也挺好的，尤其是在女生当中，毕竟是帅哥嘛。和赵星比较起来，冷俊杰性格更沉稳、内敛一些，有点酷酷的，这也是他受欢迎的原因之一。另外就是，冷俊杰挺有性格的，敢当面顶撞老师，邱老师都不敢把他怎么样。因为这点，班上的男生有点佩服他，有些把他视作偶像呢，包括我，嘿嘿……"胖男生不好意思地挠了挠头，然后面露忧色，"偶像居然被绑架了，还有赵星和班长他们……对我们班来说，简直是一场灾难。"

"是啊，还有靳亚晨……"一直没说话的那个女生此刻忍不住哭了出来，"咱们班的帅哥一瞬间全都没了。"

"喂，什么叫'没了'？别说这种不吉利的话！"短发女生呵斥道。

"我不是这个意思……"

胖男生刚才说的顶撞老师的事情，显然就是邱新良昨天告知的那件事了。冷俊杰因为此事——当然还有其他一些因素——居然成了班上男生的偶像。这样算起来，余思彤是班长，冷俊杰是校草兼偶像，赵星是男生中的"老大"，邹薇薇是班上最漂亮的女生，靳亚晨也是温文尔雅的颜值担当——被绑架的这五个孩子，全都是班上的"重要人物"。

几个孩子的情况和关系陈娟基本上了解了，接下来她问道："据你们所知，近段时间，他们五个人之间有没有发生过特别的事情？"

"特别的事……没有吧。反正我不知道。"胖男生说。另外几个孩子也跟着摇头。

"也就是说，他们五个人的关系一直挺好，没有发生过争执或矛盾，他们几个的家长也是这样吗？"陈娟问。

"他们五个人的家长之间的关系，我们就不知道了。"齐刘海女生说。

"至少你们没有听说过他们的家长之间有矛盾，对吧？"

"是的。"孩子们一起说。

陈娟颔首，思索着还要问什么。这时，一个之前一直没怎么开口的瘦高男生说道："警察阿姨，有件事，我不知道跟绑架案有没有关系……"

"是什么？你只管说。"

这男生迟疑一下，说道："赵星他们几个人，最近好像热衷于玩一个游戏。"

听到这话，何卫东的眼睛睁大了一些，问道："什么游戏？网游吗？"

"不，我说的不是手机或电脑游戏，而是——国王游戏——你们听说过吗？"

何卫东一怔，然后望向陈娟。何卫东说："不知道，国王游戏是什么？"

男生说："国王游戏又叫'命令游戏'，简单地说，就是参与游戏的人，通过某种规则，无条件服从'国王'的某个命令。"

陈娟本能地觉得，这是一个重要线索，问这男生："你刚才说，赵星他们五个人，最近很喜欢玩这个游戏？"

"是的，而且余思彤都迷上了玩国王游戏，我也是没想到……他们几个人有时下课都会偷偷玩呢。"瘦高男生说。

"这样一说，确实如此。我也看到过他们几个人玩国王游戏，好像很认真的样子。"短发女生说道。

"国王游戏怎么玩，能详细地讲述一下吗？"何卫东说。

瘦高男生说："好的，规则其实很简单。首先准备一副扑克牌，根据参与人数抽取相应的牌数。比如5个人参加，就选5张牌，分别是A（1）、2、3、4、5，再加上一张鬼牌，总共6张。鬼牌代表的就是'国王'。接下来洗牌，然后每个人抽一张，盖在桌上不要让别人看到。这时桌上会剩下一张牌，这张牌就是'国王'自己的号码，是不能看的。

"每个人看自己抽到的牌，抽到鬼牌的，就是这一局的'国王'了。'国王'在不看其他人数字的前提下，随意点1到5中的一人，要求这个人做任何一件事情，做什么事情由'国王'决定，所有人必须服从'国王'的命令，因为'国王'不知道谁手上拿的是什么牌，是乱点的，就不会针对谁。同时由于'国王'自己也有号码，所以他的命令也有很大可能下给自己去完成。'国王'挖的坑越大，自己也可能摔得更惨。"

"假如留在桌上的那张牌是鬼牌，怎么办？"何卫东问。

"那就是谁都没有抽到'国王'，重新洗牌，重新抽就行了。"

"明白了。"何卫东说，"那么，'国王'通常会下怎样的命令呢？要求某人做任何事情都可以，而且那个人必须服从？感觉有点夸张。"

"不，虽然话是这么说，但实际上，不会有人下特别过分的命令，或者提出特别离谱的要求。除了有可能挖坑整到自己之外，还有就是，这毕竟只是游戏，要是太过分的话，很容易引发矛盾。所以'国王'要求做的事，往往都是'做二十个下蹲''请吃炸鸡汉堡'或者'说出你最喜欢的人的名字'等等。"瘦高男生说。

"听起来很像我以前玩过的'真心话大冒险'。"陈娟想起了自己的学生时代。

"对，差不多吧，都是同一种类型的游戏。"瘦高男生说。

"为什么你会觉得，国王游戏跟他们五个人被绑架有关系？"何卫东问。

瘦高男生吓了一跳："我没说一定有关系，只是猜测会不会有关系。"

"嗯，你为什么会有这样的猜测？"

"因为这段时间班上最喜欢玩国王游戏的，就是他们五个人。而且每次都是他们五个人玩，没有让其他人参与。所以听说他们五个人一起被绑架后，我就想，会不会跟国王游戏有关系。当然，也有可能只是巧合……"

陈娟陷入了沉思。片刻后，她问道："他们五个人玩国王游戏的时候，提出过一些怎样的要求或者说命令？"

"具体情况，只有他们才知道，"瘦高男生说，"因为老师不准我们带扑克牌到学校来，所以他们即便玩，也是偷偷玩。况且余思彤还是班长，更不可能明目张胆当着大家的面玩。这样的情况下，除了他们几个人之外，没人知道'国王'提出了怎样的要求。"

"是这样吗，你们都不知道？"陈娟问另外几个孩子，得到的都是相同的回复。

"好的，我明白了。几位同学，请回去上课吧。如果后面又想起了什么，可以告诉你们的班主任邱老师，通过他跟我联系。另外，绑架案的事，你们不要告诉其他同学，以免引起不必要的恐慌。"

"那……还会发生这样的事吗？我们班一下就被绑架了五个同学，另外的人会不会也……"单眼皮女生提出担忧。

"不会的，我们警方已经非常重视这起案件了，一定会杜绝类似的事再次发生，你们放心好了。"陈娟安慰道。

八个学生点头表示知道了，一起离开美术室，回教室去上课。

孩子们走后，何卫东问陈娟："娟姐，你怎么看？这个国王游戏跟绑架案有联系吗？"

陈娟思忖着说："我认为这是一个很重要的线索，也就是说，很有可能是有关系的。"

"但是，怎么可能呢？他们已经失踪三天了，如果这是一场恶作剧，未免太过分了。况且这事还涉及冷春来，难道她也参与这个游戏了？假如这是一场游戏，她作为成年人，应该不可能配合几个孩子玩如此出格的游戏吧？"

"我只是说，国王游戏可能跟这次的绑架案有关系，没说一定是一场恶作剧。"陈娟说。

"啊？"何卫东不明白。

"刚才的谈话内容，你都录了音吧？"

"录了。"

"一会儿把音频文件发给我，我要回去多听几遍，仔细思考一下。这件事可能没这么简单。"陈娟揉搓着额头说。

第十九章　国王游戏

下午，陈娟在刑警队里和专案组的三位成员一起研究探讨案情，归纳出了本案的几个重大疑点：1.冷春来绑架这几个孩子的目的是什么？2.她为什么会连同自己的儿子一起绑架？3.这起案件的主谋真的是冷春来吗？会不会另有其人？4.五个孩子经常玩的国王游戏和这次绑架案是否有关系？5.这真的是一起绑架案吗？会不会有另外的可能？

讨论十分激烈，陈娟和三位成员提出了各种假设，但遗憾的是，所有假设都缺乏证据支撑，无法确定事实真相。

讽刺的是，在陈娟等人探讨"这是不是一起绑架案"的时候，苏静、韩雪妍、梁淑华和陈海莲四个妈妈正按照冷春来的指示交付赎金。她们没有报警，所以陈娟等人压根儿不知道此事。

下班后，陈娟回到家中，刚推开门，就闻到一股饭菜香，走进厨房一瞧，是丈夫王传平回来了，正在烧鱼。陈娟说："你出差回来，怎么不跟我说一声？"

"想给你个惊喜嘛！"王传平笑着说，"我下午三点过就回来了，待在家里没事，就去超市买了些食材回来，做顿丰盛的晚餐犒劳一下你。"

王传平在本市商务局工作，因为工作涉及国内外贸易和投资环境考察，所以出差是家常便饭。夫妻俩聚少离多，但王传平一直以身为刑警的妻子为傲，十分重视夫妻感情，每次回家一定会想方设法陪伴和犒劳妻子。前天两人打电话的时候，陈娟提起了五个少年失踪的案子，王传平知道妻子侦破这种大案一定格外辛苦，吃饭往往都是随便对付一下，今晚便亲自下厨做了一顿营养丰盛的晚饭，用实际行动表达对妻子的慰劳和支持。

陈娟这两天确实很累，饭更是没好好地吃过，基本上都是外卖或者速食食品。丈夫有这份心，她自然是倍感欣慰，笑道："好啊，那我就等着吃现成的了啊。"

"最后一道菜，红烧鱼，马上就好了。你去洗手，准备吃饭吧！"

不一会儿，系着围裙的王传平把做好的菜挨个端上餐桌：白灼虾、炒牛柳、红烧鱼、土鸡汤，还有一道清炒时蔬。陈娟说："就咱们俩，吃得下这么多菜吗？"

王传平解下围裙，开了一罐啤酒："没事，慢慢吃。过会儿兆杰下晚自习，还可以加餐呢。"

"那我拿个碗，把虾和牛柳给他夹出来一些。"

"不用，"王传平拉住准备去厨房的陈娟，"还有呢，我一会儿再给他蒸点大虾就行了，咱们先吃。"

陈娟便坐下来，王传平给她倒了一杯啤酒，夫妻俩碰了下杯。王传平说："这段时间辛苦了。"

"你也辛苦了。"

两人喝了酒，王传平给妻子盛了碗鸡汤，一边帮她剥虾，一边问道："那几个孩子找到了吗？"

陈娟摇头："没那么容易找到，情况有点复杂。"然后就不多说了，王传平也不打听详细情况。这是他们夫妻间长久以来的默契，陈娟工作上的事，特别是跟案情有关的，他们从不详聊。

"兆杰呢，这几天表现怎么样？"王传平问。

"老实说，有点不像话。我那天夜里接到电话，就是几个孩子失踪这事，准备马上赶去公安局，结果发现他房间的灯亮着，推门一看，他居然在偷偷玩手机游戏！当时是凌晨三点半，我气坏了，把他骂了一顿。"

"凌晨三点半还在玩游戏？确实太不像话了，一会儿回来我得好好教育一下他！"王传平也有点生气，然后问，"他的手机不是设了密码吗？怎么解锁的？"

"对啊，我也想不通。当时我急着去办案，没有细问，后面这两天也因为各种事情耽搁了，今天晚上他下晚自习回来，我得好好问一下这是怎么回事。"

"兆杰这孩子脑子特别灵光，就是没用到正途上，学习成绩在班上还是中等吧？其实他只要稍微认真努力一点，根本不可能是这样的水平。"王传平叹气。

"我也担心，还有二十多天就要中考了，他还是一点紧迫感都没有，成绩也不见提高。今天晚上咱俩都在，得跟他好好谈谈了。"

"嗯。"王传平点头，把剥好的一碗虾递到妻子面前。

两人吃完晚饭，一起收拾、洗碗，随后坐在客厅沙发上看电视。接近九点半的时候，王传平问："兆杰还是自己回来吗？要不要去接一下他？"

"用不着吧？都初三了，这么大高个儿，还需要我们去接吗？"

"最近他们学校不是发生了绑架案吗……"

"你担心这个啊？没必要，这起绑架案是有针对性的，再发生的概率不大。"

"那就好。"王传平点头。

夫妻俩等了一会儿，九点五十几分，王兆杰回家了。他推门看到父母都坐在客厅，说："爸回来了。"

"嗯，兆杰，坐过来一下。"

王兆杰坐到父母对面的沙发上，看他们脸上的神情就感觉有点不对劲，他放下书包，忐忑地说："怎么了？"

"今天晚上正好我们俩都有空，想跟你好好谈谈。"王传平说。

"谈什么？中考吗？如果是这个，你们就放心吧，我百分之百能考上高中。"王兆杰自信满满地说。

"光考上还不够，得考上重点高中才行。"

"我说的就是重点高中。"

"是吗？哪来的自信？"

"我们老师说，我最多花了百分之十的聪明劲儿在学习上，只要稍微努力一点，考上重点高中一点问题都没有。"

听了儿子这话，两口子都有点哭笑不得，不知道老师这话是夸奖还是批评。陈娟说："那就拜托你努力点吧，还有二十多天就要考试了。"

"知道了，最后阶段我会认真的。那我回房间了啊！"

"等一下，上次手机密码的事，我一直想问——你到底是怎么知道锁屏密码的？"

王兆杰苦着脸说："哎呀，妈，我都以为你忘记这事了呢，怎么又提起了？"

"我才没忘呢！只是前两天太忙没工夫问你罢了，今天必须说清楚。"

"问这么细干吗，我就是运气好，猜出来的……"

"猜出来的？六位数的密码组合至少有上百万种可能，而且手机连续输错五次以上，就会锁住打不开了。你当我傻啊，相信你是猜出来的！"

王兆杰无话可说了，在父母的逼问下，他没法糊弄下去了，喃喃道："那我说实话，你们别骂我啊……"

"说吧，不怪你。"

王兆杰说："其实方法挺简单的，我把手机拿给你解锁之前，用眼镜布把手机屏幕擦拭得一尘不染，你用手指输入密码，就会在屏幕上相应的位置留下指纹。我拿到手机后，用放大镜仔细观察，就知道你之前输入过哪几个数字了。"

这个方法，陈娟之前已经想到了，但仅仅如此，还不足以解开手机，她说："就算你知道是哪六个数字，也不知道我输的先后顺序，这六个数字按不同顺序组合的话，也有很多种可能。"

王兆杰咧嘴一笑，有几分得意地说："接下来就是推理和分析了。"

"密码怎么推理？"王传平问。

"首先我通过指纹知道了密码有'102789'这六个数字，那顺序是什么呢？一般人设置密码，都会用某个自己熟悉的特殊日期，或者某个熟悉的电话号码作为密码。我妈这么谨慎的人，是肯定不会轻易让我猜到密码的。但她肯定不会随机设置六个数字，这样的话她自己都记不住……"

"我也可以随机设置之后，把密码记在自己的手机里。"陈娟说。

"对，是可以。但你没有这样做。"

"你怎么知道？"

"因为我每次把手机拿给你解锁的时候，你都是背过身去，在一两秒内迅速解锁，说明这串数字你十分熟悉，早就烂熟于心了。"

"……接着说。"

"这几个数字不是我们家里任何一个人的生日或者电话号码，但是妈妈显然又很熟悉这串数字，所以我猜，这个密码必然是她记得非常清楚的某个特殊日期。会是什么呢？参加工作的日子？想必她自己都记不清了。你们的结婚纪念日？也不对。这时我注意到数字里有'1'和'8'两个数字，而我妈是81年出生的，于是就想，这会不会是某个跟妈妈同年的人的生日呢？

"按照这个思路，81就可以排在前面了，剩下的是0279四个数字。既然前面两个数字代表的是'年'，后面四个数字代表的自然就是'月'和'日'。而这四个数字能够组合出来表示几月几号的，只有0927和0729。所以我试了两次，就把密码试出来了——810927。"

听完儿子的推理过程，陈娟张口结舌，无话可说。旁边的王传平倒是迷惑了："这么说，81年9月27日，是某个人的生日？"他望向陈娟，"这是谁的生日啊？"

"一个朋友的，不重要。王兆杰，你要是把聪明头脑用到学习上，估计都成学霸了。好了，这件事情到此为止，妈妈也不批评你了，以后别跟我们玩这些小花招，一家人搞得跟谍中谍似的。时间不早了，你去洗澡睡觉吧。"

王兆杰望着妈妈，"哦"了一声，意味深长地说："原来如此，我明白了。"

"你明白什么了？"

王兆杰又瞄了一眼他爸爸，说："算了，还是别当着爸爸的面说吧……"

"什么意思？"王传平愣了，"还有什么我不能听的吗？"

陈娟的脸一阵青一阵红，她咬着下唇，瞪着儿子。王兆杰识趣地从沙发上站起来："我去洗澡了……"

"不是，什么意思？"王传平拉住儿子，"把话说清楚，到底怎么回事？"

王兆杰为难地望着妈妈，征询道："妈，我说吗？"

陈娟没开腔。王兆杰便说："其实我之前也在想这个问题，81年9月27日，会是谁的生日呢？从年龄来看，显然是一个跟我妈同岁的人，那么很有可能是她的同学。如果是一般关系的同学的话，不可能把对方的生日记得那么清楚，只有关系特别好的人，才有这种可能，比如最要好的闺蜜。但是刚才爸爸问妈妈'这是谁的生日'的时候，妈妈的目光明显在闪躲，神情也有些不自然，并且立刻岔开了话题——这样的表现，显然是有些心虚。所以我猜，这个人肯定是妈妈的……前男友！"

说完这句话，王兆杰刺溜一下逃走了，冲进卫生间洗澡。客厅里只剩下夫妻俩尴尬地对视。

"真的啊？真是你前男友的生日？"王传平问。

"什么前男友？只不过是高中时喜欢过的一个男生，算是懵懵懂懂的初恋吧，几百年前的事了！"陈娟烦躁地说。

"那过去这么多年了，你还记得人家生日？"

"因为那天……有特殊的意义！好了，别说这事了！王兆杰这小子，我饶不了他！跟我玩小花招也就算了，还把我这些糗事说出来！"

"算了，你也别拿儿子出气了。你这当妈的，拿前男友的生日当锁屏密码，还被儿子猜出来了，这叫什么事……"

"我倒是想用咱俩的生日，或者我们爸妈的生日，但这小子猴精似的，这种简单的密码对他有用吗？我想了好半天，才想到用这个做密码，没想到还是被他给猜出来了！"陈娟气急败坏地说。

王传平沉吟一阵，扑哧一声笑了出来，然后搂着老婆的肩膀："有这么鬼马机灵一个儿子，你说咱们是该开心呢，还是难过呢？"

陈娟摇着头苦笑。王传平说："你不觉得，他刚才分析推理的时候，跟你很像吗？你破案的时候，应该就是这个样子吧。"

"这是一回事吗？我那是正儿八经地办案，他这是叫什么，跟父母耍小聪明。"

"是不一样，但他的逻辑思维能力，以及分析能力，就来源于你这个当刑警队长的妈妈。"

"所以我们母子俩算是棋逢对手了，对吧？"陈娟再次苦笑。王传平也搂着她的肩膀大笑起来。

王兆杰洗完澡后，穿着内裤偷偷溜进自己卧室，却发现妈妈已经在房间里等他了。他作揖道："妈，我错了。但你之前可是答应了不骂我的。"

"刚才不是说了这事到此为止吗，我是想问你另外一件事。"陈娟说。

"什么事？"王兆杰坐在床沿上问。

"你知道国王游戏吗？"

"当然知道，怎么问起这个来了？"

"听说你们学校现在挺流行玩这个？"

"对，而且你知道吗，这个风潮是我引领的。"王兆杰颇有些自豪地说。

"什么？你引领的？"陈娟吃了一惊。

"对，国王游戏起源于日本，在日本、韩国特别流行，在国内的流行程度一般吧，是我把这个游戏介绍给同学们玩，然后引发这个风潮的，听说现在初一、初二的学弟学妹们也开始玩了。"

"那你又是怎么知道的？"

"漫画上看的，规则很简单，就在学校跟同学们试玩了一下，结果大家都觉得很有趣。"

"这个游戏中，'国王'可以命令某人做任何一件事？"

"对，理论上是这样。但我们通常会在玩之前加一些限制条件，比如'不能触犯法律''不能造成人身伤害'或者'不能违背道德'之类的，以免有人提出特别过分的要求。"

"那么，所有人玩的时候，都会加限制条件吗？"

"这我就不知道了，我又没有盯着所有人玩。估计有些人没有加限制条件吧，这就要看大家的默契了。"

"你们玩的时候，提出过的最过分的要求是什么？"

王兆杰仰着头想了一会儿，说："大概就是让某个人喝自己的尿吧。"

"真恶心……真的这样做了吗？"

"嗯，然后被整到的人，就会提出更过分的要求来回击，不过也有可能整到自己，这就是国王游戏好玩的地方。"

"但是这么下去，惩罚或者要求会不会不断升级，最后导致某人提出非常离谱的要求？而前面的人都执行了，后面的人即便面对非常过分的要求，也只能硬着头皮执行？"

"照理说，是有这种可能性。假如发生这样的情况，游戏就会走向失控。但是我没有遇到过这样的情况，可能我们经常玩的几个人都比较克制吧，不会有人提出太过无理的要求。像我刚才说的喝尿已经是极限了，玩到这里一般就结束了，不让游戏再升级下去。"

"但总有失去控制,让游戏一直升级下去的可能性存在,对吧?"

"理论上是的,但我没有见过。"

"好吧,我知道了。你睡吧。"陈娟从椅子上站起来。

"妈,你为什么要问这些?你这个年龄,不应该对这种青少年热衷的游戏感兴趣啊。"

"没什么,随便问问。"

"是为了破案吗?"

"算是吧。"

"是我们学校五个学生失踪的那起案子?"

"嗯,"陈娟下意识地应了一声,随即一怔,"你怎么知道这事的?我没有跟你讲过这事吧。"

"是没讲过,但我会推理……"

"少来这些!老实说,你是怎么知道的?"

"今天上午,我看到你来我们学校了。当时正好第二节课下课,我在楼上看到你和另一个同事一起进了学校。"

"所以呢?"

"因为你是和同事一起来的,所以我猜肯定不是来找我,而是来办案的。你们朝初二的教师办公室走去,我悄悄跟踪了,发现你们找到了初二四班的班主任,意味着这起案件肯定跟四班有关系。我再去四班一打听,得知他们班今天有五个学生没来上课,便猜到是怎么回事了。"

陈娟深吸一口气,说道:"王兆杰,你以后不许再跟踪我了,也不要去打探我在办什么案,这不是你这种小孩子该管的!"

"妈,我不是小孩子了,我马上就是高中生了。我只是想帮你而已,如你所见,我也会推理。"

陈娟做了一个表示打住的手势:"这不是侦探游戏,你如果想帮我,就把自己的学习搞好,让我省点心,能够专心办案,好吗?"

王兆杰有些不情愿地撇了下嘴,问道:"那几个失踪的孩子,能找到吗?"

"我会找到他们的,"陈娟说,"这件事,不要在你们学校里谈论,明白吗?"

王兆杰点了点头。陈娟摸了下儿子的脑袋,走出他的房间。

第二十章　崩溃边缘

5月23日下午到5月24日中午，只有不到二十四个小时，但是对于孩子被绑架的四个家庭来说，犹如一年那么漫长。

八百万赎金已经交付了，并且从结果来看，冷春来显然拿到了钱，因为她后来没有再发过短信给任何人。

那么，既然赎金已经拿到了，应该放人了吧？

这是四个家庭的想法，但是看上去，并不是冷春来的想法。

一天过去了，被绑架的四个孩子没有一个回到家中。他们的父母、家人终于沉不住气了，在如坐针毡中翘首以盼数个小时后，几家人几乎在同一时刻爆发了。

苏静第一个在微信群里谩骂起来，痛斥冷春来言而无信和过河拆桥。情绪濒临崩溃的陈海莲和梁淑华也跟着一起骂。韩雪妍一开始还劝她们冷静，再等等孩子们说不定就回来了。但是到下午四点钟时，她也无法再保持乐观的心态，在群聊时哭泣起来。

韩雪妍：“你们说，孩子们该不会……已经不在了啊？冷春来根本就没想过让他们活着回来……呜……我是不是永远都见不到亚晨了……”

梁淑华：别说这种话！你刚才不是还安慰我们，让我们再耐心等等吗？

韩雪妍：我那是安慰自己，其实我心里一点底都没有，现在已经过去整整一天了，如果冷春来要放人的话，早就放了，用得着等到现在吗？

陈海莲："啊……我的薇薇……该不会真的见不到她了吧……"

苏静：好了，你们别哭了！我家里现在也是乱成一锅粥，我公公婆婆又来了，婆婆一直在哭，我够烦的了，你们就别再哭了！

陈海莲：他们知道交赎金的事了吗？

苏静：知道了，我公公觉得我们没有选择报警而是交赎金是对的。但是对方拿了赎金却没放人，实在太过分了，所以我们现在在商量，要不要报警，把冷春来让我们交赎金的事告诉警察。

梁淑华：报警的话，会不会激怒冷春来？本来她要放人的，也不放了？

苏静：她要放人，倒是放啊！这都过去一天了，我们还要等到什么时候？

梁淑华：往好的方面想，假如她把几个孩子拐到外地去了，就算放他们回来，也要时间。所以我觉得，咱们还是再等等吧！

苏静：@韩雪妍 @陈海莲 你们觉得呢？

韩雪妍：要不就等今天过完吧，如果明天中午之前，孩子们仍然一个都没回来，冷春来也没有跟我们联系，就立刻报警！

陈海莲：行，再等等吧！

接下来，又经历了一个漫长而痛苦的难眠之夜。次日一大早，四个妈妈便在群里询问对方，孩子有没有回来，得到的全是令人沮丧的回答。

苏静按捺不住了："别等到中午了！我们现在就报警吧，把这件事告诉那个刑警队长陈娟！"

没人反对，于是四个妈妈一起出门，来到高新区刑警大队，见到了陈娟和几个专案组成员。

陈娟等人正在商量下一步行动计划，四个失踪孩子的妈妈来了之后，他们停止讨论，让四个家长坐下说。

韩雪妍把星期天收到冷春来发的勒索短信，以及四家人商量后决定支付赎金，还有交付赎金的过程详细地告诉了陈娟等人，然后哭着说，现在已经过去一天半了，冷春来并没有将几个孩子放回家。

陈娟责怪道："你们收到勒索短信的时候，就应该报警！"

梁淑华说："冷春来发的信息里说她能看到我们的一举一动，只要得知我们报警，她立即撕票。我们实在是不敢用孩子的命来赌，就只有选择交赎金了。"

陈娟说："把她发给你们的短信给我看一下。"

苏静找出冷春来发的短信，把手机递给陈娟。陈娟一看号码，就知道是用网页发送的，无法追踪，她把冷春来发的所有短信看了一遍，说："我认为她很有可能在吓唬你们，目的是让你们不报警。至于她说的'能看到你们的一举一动'，你们真的相信吗？如果你们通过微信或者短信联系我，她怎么可能知道？"

"是，我们也想过悄悄通知警察，可就怕警方采取行动后，被冷春来得知，然后撕票……"陈海莲说。

陈娟叹息道："这你就小瞧我们刑警了。我们自然有专业的刑侦方法，在不被绑匪发现的情况下暗中跟踪，伺机抓捕。唉，不过现在说这些已经迟了，已经错失这次机会了。"

听了陈娟的话，四个人都有些后悔。苏静说："陈警官，总之我们赎金已经交了，冷春来却没有放人，现在该怎么办呢？"

"我们已经发布了通缉令，也在研究下一步的行动计划，你们少安毋躁，回家等候吧。"陈娟说。

"通缉令有用吗？"苏静怀疑地说，"从交付赎金这件事来看，冷春来可不是一般的狡猾，神不知鬼不觉地就把八百万现金给弄到手了，而且我们直到现在都想不通她是怎么办到的。以她的谨慎和狡猾程度，应该不可能明着出现在某地吧？只要稍微乔装打扮一下，根本不可能有人认出她来。"

这一点，陈娟自然也知道。对于这种高智商嫌疑人，通缉令能够起到的作用十分有限。但是面对四个忧心忡忡的家长，她只能尽量安慰她们："通缉令只是一方面，我们还会想其他办法。"

"陈警官，我们的孩子已经失踪四天了！"韩雪妍流着泪说，"不是我不信任你们警察，我知道你们为了破案也非常辛苦，但是……你们真的能想到有效的办法，找到冷春来或者几个孩子吗？你也是一个母亲，肯定能想象我们现在的心情，孩子们生死未卜，也不知道冷春来把他们关在什么地方，有没有给他们吃东西、喝水，孩子们心中的恐惧和精神的创伤，更是可想而知……总之，每耽搁一分钟，就多一分危险，想到这些，我快要崩溃了。请你给我们一句实话好吗——你们到底有没有把握，把几个孩子找回来？"

韩雪妍这番话引得另外三个人也掉下泪来。苏静用纸巾拭干眼泪，说道："是啊，陈警官，我也想知道，你们真的能想到什么办法，找到他们吗？"

陈娟和三个同事对视一眼，谁都不敢做出肯定的保证，事实上，他们之前商量的时候，就已经陷入了困境。但凡想到切实可行的办法，早就采取行动去找人了，又怎么会在刑警队里商量研究呢？

"四位妈妈，你们的心情我当然能理解。但是说实话，这起案子的侦破难度确实不是一般地大。首先，我们刑警介入时，已经过去六个小时了，这么长的一段时间，冷春来完全可能开车带着几个孩子离开本市，甚至离开本省。我们现在都不知道他们是否还在南坪市。其次，冷春来非常谨慎和狡猾，到目前为止没有留下任何破绽和线索，让我们的侦破陷入了僵局……"

说到这里，陈娟注意到了四个妈妈眼神中流露出的绝望神色，赶紧往回说："不过我们已经成立了专案组，目前也在积极地想各种办法。争分夺秒，就不跟你们多说了，请你们回去等候消息吧。"

"陈警官，你们可以在全市范围内展开搜查吗？"苏静问。

"难度很大，而且几乎不可行。南坪市很大，有十几个区县，建筑和住宅不计其数，我们警力有限，不可能展开地毯式搜索。而且警察在没有搜查证的情况下,也不能随便进入居民家中搜查。所以,请你们理解。"

苏静虽然性格强势,但并不是不讲道理的人。她点了下头,疲惫地叹息一声:"这么说,就是希望渺茫了。"

另外三个妈妈也意识到了这一点,不打算再强求或勉强警察了,失魂落魄地朝外面走去。陈娟叫住她们,说:"如果冷春来再跟你们联系,不管什么事,一定要第一时间通知我。这次不要再瞒着警察了。"

几个人点了点头。陈娟又问:"除了赎金的事之外,你们还有什么信息和线索是之前没有跟我说的吗?"

这话提醒了陈海莲,说:"之前有件事,我们认为可能跟绑架案关系不大,就没说。"

"什么事?"

陈海莲就把五一节几个家庭去三岔湖野炊,结果几个孩子提前回家的事讲了出来。这一次,她把回家之后逼问女儿,邹薇薇说的那句话也告诉了在场的几个警察。

"五个孩子单独去玩,除了余思彤之外,另外四个人都提前回家了,而且回去之后,拒不告诉家长之前发生了什么事。你反复问邹薇薇,她就说'这是我们几个人的秘密,说好了不能告诉任何人的,否则天打五雷轰',对吧?"陈娟说。

"是的。"陈海莲说。

"等一下,这事我怎么不知道?"梁淑华说,"薇薇说了这样的话吗?那你当时怎么不说呢?"

"对啊,我也不知道。"韩雪妍说。

"因为薇薇让我发誓,不能把她说的话告诉别人,我就没跟你们说……"

"他们几个人能有什么秘密?这个秘密是在三岔湖玩的时候发现的?"梁淑华问。

"应该是吧,不然的话,那天怎么会不欢而散呢?"陈海莲说。

"那天他们就单独去玩了一个小时,而且三岔湖是公园,又不是原始森林,能藏着什么秘密?"韩雪妍想不通。

"我也不知道。"陈海莲说。

陈娟示意她们暂时别说话,问道:"孩子们单独去玩的时候,冷春来在做什么?"

"她跟我们在一起。"苏静说。

"后来余思彤回来,说另外四个孩子先回去了,自然包括冷俊杰。冷春来听到这事的反应是什么?"

"跟我们一样,很吃惊。"

"她回家之后,有没有从冷俊杰口中问出这是怎么回事,你们并不知道,对吧?"

"是的。冷春来说冷俊杰什么都不肯说,她也就懒得再问了。至于她说的是不是实话,我就不清楚了。"苏静说,另外三个妈妈跟着点头。

"好的,我知道了。请你们先回去吧。"陈娟说。

四个妈妈离开刑警队的办公室后,陈娟对何卫东说:"刚才她们说的那件事,你记录下来了吧?"

"记下来了。娟姐,你觉得这件事跟绑架案有关系吗?"何卫东问。

"你们觉得呢?"陈娟反过来问专案组的另外三个成员。

"我是觉着没有太大的关系,"女刑警刘丹说,"孩子之间闹矛盾也好,有些小秘密也好,都是很正常的事情,不愿意告诉家长也正常。青春期的孩子,有几个愿意跟家长分享自己的秘密?这跟绑架案好像有点八竿子打不着。"

"嗯,我也这样觉得,"另一个胖胖的男刑警张鑫说,"而且刚才听她们说,冷春来已经敲诈勒索了她们。那她绑架这几个孩子的目的,不是很明显了吗,就是为了钱。她失业了,又负了债,只好出此下策。"

"那你怎么解释她连着自己的儿子一起绑架呢?这样做岂不是把自己儿子的前途都给毁了,太得不偿失了吧?"何卫东说。

"她毁掉的只是自己的前途。冷俊杰是被绑架的人,他的前途怎会被毁掉呢？"张鑫说。

"冷春来拿到钱后，如果带着儿子东躲西藏、居无定所，冷俊杰还能拥有正常的人生吗？岂不等于前途被毁了？"

"这是我们的想法，不等于冷春来的。万一她觉得钱是世界上最重要的东西，只要能弄到一大笔钱，即便从此以后隐姓埋名、浪迹天涯也值得，就有可能做出这样的事来。"

"冷俊杰呢？他不会也有这样的想法吧？"

"这我就不知道了。但是他们母子俩相依为命，迫于母亲的压力，或者被母亲教唆而被迫同意，也不是没有可能。"

"也是啊，关键是，我们现在无法得知冷春来的想法。"刘丹说。

陈娟听着三位同事的讨论，暂时没有发表意见。何卫东问："娟姐，你怎么想的？"

"我觉得你们说的有道理，但现在还无法下结论，我要再想想，这事到底是怎么回事。"陈娟若有所思地说。

第二十一章 搜寻行动

刚刚走出高新区刑警大队，苏静的手机就响了，是公公赵士忠打来的，她接起电话："怎么了，爸？"

另外三个人听不到电话的内容，只能看到苏静脸上的表情，她皱起眉头，有些烦躁地说："行，随便你吧，但我觉得区别不大。"

对方又说了些什么，苏静不太想站在刑警大队的门口聊这件事，说："那我现在回去，咱们商量一下好吗？"

挂了电话，陈海莲问："是赵市长打来的电话吗？他说什么？"

"对，我公公打的，他说如果高新区刑警队的人没法破案，他就去一趟省公安厅，请省厅的刑侦专家接手，展开侦破。还说他一开始就是这样提议的，就不该相信高新区的警察，白白耽搁了几天时间——反正一通抱怨。"

"请省厅的刑侦专家破案，好啊！但你刚才怎么说区别不大呢？"陈海莲问。

苏静暂时没搭话，从皮包里摸出一包女士香烟，点燃一支后抽了一口，说道："咱们别在这儿聊，我刚才答应了我公公现在回家，要不你们跟我一起回家商量一下这件事吧。"

三个女人一起点头，遂乘坐苏静的车来到她家所在的高档小区。

进门之后，三个妈妈就看到了赵市长和他夫人，以及苏静的丈夫赵从光。这几天因为孩子失踪的事，他们一家人都心神不宁，坐立不安，赵从光这两天也没去公司，留在家里陪父母。苏静跟公公婆婆介绍了一下韩雪妍她们，双方简单打了个招呼，作为绑架案的直接关系者，一起坐在客厅的沙发上商量此事。

"刚才我说找省厅的刑侦专家来破案，你为什么说区别不大？"赵士忠问儿媳妇。

苏静叹了口气，说："因为刚才高新区刑警队的队长陈娟，已经跟我们说得非常清楚了，这起案子侦破的难度很大。第一是刑警介入并认定这是一起绑架案时，已经过去了六个小时，这么长的一段时间，冷春来完全可能带着几个孩子离开本地了；第二是冷春来异常狡猾，通过她拿赎金这件事就能看出来了，目前为止没有留下任何线索和破绽。所以我听出来了，警察现在也有点束手无策。不是高新区的警察的问题，任何警察或者刑侦专家接手，这两个问题都存在。而新的警察接手，还要重新了解案情，又要耽搁不少时间，所以我觉得，找省厅的人意义不大。"

"那怎么办？警察难道就不管了吗？"婆婆蒋岚焦急地说。

"当然不会不管，现在他们已经成立了专案组，也在积极地想各种办法，我看这个叫陈娟的女警察挺干练的，说话的口气也不像是在敷衍我们，就相信他们的办案能力吧。"苏静说。

"没有敷衍吗？"赵士忠起眉头，"她说冷春来可能已经带着几个孩子离开本地了，只是猜测吧？是不是想以这个为借口，推卸责任？"

"我看不像，她只是说有这种可能，没说一定如此。我们去的时候，他们专案组的人也正在研究案情，不像是懈怠的样子。"

"不懈怠的话，就应该马上调动警力，在全市范围内展开搜查！"

"爸，你得讲道理。南垶市这么大，需要多少警察才能把全市找一遍？敢情所有警察都办这一个案子，不用做别的事了？再说警察没有搜查证的话，是不能随便进入居民家中搜查的。"苏静说。

赵士忠从沙发上站起来，在客厅里焦躁地踱步。思量一刻后，他说："如果警察没法展开搜查的话，那就我们自己找！总之得做点什么才行！"

"自己找？"赵从光望着父亲，怀疑他已经因为着急而失去了判断力，"就我们几个人？怎么找？"

赵士忠重新坐回来，说道："就凭我们几个人当然不行，所以要发动更多的人。"

房间里另外几个人面面相觑，赵从光问父亲："什么意思，发动谁？"

赵士忠毕竟是当了多年领导的人，考虑问题的角度比较全面，他说："首先，我们假设冷春来和几个孩子还在南坪市内，那么他们最有可能在什么地方呢？我认为，在普通居民家中的可能性非常低。我的意思是，冷春来不可能把几个孩子藏在朋友熟人家中。没人有这么大的胆子，敢包庇这么大的事情！况且要藏匿和控制五个初中生，可不是件容易的事，一般的住宅楼里，只要发出异常声响或者呼救声，都会引起邻居的怀疑。"

蒋岚连连点头，认为丈夫分析的有道理，陈海莲等人也跟着点头，韩雪妍说："赵市长，您接着说。那您觉得，哪种可能性最大呢？"

赵士忠说："我认为，既然绑匪十分狡猾和谨慎，那她把几个孩子藏在市区的可能性就不大，最有可能的，就是藏在郊区某个不引人注目的地方。"

"有道理，"韩雪妍说，"不过这一点，难道刑警想不到吗？"

"警察肯定想到了。但是南坪市周边有九个郊县，要想挨个找一遍，也不是件容易的事，而且又会涉及搜查证的问题。"赵士忠说。

"那我们又怎么找呢？"韩雪妍问。

赵士忠想了想，说："警察是不是告诉你们，冷春来当天晚上绑架五个孩子后，开车去往了南部新区，然后在一块荒地上弃了车？"

"是的。"几个妈妈一起回答道。

"她一个人带着五个孩子，不可能步行，所以肯定换了一辆车。"

"对，警察也这么说，但是她换了辆什么车，之后又开往何处，就不得而知了。"韩雪妍说。

赵士忠打开手机上的百度地图，说道："你们看一下，南部新区在南坪市的南边，和它接壤的有两个郊县，分别是蒲县和彭县。当然，冷春来也有可能驾车去往更远的地方，比如东边和北边的几个县，但是这样做的风险比较大，因为要上下绕城高速，也要路过几个收费站，会增加被监控拍到或者被警察询问的风险。"

"爸，你别忘了，警察反应过来这是一起绑架案的时候，已经是六个小时后了。冷春来不管开到哪个县，都用不了这么久，所以她不用担心会被警察拦住询问。"苏静提醒道。

"不，她仍然要担心。因为当时是晚上十点到十二点之间，正是交警查酒驾的时候。不管高速路口还是一般的道路上，都会有交警。想想看，如果交警把这辆车拦下，查酒驾或者超载，孩子们会不趁这个机会求救吗？或者即便冷春来给他们吃了安眠药，让他们都睡着了，但交警看到一辆车上有五个昏睡的孩子，会不觉得可疑？总之怎么都对绑匪不利。所以为了避免这样的情况发生，冷春来一定不会走太远，而会选择去往南部新区附近的郊县，或者就在南部新区。"赵士忠说。

"有道理！赵市长，您分析的太有道理了，不愧是有大智慧和大格局的老领导！我们之前就没想到这些。"陈海莲说。

"但警察肯定想到了，"赵士忠说，"按理说他们应该重点搜查这几个地方才对。但是之所以没有这样做，我猜想有两个原因：第一是南边有通往邻市的高速路，他们认为冷春来有可能离开了本市；第二是，就算他们在南部新区、蒲县和彭县三处之一，这三个地方的面积和范围也不小，进行盲目的搜索，意义不大。"

听到赵士忠这样说，陈海莲的心又有点凉了，说："既然警察都无法把这几个地方全部搜索一遍，我们岂不是更没有办法了？"

"我们跟警察不同，因为我们可以发动更多的人进行搜寻。"赵士忠说。

"怎么搜寻？"梁淑华迫切地问。

"刚才已经分析过了,冷春来不太可能把几个孩子藏在熟人朋友家,而有可能藏在郊区某个不引人注目的地方。所以我们可以试着多发动一些人,在南部新区、蒲县和彭县三个地方搜寻。重点是农村自建房、长期空置的仓库、门面房和独栋别墅等地方。"赵士忠说。

"既然是空置的,我们怎么进得去?"苏静问。

"空置的房屋,就打听业主的身份和联系方式,拜托他们把门打开让我们看一下。当然,他们有可能不同意,这样的话可以采取两种方案:第一,动之以情晓之以理;第二,给予他们经济上的补偿。如果对方无论如何都不同意打开门让我们看,说不定就有问题。这样的话,我们就马上报警,让警察介入调查。"

说到这里,赵士忠望向儿子和儿媳妇:"用这样的方法搜寻,唯一的问题就是要耗费大量的人力和财力。但这些年,你们赚的钱不少,现在正是最该花的时候了。我建议,你们尽可能地发动手下的员工,按日薪付费的方式,让他们帮忙搜寻。并且告知他们,谁如果找到了赵星——当然还有另外几个孩子,给予五百万元的奖励,以调动他们的积极性。"

"行!我一会儿就去一趟公司,让部分员工暂停手中的工作,帮忙寻找几个孩子。除了本来的工资之外,参与搜寻的员工给予每日一千元的补贴!"赵从光说。

"我们家族企业的人更多,能够帮忙的人也应该更多。正好我爸妈知道赵星被人绑架,也急得不得了,天天问我他们能帮上什么忙,出钱出力都行,现在正是时候!"苏静说。

赵士忠点头,然后问道:"你们初步估计一下,两边的人加起来,大概能有多少?"

两口子对视了一眼,苏静说:"我觉得发动一百多个人,应该问题不大。"

"行,一百个人,从南部新区开始搜寻,每个人分头行动的话,估计一天就能把南部新区的空置建筑全部找一遍。如果没找到，第二天就去蒲县，第三天去彭县。总之掘地三尺，也要找到几个孩子！"

赵士忠发挥领导才干，安排部署任务。他激昂的话语和笃定的口吻如同给几个妈妈打了一剂强心针。本来有些绝望消沉的她们，此刻振作起来，恢复了信心和活力。梁淑华激动地说："太好了，赵市长！有您这样的老领导指挥工作，我相信一定能找到孩子们！"

"是啊，太感谢了，赵市长！我们几个家庭也会配合寻找。我一会儿就回家跟我老公说这事，然后把我们身边的亲戚朋友都发动起来，一起找孩子！"陈海莲说。

"对，人多力量大，我和亚晨他爸也还有点人脉，估计能发动二十多个亲朋好友一起行动！"韩雪妍说。

"这样就又增加了几十个人，找到几个孩子的概率就更高了！"赵士忠说。

"但是，赵市长，陈警官说的那种情况也存在吧？如果冷春来真的已经带着几个孩子离开了本市，咱们不是白费功夫吗？"韩雪妍担忧地说。

"也不算白费功夫，至少通过这样的方式，我们可以逐步排查。假如他们没在蒲县等地，我们就扩大搜寻范围，到周边县市寻找。我想，冷春来带着五个孩子，这么大的目标，总不至于跑太远吧？只要我们不放弃，舍得投入时间、精力和金钱，总会找到他们的。世上无难事，只怕有心人——我们要拿出这样的精神来，团结一致，共渡难关！"

当过多年领导的赵士忠说话铿锵有力，大道理和振奋人心的话，更是张嘴就能来。他这番话不仅鼓舞了那三个妈妈，就连妻子、儿子和儿媳都被感染了。这一刻，苏静由衷地佩服自己的公公，看来关键时刻，还是得有像他这样有威望又有能力的人来主持大局才行。

商定之后，韩雪妍等人就分别回家了，临走前赵士忠叮嘱她们，联系好亲朋好友后，就在群里报一下人数，由苏静统计。晚上召开一个线上动员大会，搜寻行动明天开始，今天晚上就要具体地安排部署，以免明天所有人乱找一气或者重复搜寻。赵士忠还特别强调，不管是谁的亲戚朋友，只要找到了几个孩子，或者提供确切的行踪，配合警方找到他们，赵家一律答谢五百万元。三个妈妈千恩万谢，然后离开了赵家。

第二十二章　出人意料的状况

下午，苏静去家族企业，赵从光到自己公司，分别动员属下的员工。苏静的父亲是企业董事长，在寻找外孙这件事上，自然是不遗余力，他亲自召开动员大会，和苏静一起说明了情况和任务。董事长的外孙丢了，要求员工们帮忙寻找，而且还有一千元的日薪和高达五百万的奖励——没有任何人有理由不去。要不是董事长要求部分员工留守岗位，企业的几百号人几乎要全部出动。

赵从光是一家文化公司的老板，公司规模不及苏静的家族企业，但上上下下也有几十个人。他平时待员工不薄，到了这种关键时刻，下属们自然是积极踊跃地参与。

下午五点，苏静发送消息到群里：我们家族企业动员了197个员工，赵从光的公司发动了58个员工，一共255人，可以参加明天的搜寻。

韩雪妍、陈海莲和梁淑华三个人激动不已，在群里几乎声泪俱下，说这么多人，一定能找到几个孩子。同时，韩雪妍说她和靳文辉也联系了26位好友，可以一起参与搜寻行动。陈海莲和梁淑华那边，也分别找到了十几个人，最后统计下来，参与搜寻的人员竟然多达312人，是之前预估的三倍之多。

众人相助，自然令人信心倍增。苏静建了一个微信群，让明日参与搜寻的人全部进群。晚上七点半，赵士忠在群里召开了线上工作会议，安排部署明天的搜寻行动，主要是交代搜寻区域、分组行动、问询方法、方位分布等重点事项，然后再一次地激励人心。之后苏静和赵从光又补充了几点，会议进行到九点过，所有人都表示明白了，决定明天早上八点开始，统一从南部新区开始搜寻。

　　工作部署完之后，赵士忠和蒋岚返回自己家中。苏静和赵从光忙了一天，疲惫不堪，打算早点洗漱、休息。明天的搜寻行动，他们肯定也要参与——另外三个家庭的父母亦然。

　　赵从光和苏静分别在家中的两个卫生间洗澡，然后穿着睡袍出来。赵从光躺在床上，长吁一口气，对苏静说："早点睡吧，晚安。"

　　苏静倚靠在床头，说："我睡不着。"

　　"还在担心赵星吗？我们都组织这么多去搜寻的人了，肯定能找到儿子的，你就别多想了。明天还要早起呢，快睡吧。"

　　苏静摇了摇头："我是在想另外一个问题。"

　　"什么问题？"

　　苏静望着赵从光："记得冷春来给我发的那条短信吗？"

　　"哪条短信？"

　　苏静把短信调出来，手机递到赵从光眼前。赵从光坐起来，看这条短信：

　　　　提醒一句，不要自作聪明，以为我不知道你们有没有报警。我能看到你们的一举一动。如果不相信，那就用你们孩子的命来赌一把吧。反正只要得知你们报警，我立即撕票。

　　"这条短信怎么了？"赵从光问。

　　"她说'我能看到你们的一举一动'，这句话真的是在虚张声势吗？"

　　"不然呢？警察不是都跟你说了，这可能是冷春来吓唬你们的吗，目的是让你们不报警，乖乖地交赎金。"

"陈娟说的是'可能',所以也有可能冷春来说的是真的。"

"不会吧?她能看到我们的一举一动,除非她在我们家安了监控摄像头,而且客厅、卧室,每个房间的每个角落都要安上才行,你觉得这可能吗?"

苏静暂时没说话。赵从光又问:"冷春来没有来过我们家吧?"

"没来过。"

"就是啊,那你觉得她如何办到这一点呢?况且这条短信中的'你们',指的应该不止你一个人吧,还有另外那三个妈妈。难道她在每个人的家中都偷偷安了监控或者监听设备?"

"不一定非得安装这些才能办到。"

"什么?"

苏静望着赵从光:"万一她在我们周围安插了眼线呢?"

赵从光吃了一惊:"怎么可能?这又不是谍战,哪来的眼线?这起事件的当事人,除了她之外,就只有另外四个家庭的四对父母,就算把爷爷奶奶这一辈的人算上,也全都是自家人。这里面有人疯了吗?和冷春来串通起来绑架自己家的孩子?"

"通常情况下,是不可能。但你别忘了,冷春来就绑架了自己的儿子。"

"所以呢?其他人也跟她配合,设计绑架自己的孩子?太夸张了,我不相信有这种事。"赵从光摇头道,思索片刻后,问苏静,"你为什么会有这么奇怪的想法?"

"因为我觉得,冷春来策划的这起事件,从一开始到现在,都堪称滴水不漏,就像警察说的,几乎没有任何破绽。那么在威胁我们交赎金这件事上,她会如此轻率吗?如果说她全无把握,只是虚张声势,似乎不符合她在这件事上的行事风格。所以我就在想,她这样说,也许有什么依据,说不定她真的有办法知道我们的一举一动。"

赵从光正要开口,被苏静抢先说道:"而且你知道吗,这条短信我反复看了很多遍,不知道为什么,从短信的内容和语气中,感受到了一种莫名的笃定，从而认为她说的是真的……当然，这只是我的直觉。但女人的直觉往往很准。"

"我觉得是你多虑了，"赵从光显然不相信什么直觉之类的说法，"而且你现在说这个有什么意义呢？我们都已经交过赎金了。"

"是交过赎金了。但你想过吗，万一冷春来真的有什么方法能知晓我们的举动，那她就肯定知道我们召集了这么多人去找几个孩子。这样的话，她还会乖乖地待在原地，等我们找到她吗？"

"所以你担心的是，如果她知道了，会连夜把孩子们转移到别的地方？"

"正是如此。想想看，这件事之前还没有太多人知道，但是今天下午我们兴师动众地召开动员大会，最后调动了三百多个人一起找孩子，现在一定闹得满城风雨了。就算冷春来没有在我们身边安插眼线，恐怕也知道这件事了吧？"

赵从光蹙起眉头，认为苏静说的有道理，但是现在事已至此，无法撤销了。思索一阵后，他说："我爸今天晚上开那个线上会议的时候，有提醒过大家不要声张吧？"

"是说过，但是这么多人，这么多张嘴，你觉得全都管得住吗？现在可是网络信息时代，一件事情半天之内就传遍全世界了。"

赵从光叹了口气，说："那也没办法了。我们要组织这么多人大规模搜寻，就肯定会走漏风声。别的不说，明天几百个人去南部新区地毯式搜索，就肯定会惊动一些人。冷春来要是真的注意我们的一举一动，到了明天，她肯定也会知道这事了。除非我们运气好，恰好就在南部新区的某个地方找到了他们，否则的话，她还是有可能把几个孩子转移到别处——我们总不可能同时把南坪市和周边的县市全都找一遍吧？那估计几千个人都不够。"

"我担心的就是这个，要是明天没找到他们，反而打草惊蛇，逼得冷春来把几个孩子转移到更远的地方，岂不是得不偿失？"苏静顿了一下，极不情愿地说道，"转移到别处还算好的，要是她为了避免被找到，把几个孩子全都杀掉灭口……"

说到这里，她的整张脸都变得苍白了。赵从光也有些心悸胆寒，他搂着苏静的肩膀，说道："别瞎想了，我觉得不至于。首先几个孩子中，不是还有冷春来自己的儿子吗？我想她只要没到丧心病狂的程度，是不可能对几个孩子下毒手的。她绑架他们的目的是钱，我们已经把钱给她了，她大可抛下几个孩子，带着钱远走高飞，有什么理由把他们全都杀死呢？灭口的话，根本就没有必要，本来所有人都知道，是她绑架了这几个孩子。"

苏静点了点头，觉得赵从光说的这番话也有几分道理，便稍微安心了一些，同时注意到，赵从光紧挨着自己，右手揽着自己的肩膀。他们虽然是夫妻，却很久没有如此亲近的举动了，甚至连睡在一张床上，也不知道是多久前的事了，她忽然间有些感慨，苦笑一声，说道："真是讽刺啊！"

"什么讽刺？"

"你有多久没有跟我睡在一起了？包括这几天，你每天都待在家中，算是这么多年来，连续待在家最多的时候了吧。居然是因为儿子被绑架了，才换来你在家里多待些时日。"

这话让赵从光略有些不快，他把搭在苏静肩膀上的手放下来："现在说这些干吗？"

"我知道你在外面有女人，这事你也用不着否认，大家都是成年人，面对现实就好了。我也不会生气，更不会跟你闹，特别是现在这种时候，就像你说的，不是说这些事的时候。"

"那你为什么还要提起呢？"

"因为这么多年，我从没有开诚布公地跟你谈一次，今天既然话都说到这份儿上了，不如我们就打开天窗说亮话吧。赵从光，我不会问你的小三叫什么名字，你们怎么搞到一起的这种没有意义的问题，我只想问你一个问题。"

"我有没有爱过你吗？"

苏静发出一阵干涩的大笑:"哈哈哈哈,你当我是二十多岁的小姑娘吗,还会在乎这些事情。你爱不爱我,都已然如此了,还有什么必要去追究?"

"那你想问什么?"

"我想问的是,和外面那些女人比较起来,我差的是什么?为什么你宁肯去找那些女人,也不愿意跟我在一起?没关系,实话实说就是,我向你保证,我绝对不会生气,只是想弄清楚你们男人的想法而已。"

赵从光沉吟许久,说道:"你真的想听实话吗?"

苏静表情认真地点了点头。

"那我就实话告诉你吧,我交往过的那些女人,没有一个能跟你相提并论。不夸张地说,有些甚至连给你提鞋的资格都没有。"

"真的吗?不会是哄我开心才这么说的吧。"

"不是,真不是。苏静,你自身的条件,你心里肯定也是有数的。你身材高挑、苗条,长相大气又漂亮,化上精致的妆容,比有些女明星更耀眼。加上你的家庭条件,从小就接受的精英阶层教育和气质培训,大多数女人在你面前,都是黯然失色的。"

"既然如此,你为什么还要去找别的女人呢?"

"因为任何事情都有两面性。你太过优越的家庭和自身条件,让你从小便习惯于拥有一切。我跟你在一起的时候,无法产生成就感和被人依赖的感觉。"

苏静是个聪明人,一点就通,其实不用赵从光接着说下去,她已经有些明白了。赵从光为了解释得更清楚,接着说道:

"举个例子来说吧,我如果给一个家境条件一般的女孩买个奢侈品包,估计她会开心一两个月;我如果开着一辆豪车去接送某个普通的女孩,能够在她眼中看到艳羡的目光;我如果告诉某个年轻姑娘,我是一家小有名气的文化公司的老板,她会对我肃然起敬,心生仰慕。但是这些呢,你全都见过,全都不缺。我们刚交往的时候,我给你买过一个爱马仕的包，对吧？但你拿到后，只是云淡风轻地说了一句'谢谢，挺好看的'，然后我注意到，你背的是另一款价格更昂贵的限量款包包。当然后来我更是知道，你家里的奢侈品多到几乎可以开一家二手店。所以我很失落，我不知道怎样才能打动你，或者让你崇拜我。在你面前，我作为男人的自尊心大打折扣。如果不是因为我爸是市长，我甚至觉得我配不上你。所以我只有去外面寻求平衡，弥补这份自尊心。也许你会觉得我很虚荣，但这就是我的真实想法。"

苏静凝视着赵从光，一时有些无言以对。赵从光苦笑道："我没想过，有一天会把内心的想法如此毫无保留地告诉你。"

"谢谢你的坦诚，我现在知道了。"

夫妻俩沉默了一刻，苏静说："我再问你一个问题。"

"问吧。"

"假如，我只是说假如啊，赵星再也找不回来了，你愿意再跟我生一个孩子吗？"

"别说这种话，我觉得咱们儿子福大命大，不会有事的。"

"我知道，所以我只是说假如。你就假设一下这样的情况，然后回答我吧。"

赵从光思量了一阵，望着苏静说："不管我们俩的婚姻或者夫妻关系出了怎样的问题，我希望你能相信一件事——我只有你一个妻子，也只有这一个家庭，而我希望这个家庭是完整的，像千家万户普通家庭那样。所以，你懂了吧？"

这番话竟然令苏静有些动容，这一瞬间，她突然不怪赵从光了——其实本来也没有什么好责怪的，因为她在这段婚姻和感情上的付出也不多，况且要说不忠，他们俩其实是半斤八两……反倒是通过这件事，他们夫妻俩敞开心扉畅谈了一次，不管以后的状况是否能改变，至少隔阂会有所减少吧。

彼此沉默的时候，苏静突然听到外面客厅里传来的声响，她倏然睁大眼睛,说道:"外面什么声音?"

"有声音吗?"

苏静迅速披上睡衣,走出卧室。来到客厅的,她"啊"地大叫一声,因震惊而浑身僵硬,脊背发麻。

一个穿着脏兮兮的校服、满脸是污垢和汗水、全身散发出臭味的男孩站在她面前——正是儿子赵星。

第二十三章　不对劲的男孩

有那么一刹那，苏静怀疑眼前出现的是幻觉。但是当她靠近赵星，看得真真切切、纤毫毕现的时候，才确定真的是儿子回来了。她惊喜交加，顾不上儿子身上又脏又臭，一把将他拥在怀中，喜极而泣："星星，你回来了！"

赵从光也迅速跑了出来，看到儿子，大喜过望，抱着他说道："星星，你可算是回来了！太好了，这几天我们一家人都快急死了！"

"是冷春来放你们回来的吗？另外几个人呢，邹薇薇、靳亚晨、余思彤他们也回家了吗？"苏静问。

赵星没有说话，表情看上去有些呆滞，和平常活泼机灵的样子大相径庭。父母看到他这副样子，又有点急了，赵从光问："星星，你没事吧？怎么不说话？"

赵星低垂着脑袋，又闷了几秒，才终于吐出一句话来："我饿，想吃东西。"

苏静这才反应过来，儿子被绑架这几天，不知道生活在什么恶劣环境中，饮食更不可能像平时那么优质。此刻最重要的，是立刻为他补充水分和营养，有什么问题，等会儿再问不迟。

"星星，你想吃什么？妈妈马上给你叫外卖！"苏静说。

"别叫外卖了，我开车出去给他买吧，想吃什么？"赵从光问。

"随便，什么都行。"赵星说，看样子已经饿得饥不择食了。

"行,我知道了!"赵从光说,"星星,你先洗个澡吧,是不是这几天都没有洗过澡?你身上都有股馊臭味了。我马上去给你买吃的,你洗完澡出来就吃东西!"

赵星木讷地点头,苏静问他想不想泡个澡,他再次点头。于是苏静把儿子带到主卧的大卫生间,在带有按摩功能的高档浴缸中注入温水,又给儿子拿了一瓶依云矿泉水,让他好好泡个澡,放松一下。

十几分钟后,赵从光回来了,在周围的熟食店和餐馆买了一大堆食物回来,量足够五六个人吃,摆了满满一桌。他问苏静:"星星呢?还在洗澡吗?"

苏静点头:"我让他好好泡个澡,浴缸有按摩功能,可以放松身心。"

"嗯,让他好好洗一下吧,你看他脏成那样,这几天肯定没有洗过澡,不知道冷春来把这几个孩子关在什么鬼地方!"赵从光愤然道。

"我刚才跟我爸妈说了星星回家的事,他们马上过来。"苏静说。

"我爸妈也是,"赵从光说,然后问苏静,"你有没有问另外那三个妈妈,她们的孩子回家了吗?"

"我暂时还没有问。"

"为什么不问?"

"因为刚才我问了星星这个问题,他埋着头没有回答。所以我在想,该不会冷春来只把他一个人放回来了吧?"

"这可能吗?按照我们之前的设想,就算冷春来要扣下一两个孩子,也肯定扣星星。因为我们家的条件显然是四个家庭中最好的,如果要继续敲诈勒索的话,自然是留下星星最有价值——怎么会恰好相反,把星星一个人放回来,留下另外三个人呢?冷春来是怎么想的?"

"我怎么知道?之前就说过,冷春来这个人一向不按常理出牌。"

两口子说话的时候,大门被推开了,是赵士忠和蒋岚,他们鞋都没换,就激动地冲进来,大声喊着:"星星呢?我的乖孙子呢?"

"爸,妈,星星刚回来,身上又脏又臭,现在在洗澡呢。"苏静说。

"我们能进去看看他吗？"当奶奶的蒋岚一秒钟都不想多等。

"这么大小伙子了，又不是几岁小孩，进去看他洗澡不合适吧。反正都回来了，也不差这几分钟，你们就耐心等他出来吧。"苏静说。

赵士忠和蒋岚只好无奈地坐在沙发上。几分钟后，苏静的爸妈也来了，大呼小叫着要见外孙，苏静把同样的话又说了一遍，让父母少安毋躁。

赵星这个澡一洗就是几十分钟，一直没出来。赵士忠有点沉不住气了，说："星星怎么洗这么久？还是进去看看吧。"

"爸，他在我们主卧的卫生间泡澡，浴缸有按摩功能，很舒服，他这几天都没有洗过澡，你就让他好好洗一下吧，别着急。"赵从光说。

赵士忠焦躁地叹了口气，忽然想起了什么，对儿子说："那你进去看一眼。"

"我进去看什么？"赵从光问。

"看看他有没有受伤，还有……有没有少什么器官。"赵士忠说。

这话一说出来，把另外几个人都吓了一跳。苏静父亲说："亲家，你担心星星被人取走了器官？"

"我只是担心而已，看下放心一点，要不我进去看？"

"还是我去吧。"赵从光站起来，朝主卧走去。

几分钟后，赵从光回来了，对两边父母说："我检查过了，他身上没少什么'零件'，也没有外伤。"

爷爷奶奶和外公外婆这才放下心来。外婆说："明天还是要带星星去全市最好的医院，进行全面检查。"

"这是当然。"赵从光说。

又等了几分钟，披着浴袍的赵星终于从卫生间出来了，四个老人呼啦一下全部围了上去，"星星""乖乖"地叫个不停，喜极而泣、老泪纵横。赵星跟之前一样，没有太多反应和回应，面无表情，任由几个长辈簇拥自己。赵士忠看出孙子有点不对劲，揽着他的肩膀说："星星，你怎么不说话啊？是不是之前吓到了，没事了啊，现在回家了，爷爷以后一定保护好你，再也不让这种事情发生了！"

赵星还是不吭声，以前的他能说会道、古灵精怪，经历过这件事后，仿佛彻底变了一个人。家人们看在眼里，急在心里，可孩子刚回来，又不好多说什么。苏静说："爸，星星刚才说他饿了，你们让他先吃点东西吧。"

"对对，吃东西。"赵士忠说着把孙子带到餐桌前。蒋岚随即递上碗筷说："星星，你爸给你买了这么多好吃的，快吃吧！"

赵从光平时很少回家，也不太清楚儿子喜欢吃什么，便胡乱买了一大堆：卤牛肉、盐焗鸡、炸猪排、香肠、红焖大虾、鲜榨果汁……赵星着实是饿坏了，拧了一个鸡腿，狼吞虎咽起来。外婆在后面轻抚他的背，叫他慢慢吃，别噎着。蒋岚帮他剥虾，外公递上鲜榨橙汁……几个老的像伺候小皇帝般，对赵星悉心照料。

二十多分钟后，赵星把桌上的食物吃了一大半，终于饱了。苏静一直在旁边等候着，有几个关键的问题想问儿子，见他吃完后，说："星星，妈妈问你几个问题好吗？"

没等苏静问出口，赵星就说："我想睡了。"

"那我就问一个问题，除了你之外，另外三个孩子被放回来了吗？"

赵星埋着头不说话。

苏静眉头微蹙："怎么，你不知道？"

赵星还是缄口不语。苏静是急性子，忍不住说："这个问题很难回答吗？如果你知道，就告诉我，不知道就说不知道。"

"不知道，不知道，不知道！"赵星突然暴躁起来，双手抱着头大叫。

赵星的这一举动令苏静吃了一惊，她不明白儿子为什么对这个无比简单的问题如此敏感，看他这副焦躁痛苦的样子，与其说是真的不知道，倒不如说是在逃避什么。

四个老人同样不明就里，但是看到孙子这般模样，只能迁就。外公说："好了苏静，不要再问了，星星经历了这样的事情，肯定身心疲急，就让他好好睡一觉吧！"

"是啊，让他先睡觉，有什么明天再说。"蒋岚说。

苏静点了点头。赵星在几个长辈的簇拥下回到自己的卧室，爷爷奶奶帮他盖上被子，关了房间灯，才离开卧室。

回到客厅，外公问道："苏静，你为什么一定要问星星，另外几个孩子回来没有呢？"

"为什么要问？你们是不是忘了明天的事了？我们组织了三百多个人打算在南部新区地毯式搜寻。如果几个孩子今天晚上都回家了，明天还有必要找吗？"

苏静这样一说，几个老的才想起这事来。蒋岚说："不管怎么样，总之星星是回来了，我觉得，要不就……"

"妈，您的意思是，星星回来了，我们就不管另外几个孩子的死活了？这也太现实了吧。两个小时前爸还在群里激情澎湃地调动大家的积极性，安排部署工作，现在却告诉大家，我们的孩子已经回来了，明天不用去找另外几个孩子了——这话我说得出口吗？"

"我不是这个意思，"蒋岚解释道，"只是这次的搜寻队伍，主要都是咱们这边的人，日薪和奖金也是咱们出，等于出钱出力的都是我们。现在星星已经回来了，还由我们家来出大头吗？这每天的支出和承诺过的奖金，都不是小数目，而且两边公司和企业的多数员工都出去找人了，肯定也会影响公司的正常运营，这损失可不是一丝半点。如果是为了找星星，倒也就罢了，但是找另外几个孩子……当然我也不是说不找，他们父母联系的人，明天仍然可以按原计划行动。"

苏静鼻子轻哼了一声："那您的意思是，我在群里说，我们这边的人就可以退群了，剩下的人愿意找请便——这和告诉大家我们不管了有什么区别？"

"你怎么知道另外三个孩子没有回家呢？既然星星都回来了，说明绑匪已经放人了，另外几个孩子也应该回家了。"外婆说。

"我猜，另外三个孩子一定没有回来。"苏静说。

"为什么？"

"第一，刚才我问赵星的时候，他的表现分明是在回避这个问题。表面上他说'不知道'，但是仔细一想，他怎么可能不知道呢？冷春来把他们几个人绑架了，总不可能关在不同的地方吧。这几天，他们几个孩子肯定在一起，那么冷春来把他放走的时候，他不可能不知道另外几个人的状况。"苏静说。

"就算是关在同一套房子里，也有可能几个人在不同的房间。如果是这样，那星星就确实不知道另外几个同学的状况。"赵从光说。

"假如是这样的话，他直接说不知道就行了。但是我第一次问他的时候，他就面有难色，不愿回答；刚才又问，他更是烦躁不安、大吼大叫，这样的反应明显不正常。所以我猜，星星肯定知道什么，但是出于某种原因，不愿谈及此事。"

两家的四个父母对视在一起，不得不承认苏静的分析有道理。苏静接着说道："另外第二点，也间接地证明了另外三个孩子没有回家，至少目前没有。那就是，他们的妈妈都没有跟我打电话或者发消息。如果他们的孩子回家了，肯定会互通消息的。"

"但是星星回来，你也没有告诉她们啊。"赵从光说。

"我其实第一时间就想告诉她们，但是星星不愿回答另外三个同学是否回家这个问题，让我迟疑了，就想说等等看她们会不会跟我打电话，结果等到现在都没有。"苏静说。

"每个孩子的家在不同的地方，也许那个什么冷春来把几个孩子都放了，只是另外三个孩子还没有到家。"蒋岚往好的方向想。

"我们几家的位置挨着，离得都比较近。星星回家已经一个多小时了，另外几个孩子不可能比他迟这么多。"苏静说。

"那会不会是冷春来逐步放人？比如先开车把星星送到某个地方，让他走回家，再把另外几个孩子依次放出来？"赵从光猜测。

"用这么耗时耗力的方式放人，有什么意义吗？而且晚上这样反复行动，只会增加被警察抓到的概率吧。"苏静说。

几个人短暂地沉默了一刻，赵士忠看了一下手表，说："还差几分钟就到十二点了。我们跟三百多个人约好，明天早上八点就要去南部新区寻找几个孩子。现在得确定好，明天到底怎么办。"

"我们正在讨论这个问题。"苏静说。

"要不，这样吧，"苏静的父亲说，"再等半个小时。如果十二点半，另外三个家庭都没有人跟苏静联系，说明他们的孩子很有可能没被放出来。这样的话，明天的搜寻继续，之前承诺过的日薪和奖金，也仍然有效，由我来支付。"

"那我要不要告诉搜寻队的人，星星已经回来了？"苏静问。

"当然要说，不但要告诉搜寻队的人，还要告知警察。"苏静父亲说。

赵士忠眉头一皱："如果警察知道星星回来了，而另外三个孩子没有回家，肯定会找星星询问，了解情况吧。"

"那是肯定。在这种情况下，星星就是唯一知道内情的人了，警察不会放弃这个重要线索的。"苏静父亲说。

"但是星星似乎对此事十分抵触，他刚才的反应，你们也看到了。"赵士忠说。

"警察估计不会管这么多吧，抵不抵触，他们都是会找星星问话的。"苏静父亲说。

"我感觉，星星好像受了很大的刺激。他虽然回来了，但是整个人的反应、表现，还有性格都跟以往大相径庭。明天我们会带他去医院仔细地检查，除了身体之外，精神和心理的检查也必不可少。"赵士忠说。

"对，星星经历了这样的事情，精神上肯定受到了很大的伤害，正好我有一个朋友是心理学专家，我明天就请她帮星星做心理疏导。"蒋岚说。

"十二点半过后，如果另外三个妈妈都没有跟我联系，我就在群里把星星已经回来了的事情告诉她们。"苏静说。

"如果她们知道星星回来了,自己的孩子却没有回家,会是怎样的心情呢?"苏静母亲说。

"这就看她们怎么想了,往悲观的方向想,可能会觉得凭什么她们的孩子就没有回来,怨天尤人;往乐观的方向想,既然星星都回来了,她们的孩子应该也会在不久后相继回家吧。"苏静说。

话音刚落,赵星的卧室传来一声凄厉的惨叫"啊——"。

第二十四章　厉鬼

客厅里的六个大人同时一惊，不约而同地站起来，朝赵星的房间跑去。

赵从光跑在最前面，推开儿子的房门，按下顶灯开关，看到赵星双腿蜷曲坐在床上，用被子裹紧身体，脸色苍白，浑身瑟瑟发抖。他赶紧问道："怎么了，儿子？"

赵星没有说话，身体仍然抖得厉害，仿佛受到了很大的惊吓。他这副样子把爷爷奶奶等人也吓到了。蒋岚抱住孙子，心疼地说："星星，不怕啊，爷爷奶奶、外公外婆、爸爸妈妈都在身边呢，我们大家一起陪着你，不怕啊乖乖！"

众人一番安慰之后，赵星的情绪平复了一些，脸上恢复了些许血色，身体也不颤抖了。苏静试探着问："星星，刚才怎么了？你为什么惊叫？"

男孩的脸上又浮现出恐惧的神色。赵从光说："是不是做噩梦了？"

"算了，别问了。"赵士忠担心孙子又会出现应激反应。

"可是，我们不搞清楚原因，他一会儿又这样怎么办？"赵从光说。

赵士忠叹息一声，握着孙子的手，温言细语地说："星星，刚才是不是做噩梦了？如果是的话，你就点点头。"

隔了好一会儿，赵星轻轻摇了摇头。赵士忠看了一眼其他人，又问："那你刚才为什么大叫呢？没关系，想说就说，不想说的话，爷爷就不问了。"

赵星缓缓抬起头来，望着爷爷，嘴里吐出两个字："有鬼。"

"什么？"赵士忠一愣。

"我看到鬼了，一个穿着红色衣服、七窍流血的厉鬼……"赵星颤抖着说。

这话让在场的人感到毛骨悚然、寒意砭骨。赵士忠张着嘴许久没说出话来，好一阵后，他才轻声道："星星，这个世界上是没有鬼的。你是不是出现幻觉了？"

赵星垂下头，黯然道："我就知道，你们不会相信我说的话。"

"不是不相信，而是……唉，算了，咱们不说这个了。星星，既然你害怕，爷爷今天晚上就在房间里陪着你好吗？"

"对，奶奶也陪着你，就守在你身边，咱们不关灯，开一盏小夜灯，这样就不怕了。"

赵星点着头，看起来真的非常希望有人能守护在身边，陪伴着他，驱散心中的恐惧。

"爸，妈，你们年纪大了，不可能熬通宵啊。我来陪星星吧。"赵从光说。

赵士忠想了想，说："也行，你平时少有陪伴儿子，现在正是增进父子感情的时候，那就你陪着星星吧。今天晚上我和你妈就不回去了，住你们客房，夜里也可以替换一下你。"

"爸，妈，你们就安心睡吧，我和赵从光轮流陪星星就行了。"苏静说。

"对，亲家，让他们年轻人来吧。咱们这个年纪不能熬夜了。明天还要带星星去医院检查呢。"苏静父亲说。赵士忠点了点头。

说定之后，另外五个人离开了赵星的房间，只剩下赵从光在卧室陪伴儿子，书桌上亮着一盏光线柔和的台灯。如此一来，赵星似乎安心了许多，闭上眼睛十几分钟后，沉沉地睡去了。坐在一旁单人沙发上的赵从光单手撑着脑袋，长吁了一口气。

四个老人并没有睡觉或是离开，孙子之前的行为和说出的话，令他们十分不安。在客厅说话，怕吵到赵星睡觉，于是他们来到书房，关上门议论此事。

"我的星星……这几天到底经历了多可怕的事啊？即便回到家，都怕成这样……"蒋岚忍不住哭了出来。

"那个该死的绑架犯！"苏静母亲骂道，"她是不是把星星关在一间小黑屋内，又没给他足够的食物和水？别说是孩子了，就算是大人在这样的环境下待久了，也肯定会身心煎熬，从而产生幻觉！"

"所以，他刚才说自己见到了鬼，你认为是这个原因吗？"苏静说。

"肯定是啊，不然呢？难道你真相信他见到了鬼？"母亲反问。

"你说他被关在小黑屋里，出现幻觉，这我相信。但他已经回来了，刚才是在自己的房间里，怎么还会产生幻觉呢？"苏静说。

"我猜，是因为星星之前被关在小黑屋里太久了，即便是回到了自己的房间，灯一关，他又条件反射地想起了之前那个可怕的场景，精神受到刺激，再次出现幻觉。"赵士忠说。

几个人连连点头，认为赵士忠分析的有道理。蒋岚忧虑地说："这样的话……星星不会出现什么精神方面的问题吧？"

赵士忠叹息道："只有明天请医生检查后才知道了。"

听到外孙有可能出现精神问题，苏静的母亲又咒骂起冷春来。苏静本来就有些心烦意乱，母亲喋喋不休的咒骂让她更加烦躁了，她蹙起眉头说道："妈，别骂了，事情到底是不是如此，还不清楚呢。还是等星星恢复一段时间后，问个清楚吧。"

"难道你觉得还有什么别的可能吗？如果不是那个冷春来虐待了这几个孩子，星星怎么会出现这样的反应？"苏静母亲说。

"你说她虐待了这几个孩子，但是我想不通，她为什么要这样做。"苏静说，"有些事情你们不清楚，但我了解。这次被绑架的四个孩子，跟冷春来的儿子冷俊杰不但是同班同学，还是好朋友。特别是星星和冷俊杰，更是像哥们儿一样。当初要不是他们几个人每天晚上都一起下晚自习，我们也不会想到轮流接孩子。所以这就是我想不通的地方——如果冷春来绑架这几个孩子是为了钱，那我们已经按她说的交付赎金了，她肯定也拿到钱了。那她有什么理由在这几天内虐待折磨这几个孩子呢？这四个孩子跟她儿子不但无冤无仇，还是关系最好的朋友。控制他们倒也就罢了，还要故意虐待他们，怎么都有点说不过去。除非她是单纯的心理变态，以折磨几个孩子为乐，但是以我对冷春来的了解，她不是这样的人。况且冷俊杰还跟她在一起呢，按理说也不可能同意他妈妈折磨自己的几个好朋友吧。"

听了苏静说的这番话，四个老人对视在一起。隔了一会儿，赵士忠说："正常情况下，冷春来是没有理由虐待这几个孩子，但是如果是为了实施精神控制，就说得过去了。把他们关进小黑屋，就是为了在心理和精神上击溃他们，从而让他们放弃抵抗，不敢逃走。"

苏静认为公公说的有道理，点头道："也许就是这样。"她看了一眼手表，说："现在已经十二点半了，另外三个妈妈都没有跟我联系，说明我之前猜对了，冷春来真的只放了星星回家。我需要把这件事告知她们。"

苏静望向自己的父母："爸，妈，你们先回去休息吧，留在这儿也没什么意义，有什么情况我会及时告知你们的。"

"对，亲家公，亲家母，这儿有我们几个就够了，这么晚了，你们回去睡吧。"蒋岚说。

"好的，亲家母，你们也早点休息啊，需要我们帮忙的话，就跟我打电话。"苏静母亲说。

两边父母又寒暄了几句，赵士忠和蒋岚送亲家出门，之后去卫生间洗漱，进客房睡觉。苏静坐在主卧的床上，在四个妈妈的小群里发了一条信息：你们睡了吗？

本来以为这么晚了，她们几个人可能都已经睡了。没想到的是，这条信息刚一发出，另外三个人几乎秒回了。

韩雪妍：还没有睡。

梁淑华：我也是，在跟老余商量，明天怎么最高效地寻找几个孩子。

陈海莲：我们也睡不着，想到明天要和这么多人一起去找孩子，心情有点激动。

苏静：我要跟你们说件事。

陈海莲：什么事？

苏静：刚才，大概十一点的时候，赵星回家了。

陈海莲：什么？

韩雪妍："赵星回家了？冷春来把几个孩子放了？"

梁淑华："苏静！你说的是真的？"

苏静："当然是真的。"

梁淑华："那你怎么不早说！赵星十一点钟回的家，现在都十二点半了，过了一个半小时！"

韩雪妍："赵星都回家了，那亚晨……还有薇薇她们，怎么没有回家呢？"

苏静："本来赵星刚回来的时候，我就打算跟你们说的，但是后来发生了一些事情，耽搁了，所以现在才跟你们说。"

韩雪妍："发生了什么事？咱们微信语音群聊吧！"

苏静回复了一句"好的"，然后发起了语音群聊，另外三个妈妈迅速连线，然后七嘴八舌地询问赵星回家之后的状况。苏静就把整个过程详细地告诉了她们。

听完苏静说的，梁淑华急得大哭起来，电话那头传来丈夫余庆亮的声音："别哭，赵星都回来了，思彤也应该快了吧。"梁淑华说："冷春来要是放人，就该四个孩子一起放啊！赵星都回家这么久了，思彤他们却直到现在都没回来，肯定是冷春来只放了赵星，没有放他们三个人！"

韩雪妍也急哭了："为什么只放赵星呢？该不会，该不会……"

梁淑华："该不会什么？你说啊！"

韩雪妍："该不会亚晨他们三个人，已经不在了吧？所以冷春来没法把他们放回来。"

陈海莲也发出哭腔："啊……不会吧！怎么可能？我们四家人都交了赎金，冷春来没理由把他们三个人撕票啊！"

三个妈妈尖锐的哭喊声充斥耳畔，苏静是有心理预期的，把手机拿得离耳朵远一些，隔了好一会儿，才说："你们稍微安静点，听我说，好吗？"

听筒里暂时没有声音了。苏静说："我认为你们不必太着急，不管怎么说，四个孩子中的一个先回了家，这是一个好的信号。说不定冷春来是觉得一天晚上同时放四个人风险太大，所以打算一天放一个。另外你们猜测她撕票，我觉得不可能，首先我们都交了赎金，她没有撕票的理由；其次，如果仅仅是绑架的话，构不成死罪，最多是无期。但是杀人就不一样了，那是绝对的死刑。冷春来不至于把自己置于这样的境地吧？就算不考虑别的，她总要为自己的儿子着想。冷俊杰本来就没有父亲，要是母亲也被判死刑，他就真成孤儿了。"

苏静说的这番话很有道理，让另外三个妈妈略微安心了一些。韩雪妍说："希望如此吧，要是明天、后天，另外三个孩子也陆续回家，就太好了！"

梁淑华问："那明天的搜寻计划，还要继续吗？"

苏静："我刚才跟家里人商量过了，只要你们觉得有必要，那就按照原计划执行。虽然赵星已经回来了，但是我们动员的公司里的人，仍然会帮忙寻找另外三个孩子，而且之前承诺过的日薪和奖金不变。我爸说了，这钱由他来出。"

梁淑华："苏静，真是太感谢你们一家人了！我觉得当然是要找的，因为我们没法保证思彤他们三个孩子明天一定会被放回家。"

韩雪妍："对，我也赞成原计划不变。"

陈海莲："嗯，我也一样！"

苏静："行，我知道了，那明天早上八点，老地方集合。但是，我们一家人可能参加不了了，因为我们要带赵星去医院做检查。我刚才说了，赵星虽然没受什么外伤，但是精神好像受了很大刺激。我们很担心他的精神和心理会出问题。"

陈海莲："好的，苏静，我们理解的。明天你们就带赵星去医院吧，我们和其他人一起找薇薇他们。"

苏静又说了几句宽慰的话，结束了语音通话。她放下手机，仰着头看上方的豪华顶灯，脑子里回荡着儿子赵星先前说的一句话"我看到鬼了，一个穿着红色衣服、七窍流血的厉鬼"，以及他之后说的那句话"我就知道，你们不会相信我说的话"。

苏静打了个冷噤。这句话引发的恐怖想象，让她脑海里浮现出相应的画面，同时也让她心中升起一个疑问——

这真是赵星出现的幻觉吗，还是……

第二十五章　另有目的的绑架案

这一夜，主要是赵从光陪伴着儿子。苏静半夜的时候问他要不要替换一下，赵从光说不必了，赵星的房间有一个懒人沙发，他躺在上面可以对付一晚上。苏静便回房睡觉了。

第二天早上，很早就起床的赵士忠和蒋岚轻轻推开孙子的房门，叫醒赵从光，问他昨夜的情况。赵从光说，赵星睡熟之后，没有再惊醒过来了，估计是被绑架的这几天根本没能睡好觉，回到家中，躺在宽敞舒服的床上，自然睡得很香。蒋岚说那就好，让他多睡一会儿，再去医院。

苏静昨晚设了闹铃，七点一过就醒了，因为她必须在三百多个人的大群里把目前的情况告知所有人。她用十分钟编辑了一条文字信息，发送到群里，大致内容是：赵星昨天晚上十一点已经回到家中了，但是另外三个孩子还没有回来，所以今天的搜寻行动不变，之前承诺的日薪和奖金也不变，希望大家能竭尽全力帮忙寻找还没有归家的三个孩子，再次表示感谢。另外还解释了一句，因为今天要带赵星去医院检查，所以他们一家人无法参加搜寻行动了，请大家谅解。

信息发出后，很快就得到了很多人的回复，多数都是"收到""理解"或者"没问题"，还有很多趁机拍马屁的下属，表达了对赵星的关心和慰问。其中有一个员工问道：苏总，您儿子有没有说，他们这几天被关在什么地方呢？

他这样问，显然是想有的放矢地寻找。苏静回复：我问了赵星，但他说不知道，想必是冷春来在绑架和送回的过程中，都蒙上了他的眼睛，所以他并不知道这几天身在何处。

那员工回复"好的，知道了"，不再多问了。

苏静又说了几句鼓劲加油的话，就没有参与群聊了。现在的时间正好是八点，众人已经聚集在一起了，接下来的搜寻行动，就让他们去吧。她还有几件重要的事要办，其中一样，就是把赵星回家的事告知刑警队长陈娟。

苏静拨通陈娟的电话，对方很快就接了起来。

"陈警官，您好，我是赵星的妈妈苏静。"

"你好，有什么情况要告知我吗？"陈娟问。

"是的，我儿子赵星昨天晚上十一点左右，一个人回到家了。"

陈娟此刻还在家中，用牛奶冲了点麦片，正准备吃早餐，听到这话，立刻放下手中的勺子，问道："是吗？那另外三个孩子呢，回来了吗？"

"没有，我昨天晚上就问过她们三个妈妈了，靳亚晨、邹薇薇和余思彤都没有回家，而且我敢确定他们现在都没有回家。看样子，冷春来只放了赵星一个人。我们目前的推测是，冷春来会不会是要逐步放人，比如一天放一个。当然这只是我们的猜测。"

"赵星回家之后，有没有透露什么信息？比如他们这几天被关在什么地方，以及另外几个孩子的情况，等等。"

"没有，陈警官，赵星虽然回家了，但是不知道这几天他经历了什么，仿佛变了一个人，沉默寡言、神情木讷，很明显精神受到了刺激，非常敏感、脆弱。昨天睡下之后，甚至突然惊叫起来，我们问他怎么了，他说出的话令人难以置信。"

"他说什么？"

"他说房间里有鬼，声称自己看到了一个穿着红色衣服、七窍流血的厉鬼。听到这样的话，我们一家人既惊恐又着急，怀疑孩子精神是不是出现了问题，从而产生了幻觉。"

陈娟本来想说"我们一会儿到你们家去问赵星一些问题",听苏静这样说,自然不好立刻提出这样的要求,只好说:"行,那你们先带孩子去医院检查一下吧,如果没有什么大问题的话,我之后可能会登门拜访,问赵星一些问题。"

这完全在苏静的预料之中,她同意了:"好的。"

挂了电话,苏静走出卧室,跟公公婆婆商量一会儿带赵星去哪家医院检查。最后定在了南玶市医疗条件和服务质量最高的一家私立医院,蒋岚的那个心理学专家的朋友正好也在这家医院就职,做完身体方面的检查后,可以去心理专家那里做精神方面的检测。苏静和蒋岚分别致电医院和专家,挂号预约。

赵星这一觉睡到了十一点过,起床洗漱完毕,差不多中午了。爷爷奶奶说带他去医院检查,他说想先吃东西,一向宠溺孙子的赵士忠自然一口答应,问孙子想吃什么。赵星想了下说想吃意面和牛排,于是一家人开车去往苏静朋友开的那家高档意大利餐厅,吃完午饭再去医院做检查。

陈娟吃完早餐后开车来到刑警大队,立刻召集专案组成员开会,把赵星昨晚回家的事情告诉了何卫东等人。

"这起案件的侦破正好陷入了瓶颈,赵星被放了回来,无疑是目前最大的线索。我本来打算立刻去他家了解情况,但是他妈妈苏静说,孩子受到了很大的惊吓,精神似乎出了问题。这样的情况下,我自然没法立刻询问,只好等他去医院检查完了再说。"陈娟说。

"他们上午带孩子去检查,下午应该就结束了吧?那我们下午就去赵星家!"何卫东说。

"我也这样想,破案争分夺秒,不容耽搁。不管他们要检查多久,我今天必须见到赵星。实在不行,就去医院找他。"陈娟说。

"娟姐,既然冷春来把赵星都放回家了,为什么不放另外三个孩子呢?这女人到底是怎么想的?"刘丹感到费解。

五个失踪的少年

"我也不知道她怎么想的,"陈娟说,"按理说,赎金她也收到了,没理由再把另外几个孩子留下来。就算要留,进行二次敲诈,也应该留下家庭条件最好的赵星才对。这四个家庭中,估计只有赵星家可以让她再敲诈一笔了。但奇怪的是,冷春来偏偏把赵星放了,着实让人捉摸不透。苏静猜测,冷春来会不会是逐步放人,比如一天放一个,但我认为这种可能性不大。"

"为什么?"张鑫问。

"第一是麻烦,第二是会增加风险,第三是没有这样做的必要。你们想想看,冷春来既然能办到一次性绑架五个孩子,难道做不到一次性放走四个孩子吗?绑架的难度,肯定要高于放人的难度。正常情况下,把几个孩子蒙上眼罩,捆绑着塞进车里,或者用安眠药让他们睡着,再开车把他们扔到某个没有监控的地方就行了。这样的事情,显然一次就可以完成,有必要分成四次来做吗?不但会增加被警方抓到的风险,还会拖延自己逃走的时间。别说冷春来这么聪明的人了,只要是个智商正常的人,都不会选择这种费力不讨好的方式来放人。"

"是啊,按照常理来说,绑架犯一旦拿到赎金,人质对他来说就没有太大的意义了。只要不是穷凶极恶的犯人,一般都会选择把人质放了,然后带着钱远走高飞,没有谁会选择一天放一个人,这完全不符合犯罪心理学。"刘丹说。

"确实如此,"何卫东点着头说,"如此看来,冷春来把赵星一个人放回来,只有两种可能:第一是出于某种特殊的目的,她暂时不能放另外三个孩子;第二种可能就很残酷了,那就是,另外三个孩子已经不在了。"

"我也这样想,"陈娟同意何卫东的说法,"暂时想不出第三种可能了。"

"如果是第二种的话,对于那三个家庭来说,真是毁灭性的打击。"张鑫叹了一口气。

"但是对于我们警察而言,只要没有明确知道那三个孩子已经死了,就一定不能放弃希望，要想方设法将他们营救出来！"陈娟说，"而目前最大的线索，就是回到家中的赵星了。但是早上苏静跟我打电话的时候，我大致问了一下，赵星回家后有没有透露什么信息。苏静说赵星精神上受了很大的创伤，什么都不愿意说。"

"这就难办了，赵星是未成年人，又是受害者，如果精神受了创伤，不愿配合的话，我们警察是没法强迫他配合调查的。"何卫东皱起眉头说。

"是啊，我也在想这个问题。假如赵星的精神确实出现了问题，按理说应该让他先接受治疗，再配合警方调查。但是心理治疗不是一时半会儿的事，有时长达几个月呢，我们等得了这么久吗？黄花菜都凉了。"陈娟说。

"那我们关注赵星的检查结果吧，如果他只是受到了一定程度的惊吓，并没有出现严重的精神问题，我们就请他立刻配合调查。"何卫东说。

"我也希望可以这样，但是……"陈娟皱起眉毛摇了摇头。

"怎么了，娟姐？"

"我觉得情况可能不太乐观，因为苏静跟我说，赵星昨晚睡下后，突然发出惊叫，声称自己看到了鬼，而且听他的描述，是一个非常恐怖的厉鬼。这很有可能是幻觉，但是一个人要受到何等的惊吓，经历多么可怕的事情，才会在回家后出现恐怖的幻觉呢？"

"娟姐，你的意思是，冷春来在挟持几个孩子期间，对他们进行了精神折磨？"刘丹说。

"除了这个，我想不到别的可能了，"陈娟说，"但这也令人十分费解——冷春来为什么要这样做呢？从行为模式来看，她绑架这几个孩子，似乎是为了钱。如果真的仅仅如此，那么这几个孩子对她来说就是单纯的人质，把他们软禁起来或者控制起来就行了，没有必要进行精神折磨。特别是，这几个孩子还是她儿子冷俊杰的好朋友，她更是没有这样做的理由。"

"会不会是被软禁这几天产生的绝望感和恐惧感,让赵星他们精神崩溃了?"张鑫说。

"不排除这种可能,但我觉得可能性不大。我以前经手过几起绑架案,有些人质被绑架一周以上,也没有出现非常严重的精神问题,特别是回到家,进入安全的环境之后。赵星他们虽然是孩子,但也不是很小的孩子了,心理承受力不可能这么差。试想一下,假如冷春来只是限制他们行动,把他们关在某处,提供必要的食物和水,他们最多只会感到绝望压抑,不至于被吓出精神病来吧。回到家后出现恐怖的幻觉,声称自己见到了鬼,就更不可思议了。所以我认为,冷春来一定对这几个孩子做了什么,才导致如此严重的后果。仅仅是拘禁,不足以对人的精神造成这么大的伤害。"陈娟分析。

"这个冷春来不会是心理变态吧?不但拘禁了这几个孩子,还在其间用各种方式折磨了他们?"

陈娟不置可否地叹了口气:"我之前就说过,这起案子没看上去那么简单。现在出现的状况:赵星一个人被放回来,以及他受到了极度的惊吓,都证实了一点——这不是一起单纯的绑架案。冷春来绑架这几个孩子,是另有目的。"

几个警察陷入了短暂的沉默,谁也想不通冷春来这样做的真实目的是什么。片刻后,陈娟打破沉默,说道:"光是想应该是想不出答案来的,总之今天我会随时跟苏静联系,必要时去一趟他们所在的医院,直接跟心理医生沟通,如果赵星的问题不大,就对他进行询问。目前来说,他是我们最大的突破口了。"

南部新区。靳文辉、韩雪妍、梁淑华、余庆亮、陈海莲、邹斌六个家长和三百多个帮忙寻找孩子的人一起,在本地区展开了地毯式搜索。按照赵士忠之前部署的方案,搜寻重点是农村自建房、长期空置的仓库、门面房和独栋别墅。里面有人的,就说明原因,动之以情晓之以理,提出能不能进屋看看。大多数人都会选择配合,一是为了避嫌,二是能共情丢了孩子的家庭。少数不愿意配合的，经过说服或经济补偿后，也同意了。

空置的房屋用类似的方法处理。先是打听业主的身份和联系方式，然后拜托他们把门打开来看一下。遇到不同意的，仍然采取讲道理和给补偿的方式。无论如何都不同意的户主，在听到对方打算报警后，本着多一事不如少一事的态度，也只好让众人进屋查看。如此一来，就几乎每一户都能入内了。

然而，搜寻行动从早上八点一直持续到晚上六点，整整十个小时，覆盖范围包括了整个南部新区，总共搜寻了几百套房屋和建筑，最终的结果是——一无所获。

徒劳无功和疲惫不堪带来的无力感，严重影响了搜寻队伍的士气。消极倦怠的情绪席卷众人，当有人问"明天还要继续找吗"，除了那六个家长之外，其他人几乎都缄默不语。

苏静家族企业的员工意识到，是否继续寻找，需要请示董事长，于是派代表致电苏静的父亲。苏董事长权衡之后，认为在外孙已经回来的情况下，似乎没有理由再投入如此大的人力物力搜寻了，毕竟企业要运营，一大半员工都不在岗的状态，不能成为常态。于是做出指示——所有员工明天照常上班。

苏静家族企业的人，占了搜寻队伍的一大半。他们都不继续找下去了，赵从光公司的人也只有止步于此。而三个家庭的亲戚朋友，显然也不可能每天都不工作，帮忙找孩子。所以搜寻队历时一天，就宣布解散了。

对于其他人而言，只是浪费一天时间而已，但是对于三个没有找到孩子的家长来说，他们的绝望、悲哀和心力交瘁，是笔墨难以形容的。

第二十六章　心理医生的诊断

赵星一家——除了去公司处理工作事务的赵从光——在意大利餐厅吃完午餐，已经过了中午一点，随后驾车前往之前预约好的私立医院。和人满为患的公立医院不同，这家高端私立医院内没有太多病人，原因自然是高昂的医疗费，不是每个人都能承担的。但是相应的，高消费能换来最优质的服务。苏静之前预约了价格最高的体检套餐，拥有全程不用排队的特权和专属服务。一个漂亮的接待员全程伴行，为赵星提供体检指导。

在经过全身 CT 扫查、心电图、彩超、内外科检查、眼耳口鼻检查等一系列体检流程后，就是去心理科做心理测试和精神方面的检测了。体检的结果通常是一周左右出来，但是这家私立医院的专属服务，可以在两个小时内出体检报告。

心理科的专家是一位五十岁左右的女士，叫欧阳琴，以前跟蒋岚在同一所大学任教，是关系很好的同事，后来被这家私立医院高薪聘请为心理科主任。蒋岚今天上午已经把孙子赵星的遭遇和情况跟欧阳琴大致说了一下，欧阳琴说，她需要跟赵星当面沟通交流，并用心理测评仪检测，才能做出综合判断。

蒋岚带着赵星在心理科的诊断室见到了欧阳琴，两人寒暄了几句，欧阳琴又面色和蔼地跟赵星打了招呼，之后让蒋岚及家人在 VIP 休息室等待，她和赵星单独交流，并告诉蒋岚他们，要做的测试有好几样，可能会耽搁比较久的时间，需要他们耐心等待。

于是苏静和公公婆婆坐在窗明几净、有沙发和茶几的VIP休息室等候，这里提供免费的咖啡、果汁和茶饮。等候期间，苏静接到了陈娟打来的两次电话，都是表示关心，并询问赵星是否检查完毕。苏静说身体检查结束了，但心理测试耗费的时间会比较长。

五点左右，陈娟和何卫东来到这家医院，在休息室见到了苏静及家人。这时赵星进入心理诊断室已经过去一个半小时了，还没有出来。体检报告倒是提前出来了，身体机能和各项指标都没有问题，现在就等着心理检测结果了。

六点钟，诊断室的门终于打开，欧阳琴和赵星一起从里面走了出来。坐在对面休息室的苏静和陈娟等人一起上前询问结果，欧阳琴说："这样，请两位家属到办公室来，我跟你们聊一下孩子的情况。"她望向陈娟和何卫东，问："你们两位是？"

"我是高新区刑警队的队长陈娟，这是我的同事何卫东，我们目前是这起绑架案的主要负责人，一方面想了解一下赵星的情况，另一方面，也想问他一些相关的问题，可以吗？"陈娟说。

欧阳琴迟疑了一下，没有明确回答，只是说："要不两位警官也一起吧，我跟你们谈一下赵星的情况。"

陈娟和何卫东点了点头，跟苏静和蒋岚一起进入诊断室，赵士忠在休息室陪伴孙子。

几个人都坐下后，欧阳琴说："我刚才通过交谈、询问、观察和心理测试等各种方式，再结合心理测评仪的诊断结果，得出的结论是，赵星在经历绑架事件后，出现了明显的创伤后应激障碍，具体的表现有以下几点：一、回避和麻木类症状，他竭力想要回避创伤的地点或与创伤有关的人和事，不愿回忆起与创伤有关的事件细节；二、创伤性再体验症状，主要表现为他在思维、记忆或梦中不自主地反复涌现与创伤有关的情境或内容，也出现了严重的触景生情反应，甚至感觉创伤性事件好像再次发生一样；三、警觉性增高症状，表现为过度警觉、惊跳反应增强，激惹性增高及焦虑情绪。"

蒋岚一边听一边点头："对，星星就是这几种表现，回来之后就有点呆呆的，不愿多说话。问他一些关于绑架案的事情，他就表现得焦虑和易怒。另外就是关灯之后，出现可怕的幻觉。"

"这一点，正是我要重点告知你们的，"欧阳琴说，"我可以肯定，赵星在被绑架的这几天内，受到过非常严重的惊吓，而且是在黑暗环境中。他现在非常怕暗，还非常怕'鬼'。发生这件事之前，他并不这样，对吧？"

"是的，我儿子属于那种胆大又调皮的男孩子，喜欢冒险和挑战，我一直觉得，他胆子比一般人大。"苏静说。

欧阳琴左手托腮，思忖着说："如果是这样的话，我只能认为，绑架犯故意惊吓过他，而且使用了非常规手段。因为你说赵星的胆子一向很大，那么普通情况下，他不可能被吓成这样。"

"欧阳主任，您说的'非常规手段'，是什么意思？"苏静问。

"举个例子来说吧，一个胆子大的人，被关在一个漆黑的房间内，可能会感到有些恐惧，但不会害怕到无法忍受的程度，恐惧感反而会逐渐降低。因为人能够适应黑暗和恐惧。时间长了也就适应了，不会再觉得有多可怕。但是，这是在正常情况下，也就是不发生额外刺激的情况下。如果这一过程中发生了出乎意料的特殊状况，就另当别论了。"欧阳琴说。

"您说的'特殊状况'，具体是指什么呢？"苏静问。

"我刚才试图套赵星的话，但是没有成功。提到这个问题的时候，他表现得紧张、畏惧，我担心出现应激反应，便立刻终止了这个话题。但是正如我刚才说的，他被关在黑暗环境中时，肯定遇到了一些特殊情况，具体是什么我就猜不到了。但是从他的表现来看，他似乎是看到了'鬼'——如果这个世界上真的有鬼的话。"

"什么？您是说，他真的见到了鬼，而不是出现了幻觉？"苏静惊愕地说道。蒋岚也恐惧地捂住了嘴。

"'鬼'是一种形容，代表某种非常可怕的事物。赵星只可能是亲眼看到了什么非常恐怖的东西，才会吓成这样。如果是产生幻觉或者做噩梦，是不至于如此的。因为一般人都能分辨出幻觉和现实的区别，知道那不是真的。但是看到某种实体，对视觉和心理的冲击，就完全不同了。所以我比较倾向于，他在被绑架的这几天内，是真的看到了什么。"欧阳琴说。

苏静和母亲都惊呆了，心中油然而生的恐惧、疑惑和不安主导了心智，并堵住了喉咙，让她们一时失语。陈娟和何卫东两个人全程没有打岔，仔细聆听心理学专家说的每一句话，脑筋急速运转着。

好一阵之后，蒋岚问道："欧阳，那星星的情况严重吗？"

"其实也不算很严重，你们别被吓到了。创伤后应激障碍是很多遇到此类事情的人，还有经历过地震、洪水、火灾、车祸等天灾人祸的人都会出现的一种常见的精神障碍。治疗起来并不难，也完全可以彻底康复，只是需要一定的时间和治疗周期。这个因人而异，有些人一个月左右就康复了，有些则需要半年、一年甚至更久。但是赵星的情况不算特别严重，加上我很擅长治疗创伤后应激障碍，所以初步估计，一个月就能让他的症状有明显好转。这一个月内，他需要每天来接受心理辅导，上学肯定是会耽搁的，你们跟学校请一下假吧。"

"好的，没问题，谢谢您，欧阳主任。这么说，赵星只有创伤后应激障碍，并没有其他精神问题，对吧？"苏静问道。

"是的，他的精神状况还是很好的，神志清醒、思维清晰，你们可以放心。"欧阳琴微笑道。

苏静松了口气说："那就太好了。"

"我再给他开点帕罗西汀吧，药物治疗和心理治疗相结合效果最好。你们每天要让他按时服药。"

"好的。"

医生基本上交代完了。陈娟问道："欧阳主任，那我刚才问的问题，您可以回答我了吗？我们可不可以找赵星了解情况？"

欧阳琴再次露出迟疑的表情,说:"你们要问他的,肯定是跟绑架案有关的细节吧?这样就势必让他回忆起与创伤有关的事件细节。从医生的角度来说,这和我们的治疗正好背道而驰,因为我要做的,是让他尽量淡化和淡忘此事。再次回忆和提及,只会加深他的印象,恐怕不利于康复。"

听了欧阳琴的话,蒋岚立刻对陈娟他们说:"两位警官,你们听到医生说的了,赵星目前的状况不适合配合你们警方调查。所以抱歉,我们要带他回家了。"

说着她从座椅上站了起来,打算和苏静一起离开诊断室。陈娟做了一个阻拦的动作:"请稍等一下,我能理解你们希望孩子尽快好起来的心情,但是目前的状况,我也不妨跟你们直说,我们专案组对于这起绑架案的侦破,已经没有头绪了,唯一的线索和希望,就寄托在赵星身上,因为他是唯一有可能知道内情的人。如果不能从他那里获得一些信息,破案将陷入僵局,意味着另外三个至今都没有回来的孩子,有可能永远都回不来了。你们都是母亲,肯定能想象另外三个家庭的心情。如果现在回来的是他们三个中的一个人,赵星还生死未卜,你们会希望我们警方就此罢手,不继续调查下去吗?"

这番话说得蒋岚和苏静都没有回绝的理由,而作为母亲的她们,也确实能够感同身受、将心比心。实际上,除了她们之外,为之动容的还有一个人,就是欧阳琴,她同样是一个孩子的母亲,女儿今年高三。如果女儿遭遇这样的事情,并且现在都下落不明,她可能会跪在警察面前,请求他们一定要帮忙找到女儿。

"陈警官,我们也希望能帮上忙,但如果我孙子配合你们调查,病情加重该怎么办?"蒋岚说。

"我保证,问他的所有问题都会点到为止,一定不会问他太过细节和深入的问题。如果你们不相信的话,我们询问时,你们可以在场监督。"陈娟诚恳地说。

"这……"蒋岚为难地望向苏静。后者紧皱着眉头,暂时没有表态。

这时欧阳琴说道:"其实关于创伤后应激障碍的治疗,我刚才只说了一种方法,就是尽量让患者淡忘此事。实际上,还有另一种方法,跟第一种方法的治疗手段恰好相反,但效果一样,甚至更好。"

"什么方法?"苏静问。

"我说一个案例吧:一对老夫妇的女儿是空姐,结果发生空难,女儿乘坐的飞机坠毁了。这件事给了老夫妇非常大的打击,自此之后,他们只要看到空中飞行的飞机,甚至听到飞机起飞降落的声音,就会感到恐惧和焦虑,甚至产生生理上的不适。最后没有办法,他们只好搬到一个永远看不到飞机,也听不到飞机声音的偏僻小山村去生活。这是另一种形式的创伤后应激障碍,但是从此以后躲避飞机,一直对飞机心生恐惧,显然不是解决他们心理障碍的办法。所以心理医生最后采取的方法是,通过心理疏导,让他们循序渐进地接触飞机,从图片和模型开始,再每天到机场附近去看飞机起落,慢慢克服对飞机的恐惧感。最后经过治疗,这对老夫妇不再惧怕飞机,甚至还敢乘坐飞机了。这样的结果,是不是比永远躲避飞机更好呢?"

苏静明白了:"您的意思是,可以让赵星直面此事,真正地克服对这件事的恐惧,而不是选择遗忘和逃避?"

"是的,因为选择遗忘的话,虽然也有效,但是有一个弊端,就是如果某一天,他又置身于类似的场景之中,就可能会唤醒记忆,从而病情复发。"

"我明白了。"苏静颔首道,她望向陈娟,"那我把赵星叫过来吧,你们当着我们的面询问。同时我希望欧阳主任也在场,可以吗,主任?"

"没问题。"欧阳琴说。

"太感谢了。"陈娟对苏静说,同时对欧阳琴投去感激的一瞥。

第二十七章　关键证人

蒋岚和丈夫沟通了好几分钟，赵士忠终于勉强同意让两个警察询问孙子，但他提出一个要求，他也必须在场。陈娟自然没有拒绝的理由。赵士忠严峻的表情和紧皱的眉头给了陈娟无形的压力，她看得出来，这位前任市长护犊心切，非常抗拒孙子在这样的情况下配合警察调查。

"陈警官，请你们不要问赵星太细节的问题，我不希望我孙子再受到二次伤害了。"赵士忠严肃地说。

"我明白，赵市长，我刚才已经跟赵星妈妈保证过了。"陈娟说。

赵士忠点了下头，走到赵星身边，跟他说了几句话，见对方并没有明确反对，便牵起他的手，走进诊断室。

现在诊断室里坐了七个人：赵星、苏静、赵士忠、蒋岚、欧阳琴、陈娟和何卫东。直接面对赵星的，是两位警察。

陈娟从刚才就一直思索着，怎样询问才不会刺激到赵星。显然不能一开始就直入主题，否则可能引发对方的焦躁和反感。几个家长在场，还有一个心理医生，他们只要发现赵星出现抵触情绪，可能就会立刻要求停止询问。但是如果问的问题全都是细枝末节，又无异于隔靴搔痒，对破案没有帮助。所以如何拿捏尺度，实属一道难题。

"赵星，你好，我是高新区刑警队的队长陈娟，你可以叫我陈阿姨或者陈警官。旁边这位是我的同事何卫东。"陈娟面带微笑、语气温和地说道。何卫东也笑着跟赵星打了个招呼。赵星仍是一副木讷的样子，没有做出回应。

"阿姨问你几个问题啊，不用紧张，如实回答就行了。如果某个问题不想回答，你可以直接告诉我，或者摇头拒绝。"

赵星还是没说话，但是这一次，他抬头看了陈娟一眼。

"今天中午，你吃的是什么？"陈娟问。

赵星顿了几秒，答道："意面、龙虾、牛排。"

"好吃吗？"

赵星点了点头。

"昨天晚上吃的是什么呢？"

赵星想了一下说："牛肉、大虾、鸡腿，还有些记不清楚了。"

"真丰盛，阿姨听到这些美食，都有点饿了，"陈娟笑着说，"好吃吗？"

赵星再次点头。

"那么，昨天中午吃的是什么？"

赵星几乎没有思索，脱口而出："零食。"

"零食？只吃了零食，没有吃正餐吗？"

"嗯。"

"是些什么零食呢？说给阿姨听一下吧。"

"薯片、饼干、面包、巧克力、士力架、火腿肠、牛肉干……还有饮料。"

"你一个人吃了这么多？"

"不，是我们几个人一起吃的。"

"几个人？"

"五个人。"

赵星说出这话后，在场的所有人都为之一振。特别是何卫东，他本来认为，陈娟问赵星这两天吃了些什么、好不好吃这些无意义的问题，完全是为了跟他拉近距离，不承想看似闲聊的一问一答中，突然套出来一个十分重要的信息——五个人一起吃东西，意味着冷俊杰也跟赵星他们在一起！这是所有人都没有想到的，本来他们以为，冷春来连同儿子冷俊杰一起绑架，是无奈之举，接下来的拘禁和控制，只会针对另外四个孩子。没想到冷俊杰的待遇居然跟赵星他们一样，也被拘禁了起来！为何会如此，着实令人费解。不过，赵星说的五个人，真的包括冷俊杰在内吗？会不会指的是另一个人呢？

显然陈娟跟何卫东想到了一起，她问道："你说的五个人，就是你和另外四个同学，对吧？"

"嗯。"

陈娟心中暗暗吃惊，没有表现出来，继续问道："这些零食好吃吗？"

"还行。"

"薯片、饼干和饮料是什么品牌的，应该还记得吧。"

"品客薯片、奥利奥饼干、雀巢威化、德芙巧克力，饮料每天都不一样，可乐、凉茶、苏打水、纯净水、椰汁、牛奶，什么都有。"

"听起来还挺丰富的，这么说，你们这几天都没有饿过肚子，对吧？"

"没有。"

"全是吃的零食吗？没有吃过正餐？"

赵星想了下，说："吃过一两次。"

"正餐吃的是什么？"

"就是米饭和各种肉、菜。"

"是盒饭吗？"

"不，像外卖，几个打包盒装着不同的菜，然后有五盒米饭。"

"知道在哪里点的外卖吗？袋子或者盒子上有没有店家名字或者品牌标志？"

"没有，就是普通打包盒。"

"明白了，那么吃的是些什么菜呢？"

"常规的菜。"

"说来听听。"

"红烧肉、青椒肉丝、宫保鸡丁、土豆丝、番茄蛋、炒青菜等。"

"这么说，这四天里，你们只吃过一两次正餐，其他时候都吃的零食？"

"对，正餐就吃过两次。"

"这些零食或者正餐，是冷春来到了饭点送来给你们吃的吗？"

"正餐是，零食不是。"

"你是说，零食有很多，全都放在关你们的那个房间里？你们随时都可以拿各种零食吃，还有喝各种饮料？"

"对。零食和饮料都有几大箱，几乎吃不完。"

听到这里，苏静、赵士忠等人脸上都露出惊诧的表情，欲言又止。如果不是之前陈娟打过招呼，警察询问的时候其他人暂时不要说话，他们此刻恐怕已经问出一连串问题了。因为赵星说的和他们之前设想的迥然不同。他们之前猜测冷春来虐待了这几个孩子，现在看来不但没有虐待，反而对他们还很好——除了把他们关起来这一点。零食随便吃、饮料随便喝、饭菜的质量听起来也不差，以绑架犯的立场来说，还算是有些良心。

"你们五个人共享这些零食和饮料吗？"陈娟继续提问，问题中隐含着各种试探。

"是的。"

"这么说，你们五个人被关在同一个房间，这几天都是？"

"嗯。"

"除了不能出去之外，行动是自由的，并没有把你们捆绑起来，也可以随意交谈？"

"对。"

"房间有灯吗？"

"有顶灯。"

"昼夜都亮着？"

"开关就在墙上，我们可以控制开还是关，大多数时候都开着。"

"房间里有床吗？"

"没有。"

"那你们晚上睡哪儿？"

"打地铺，有垫子和被子，也有枕头。"

"房间有卫生间和窗户吗？"

赵星没有回答。

陈娟又问了一遍同样的问题。赵星摇了摇头。

"没有？"

赵星不置可否。

陈娟有点纳闷儿。这个问题很难回答吗？她说："赵星，你摇头是什么意思呢？"

"你刚才说过，有些问题我可以不回答，对吧？"

"是的。这么说，你摇头是指不想回答这个问题？"

"嗯。"

陈娟略微思索了一下，说："那我们就跳过这一题吧。"

"不止这一题，其他问题我也不想回答了。"

陈娟一怔："为什么？"

赵星闭口不语，望向爷爷奶奶，用眼神告诉他们，自己不想再回答下去了。

"陈警官，赵星已经配合回答了这么多问题，他现在明确表示不想再回答了，那就这样吧。"赵士忠说，从椅子上站了起来。

我正要问最重要的问题，赵星却突然不愿意配合了！早知道就提前问那几个关键问题了！陈娟在心里大喊。她对赵士忠说："赵市长，我最后再问一个问题，好吗？"

赵士忠十分不情愿，望向孙子。赵星迟疑片刻，说："行，那你再问最后一个问题吧。"

其实陈娟想问的关键问题有好几个，分别是：

你们的行动既然没有被限制,为什么不考虑逃走?

既然你们五个人被关在一起,那你知道另外四个人目前的状况吗?

你知道冷春来为什么会单独把你放出来吗?

你们这几天所处的环境,并非一个阴森恐怖的地方,食物和水也很充足,而且五个人在一起。既然如此,你为什么会感到害怕?

除了冷春来之外,还有别的绑架犯吗?

你知不知道这几天在什么地方?

你知不知道冷春来为什么要绑架你们?

但是她刚才已经说了,只问最后一个问题,现在只能在这七个问题中选择一个了。该如何取舍呢?

问题一,似乎意义不大。因为他们所在的地方,可能是一个绝对无法逃走的房间。比如门口有类似牢房那样的铁栅栏,外面的人可以观察到里面几个孩子的情况,送饭和交谈也可以隔着铁栅栏进行,不用把门打开。孩子们意识到肯定无法逃走,自然也就放弃这样的想法了。所以如果赵星的回答是"我们不可能逃走",那就等于浪费了最后一个问题。

问题二,照苏静所说,她昨天晚上就问过赵星了,但是赵星表现得非常烦躁,并且说自己不知道。那么今天再问这个问题,显然也没有意义,因为他同样可以说自己不知道。

问题三,陈娟猜不到赵星会怎样回答,可以考虑问这个问题。

问题四,属于比较敏感的问题。而且苏静他们昨晚其实问过,赵星的回答是自己见到了鬼,而且是非常恐怖的厉鬼。如果要深入询问的话,就只能是"你是在哪里见到鬼的"。但是这样问,等于逼迫赵星回想恐怖的经历,他未必愿意回答,还有可能出现应激反应。

问题五,好像意义也不是很大。因为就算冷春来有同伙,估计赵星也不会知道他的相关信息。

问题六,意义也不大。因为冷春来既然敢把赵星放出来,就肯定不会蠢到让赵星知道他们这几天在什么地方。不问也罢。

问题七，表面上看，冷春来绑架他们是为了钱，似乎没有问这个问题的必要。但陈娟总觉得这件事没看上去这么简单，也许有什么隐情。但问题是，冷春来会把自己的真实意图告诉赵星吗？告诉赵星，等于间接地告诉了苏静和警察，那还不如直接告诉苏静，然后提出自己的诉求。但冷春来并没有这样做，可见她不打算暴露真实意图——如果有真实意图的话。

如此权衡下来，所有问题中，最有价值的似乎就是问题三了。

想好之后，陈娟凝视赵星的眼睛，说道："赵星，阿姨问的最后一个问题是——你知道冷春来为什么会单独把你放出来吗？"

赵星脸上的肌肉轻微地抽搐了一下，眼睛望向别处，说："不知道。"

撒谎！你绝对没有说实话！陈娟在心中呐喊。凭她从警多年的经验，几乎可以百分之百地断定这一点！但是，即便如此，她又能怎么样？对方只是个孩子，而且是受害人，又不是犯罪嫌疑人，如果他出于某种原因不愿说出实情，也拿他没有任何办法。

"警察阿姨，我已经回答完最后一个问题了，可以回家了吧？我很累，想回去睡了。"赵星说。

陈娟凝视着他，心中不甘心到了极点。赵士忠牵起孙子的手，说："走吧星星，咱们回家。"

何卫东也有点着急，望向陈娟，感到十分无奈。眼看着他们一家人就要走出诊断室了。

"赵星。"陈娟喊了一声。

赵星和家人停下脚步，回头看着陈娟。

"你在害怕什么？你见到的'鬼'，到底是什么东西？"陈娟实在按捺不住，问出了最让她感到好奇的问题。

听到这话的赵星脸色瞬间变得苍白，浑身颤抖起来，随即发出一声尖叫，双手捂住脑袋，蹲在地上，持续惊叫着。在场的所有人都惊呆了，赵士忠蹲下搂住孙子，苏静怒视着陈娟，欧阳琴说："陈警官，你不该问这么直接的问题……"

其实陈娟也被赵星的反应吓到了，赵星刚才骤变的脸色，以及他尖叫和颤抖的模样，不可能是装出来的。就像刚才陈娟能确定他是在撒谎一样，此刻她也能确定赵星的反应是真实的——他真的被吓到了，并且陷入了难以自拔的恐惧之中。

"陈警官！"赵士忠怒喝道，"你刚才答应了我的，不会问很敏感的问题！而且你也说了，只问最后一个问题。为什么现在出尔反尔？！"

"对不起，真的对不起……"陈娟真诚地道着歉，"我是一时心急，想着如果不问清楚的话，另外三个孩子估计就找不回来了，所以才……我没想到赵星会出现这么激烈的反应。"

"你应该想到的，我早上打电话的时候告诉过你，陈警官。"苏静瞪了陈娟一眼，牵起儿子的手，安抚着他。欧阳琴也上前安抚孩子，一两分钟后，赵星终于平静了下来。一家人搂着赵星，带着他走出诊断室，离开了医院。

陈娟呆立在原地，心中的失落感和歉疚感难以言喻。她想，赵家人应该不可能再让她接近赵星了，更别说再次询问，这意味着，目前最重要的一条线索，也就此断掉了。

第二十八章　迷雾重重

高新区刑警队的办公室里，刘丹和张鑫听完了陈娟询问赵星的整个过程——之前何卫东用手机录下来的。陈娟问道："你们怎么看？"

"娟姐，我觉得这个赵星明显没有说实话。"刘丹说。

"对，我也这样认为。而且你们之前去学校了解情况后，老师和同学不就说过，赵星喜欢撒谎吗？"张鑫说。

"是，我和何卫东在回来的路上探讨了一下，认为赵星很有可能在一些事情上没有说实话，但问题是，他说的这些话哪些是真，哪些是假呢？以及，他为什么要说谎？"陈娟说。

三个年轻警察沉默了一会儿，何卫东说："我当时在场，除了听之外，还能看到赵星说话时脸上的表情。娟姐最开始问他那些问题，他都对答如流，表情也比较自然。所以我想，除非他事先就猜到我们会问他些什么问题，否则的话，不可能这么快就编出假话来。"

"所以你觉得，赵星开始说的那些是真的？"陈娟问。

"嗯，你觉得呢，娟姐？你问话的时候一直盯着他的眼睛，以你的经验，应该能判断出他是不是在编瞎话吧？"

"我的感觉跟你一样，倾向于相信赵星前面说的大部分内容都是实话。但我不敢百分之百地保证这一点，原因就是你刚才说的——如果赵星事先就猜到了警察会找他问话，那么预先编出一套谎话，再对答如流，我们就很难看出破绽了。"陈娟说。

"但是这可能吗？他毕竟只是个孩子，能事先想到这些，并做好准备吗？"何卫东有点怀疑。

"赵星刚满十五岁，不算特别小了。他一个人被放回来，警察找他了解情况，是很容易就能想到的事，所以事先做好应答的准备，完全有可能。但我想不通的是，他为什么要这样做。"陈娟说。

"会不会是受到了冷春来的胁迫？不准他说出某些实情？"刘丹猜测。

"这一点我也想过。因为我注意到，赵星一开始都回答得很顺畅，是在听到我问'房间里有没有卫生间和窗户'这个问题的时候，猛然意识到了什么，从而拒绝再回答问题。那么，这个问题为什么会引起他的警觉呢？我猜测，是因为他的回答有可能暴露他们这几天被关的地方。比如他回答'房间里没有窗户'，那我们肯定会想到，这是一个类似库房的地方，而不是一般的商品房——普通住房的话，基本上每个房间都有窗户。"陈娟分析道。

"娟姐，你的意思是，赵星故意不让我们知道，他们这几天被关在什么地方？"何卫东感到诧异，"换句话说，他不希望我们找到另外几个仍然被控制的同学？可是，那几个同学是他的好朋友，他怎么可能不希望他们得救？"

"所以我刚才说，赵星会不会受到了胁迫，冷春来不准他把这些信息告诉警察。"刘丹说。

"那冷春来为什么要把赵星一个人放回家呢？"陈娟提出疑问，三个年轻警察都沉默了——没人能猜到冷春来是怎么想的。

专案组的成员集体陷入思维瓶颈，沉默之际，办公室的门推开了，高新区公安局局长王历走进来，说道："你们在开会？"

"对，王局，有什么事吗？"陈娟说。

"有个情况，要跟你们专案组说一下，我也是才知道的。"王历说。

"什么情况？"

"刚才南部新区公安局的刘局长给我打了个电话，问我们高新区是不是有几个小孩失踪了，我说是啊，心想他怎么关心起这事来了，问了之后才知道，今天有三百多个人，到南部新区展开了地毯式搜索，就是为了找这几个孩子，惊动了当地派出所，所以刘局打电话来向我确认。"

"三百多个人？"何卫东惊讶，"哪来的这么多人？"

"听说都是那几个失踪小孩的家长找各种关系聚集起来的人，其中主要是恒云集团的员工。"王历说。

"恒云集团？"陈娟明白了，"这不就是苏静他们的家族企业嘛。估计是为了找孩子发动了企业的员工。"

"可是赵星昨天晚上不是回家了吗？"何卫东说。

"等会儿，你说什么？有一个孩子现在已经回家了？"王历问。

"对，王局，我今天一直在忙，还没来得及跟你汇报。赵星，也就是赵市长的孙子、恒云集团董事长的外孙，昨天晚上一个人跑回家了。今天早上他妈妈苏静跟我打了电话，我和何卫东下午就去赵星所在的医院，见到了他们一家人，还问了赵星一些问题，了解情况。"陈娟说。

"那另外四个被绑架的孩子呢？回来了吗？"

"没有。"

"绑匪只放了赵星一个人回家？"

"对。"

"为什么？"

"我要知道就好了。我们现在不正在开会讨论这个问题吗？"陈娟说，"不过多亏王局你带来的这个消息，我们正想不通怎么回事呢，现在一下就有头绪了。"

"说说看。"

"如果我没猜错的话，冷春来把赵星一个人放回来，就是因为赵星家集结了这么多人大范围搜寻！"陈娟说。

"你的意思是，冷春来担心这种地毯式搜索，会把她软禁几个孩子的地方给找出来？"王历说，"如果是这样的话，岂不是证明他们就在南部新区吗？不然她担心什么？"

"有可能，但也不一定。"陈娟说。

"为什么？"

"我不知道这个搜寻队的成员是怎么商议的，但是估计他们不会只找寻南部新区这一个地方，也许会挨个把整个南坪市及周边县市都找一遍。知道此事的冷春来担心藏身之处迟早会被找到，所以就把赵星给放了出来，以此大幅削弱搜寻队的力量——因为搜寻队的主要成员是恒云集团的员工，只要赵星回家，他们就没有理由再找下去了。"

"啊，我明白了！"何卫东说，"估计苏静他们昨天就计划在今天展开搜寻了，没想到昨晚赵星突然回家了。但是已经计划好的行动不可能因为赵星回家就取消，所以还是进行了。但是过了今天，搜寻队估计就会因为赵星回家而解散。"

"可是冷春来怎么知道苏静他们打算在南部新区展开搜寻呢？"张鑫问。

"他们组织、发动这么多人，肯定很容易走漏消息。"刘丹说。

"嗯，这么说来，冷春来囚禁几个孩子的地方，肯定就在南坪市或者周边城市，不可能太远！否则她就没必要担心被找到了！"张鑫说。

"对，我也这样想。他们没有跑太远！"陈娟说，"可即便如此，要让我们警方把整个南坪市和周边地区挨个找一遍，也不可能。他们发动民间的力量，倒不失为一个办法。可惜的是，如果冷春来已经提前知道了此事，自然不会被他们找到。这个搜寻队在赵星回家后，可能明天就解散了。"

"冷春来不是已经收到赎金了吗？为什么还要关着另外那几个孩子呢？"王历说。

"是啊，我们也想不通，她既然放了赵星，干吗不把另外几个孩子一起放了。"何卫东说。

王历望向陈娟，发现她面色沉重，问道："陈娟，你在想什么？"

陈娟深吸一口气，说："我在想，为什么在这样的情况下，冷春来都没有选择把人全部放了。想去想来，只有一种可能了。"

王历和另外三个警察都望着陈娟。她也望向他们，说："冷春来绑架这几个孩子，从一开始就不是为了钱，至少不完全是为了钱。她最主要的目的，是要他们几个人的命。"

王历倒吸一口凉气："真的吗？你为什么会这样认为？"

"冷春来如果单纯是为了勒索的话，拿到赎金就可以放人了。就算要再次勒索，也完全可以把另外三个孩子放了，只留下最有价值的赵星。如果只藏匿一个孩子或者带着他逃往别处，就容易多了。可她不但没有这样做，反而把赵星放了，说明她在乎的根本不是钱。既然不是谋财，那就只能是害命了。我猜，要不是迫于无奈，她是连赵星也不打算放过的。"陈娟说。

王历眉头紧皱："这个冷春来，跟几个孩子怎么会有这么大的过节？别说这几个孩子还是她儿子的好朋友，就算是曾经欺负过她儿子的人，也不至于非得杀了他们泄愤吧？"

"这四个孩子或者他们的家庭，会不会有什么共同点？"何卫东突然提出一个疑问。

"我看不出来有什么共同点，不管是家境背景，还是学习成绩，或者成长经历，都看不出来他们有什么共同之处。非要说的话，那就是他们都是同班同学。但这算什么共同点？同班同学有四十多个人。"陈娟说。

"国王游戏呢？他们几个人最近不是迷上了玩国王游戏吗？"何卫东说。

"对，但是目前并没有证据表明，这起绑架案和国王游戏有直接的关系。特别是，冷春来又没有参加他们的游戏。"

"这倒也是……"

陈娟扭头对王历说："所以王局，我之前跟你说，这起案件最大的疑点，就是嫌疑人的动机。直到现在我都想不明白，冷春来跟这几个孩子会有什么仇恨，值得她做出这样的事情。关键是，今天下午询问赵星之后，疑点变得更多了，简直是迷雾重重。"

"你问了赵星什么？他怎么回答的？"

"何卫东录了音，你自己听吧。"

于是何卫东把询问过程的录音给局长播放了一遍。听完后，王历困惑地说："这事真是有点扑朔迷离了。如果赵星说的是实话，那冷春来对他们不错啊。零食、饮料管够，还都是些不便宜的品牌零食，正餐也挺丰盛。看上去除了把他们拘禁起来之外，完全没有虐待他们。从这一点来看，她跟这几个孩子不可能有什么仇恨，为什么想要杀了他们呢？"

"是啊，所以我们怀疑，赵星说的不是实话。"张鑫说。

"他有必要在这些事情上撒谎吗？就算是受到了冷春来的威胁，大不了不透露关键信息，不至于还要为她说好话吧？"刘丹说。

"确实也是……"

"而且赵星透露的信息中，有一件非常不可思议的事，那就是——冷俊杰居然也跟他们一样，被囚禁起来了！"刘丹说，"我们之前都以为，冷春来绑架儿子是迫不得已，但是肯定会区别对待。没想到她一视同仁，把自己儿子都当成人质关了起来。可能也是这个原因，所以饮食才安排得不错吧。但是这合理吗？哪个母亲会这样对待自己的儿子？"

王历望向陈娟："这就是你刚才说的，谜团越来越多，对吧？"

"是的，而且还不止于此。"陈娟说。

"还有什么？"

"还有就是我最后问赵星，他到底在害怕什么时，他出现的那种反应。王局，你当时不在现场，没看到赵星的脸，真的是一瞬间就变得面无血色，这不可能是装出来的。除了相信他是真的遇到了什么可怕的事，我找不到别的解释了。但是他的这一反应和他之前的叙述，完全是矛盾的。照他所说，这几天他们五个人都在一起，房间里有灯光，有零食，有饮料，假如真是如此，那有什么好怕的？别说赵星是个男生，就算是个胆小的女孩子，跟好几个人在一起，也不会有多害怕吧？"

"那他会不会撒谎了？其实这几天所处的环境，根本不是他说的这样。"

"那我就想不通他为什么要撒谎了。根据我对他的观察，他前半部分说的应该都是实话。是在我问他'你知道冷春来为什么会单独把你放出来吗'时，他才撒谎说'不知道'的。如果我没猜错的话，赵星百分之百知道为什么只有他一个人被放了出来。但他为何不肯说出来呢？这又是一个疑点。"

"这案子越来越复杂了，"王历叹息道，"虽然回来了一个孩子，但还有四个生死未卜。如果真像你说的那样，嫌疑人是为了害命，不快点想办法把他们救出来的话，这几个孩子可能性命不保了。"

"王局，跟你说实话吧，这次我真的没把握。"陈娟说。

"没把握破案吗？"

"对。"

"现在还没到放弃的时候吧。"

"我没说要放弃，只是说没把握。因为赵星是目前唯一的线索，但他不肯配合，他的家人也非常抵触，特别是他爷爷，肯定不会再让我们询问他孙子了。这样的情况下，你说我能怎么办？把赵星传唤到公安局来？他可是未成年人，而且是受害者。"

王历沉默良久，说："再想想办法吧，陈娟，我相信你。"

陈娟苦笑了一下，摇了摇头。

王历又说了几句加油鼓劲的话，起身打算离开，临走之前突然想到了什么，转身问道："对了陈娟，你怎么不问我，那三百多个人组成的搜寻队，有没有找到冷春来和那几个孩子呢？"

"不用问，肯定找不到。"

"你怎么知道？"

陈娟望着王历，没有说话。王历想了想，说："好吧，我明白了。"随后便走出了办公室。

第二十九章　悲伤的她们

苏静一家离开医院后，并没有立刻回家，而是开车来到市内最大的一家商场，这里热闹、豪华、高档，吃喝玩乐应有尽有，还有赵星小时候最喜欢的一家玩具店。带他到这家商场来，自然是为了冲淡他内心的恐惧，加上昨天的生日错过了，今天正好可以补上。

一家人吃了甜品，又逛玩具店。但赵星的情绪始终有些低落，进入青春期后，对儿童时期喜欢的玩具也提不起太大的兴趣，见爷爷奶奶盛情难却，他才勉为其难地选了一款遥控飞机，作为生日礼物。

晚饭吃的是日料，精致而丰盛，赵从光也来了，陪同家人一起吃饭。晚餐后，他们驾车回家。

进餐的时候，苏静已经在三百多个人的大群里看到了搜寻结果。她一直没有在群里说话，也没有跟另外三个妈妈联系。她能想象她们此刻的心情，也不知道该跟她们说什么。

赵从光驾车回到小区门口时，已经晚上八点过了。车刚要开进地下停车场，赵从光看到了站在入口处的三个女人，苏静也看到了，正是韩雪妍、陈海莲和梁淑华三个人。她们冲苏静的车挥手示意。

赵从光停下车，对坐在副驾的苏静说："她们没有找到孩子，只能来找我们，要么是请我们帮忙，要么是想见赵星，像警察那样询问一番。"

苏静"嗯"了一声，显得有些迟疑。赵士忠说："如果她们是想见星星，我觉得就免了吧，星星需要回家休息。"

赵士忠没有明说，但一家人都明白他的意思——这几个妈妈如果见到赵星，势必会询问这几天被拘禁的事，甚至问得比警察更详细。如此一来，又会让赵星受到刺激。有了前车之鉴，他们不敢再让任何人询问孩子了。

"我下去跟她们说吧，你们先回家。"苏静推开车门，下了车。赵从光驾车开进地下停车场。

三个妈妈走了过来，苏静问："你们怎么在这儿？"

"我们想见见赵星。"韩雪妍开门见山地说道。

"见赵星做什么？"

"你觉得呢，苏静？我们见赵星还会是为了什么？"

苏静沉吟一刻："对不起，我不能让你们见赵星。"

"为什么？"梁淑华问。

"昨天晚上，我就跟你们说过了，赵星回家后整个人都有点不对劲，表情木讷、畏畏缩缩，而且声称自己见到了鬼。我们今天带他去医院心理科做了检查，医生说赵星有创伤后应激反应，要尽量淡化和淡忘此事。但你们要问他的，肯定是跟绑架案有关的事，势必让他再次回忆起那些可怕的经历。而且你们知道吗，陈娟已经这样做过了。今天下午她和另外一个警察来医院，本来说好不问敏感的问题，结果还是忍不住问了，害得赵星抱着头惊叫。你们要是在场，一定会被他的样子吓到。所以真的抱歉，我不能再让我儿子受到刺激和伤害了。"

苏静这番话让三个妈妈一时语塞，沉默几秒后，韩雪妍流着泪说："赵星就算受了刺激，但好歹回家了。亚晨、薇薇和思彤呢？他们直到现在都下落不明、生死未卜。今天我们三百多个人把南部新区找了个遍，也没有找到他们。可能是赵星已经回家的缘故，你爸爸让所有员工明天照常上班，不再找下去了。苏静，你能想象我们现在有多么悲哀和绝望吗？要是换成你，你会怎么做呢？"

陈海莲和梁淑华也跟着哭了起来，然后哀求苏静，让她们跟赵星见一面,并保证不会刺激到他。苏静一开始好言相劝,但耐心终究是耗尽了,说道:"够了,你们别再纠缠了!就算我同意也没用,我公公绝对不会答应!况且,就算你们见到了赵星,又能怎么样呢?警察下午已经问过了,问得非常详细,你们还能问出什么新鲜的来?无非还是那些问题罢了。除了让赵星再痛苦地回忆一次,能有什么意义?你们要是实在想了解情况,不如去问陈娟吧,让她告诉你们!"

说完这番话,苏静扭头就走,快步穿过小区大门,头也不回地朝所在单元楼走去。梁淑华想追上去,被保安拦在了门外。她望着苏静的背影,掩面大哭。

韩雪妍则是深受打击,心如死灰,她疲惫地说道:"别哭了,走吧,给自己留点尊严吧。"

陈海莲上前去拽着梁淑华的胳膊,和韩雪妍一起强行把她拉走了。

三个女人像行尸走肉般走在路上,夜色中憔悴的面容和拉长的身影显得无比凄凉。她们就这样漫无目的地走着,仿佛迷失了回家的方向和人生的意义。

不知过了多久,她们路过一家生意颇好的夜宵店,外摆的桌子占了半条街,喝酒的人们划拳行令、推杯换盏,好不热闹。

陈海莲被烧烤的香味吸引了,肚子随即发出咕咕声,她停下脚步,说道:"我突然想起,我们还没有吃晚饭。"

中午她们只吃了点面包和火腿肠,之后就再没有用过餐,早就饥肠辘辘了,只是没有心思吃饭。下午结束搜寻后,疲惫不堪的人们纷纷回家,三个妈妈提出想去找苏静和赵星,于是爸爸们先回家了,她们三个人靠着毅力支撑到现在,此刻也终于濒临极限了。

"吃,再不吃我要饿死了。"韩雪妍说。正好店员过来招呼,她们便找了张外摆的桌子坐下。店员递上菜单,韩雪妍有气无力地对陈海莲说:"你点菜吧。"

陈海莲点了干锅排骨、烧椒皮蛋和一些烤串,店员拿着菜单正要离开,被她叫住了,说:"再来一件啤酒吧,常温的。"

"好嘞。"店员匆匆走开了。

"你还要喝酒?"梁淑华诧异地说。

陈海莲"嗯"了一声。梁淑华说:"你还有心情喝酒?"

"我只是想把自己灌醉而已。因为我知道,邹斌现在肯定又在家里酗酒。这么多年来,我受够了。他心情好要喝,说是人逢喜事千杯少,心情不好也要喝,说是喝醉忘却一切烦恼。以前我都骂他,现在想想,说不定也有几分道理,把自己灌醉,也许就真的没有烦恼了。"陈海莲说。

"你这是掩耳盗铃、自欺欺人,喝醉只能暂时忘却烦恼,可醒来之后呢?"梁淑华说。

"醒来之后再说吧,"陈海莲疲惫地叹了口气,"暂时忘却烦恼,也比一直烦恼强,不是吗?自从薇薇他们失踪后,我没睡过一天好觉,都快成习惯性失眠了。也许只有借助酒精,才能睡个囫囵觉吧。"

梁淑华没有说话了。这时店员抱着一箱啤酒过来了,问开几瓶,陈海莲说:"先开一半吧。"梁淑华却说:"全开了。"陈海莲和韩雪妍有些惊讶地望着她。

梁淑华拿了几瓶开了的啤酒放在桌子上,再注满三个大玻璃杯,对陈海莲说:"我陪你喝。"又望向韩雪妍说:"你也喝点吧。"

"你们知道,我平时都不喝酒的,喝了准醉。"韩雪妍说。

"那不就对了嘛,而且现在不是平时,难道你压抑了这么久,不想释放一下?"梁淑华说。

韩雪妍想了想,端起酒杯,另外两个人也是。陈海莲和梁淑华都一饮而尽,韩雪妍的酒量不好,喝了一半。

"啤酒的口感,我这辈子都不会理解,"陈海莲苦笑着说,"第一次喝,是十几岁的时候,我爸让我尝一口,我就尝了,结果差点没吐出来,心想这种又苦又涩的东西,怎么会有人愿意喝?难道果汁、可乐什么的不比这个好喝吗?我爸就笑了,说你以后多喝几次就会喜欢这味道了。后面的几十年,我又喝过无数次,但每一次的感觉都跟第一次差不多,就终于明白，这是我的宿命了。"

说话的时候，她又倒了一杯啤酒，再次一饮而尽，絮絮叨叨地说道："其实说到命运，我早就认清自己的宿命了。从小就出生在一个条件不好的家庭，父母都是下岗工人，为了养活这个家，爸妈摆过地摊、卖过小吃、当过黄牛，我就一直跟随他们生活在社会的底层。大概就是因为这样吧，即便我年轻时长得还不错，也从来不敢奢望自己能嫁到一个富裕的家庭。

"邹斌是我爸的一个朋友介绍的。呵呵，我爸的交际圈，全是小商小贩，哪有什么高质量人士？他们对我说，邹斌家里有个小门面房，经营烟酒副食，生意还不错，嫁给他的话，至少不用担心饿肚子。对，这就是我爸妈的诉求，填饱肚子。我当时什么都不懂，就稀里糊涂地嫁了。后来发现邹斌是个酒鬼，一点都不顾家、不管事，但也没觉得有多失落，觉得这就是我的命，我只配嫁这样的人，过这样的日子。

"但是薇薇出生后，情况开始不同了。这孩子一两岁的时候，所有人都说她是个美人坯子，渐渐长大后，更是出落得亭亭玉立。我和邹斌的境况，自然比我父母的好得多，我在酒厂工作，邹斌是电业局的电工，至少都有正式的工作。于是我就有幻想了，觉得女儿一定不能跟我一样，窝窝囊囊地过一辈子，她理应拥有更好的生活。这样的想法延续多年，女儿就成了生命中唯一的希望。我把一切都倾注在她身上，想象着有一天她能出人头地、跨越阶层，直到……"

她声音哽咽，泪水溢满眼眶，再也说不下去了。她扯了两张餐巾纸，擦干眼泪，又给自己倒酒。韩雪妍按着她的手，说"别喝了"，却没能阻止陈海莲把一杯啤酒灌下肚。就这样一口菜没吃，陈海莲已经空腹喝下一瓶啤酒了。

"服务员，我们的菜呢？"梁淑华大声问道。店员说马上就好，随即端来一盘青椒皮蛋，接下来又陆续上了干锅排骨和烤串。梁淑华对眼神已经有些迷离的陈海莲说："快吃点东西吧！"

陈海莲再次用纸巾揩鼻涕和眼泪，随后拿起一串烤肉，大口大口地吃。另外两个早就饿坏的女人也不客气地吃了起来,其间又各自喝了几杯啤酒。

吃得差不多后,酒精也渐渐宣告了对她们身体和心智的控制权。所有喝醉的人都会变得话多、感性,突破心理和脸面的双重防线,一些平时难以启齿的话,在这时十分自然地就说了出来。特别是在陈海莲开了个头之后。

"你刚才说,薇薇是你的全部,那思彤自然也是我和老余两个人的全部,"梁淑华目光涣散地说,"你们可能很难想象,我们在她身上投入了多少时间、精力和金钱。为了把女儿培养成才,我们早就失去了自我。从小学开始,我们的每一个周末,都辗转于各种补习班和兴趣班。为此,我和老余不但牺牲了休息时间和兴趣爱好,更是勒紧裤腰带过日子。说出来不怕你们笑话,我现在穿的胸罩是五年前买的,早就变形了;老余的手机六七年没换过了,打开个网页都要一两分钟;遇到节假日和寒暑假,我们根本不敢像其他家庭那样出去旅游,只能把钱省给思彤上夏令营;每年下馆子的次数,更是屈指可数。现在这些培训班啊,夏令营啊,全都不便宜,我们甚至借了外债……所做的一切,都是为了思彤。如果她再也回不来,我们的精神支柱就垮了……我们这十多年的付出,也全都将化为泡影……"

梁淑华再也控制不住情绪,大哭起来。陈海莲一言不发地端起酒杯喝酒,韩雪妍醉醺醺地说:"并不是只有你们竭尽所能培养孩子,这是很多家庭都会做的事情,我们也不例外。亚晨从小到大上的钢琴课、绘画课、游泳课、英语班……哪一样不是我和他爸爸亲自陪同?为了把孩子培养成才,我们付出的一点都不比你们少。"

"如果……我们的孩子真的回不来,我不知道还有没有勇气面对接下来的人生。"梁淑华说。

"有这么严重吗?"韩雪妍说,"退一万步说,就算真的如此,你们至少还可以再生一个孩子。"

"难道你不可以吗?你的年龄比我小,才四十吧。"梁淑华说。

"不是年龄的问题……"

"那是什么问题？"陈海莲抬起头来，醉眼惺忪地问道。

韩雪妍用右手支撑着脑袋，看上去有点昏昏沉沉，叹息道："我这辈子都不可能再生孩子了。"

"为什么？身体的关系吗？"陈海莲问。

"嗯……"

两个女人不好再细问下去了。反倒是韩雪妍自己说了起来："在亚晨之前，我还生过一个孩子，但是先天有些问题，夭折了……后来医生就跟我说，最好不要再生孩子了，否则还有可能出现这样的情况。"

"亚晨不是很健康吗？"

"对……所以拥有一个健康的孩子，对我来说是非常不容易的事。"韩雪妍掩面哭泣，"我以后应该再也没有这样的运气了。"

"我也是，"陈海莲说，"薇薇的皮肤、身材、样貌，恰好继承了我和她爸所有的优点，避开了缺点。我以前还开玩笑说，如果正好相反的话，她可能就不是白天鹅，而是丑小鸭了。"

"思彤不也是如此吗……我和他爸读书的时候成绩都不好，偏偏女儿有学习天赋，仔细想来，应该是爷爷的隔代遗传。如果再生一个孩子，恐怕就没那么幸运了！"

"喂……还是别说这样的话了，我们的孩子，还没有……我们不能放弃希望，今天过后，还得继续想办法找到他们才是！"陈海莲说。

"对，说得没错，现在不是说丧气话的时候，我们不能自暴自弃，要……要加油……"

韩雪妍一句话没说完，突然"哇"的一声呕吐出来，陈海莲和梁淑华也醉了，但还是左摇右晃地站起来，扶着她，给她拍背。两个店员赶紧过来帮忙打扫卫生。老板意识到这三个女人都喝醉了，让店员把她们扶到店里的椅子上休息，然后趁着她们还有意识的时候，问到了她们家人的电话，打电话叫她们的老公过来接人。

半个小时内，靳文辉和余庆亮先后赶到——邹斌的电话没人接，估计已经在家里喝醉了。这时三个女人都已经醉得不省人事，靳文辉把单买了，再和余庆亮一起把三个女人相继架上车，先送陈海莲回家。

到了陈海莲家楼下，由于白天在南部新区寻找几个孩子的时候，余庆亮崴了脚，于是他留下来照顾车上的两个女人，靳文辉扶着喝醉的陈海莲上楼。

旁边有家还在营业的小超市，余庆亮去店里买了两瓶矿泉水和一包湿纸巾回来，打开车子后排的门，问她们要不要喝水，两个醉倒的女人都没有回应。余庆亮把梁淑华扶起来，用湿纸巾给她擦脸，又喂了些矿泉水给她喝，见妻子还是没醒，他有点急了，用力拍了拍她的脸，梁淑华这才勉强睁开眼睛，醉眼惺忪地望着丈夫，咕哝道："这是……哪儿？"

"靳文辉的车上，我们把你们送回家，"余庆亮埋怨道，"你们怎么喝成这样？"

梁淑华连说话的力气都没有了，闭上眼又要睡。余庆亮再次拍打她的脸，嘴靠近她耳朵，略显不安地小声问道："你喝醉后，没说什么胡话吧？"

梁淑华"嗯"了一声，也不知道有没有听清余庆亮的问题。对方有点急了，说："你到底有没有瞎说什么？"

"没有。"梁淑华烦躁地回了一句，推开丈夫，倒在车子后排座位上，再次昏睡过去。余庆亮望着妻子，又看了一眼倒在旁边的韩雪妍，叹了口气。

靳文辉从保安那儿问到了陈海莲家的门牌号，扶着她穿过小区中庭，来到单元楼下，乘坐电梯到了她家门口。敲了好久的门，里面都没有回应，也没人来开门。靳文辉猜想邹斌可能没在家里，只好摇醒陈海莲，问她有没有家里的钥匙。

"包……我的包里。"陈海莲醉醺醺地吐出一句话。

靳文辉一边扶着陈海莲，一边从她背的小挎包里找钥匙，忙得一头大汗。好在钥匙不难找，他拿出来之后，打开他们家的房门，把陈海莲搀扶了进去。

他一个男的，把陈海莲扶进卧室不合适，于是将她放在沙发上，说："我回去了。"

"等等……我，我想吐。"

"啊？"靳文辉皱起眉头，不情愿地说，"那你们家有盆子吗？"

"我……我去厕所吐。"

说着，陈海莲就打算支撑着起来，靳文辉无奈，只好再次去扶她，结果没扶稳，陈海莲扑倒在地，身体碰到茶几，把茶几上的一个玻璃杯撞了下来，"哗啦"一声摔得粉碎。

这时，卧室里突然传出邹斌的声音："谁啊？"靳文辉一愣，这才知道邹斌原来在家。

邹斌趿拉着拖鞋，七摇八晃地走出来，靳文辉一看这样子，就知道他之前也喝了酒。今天白天，他们几个家长一起在南部新区找孩子，邹斌自然认识靳文辉，此刻看见妻子倒在地上，靳文辉无所适从地站在旁边，他诧异地问道："这是怎么回事？"

"她们三个女人喝醉了，餐馆老板打电话给我和老余，让我们把她们接回家。老余现在还在楼下呢。"靳文辉说。

"她们三个女人，不是说去找苏静吗？怎么跑去喝酒了？"

"我也不知道。陈海莲说她想吐，你扶她去厕所吐吧，然后帮她洗一下，我回去了。"

"我扶不动，我也喝了酒。让她躺这儿吧，睡到半夜，清醒了就好了。想吐的话，我给她拿个盆子过来。"

靳文辉难以置信地说："你不会就打算让她一晚上躺在地上吧？"

"躺地上还好点，沙发上的话，又会摔下来。现在天气暖和，没事儿。"

虽然这是别人的家事，靳文辉还是忍不住说："她是你老婆，你就这么对她？"

"我喝醉的时候，她也是这样对我的。我吐得满身都是，她也不管，有一次甚至把我锁在外面不准我进屋。'烂酒的人，活该'，这可是她的原话，嘿嘿，没想到她也有这一天。就让她自己尝尝这滋味儿吧。"邹斌讪笑着，幸灾乐祸地说道。

"你……"靳文辉张开口，又把后半截话吞了回去，摇了摇头说，"随便你吧。"说完，他便转身离开了。

走出陈海莲的家，靳文辉抬手闻了一下自己的袖子，酒味混合着一股难闻的味道，熏人欲吐。刚才搀扶陈海莲的时候，对方的头一直耷拉在他的手臂和肩膀处，口水、鼻涕估计都擦他衣服上了。他眉头紧蹙，略微犹豫了一下，脱下西服外套，用两根手指捻着，下楼的时候，把这件价格不菲的西装扔进了垃圾桶。

回到车上，靳文辉坐在驾驶位，对余庆亮说："老余，现在去你们家。你一个人把梁淑华扶回去，没问题吧？"

"没问题。"余庆亮说。

靳文辉点了点头，驾车朝梁淑华家开去，将他们送到小区楼下后，再开车把自己妻子带回家。

第三十章　儿子的主意

陈娟下班后回到家，和丈夫王传平一起吃了晚饭，之后在小区里散了会儿步，返回家中。王传平提议看电视，陈娟摆了摆手，一只手揉搓着前额，眉头微蹙，说："你看吧，我回卧室躺一会儿。"

"怎么了，不会是感冒了吧？"王传平关切地问，走过来摸妻子的额头。

"没感冒，就是有点偏头痛。不知道是不是年龄大了的缘故，现在只要一用脑过度，就会头疼。"

"我给你揉一下。"王传平让陈娟躺在沙发上，给她按摩头部，按了几分钟，突然想起了什么，"对了！我差点忘记这东西了！"

说着，他跑进卧室，拿了一个黑色的像八爪鱼一样的东西出来，陈娟问："这什么？"

"我上次去一家生产按摩仪器的公司考察，之后人家送的头部按摩器，据说是新开发的产品，专门针对头疼，可以缓解脑疲劳。"

"真的？有效果吗？"

"我在他们公司试了一下，感觉还挺舒服的。不过当时我没头疼，你现在试试呗。"

"怎么用？"

"戴头上就行了，有五种模式，先试试减压模式吧。"

陈娟戴上这只"黑色章鱼"，问："是不是很丑？"

"你又不戴着它上街，管它丑不丑呢。"

按下顶部的按钮后，"黑色章鱼"的十根触角开始有节奏地收缩、按压，同时伴随着舒缓轻柔的音乐，陈娟闭着眼睛，十分受用，二十分钟后，按摩结束了，她取下"章鱼"，说："果然舒服多了，头没那么痛了。"

"有效果就好，那你以后就用它来按摩吧。"

稍微好一点，陈娟又开始思考案情了，结合之前了解的情况和赵星今天的表现，揣测各种可能。但始终绕不开的一个问题是——不管做出怎样的假设，只要缺乏事实依据，就会变成一个死结。而解开这个结的唯一方式，就是找目前唯一的亲历者，也就是赵星求证，这就一定会触碰到他回忆中最敏感的部分，那他的家人就肯定不会同意——最后又变成一个死循环。

想到这里，陈娟的头又隐隐作痛，她再次戴上了那只"黑色章鱼"。

不一会儿，下晚自习的王兆杰回来了，他进屋之后喊了一声"爸，妈"，然后注意到了妈妈的奇怪造型，说："哇，这是什么？"

"头部按摩仪。"陈娟说。

"吓我一跳，我还以为你被外星人控制了呢。"

"别贫嘴了，把书包放下，洗手吃水果。"王传平说。

王兆杰洗了手，坐在沙发上一边吃葡萄一边问道："妈，这东西有什么用啊？"

"缓解头疼的。"

"舒服吗？"

"还行。"

"我试试呗。"

"你又不头疼，试什么。我是因为工作压力大导致的头疼。"

王兆杰停下吃葡萄，问道："还是我们学校失踪的那五个学生的事，对吧？我听说有一个男生已经回来了？"

陈娟吃了一惊，把按摩仪从头上取下来，说道："王兆杰，你怎么什么都知道？赵星……这个回来的男生，目前并没有去上学，你怎么知道他回来了？"

"妈，这不是我推理的，不只我知道，学校很多人都知道了。听说赵星家组织了几百个人在南部新区大搜索，有些同学的家长还参与了呢，但是只持续了一天，原因就是赵星已经回家了。"

原来如此。陈娟松了口气。王兆杰观察着妈妈脸上的表情，说："看来是真的？"

陈娟也没否认，"嗯"了一声。

"那另外四个学生呢，绑架犯怎么只放了赵星一个，没把另外四个人一起放了？"

"我要是知道就好了，"陈娟没好气地说，"我就是因为这事头疼呢。"

王兆杰思索了一阵，说："妈，你头疼，是因为破案遇到了瓶颈，对吧？不如把目前的情况讲给我听听，我帮你分析分析。"

"你分析什么，我上次不是跟你说好了吗，你马上中考了，把自己的学习搞好就行，我的工作不用你管。"

"我学习没问题！我上次也跟你们说了，只要我认真努力，考上重点高中轻而易举！"

"那就请你努力给我看看吧。"

"我努力了啊，怎么才能让你相信这一点？"

"你下次测试总分上630的话，我就相信你真努力了。"

"真的，一言为定？如果我上了630，你是不是就把目前的情况告诉我？"

陈娟想了想，儿子上次考试的总分是596，要想在短时间内提高30多分，几乎是不可能的事，但可以以此作为激励，便答应道："好啊。"

"那说定了，不许反悔啊。"

"嗯。"

王兆杰咧嘴一笑，打开书包，从里面拿出一张成绩单来，递给妈妈：

"看吧，这是我最近一次周考的成绩。"

陈娟接过来一看，瞬间坐直了身子，惊讶地说："631，真的？"

"当然是真的！不信你打电话问我们老师。"

王传平走过来看成绩单，上面清清楚楚地印着儿子王兆杰的名字，以及每科的分数。他喜不自胜，拍着儿子的肩膀说："可以啊，兆杰！短短时间，就提高了这么多！"

王兆杰"嘿嘿"笑着说："之前不是跟你们说了嘛，只要我认真学习，把成绩搞上去就是分分钟的事！"

"太好了，那你继续发扬啊！"陈娟欣喜地说，"照这个趋势的话，上重点高中应该有戏！"

"我知道。那么，我们刚才约定好的事，可以兑现了吧？"

陈娟愣了一下，苦笑道："你这是挖好了坑让我跳啊。"

"甭管怎么样吧，你说话可得算话。"

陈娟叹了口气，说："兆杰，我们刑警是有纪律的，涉案内容不能告诉其他人，包括自己的家人在内。"

"对，所以这么多年，我从来都不跟你妈聊工作上的事。"王传平说。

王兆杰想了想，说："那这样吧，你不用把案情告诉我，只说目前遇到的最大问题是什么就行了。妈，我真的很想帮你的忙。有些时候你一个人想，思维容易走进死胡同，换一个人，换一个角度，也许就不一样了。"

"我们专案组有四个人，不是只有我一个。"

"但我的推理能力，比一般人……算了，不说这些吹牛的话，总之就是，我思考问题的角度，可能跟你们大人不一样。"

陈娟望向王传平，露出为难的神情。王传平耸了下肩膀，表示他也不知道该如何处理。

这时，王兆杰一改平常没正形的样子，严肃地说："妈，你经手这么多案子，我以前跟你打听过吗？为什么这次我特别在意，因为失踪的是我们学校的五个学生。这几天学校里很多同学都知道这事了,学校也没正面回应,多少有点人心惶惶。而且以前你办案,都是雷厉风行的,往往用不了几天就破案了。但这起案子,应该有五六天了吧,不但没有破案,我看你甚至有点束手无策,否则也不会想得头疼了。所以我一方面是想帮帮你,另一方面,也是想救那几个被绑架的同学。难道你就不担心,拖的时间越长,他们就越危险吗?绑架犯现在都没放人,说不定是打算撕票了。要是再耽搁时间,他们几个人可能就永远回不来了!"

王兆杰说的正是陈娟在意的问题,但她没想到,儿子竟然也跟自己一样,有着强烈的责任感和正义感。思索良久后,她说:"好吧,但这事,我需要跟我们局长汇报一下,走正规流程。"

"啊?什么意思?"

"警察办案,有时会遇到一些特殊情况,需要请不是警察的人协助办案,比如医学专家、心理专家等。这次的案件因为涉及几个初中生,而你跟他们既是同校的同学,又比较了解他们玩的那个游戏,所以我可以向局长提出申请,让你协助我办案。"

"太好了!那你快跟局长打电话吧!"王兆杰兴奋地说。

陈娟走进卧室,给局长王历打电话说明了情况。王历向来支持陈娟的想法,也相信她的判断,当即同意了,并表示协助办案的文件和手续他可以帮忙办理,但是强调了一点,要王兆杰遵守纪律,对案情严格保密,而且一定要听从陈娟的指挥,不能越界。陈娟表示,她一定会跟儿子强调纪律,并对他的所有行为负责。

挂了电话,陈娟回到客厅,对儿子说:"王局批准了,但是你记住,我跟你说的这些情况,绝对不能告诉任何人。"

"我发誓!"王兆杰举起一只手说,"我绝对不会跟任何人说的。"

"等等,来真的?"王传平愕然。

"可不是来真的吗?我现在是临时警察了,爸,你回避一下!"王兆杰把爸爸强行推进了屋,接着坐回到妈妈身边。

陈娟说："现在最大的问题就是，赵星虽然回家了，但是他受到了很大的惊吓，有创伤后应激障碍。他的家人和心理医生都不建议他接受警察过于详细的询问，以免刺激到他，加重病情。实际上，我今天询问他的过程中，已经刺激到他了，他蹲下大叫，把所有人都吓了一跳。赵星的家人因此非常抵触，估计再也不会允许我们警察接近他了。但赵星是这起案子唯一的亲历者，只有他知道这几天到底发生了什么、另外几个孩子的情况，以及绑架者为什么只把他一个人放出来。但他是未成年人，还是受害者，我们警察是不能强行传唤的，所以你现在知道我的困境是什么了吧？明明有一个知情者就在眼前，可以从他那里了解线索，却无法接近和询问他——真是让人既着急又无奈！"

听完妈妈的这番话，王兆杰用手托着下巴，脑筋急速运转着。一两分钟后，他说："警察没法接近赵星，但我可以啊。"

"你怎么接近他？最近一个月他都会待在家里，而他爷爷奶奶估计天天都守着他，不可能让他单独出来跟谁见面。"陈娟说。

"不需要他出来，我去见他就行了。"王兆杰说。

"你以什么理由和身份去见他？"

"我们学校不是有学生会吗，估计赵星也搞不清楚学生会的成员有哪些人。我只要假装成学生会的代表，买点水果牛奶之类的去看望他就行了。"

"可是就算你见到了他，又能怎么样呢？他爷爷奶奶肯定在身边陪着，你敢当着他们的面问赵星关于绑架案的事吗？再说你并不清楚案情，不可能知道该问些什么问题。"

"嗯，这倒是个问题……我得想想。"王兆杰竭力思索。

几分钟后，王传平忍不住从房间里出来了，说道："兆杰，时间不早了，去洗澡睡觉，别让这些事情耽搁你休息。"

"'这些事情'？爸，这是关系到我们学校四个同学生死的大事，不是闲事好吗？"

"我知道不是闲事，但现在对你来说是特殊时期，还有不到二十天就中考了，你要把主要精力放在学习上，争取考上重点高中，这样才有更大的机会考进名牌大学……"

"好了，"王兆杰不耐烦地打断父亲，"这些话我都听腻了。一说就是重点高中、名牌大学，你们问过我自己的意愿吗？"

"那你的意愿是什么？"

"实话告诉你们吧，我根本就不想读什么所谓的名牌大学，只想读警校，以后像妈妈一样当刑警。这样的话，根本就用不着多拔尖的成绩，反倒是现在这种实战经验更重要一些。"

这番话王兆杰是第一次对父母说，陈娟和王传平也是现在才知道儿子的想法，他俩都有些吃惊。片刻后，王传平的脸突然拉了下来，说道："不行！"

"为什么不行？"王兆杰问。

"刑警有什么好？又辛苦，责任又大，生活不规律，工资也不高，还危险！我们家有你妈一个刑警就够了，我实在是无法接受再多一个刑警！"

陈娟望向丈夫，欲言又止。

"我不在乎！我就喜欢当刑警，辛苦也好，工资不高也罢，都没有关系，因为这是我喜欢的职业！"

王传平叹了口气，说："兆杰，你现在年纪还小，有一腔热血，这很正常。渐渐长大后，你的想法就会改变了。爸爸现在在商务局工作，会跟很多大公司、大企业的头头脑脑打交道，我把这些人脉资源储备起来，就是为你将来做准备的。只要你考进名牌大学，专业跟商务、财会相关，毕业之后，我保证能让你进入这些大企业，年薪几十万，而且是坐在冬暖夏凉的大办公室里，喝着咖啡工作，根本不用像警察那样风里来雨里去，冒着酷暑和严寒辛苦地办案。这样难道不好吗？"

"不好！"王兆杰冷冰冰地说，"坐在办公室里喝着咖啡工作，无聊死了。抓住坏人、破获案件的成就感，比这个高一百倍！"

"你这孩子怎么油盐不进？"

"我自己的人生，为什么要你来安排？"

王传平不想再争论了，于是说道："算了不说了，你先去洗澡吧，总之这起案件，不准你掺和！"

王兆杰急了："这事不由你说了算！你又不是警察，我妈才是！你才别掺和呢！"

"王兆杰，怎么跟你爸说话呢？"陈娟出言制止，"你爸也是为了你好。这事现在别讨论了，先搁置争议吧。"

王兆杰从沙发上站起来，气呼呼地冲进了自己的房间。

客厅里沉寂了一会儿，陈娟望着王传平，说："原来你是这样想的。"

"啊？"

"刑警有什么好，生活不规律，工资又不高，这家里有我一个就够了，你没法忍受再多一个刑警——今天终于把真心话说出来了，是吗？敢情这么多年来，你说什么以我为荣，坚决支持刑警的工作，都是违心的？"

"不是这样的！陈娟，你跟儿子不一样。我认识你的时候，你已经是刑警了，对吧？我也确实欣赏你英姿飒爽的样子，但是这么多年来，我见识了你的工作有多么辛苦和危险，知道这份职业有多么不容易。但我能怎么样呢？让你辞职不干吗，不可能吧，所以我只能支持你。兆杰不一样，他是有选择的，而且是更好的选择，我还可以提供一些捷径。你刚才也看到了，兆杰这次考试进步很大，说明他确实非常聪明，也很有潜力。只要保持下去，完全能够考进名牌大学。作为妈妈，你肯定也希望儿子能从事更安全、更轻松、收入更高的工作吧？"

陈娟沉默良久，不置可否。过了一会儿，她说："我觉得兆杰刚才有句话很对，他自己的人生，应该由他来做主。我们当父母的只能提供建议，不能强迫孩子。"

"你不会真的同意让他去找赵星吧？把太多精力放在这件事上，势必会影响他中考。"

"如果他真的能想出好的主意,帮我打破目前的僵局,找到破案的线索,等于间接救了四个孩子的命。这个意义,超越中考对他的意义了。"

王传平无话可说,长叹了一口气。

第三十一章　实施计划

次日中午十二点，陈娟接到儿子从学校打来的电话。学校是不准学生带手机进校的，王兆杰就借了老师的手机给妈妈打电话，第一句话就是："妈，我想到怎么套赵星的话了！"

陈娟迟疑一下，问："什么办法？"

"我现在借的老师的手机，不方便说太久，而且身边全是人。我见面跟你说吧。"

"现在？这会儿不是午饭时间吗？"

"对，但我跟老师说，我肚子疼，想让你接我去医院检查一下，所以借了她的手机打给你。等会儿我把手机给老师，你顺着这意思说啊，给我请半天假。"王兆杰小声说。

"这……"

"别犹豫了，我把手机给老师了啊。"

几秒钟后，听筒里传来王兆杰班主任的声音，陈娟只好跟老师说，想给儿子请半天假，带他去医院做一下检查。老师同意了，让陈娟到校门口来接王兆杰。

二十分钟后，陈娟开车来到学校门口，王兆杰已经在门口等候了。上车后，陈娟问："吃饭了吗？"

"没有，随便找家餐馆吃吧。"

陈娟于是开车到了一家拉面馆，停好车后，进店找了个相对安静的角落，点了两碗拉面。等餐的过程中，陈娟说："把你的计划说给我听听。"

王兆杰便小声把自己的计划告诉了妈妈。陈娟听完后，有点怀疑地说："能行吗？"

"我觉得大概率能行，你就让我试试吧，反正也没有别的办法了。"

陈娟想了想，觉得也只好如此了。今天上午他们专案组的成员又探讨了一上午，的确没有想到有效的办法，就不妨让儿子试试吧。

母子两人很快吃完了拉面，然后开车回家，因为要拿一样重要的道具。之后，他们又去附近的超市，买了一箱牛奶和一些时令水果。

陈娟昨天从心理专家欧阳琴那里了解到，这段时间赵星每天上午都要到医院接受心理辅导。现在刚过下午一点，估计他们应该在家。陈娟把车开到赵星家附近——不敢直接到小区门口，怕被苏静他们看到。王兆杰拎着礼品下了车，对妈妈说："我去了啊。"

陈娟"嗯"了一声，看着儿子朝小区大门口走去。王兆杰跟保安说了几句话，做了访客登记，就进去了。赵星家所在的单元楼和门牌号，陈娟之前告诉他了。

来到赵星家门口，王兆杰按下门铃，门很快就开了，开门的是赵星的奶奶蒋岚。王兆杰礼貌地说："您好，请问您是赵星的奶奶吗？"

"对，你是？"

"我是南玶二中学生会的代表，也是赵星的同学。赵星的事，我们学校里的老师和同学都知道了。他现在不是回来了吗，学生会就让我当代表，来看望一下赵星同学。"王兆杰微笑着说，双手递上礼品。

"这样啊，谢谢谢谢，快请进来坐吧！"

蒋岚把王兆杰迎进屋，苏静和赵士忠也在家，听说王兆杰的来意后，都表示了谢意。王兆杰现在穿着南玶二中的校服，模样一看就是初中生，所以这一家人完全没有怀疑他到来的意图。苏静带着王兆杰到赵星的房间，说道："赵星，同学来看你了。"

赵星正在看一本漫画书，见到王兆杰后，愣了一下，说："这不是我们班的同学啊。"

"对，我是学生会的成员，初三二班的王兆杰，算是你的学长吧。老师和学生会知道你的事后，就派我当代表来看望一下你。本来还应该多来几个人的，但是我们初三不是马上就要中考了嘛，好些同学都忙着复习，所以我就一个人来了。"王兆杰说。

赵星倒也没有起疑，"哦"了一声，说："谢谢。"

"别客气。"

"这位王同学还买了牛奶和水果来，欸，这钱是谁出的呢？"苏静问。

"是我们学生会的经费。"

苏静点头表示明白了。这时赵士忠和蒋岚也到赵星的房间来了，蒋岚端着一盘水果放在桌子上，赵士忠递给王兆杰一瓶饮料，王兆杰道谢后接过来。赵士忠说："同学，谢谢你来看赵星。现在不是午休时间吗，老师同意你这个时候出来？"

"嗯，我们初三的学习比较紧，晚上下晚自习差不多十点钟了，那时候不方便再来打扰，就选择中午过来。老师自然是同意的，这也是我们学生会应该做的。"

"这孩子真有礼貌，吃点水果吧！"蒋岚笑盈盈地说，看上去十分喜欢王兆杰。

王兆杰剥了一根香蕉吃，然后问："赵星同学的身体没有什么大碍了吧？"

"嗯，没事了。"赵星说。

"那就好。你体育是不是挺好啊？"

"还行吧，你怎么知道？"

"我一看你这双大长腿，就知道肯定是体育健将。学校运动会的时候，你肯定拿奖了。"

"短跑拿了二年级组的第二名。"

"厉害！"王兆杰竖起大拇指。

赵星淡淡笑了一下。

"对了，上次你们去研学，去的是哪儿？我们当时本来是要去三星堆的，结果因为天气没去成……"

赵士忠和蒋岚他们进来，主要是怕王兆杰聊起一些不该聊的问题，比如问赵星被绑架这几天的事情。假如是这样，他们就立刻制止或者岔开话题。但是王兆杰完全没有提到这些，聊的都是一些学校的事情，而赵星跟他交谈的过程中，也显得很轻松，还展露出了笑容。他们便没有那么担心了，暗忖这孩子真是明事理，懂分寸。三个大人坐在这间屋，围着两个孩子，多少有点别扭。苏静说："爸，妈，我们出去吧，等赵星跟他同学聊天。"

这时王兆杰正在跟赵星聊研学途中发生的一些趣事，赵士忠估计他们不会说到绑架案，便点了点头，和苏静、蒋岚一起出去了。但是他没有把门带拢，坐在客厅里，大致能听到赵星房间里的声音。

王兆杰等的就是这个机会。他一边继续说研学的事，一边从裤包里摸出自己的手机和一张对折的纸，递给赵星。赵星一愣，不明白他什么意思。

"收起来，别让他们看到，这是我个人给你的礼物，保证你喜欢。"王兆杰小声说，冲赵星眨了下眼睛。

赵星有点不明白他意欲何为，可能是出于好奇，收下了手机和纸条，把它们塞到枕头下面。

接着，王兆杰又大声讲起了一件趣事，讲完之后，对赵星说："时间不早了，我该回去上课了，祝你早日重返校园啊！"

赵星道了谢，和家人一起送王兆杰出门。王兆杰再次展现出良好的素质，礼貌地跟赵星家的每个人道再见，然后乘坐电梯下楼。

离开小区，王兆杰快步跑到附近的一条街道，陈娟的车还等候在这里。他上车后，兴奋地说："搞定了！"

"你把你的手机给赵星了？他家里人没发现吧？"

"嗯，我是趁他们离开后，悄悄塞给赵星的。他藏在枕头下面了。"

晚上的时候,你用微信跟'我'联系就行了。"

"他不会看出破绽,知道我是昨天找过他的警察吧?"

"不会的,我之前在车上把我和你的聊天记录全都删除了,把你的微信名也备注成了一个英文名,过会儿跟他联系的时候,他不会知道这是谁。"

"但你为什么有把握他一定会看这个手机,并且如你所愿,跟我们聊天呢?赵星家这么有钱,他肯定有自己的手机。"

王兆杰咧嘴一笑:"不,他一定会用这个手机的。"

"别卖关子,告诉我,为什么?"

"好吧,原因很简单。今天早上,我去赵星所在的班级,跟他们班的几个男生打听了一下赵星的兴趣爱好,跟我想的一样,他很喜欢玩游戏,而且恰好和我喜欢玩的几款游戏一样——这不奇怪,现在初中生中流行的热门游戏就那么几款。而赵星的同学告诉我,他的家人怕他沉迷游戏,会限制他玩游戏的时间,也就是说,只会在少数时间让他掌控手机。这样的情况下,我悄悄塞给他一个里面安装了各种游戏的手机,你觉得他会拒绝吗?

"除此之外,我还塞给了他一张字条,上面写了手机解锁密码,以及每个游戏的账号、密码。他只要登录,就会发现全是些神级账号……"

"什么叫神级账号?"陈娟打断问道。

"就是等级非常高,有各种特殊武器、装备和特权的账号。哎呀你又不玩游戏,跟你说了你也不懂。"

"我是不懂,但我想问一句,为什么你的账号都是些神级账号?"

"因为我玩了很久……咳咳,这不重要……"

陈娟瞪着儿子,现在不是计较这些事情的时候。"继续说。"

"总之就是,这些账号对于任何一个喜欢玩游戏的男孩子来说,都有着巨大的吸引力,会让他玩得很爽……而且赵星自己的手机被父母管控着,这个手机则会被他悄悄藏起来,在某些时候偷偷拿出来玩。你不是说,白天他的爷爷奶奶都会陪伴他吗?那么我敢打赌,到了晚上睡觉的时候，他一定会偷偷拿出这个手机来玩。我们先不要打扰他，让他玩一会儿。然后我用你的微信跟他聊天，他一定会回复，因为我是他的大恩人！"

这一刻，陈娟真有点佩服自己的儿子了，其实刑警办案，除了正常的途径和方法之外，有时是会走这样的偏门的。自己几年前侦破"切除杀人事件"的时候，就采取了另辟蹊径的方式。这些事，王兆杰并不知道。不愧是继承了自己血统和基因的儿子，关键时刻总能想出一些鬼点子来。想到这里，陈娟苦笑一下，发动汽车。

第三十二章　奇怪的她

几十年来，韩雪妍还是第一次品尝到宿醉的滋味。昨天晚上她喝得彻底断片，上一秒还在跟陈海莲和梁淑华说话，下一秒就穿越到了第二天上午，自己的家中。中间发生了什么事情全然不记得。询问靳文辉后，丈夫把昨晚去夜宵店将她们三个女人接回家的事告诉了她。

"你喝了多少酒啊？怎么会醉成这样？"靳文辉问。

"其实没喝太多，我比她们俩喝得少，估计就喝了两瓶啤酒吧。"韩雪妍揉着脑袋说道。

"头疼吗？"

"嗯……还有点晕乎乎的。"

"胃肯定也不舒服吧？"

"对，胃有点难受，犯恶心。"

靳文辉叹了口气，一边帮韩雪妍按摩头部一边说："这就是宿醉后的典型表现，你明知道自己不能喝酒，干吗还要喝呢？"

"我想着啤酒的度数不算高，只喝两瓶的话，应该还好，没想到还是喝醉了……"

"你很少喝酒，酒量自然很差，而且估计你们喝得比较急，所以全都醉倒了。你们三个女人是怎么想的，为什么会跑去酗酒呢，借酒消愁吗？"

韩雪妍点了点头。

"你不知道'举杯销愁愁更愁'吗？这不是解决问题的办法啊。"

"我知道，但是这段时间实在是太紧张和压抑了，就想借助酒精放松一下。"

靳文辉双手抱住妻子的肩膀，说道："我明白，遇到这样的事情，你心里肯定非常难受，但你要振作，精神不能垮啊。"

韩雪妍点了下头："我知道了，以后不会再做这种傻事了。"

"去洗个澡吧，我熬了小米粥，吃了胃会舒服一点。"

"好的。"

韩雪妍洗完澡后，来到餐桌旁，靳文辉为她盛好了粥，还准备了两样小菜。韩雪妍吃完早饭后，果然感觉好多了——但仅限身体，心里还是很乱。她问靳文辉："我们现在该做什么呢？"

靳文辉正要说话，韩雪妍的手机响了，她拿起来一看，是陈海莲打来的，接起电话。

"雪妍，你起床了吗？"

"起来了。我昨晚彻底断片了，睡到早上十点才醒。"

"我也差不多，才醒一会儿。邹斌那个王八蛋，居然让我在客厅的地板上睡了大半夜，算了不说了……我刚才给梁淑华打电话，想问问她的情况，以及今天我们该做些什么，但是她一直不接电话。"

"估计她还没醒吧，昨天喝得烂醉如泥。"

"不，并非如此，我有她老公余庆亮的微信，就给老余打了个电话，结果他说，梁淑华今天一大早就醒了，说想出去散散心，到现在都没回来。老余就有点着急了，因为他也打不通梁淑华的电话。"

"她出去多久了？"

"老余说，有三个小时了。"

"这三个小时都跟她联系不上？"

"对。"

靳文辉走过来小声问"怎么了"，韩雪妍说："梁淑华早上一个人跑出去，现在联系不上了，电话打不通。"

靳文辉眉头一皱："她不会悲伤过度,做什么傻事吧?"

电话那头的陈海莲听到了靳文辉的话："老实说,我和老余也有这样的担心。老余现在已经出门去找梁淑华了。你看,我们要不要也帮忙去附近找一下?"

韩雪妍想了想,说："行,那我们在哪儿碰头?"

"就在梁淑华家楼下吧,然后我们商量下去哪儿找。"

"好的。"

挂了电话,靳文辉说："附近这么多地方,我们去哪儿找?"

"我也不知道,先跟陈海莲碰头吧。不管怎么说,我们知道了这事,总不能坐视不理,不然就太冷漠了。"

靳文辉叹了口气："是啊,要是女儿回不来,妈妈再出点什么事,估计老余也不活了,真不希望事情发展成这样。"

韩雪妍换好衣服,和靳文辉一起出门,十几分钟后就到了梁淑华家楼下。陈海莲已经等候在此了,迎上前来说道:"我刚才又给老余打了个电话,他现在在附近的河边、桥上找人。"

"那我们呢,去哪儿找?"

"我也不知道……她要真想做傻事的话,估计也只会出现在这些地方吧。"

"那我们就在附近的街道上找找看吧。"靳文辉提议。另外两个人没有意见。

于是三个人朝某条街道走去,刚走了不到五百米,陈海莲眼尖,手指着前方说:"那不是梁淑华吗!"

韩雪妍和靳文辉一瞧,果然,梁淑华正提着一个袋子朝他们迎面走来,并且也发现了他们。她为之一怔,脸上掠过一丝惊惶的神色,不像是碰到熟人时那种意外的表情,惊愕的程度更甚,而且明显有点慌乱,姿态都变得不自然了。韩雪妍、靳文辉和陈海莲都注意到了她的异样反应,心中感到疑惑,又不好直接问,一起走了过去,陈海莲说:"你去哪儿了?"

"没去哪儿,就在附近随便逛逛。"梁淑华说,"你们为什么这么问?"

"因为我们正在找你,跟老余一起。"

"找我干吗?"

"你一大早就出去了,老余给你打电话你不接,我给你打了好几个电话,你也不接,我们还以为你出什么事了。"

梁淑华把手机摸出来一看:"哦,之前可能不小心把手机按成静音模式了,你们打的电话,我全都没听到——找我什么事?"

"我想和你们商量一下,接下来该怎么办。几个孩子直到现在都没回家,我们家长总得做点什么吧。"陈海莲说。

梁淑华惨然一笑,说:"我也想做点什么,但我真不知道该做什么了。昨天那么多人几乎把南部新区翻了个底朝天,也没有找到几个孩子。今天只剩我们几个人,能做什么呢?去别的区县找吗,老实说,我真的不抱希望。而且我更不能确定的是,一天又一天地出去找孩子,每天都失望而归,我会不会崩溃,老余会不会崩溃——你们不知道,他比我更焦虑,更有压力。假如思彤真的回不来了,我至少要保住这个家,不让它散了吧。"

说着,梁淑华掉下眼泪,另外几个人全都沉默了。片刻后,韩雪妍说:"那你的意思是,就算了吗?我们什么都不做,听天由命。"

"也不是,现在能指望的,只有警察了。"梁淑华说。

"但是,我得提醒你一件事——赵星已经回来了,苏静他们一家现在也彻底不再管这件事。最重要的那个孩子已经回来了,警察会不会因此对这起案件不再上心了?"陈海莲说。

"应该不会吧,另外三个孩子,或者说四个孩子,难道就不重要吗?"靳文辉说。

"我的意思是,为了让警察持续地重视这起案子,我们要不要去刑警队再找找陈娟,给她施加一下压力?"

"我觉得没必要,陈娟看上去不像那么没有责任心的人,我们去跟她施压，说不定会适得其反。"梁淑华说。

韩雪妍同意她的说法："我们还是相信警察，相信陈娟吧。打电话过问一下可以，但是跑到刑警队去施压，就没必要了。"

"好吧！"陈海莲叹了口气，随即望着梁淑华手里拎着的那个半透明的塑料袋，问道，"你刚才购物去了吗，买了些什么？"

"没……没什么。"梁淑华把塑料袋的口子揪紧了一些，明显不想让他们看到里面的东西，并立刻岔开话题，"你们刚才说，老余还在外面找我？"

"对。"

"那我得赶快给他打个电话，免得他担心。谢谢你们出来找我，那我回家了啊。"

"好的。"

梁淑华摸出手机给丈夫打电话，朝家的方向走去。韩雪妍等人看着她的背影，有种如鲠在喉的感觉。

下午四点过，陈海莲终于按捺不住了，给韩雪妍发了一条微信：你有没有觉得，梁淑华有点怪怪的？

韩雪妍很快回复：觉得了。

陈海莲：那你猜，会是怎么回事？

韩雪妍：我怎么猜得出来？你有什么想法吗？

隔了半分钟，陈海莲发起语音通话，接通后说道："我回去想了很久，觉得梁淑华今天早上肯定没跟我们说实话。"

"何以见得？"韩雪妍问。

"她一大早就出去了，跟老余说是出去散散心，结果一出门就是三个多小时，并且全程不接任何人的电话。对此，她的解释是不小心把手机按成了静音，但是仔细一想，根本不可能。三个小时内，她一次都没有看过手机吗？我不相信。更重要的是，她买了东西，应该用的是移动支付吧，那就肯定会用到手机。这个时候，她肯定看到未接来电了，但是仍然没有回电话给我们，这合理吗？"

"确实不合理。"

"除此之外，还有奇怪的地方——你注意到她提着的那个塑料袋了吗？"

"嗯。"

"你猜里面装着的是什么？"

"我不知道，我没看到里面的东西。"

"我看到了，虽然只是凑近的时候瞄了一眼，但我确实看到了。如果没看错的话，那袋子里装的应该是化妆品。"

"化妆品？"

"对，香水、口红什么的。"

"梁淑华化妆吗？我好像从来没见过。"

"我也没见过！这就是问题所在。她一个从来不化妆的人，买化妆品做什么？特别是现在这种特殊时期，女儿被绑架了，生死未卜，她还有心思涂脂抹粉？"

"也许只是心情压抑，随便买点东西减压罢了。"

"这种可能，我也想过。但是这事发生在苏静或者你身上，我都不觉得奇怪，唯独梁淑华——我们都知道，她是一个勤俭持家，并且不太讲究的女人，就像她昨天亲口说的，她穿的胸罩都是五年前买的，早就变形了。假如真的想通过购物来减压，至少买点自己真正需要的东西吧。香水这种东西，别说她了，大多数女人都用不上。所以这不是很奇怪吗？她这么节约的人，怎么会去买这种不实用的东西？"

"是啊。"

"另外，你注意到她看到我们几个人时的神情没有？明显有些惊慌，是不是？你们当时也这样觉得吧？"

"确实如此。我当时就感到纳闷儿，她看到我们，为什么会是这种反应。一般人在路上遇到熟人，不会是这种反应吧。"

"对！再加上我问她买了些什么的时候，她也躲躲藏藏，并立刻岔开话题，既不愿让我们看到她买了些什么，也不愿继续跟我们说下去。这些表现全都不对劲！"

"那么，你想说什么呢？"

陈海莲顿了好一会儿，说："我觉得，梁淑华可能有什么事情瞒着我们。"

"你说的瞒着我们的事情，该不会跟绑架案有关吧？"

"雪妍，我实在是不想这么说，但是从她一系列不自然的反应和举动来看，似乎只能如此了。"

"你知道你在说什么吗？你刚才的话，几乎是指控她跟这起绑架案有关了。但是这怎么可能？她女儿余思彤也是被绑架的孩子之一啊！"

"那冷春来呢？冷俊杰不是她儿子吗？她不是照样把他绑架了！"

"但是……冷春来我不知道她是怎么想的。梁淑华应该不可能吧？我们身边怎么可能全是些绑架自己孩子的疯子？"

"你记得吗？我们一开始就怀疑过，冷春来会不会有一个同伙。"

"你该不会是想说，她的同伙就是梁淑华吧？"

"这我当然不敢肯定。但是现在梁淑华明显就很可疑。我们目前又什么事都做不了，难道不该调查一下她吗？"

"怎么调查？我们又不是警察。把今天这事告诉陈娟吗？"

"不，暂时别告诉警察，我怕打草惊蛇。"

"那你说怎么办？"

陈海莲想了一会儿，说："我不知道她今天这种怪异的行为，明天会不会再次发生。我们明天早上乔装打扮一番，在她家附近守株待兔，看看她会不会又像今天一样，一大早就出去。如果是的话，我们就悄悄跟踪她，看看她究竟在搞什么鬼。"

韩雪妍犹豫片刻，说："行，我今天注意到梁淑华他们小区对面有一家早餐店。明天早上八点钟，我们在那里会合，监视对面的情况。"

第三十三章　试探

陈娟给儿子请的是中午的假，所以王兆杰从赵星家出来之后，陈娟就送他去学校上课。如王传平预料的那样，王兆杰参与这件事情之后，心思果然没法放在学习上了。下午上课的时候，他一直走神，想着晚上回去该如何跟赵星沟通。老师明显看出来王兆杰走神了，点名让他起立回答问题，王兆杰一问三不知，免不了挨老师一顿批评。

好不容易挨到了下晚自习。王兆杰归心似箭，一路小跑回了家，跑得一头大汗。用钥匙打开家门后，他看到父母跟往常一样坐在客厅里，跟他们打了招呼。王传平仍旧让儿子洗手吃水果，看来他并不知道中午发生的事。王兆杰稍微松了一口气。吃完水果，陈娟对儿子说："去洗澡吧，然后回房间。"王兆杰心领神会，去卫生间快速地冲了个澡，进入自己卧室。

陈娟隔了一会儿，进入儿子的房间，关上门，说道："现在是晚上十点半，不知道赵星睡没睡，要跟他联系看看吗？"

"当然要。如果我没猜错的话，赵星估计九点左右就会假装睡觉，然后把房门锁上，拿出我给他的手机，悄悄玩游戏。所以现在正是联系他的最好时机。"王兆杰说。

"那么，是你跟他联系，还是我？"

"当然是我了！我跟他是同龄人，有共同语言，可以迅速拉近距离。"

"但现在不是线上交友，而是要从他嘴里套出某些关键信息，光拉近距离有什么用？你知道该问他些什么问题吗？"

"我先跟他拉近距离，然后你来问。反正是微信聊天，他又不知道我们这边是两个人在轮换着跟他聊。"

陈娟点点头，把自己的手机递给儿子："行吧，你给他发条微信，看他会不会回复你。"

王兆杰拿过陈娟的手机，给"自己"发了一条微信：赵星，在吗？

又发了一条：我是中午去看望过你的学长，王兆杰。

大约等了三四分钟，赵星回复：在。

王兆杰兴奋起来，对妈妈说："你看，我就说他会回复吧！"

陈娟点头："你继续跟他聊。"

王兆杰：我给你的手机怎么样，很棒吧？

赵星：确实，你是游戏高手，每个账号都那么厉害。

王兆杰：你全都试过了？

赵星：对。

赵星：你花了多少时间把这些号练起来的？

王兆杰望了一眼旁边的妈妈，发现她正瞪着自己，说："你别盯着我聊天好吗？"

"没事，你聊吧，就当我没在旁边。"陈娟说。

王兆杰不情愿地撇了下嘴，发送信息：其实时间不是最重要的，玩游戏主要看天赋和技术。

赵星：这倒也是，我也玩了很久，就没你厉害。

王兆杰：等你病好了，咱们约个时间一起玩，我教你一些非常有用的技巧。

赵星：好啊。

赵星：现在就可以。

王兆杰思索几秒，回复：现在不合适吧，还是等你养好了病再说。

赵星：我本来就没有什么病。

王兆杰把这条信息递给妈妈看，陈娟说："我看到了。"

"他说他没病？"

"我来跟他聊。"陈娟说。

王兆杰把手机递给妈妈："你说话的口气要跟我差不多，别穿帮了。"

"我知道。"

陈娟思忖一刻后，发送信息：我听说你这段时间每天上午都要去医院，不是去治病吗？

赵星：我身体没什么毛病，是去做心理辅导。

陈娟：为什么要做心理辅导？

赵星：你知道我之前经历了什么吧？

陈娟不知道该怎么回复了，王兆杰把手机抢过去，说："我来！"

王兆杰：我知道，但是只不过是被绑架，至于有这么大的心理阴影吗？

赵星：只不过是绑架？你没有经历过这事，所以才说得这么轻松。

"怎么样，我引导得不错吧？他是不是打算说了？"王兆杰激动地对妈妈说。

陈娟再次把手机拿过来，发送信息：那你经历了什么，可以讲给我听听吗？

赵星：不行。

陈娟：为什么？

赵星：别问了，反正我不能说。

"他说'不行'，会不会是受到了威胁的意思？绑架者不准他把这几天经历的事情说出来？"王兆杰猜测。

"有这个可能。"

陈娟：是不是绑架者威胁了你，不准你把这几天的事说出来？

隔了好一会儿，赵星才回复：是的。

"果然是这样！你现在跟他说，咱俩私下聊天，不会有任何人知道的，告诉我没关系！"王兆杰支着儿。

"我知道怎么说，不用你教，谢谢。"陈娟白了儿子一眼。

陈娟：你告诉我应该没关系吧，我又不是警察，而且我保证不会把这件事说出去。

赵星：不行，我不能告诉任何人。

陈娟：为什么？

赵星：别问了。

陈娟不死心：这是我悄悄塞给你的手机，没有任何人知道我和你聊过这件事，你告诉我又有什么关系呢？

赵星：你不会明白的。

陈娟：那你就告诉我啊。

"妈，把手机给我！"王兆杰迅速把手机抢过去，抢在赵星回复之前发送信息：咱们今天认识后，就是好朋友了。你把你的秘密告诉我，我也把我玩游戏的诀窍告诉你，好吗？我今天看得出来，你整个人心事重重、郁郁寡欢，我猜你也想找个人倾诉一下吧？

这条信息发出后，赵星过了好几分钟都没有回复。陈娟和王兆杰猜测，他正在犹豫不决。

大约十分钟后，赵星终于回复了：我还是不能告诉你，因为，如果我和你的聊天记录被人看到了，会酿成大祸的。

王兆杰诧异地望着妈妈，不知道赵星说这句话是什么意思。陈娟则意识到，赵星正在无意识地透露某些关键信息。她抓住机会，发送文字：你说的被人看到，是指什么人？绑架者吗？

赵星：是的。

陈娟：但绑架者怎么可能看到我和你的聊天记录呢？

赵星：我是担心被他看到。

陈娟：这是绝对不可能的，对吧？

赵星：我刚才说了，你不会明白的。

陈娟：我确实糊涂了，因为我想不通，他怎么会看到我们俩这么私密的聊天记录。

赵星：这么跟你说吧，这个人可能就在我身边监视着我。

赵星：所以我非常担心他会看到我们的聊天记录。

看到赵星发的这两句文字信息，陈娟和王兆杰都愣住了。

"赵星说，这个人可能就在他身边，"王兆杰惊愕不已，"这怎么可能？他身边的人，不就是他父母，还有爷爷奶奶吗？这些人怎么可能是绑架犯？"

陈娟摇了摇头，表示她也不明白。她继续发送信息：赵星，我越来越糊涂了，绑架者怎么可能在你身边？你现在不是回家了吗？

赵星：我不能再跟你聊下去了，再见。

陈娟：等等，把话说清楚。

之后是一段漫长的沉寂。十一点钟的时候，陈娟和王兆杰确定，赵星不可能再回复他们了，至少今天晚上不可能了。

"妈，这事也太让人震惊了。赵星暗示绑架者是他身边的某个人？"王兆杰陷入震惊无法自拔。

这时，王传平在外面敲门："陈娟，你怎么一直在兆杰的房间里，他还没有睡吗？"

"我跟他聊点事情，他马上就睡了。"

陈娟对儿子说："好了，这事你不要再管了，明天我会找时间试着再跟赵星联系。兆杰，你已经帮了妈妈的忙了，到此为止吧，这事你不能再参与了。"

"妈，我已经参与了。而且我想提醒你一点，你跟赵星有代沟，有些我会说的话，你永远说不出口，所以你真的确定要自己跟他沟通吗？如果让他察觉到你的身份或者真实意图，你就别想再从他嘴里套出一句话了。"

陈娟不得不承认，儿子说的有道理，比如之前他发给赵星的那句"你把你的秘密告诉我，我也把我玩游戏的诀窍告诉你"，就是她绝对不可能说出来的一句话。而这句话是有效果的，引出了后面的一些关键信息。如此看来,这起特殊的案件,还真需要儿子的协助才行。

"好吧,那我明天白天暂时不联系他,还是跟今天一样,等你下晚自习,再跟他联系。"陈娟说。

"好嘞,我保证,明天一定把事情经过从他嘴里套出来!"

"你还要保证,别让这件事影响到学习,而且绝对不能把知道的事情告诉任何人。"

"放心吧!"

"行,睡觉吧。"陈娟关灯,走出儿子的房间。

第三十四章　跟踪

　　早晨七点，陈海莲就起床了，洗漱完毕后，开始乔装打扮。她平时最不爱穿的，就是运动服和运动鞋。因为身材不太高的她，需要穿上六七厘米的高跟鞋，才能勉强跟苏静和韩雪妍齐平。今天为了不让梁淑华认出来，她被迫选择了运动装扮，再戴上一顶长帽檐的棒球帽，和平日的形象就大相径庭了。

　　步行出发，她在八点钟准时到了梁淑华小区对面的早餐店。这是一家售卖面条、包子、油条、粥类的传统早餐店。店面很小，里面几乎没法坐人，全靠外摆的几张桌子。陈海莲环视一圈，没有看到韩雪妍，料想她应该在路上，便找了张桌子坐下，点了一屉包子和一碗豆浆，一边吃一边注视对面的小区。

　　十多分钟后，韩雪妍还没有到，陈海莲早餐都快吃完了。她给韩雪妍发了一条微信，问她为什么还没来。对方回复：我早就到了。

　　陈海莲：你在哪儿？我怎么没看到你？

　　信息刚刚发出去，一个穿着职业套装的短发女人走过来坐在她面前。陈海莲愣了一下，这才认出来她就是韩雪妍，惊讶地说："你把头发剪短了？就为了跟踪？"

　　"当然不是，我早就不想留长发了，趁这个机会就把头发剪短了，"韩雪妍说，"怎么样，不丑吧？"

　　"何止不丑，配上你这身修身西装，简直是英气勃勃。"

"那就好。"

"我发现，你把头发剪短后，跟你儿子靳亚晨更像了，简直是一个模子刻出来的。"

"我跟亚晨本来就长得像。"提到儿子，韩雪妍神情又有些黯淡，她轻轻叹了口气，指着对面小区小声说，"别聊天了，盯着点吧。"

"看着呢，地下停车场的出口我都一直盯着。"陈海莲说。

两人就这样一边聊天一边监视对面，其间老板拿着抹布过来擦了好几次桌子，明显是嫌她们坐在这里太久，间接地赶她们走。韩雪妍又点了两屉包子和几个茶叶蛋，老板才没了意见。

快九点了，也没看到梁淑华出来，陈海莲有点泄气，说："她今天不会不出门吧？那我们白等了。"

"再等等看吧，如果九点钟她还没出来，就换个地方。我们在这早餐店坐了接近一个小时，老板快忍耐到极限了。"

正说着，陈海莲突然看到了从小区大门口出来的梁淑华，赶紧碰了下韩雪妍的手肘，说道："她出来了！"

韩雪妍也看到了，对陈海莲说："别急，等她稍微走远一点，我们再跟上去。"

梁淑华出门后右转，没有打车，也没有选择其他交通工具，这为后面跟踪的两个人提供了便利。她步行的过程中全程没有回头看，估计压根儿没想到自己被人跟踪了。

韩雪妍和陈海莲跟梁淑华保持着二十多米的距离。现在是早高峰，路上的车辆和行人都比较多，乔装打扮后混在人流之中的她们，完全不用担心被梁淑华发现。她们跟着对方走了两三条街，发现一件奇怪的事情：梁淑华每走一段路，就会停下来驻足观望一阵——不知道她在看什么或者想什么，停留的时间也不太长，十几秒后，就会继续往前走。看上去像是在寻觅或者等待什么。如此表现，令人不解。

"喂，她不会是在跟谁接头吧？"陈海莲怀疑地说。

韩雪妍摇了摇头："不像，如果是跟谁接头的话，她直接走到指定地点去跟那个人碰面就行了，不用一路走走停停。我倒觉得，她像是在沿途寻找什么。"

"找什么？余思彤吗？她不会认为这几个孩子会出现在早高峰的街道上吧？"

韩雪妍也想不通，说："再看看吧，反正她出来肯定有什么目的，不是随便瞎逛。"

于是两人继续跟踪，九点半的时候，梁淑华走到一家大型商场门口。商场正好九点半开门，她走了进去。韩雪妍两人尾随而至。

这家商场的负一楼有一个很大的生鲜超市。每天都有早市和晚市，也就是早晚都会打折，这个时候来买东西最划算，特别是肉蛋果蔬类的食品。虽然超市才开门，但是已经涌进来一大群赶早市的人了，多数都是老头老太太，梁淑华也在其中。

"不会吧，搞了半天她就是来赶早买菜的啊。这的确像梁淑华会做的事，她一直都很节约。"陈海莲说。

"如果她一开始就是想来这里买菜，路上干吗一直搜寻别的东西？可见进这家超市，是临时起意。"韩雪妍说。

"有道理，那我们要进去吗？"

"进去吧，混在这些买菜的人当中，她很难认出我们。"

两人便走进了这家超市，跟梁淑华之间的距离缩短了，几乎只隔了几米远。身边摩肩接踵全是人，成为很好的掩护。假如梁淑华回头张望，她们就立刻把头扭到一旁，假装选菜。

梁淑华逐渐离开了卖菜的区域，走到相对冷清的餐具区，早上的这个区域连导购员都没有。梁淑华走到一排摆放了各种精致咖啡杯的货架旁，拿起其中一个带杯托和金属小勺子的骨瓷咖啡杯，看了一阵后，她放下杯子，做出一个令人大跌眼镜的举动——把外套的拉链拉开一些，将金属小勺子迅速扔了进去。她穿的这件深色外套下摆是束腰型的，完全可以兜住一些不重的小东西，等同于一个穿在身上的大袋子。刚才那把勺子就这样神不知鬼不觉地被收入囊中。

这次行窃的动作幅度之小，速度之快，几乎就发生在电光石火的一刹那，监控也很难捕捉到这么迅速和细微的动作。悄悄躲在货架旁的韩雪妍和陈海莲刚才如果不是目不转睛地盯着梁淑华，也不可能看到这一幕。此刻，她们两个人完全惊呆了，以至于梁淑华转过身来望向她们时，她们竟忘了回避，也没来得及收起脸上惊愕的表情，就这样和她直接对视了。

梁淑华发现有两个人目睹自己行窃后，先是一惊，随后睁大眼睛一看，认出了这两个人竟然是韩雪妍和陈海莲。一瞬间，她陷入巨大的尴尬之中，一张脸因羞愧而涨得通红。她已经无法假装什么都没做了，因为对面两个人的表情，已经清清楚楚地说明了一切。况且她们两个人会出现在这里，显然也不是巧合。梁淑华回想起昨天上午跟她们相遇，再注意到她们是经过乔装的，仿佛猜到了她们的想法。但此刻，她无法理直气壮地质问，只能结结巴巴地说："你们……跟踪我？"

暴露行踪后的韩雪妍和陈海莲也十分尴尬，况且还目睹了这一幕，现在双方都一脸窘态。沉默片刻后，韩雪妍说："我们还是出去说吧。不过……你得先把那把勺子放回去。"

"只是一把勺子而已，不值几个钱的。我是太喜欢了，才……"梁淑华低声辩解着。

"你知道这不是价格的问题，也不是喜欢与否的问题，对吧？"

韩雪妍的这句话，让梁淑华更加无地自容了。她不再说话，默默把勺子从衣服中掏出来，放回到杯中，然后快步朝超市外面走去。

三个人走出商场，来到大街上，梁淑华用乞求的口吻说："别把你们看到的告诉任何人，好吗？我只是见这把勺子很漂亮，又不想把整套杯子都买下来，一时糊涂才忍不住……"

"我很想相信你，但你不可能是一时糊涂，"韩雪妍遗憾地摇着头说，"你昨天上午拎着的那袋小东西，想必也是这样得来的吧？今天从你离开小区，我们就一直跟在你后面，发现你沿途一直在寻找什么——现在我知道了，你是在看哪家店最适合做这种事吧。"

被说准心思的梁淑华，就像被人剥光衣服，赤身裸体地站在大庭广众之下。她紧咬着嘴唇，恨不得找条地缝钻进去，脸上一阵青一阵红。好一阵后，她终于承认了："好吧，我也就不瞒你们了，我……有病。"

"什么病？"陈海莲问。

"偷窃癖，我查过资料，知道这是一种心理疾病或者精神障碍。我偷这些东西，不是因为喜欢，也不是因为它们的价值，纯粹就是因为……偷窃那一瞬间产生的刺激感和偷走东西后产生的满足感。"梁淑华哭了出来，"我不知道自己为什么会得这种病，我也知道这样很可耻，但我就是控制不住自己。只要压力大的时候，我就想通过这种方式来减压……我恨我自己，真的，但我……"

她说不下去了，羞愧难当，泣不成声。韩雪妍同情起她来了，开始安慰她："我以前在书上看到过这种特殊的心理疾病，知道患者的确很难控制自己的行为。我建议你找一个心理咨询师，向她倾诉自己的苦恼，然后接受治疗。"

"我会的，那么，请你们不要把这件丢人的事说出去，好吗？……"

"好的，我答应你。"韩雪妍点头道，随后望向陈海莲，却发现她睁大眼睛，怒视着梁淑华。韩雪妍对她的愤怒感到不解，因为这事并没有触犯到她们的利益，她这么生气，难道仅仅是出于道德感吗？

"我突然想起了一件事，"陈海莲说，"现在看来，也是你做的吧？"

梁淑华错愕地望着陈海莲，韩雪妍亦然。陈海莲似乎忘了这是在大街上，厉声道："别装傻！你知道我说的是哪件事！"

"我真的不知道……"

"少装蒜了！上学期运动会的时候，有一项亲子活动，每个学生的家长都要参与，跟自己的孩子一起两人三足跳，当时我们都在现场。比赛之前，家长们把随身背的包放在体育馆的一张乒乓球桌上，想着这是学校，又那么多人，不可能有人偷东西。结果回家之后，我才发现包里的手机不见了。当时觉得可能是自己不小心弄丢了，现在想起来，肯定是你偷的吧！"

"不，不是我……"梁淑华摆手否认，脸上的表情却慌乱不已，说话也底气不足，这样的态度，无法令人信服，反而让陈海莲愈发坚信就是如此。她回忆起了更多细节：

"比赛过后，你是第一个去拿包的，而我的包跟你的放在一起，打开着的，手机就放在面上，触手可及。以你刚才的手速来看，要拿走它简直易如反掌。对了，你刚才不是说，压力大的时候就忍不住想做这事吗？那段时间，你工作上正好出了一个很大的疏漏，差点被开除，这是你自己跟我说的！你当时以为要失业，愁得天天睡不好觉，结果你就是这样减压的？！"

突然，她似乎想起了一件重要的事，厉声问道："这部手机，你后来是怎么处理的？你有没有看过我手机上的内容？"

梁淑华一边摇头一边乞求陈海莲不要再说下去，因为街上已经有一些人注意到了她们，甚至停下来听她们在说什么。韩雪妍不希望看到这样的局面，劝陈海莲不要再说了或者换个地方说。但是盛怒之下的陈海莲已经控制不住情绪，彻底爆发了："梁淑华，你偷谁的手机不好，偏偏偷我的！亏我还一直把你当朋友！你知道现在丢一部手机有多麻烦吗？挂失手机号、网银、支付宝、微信，然后用各种复杂的方式恢复号码、补卡，之前拍的照片、视频什么的也没有了，还要花钱买新手机。现在手机这么贵，动辄就几千！除此之外，还有精神上的损失，丢了手机后的焦虑、自责，就跟我现在丢了孩子一样！为什么这样的事情，你要让我反复经历？！"

陈海莲越说越气愤，把丢孩子的崩溃和丢手机的沮丧混为一谈，尽数发泄在了梁淑华身上，最后甚至撕扯起来，要将梁淑华扭送到公安局。一旁的韩雪妍明显是吓到了，没想到事情竟然发展到这一步，她的劝解全然无用。围观的人也越来越多，很多人不明就里，还以为陈海莲当场抓住了偷自己手机的人，义愤填膺地嚷着必须报警处理。现场一片混乱，最后把商场的保安吸引了过来，听说有人偷东西，保安立刻拨打了报警电话。

第三十五章　隐藏的事情

高新区派出所和刑警队在同一栋大楼里，办事大厅在一楼，刑警队在二楼。陈娟每天上班都会经过一楼的大厅，今天刚进公安局大门，就听到一阵喧闹声，本来以为是民警在处理一般的民事案件，结果抬眼一看，发现几个熟悉的身影。她快步走了过去，发现居然是韩雪妍、陈海莲和梁淑华三个人，似乎刚被民警带回来。她诧异道："你们怎么在这儿？"

梁淑华看到陈娟，尴尬地迅速埋下头。韩雪妍也不知道该怎么解释，陈海莲则气呼呼地瞪着梁淑华。陈娟一时有点摸不清状况，把处理此事的民警拉到一旁，问道："什么情况？"

"娟姐，我们刚才接到报案，说有人行窃。"民警说。

"行窃？"陈娟吃了一惊，"她们三个人当中的一个？"

"对，就是她。"民警指了一下梁淑华，"另外两个人好像是她的熟人朋友，又好像是她们报的案，我们也没搞清楚是怎么回事，正打算问。"

陈娟想了想，说："你知道我最近正在办的那起绑架案吧，她们三个人就是被绑架的其中三个孩子的妈妈。我这两天正焦头烂额地帮她们找孩子呢，她们倒好，闹出这种事来了。小黄，你看能不能把她们三个人交给我，我来问一下到底是怎么回事？"

"没问题，那就辛苦你了，娟姐。"

"客气啥。"

说好之后，陈娟走向梁淑华等人，对她们说："你们到我办公室来吧，我来了解情况。"

三个妈妈便跟着陈娟来到二楼刑警队，陈娟的办公室。陈娟把门关上，让她们坐在自己对面的椅子上，说道："说说吧，怎么回事？"

陈海莲瞄了一眼梁淑华，把从昨天到今天的事全都讲了出来，包括梁淑华承认自己有偷窃癖，以及怀疑她偷了自己手机等事，尽数告知陈娟。陈娟听完后，望着梁淑华："她说的都是事实吗？"

梁淑华满脸通红地点了点头："我是在商场里偷了点小东西，但是没有偷她的手机……"

"你还不承认？你刚才求我不要再说下去，明显是心虚了，大家都看到了的，韩雪妍也看到了，对吧？"陈海莲说。

韩雪妍没有说话，等于默认了。陈娟凝视梁淑华一阵，说道："其实，我是刑警，盗窃这种事情本来不归我管，除非是数额较大，并且构成公共危害的，那就属于刑事案件了。你还没有达到这种程度，但是我仍然要提醒你，按照法律规定，偷盗他人财物的，要行政拘留，处五日以上十日以下拘留，罚款五百元；情节严重的，处十日至十五日拘留，罚款一千元。也就是说，你至少会被拘留好几天。"

听了这话，梁淑华身体僵硬，表情凝固，半晌后说："如果是这样，我还不如死了算了。思彤丢了，老余再知道这样的事，铁定要跟我离婚。丈夫女儿都没有了，我还活着做什么？"

说完后，她凄惨地一笑，眼泪流淌下来，满脸的生无可恋。陈海莲听她这样说，表情也缓和下来，她固然气愤，但也没想过要把梁淑华逼死，刚才发泄那一通之后，她的气消了一大半，现在不打算再追究手机的事了，喃喃道："算了算了，别说得这么可怜，手机就当是我自己不小心丢了，不怪你好吧？"

"就算如此，在商场行窃总是事实，还是要接受行政处罚。"陈娟说。

"陈警官，其实昨天那些东西，我们并不能确定是不是盗窃的。看见的只有今天这把小勺子而已，估计只值个几元钱。金额这么小的话，应该不用被拘留吧……"韩雪妍也开始为梁淑华说话了。

"所以，就看我们警察怎么定性此事，要不要去较这个真儿了。"陈娟说，"我刚才说了，这种事情一般不归我们刑警管，我询问之后，跟办案的民警轻描淡写地交代一下，再帮你说几句好话，他们或许就不会再追究了。但我如果让他们仔细调查，找到你多次行窃的证据，那么不管数额大小，你肯定是要被拘留和罚款的。就看你自己的表现了。"

陈娟这样说，明显是在递话给梁淑华。对方抬起头来望着她，问道："你希望我怎么表现呢，陈警官？以后控制住自己，再也不犯吗？"

"是的。但不只如此。"

"还需要我做什么呢？"

陈娟凝视梁淑华："我想知道，你还有没有什么瞒着我们的事情。"

梁淑华怔怔地望着她："我不太明白……"

"从今天这件事来看，你是一个心里藏得住事的人，也有自己的小秘密。那么我想知道的是，关于这次绑架案，你真的把所有已知情况都告诉我们了吗？会不会出于个人原因而有所隐瞒？现在我给你一个机会，把你知道的所有事情都毫无保留地告诉我。这样的话，等于将功补过。我会让民警不追究行窃的事，保住你的颜面。另外，这也不算是在帮我吧？其实是在帮你们自己，因为被绑架的，不是你们的孩子吗？"陈娟说。

梁淑华怔怔地看着陈娟。就凭她没有立刻说出"我不知道别的事情"这句话，陈娟就知道，她确实有所隐瞒。陈娟再次提醒，并采取心理战术："记住，我是个有十多年办案经验的刑警，也会通过微表情来判断一个人说的是不是实话。我知道你一定知道什么，如果现在如实交代，我可以既往不咎。但如果我判断出你在撒谎，那就别怪我没给你机会了。你是成年人，必须承担犯错后相应的惩罚和后果。"

韩雪妍和陈海莲诧异地望着梁淑华，很想知道陈娟说的这番话是什么意思。难不成梁淑华知道什么内情？

踌躇良久，梁淑华说："我明白了，陈警官。"

陈娟点头道："那就把你之前隐瞒的事情告诉我吧。"

"五一节那天，另外四个孩子不辞而别，先回家了，只剩下思彤来告知我们几个大人。回家之后，我问思彤出了什么事，她一开始不愿意说，但我向来对她管教严格，不允许她有事瞒着我，便一定要她说出来。也许是被我问得烦了，思彤突然冒出一句话来'我们今天得知了某个人的秘密，但是，你不会想知道的'，并且露出十分厌恶的表情。

"我当时听到她这么说，心中吃了一惊，暗想，他们该不会知道了我的秘密吧？比如像今天一样，思彤的同学无意中看到了我在某家店里偷东西……然后把这事说了出来。思彤知道这事后，自然十分难堪，也许跟同学吵了起来，他们几个才不欢而散。

"为了验证是否真是如此，我试探着问：'你说的某个人，是指你们几个同学当中的一个吗？'她没有回答，我就试探着把赵星、靳亚晨、邹薇薇、冷俊杰四个人的名字挨个说了一遍。思彤都摇头否认，我忍不住说：'既然他们都不是，该不会是我们几个家长中的某个人吧？'这一次，思彤没有摇头，等于默认了。我了解自己的女儿，知道她是一个不擅长撒谎的人，我明显猜对了。他们知道的，果然是某个家长的秘密。

"但是这时，我不敢再问下去了，怕这个家长其实就是我。如此尴尬的事情，我根本不敢跟女儿对质，只有在心里祈求不要是我想的这样。"

梁淑华讲到这里，停了下来。陈娟问："那后来，你搞清楚他们知道的是哪个家长的秘密了吗？"

"没有，出于心虚，我没有再跟思彤聊这事了。"

陈娟思索着她说的话，国王游戏，知道某个家长的秘密……这起谜一般的案件的碎片，似乎开始慢慢拼凑起来了。

"你还知道什么吗？"陈娟问。

梁淑华想了想，说："那天下午，我坐在思彤旁边跟她说话，其间她收到了几条微信，估计是另外那四个孩子发给她的。但是我没看到内容，只看到思彤回复他们的一句话。"

"是什么？"

"她发了一条文字信息给某个人，内容是'你们快点回家吧'。我当时觉得有点奇怪，因为在三岔湖的时候，思彤一个人回来告诉我们，另外四个同学都已经回家了。但是她发这条微信，至少是在一个多小时后，按理说，那四个孩子早就已经回到家中了。但思彤却叫他们'快点回家'，我就想，难不成他们之前并没有回家，而是跑到别的地方去了？"

听到这里，韩雪妍忍不住开口道："这些事情你之前怎么不说？"

"我当时没有多想，觉得这几个孩子应该就是贪玩，跑到什么地方去玩了。而且这件事跟后面发生的绑架案有什么关系呢？"梁淑华说。

韩雪妍还想说什么，陈娟用手势示意她别打岔，由自己来询问。"那你问余思彤他们离开之后，去什么地方了吗？"

梁淑华摇头："没有问，因为那条信息是我偷瞄到的，就不好多问。思彤向来不喜欢我偷看她发信息。"

"还有什么吗？"

"没有了，我知道的就是这些了，已经毫无保留地全讲了。"

陈娟点了下头，问另外两个人："你们呢？有没有什么之前没告诉我的情况？"

陈海莲很认真地想了一会儿，说："没有了。"韩雪妍亦然。

"好吧，如果后面你们想起了什么，就立刻跟我联系。记住，我们掌握的情况越多，越利于破案，也越容易找到你们的孩子。"

三个女人一起点头。梁淑华问："陈警官，那我的事……"

"我会跟民警说，这次是特殊情况，就暂时不追究你偷窃的事了。

但是你必须去看心理医生，接受治疗，不能再犯。如果下次再被人发现，报了警，我们就只有从严处理了，明白吗？"

"明白了，谢谢陈警官，我一定控制自己，不会再犯了。"梁淑华保证道。

陈娟点了点头，示意她们可以离开了。她自己则两手交叠，思考着梁淑华刚才说的事情。

第三十六章　暗中联系

晚上，王兆杰跟昨天一样，下晚自习后用最快速度回家。推开家门后，只看见妈妈，没看到爸爸，他问道："妈，我爸呢？"

"到济南出差去了，今天晚上不回来。"陈娟说。

"太好了！这样就不用避着他了。我们马上跟赵星联系吧！"

"你真的有把握让他开口吗？昨天他可是明确说了，不能再跟你聊下去了。"

"对，他是这么说了。但是你没有感觉到吗，他其实是十分矛盾的，一方面，他希望跟人倾诉，另一方面，他又担心被绑架者知道，所以非常纠结。"

"嗯，我今天又把昨天的聊天记录看了一遍，的确感觉到了他的矛盾心理。但是你知道吗，赵星每天上午都要去医院接受心理辅导，如果他想要倾诉的话，也可以对心理医生倾诉。"

"不，我觉得他不会。或者说，他不会把所有事情都告诉心理医生。"

"为什么？"

"两个原因：第一，心理医生不是警察，目的是抚慰赵星受伤的心灵，所以她未必会像警察那样详细地询问，甚至可能一点儿都不会问，以免再次触碰到赵星的伤口；第二，赵星昨天不是说，他有可能处在绑架者的监视之中吗？如果真是如此，那他每天都去医院，绑架者肯定知道。这样的情况下，赵星敢把绑架案的细节告诉心理医生吗？"

"有道理。但是，他又怎么会告诉你呢？"

"因为我跟他的交流是绝对保密的。我给他手机这件事，没有任何人知道，他为了不让家人发现，也肯定会把这部手机藏好，只在晚上拿出来玩。这样的话，除非他的房间里有监控，否则不可能有人知道他在跟我联系。换句话说，他身边的所有人都在明处，只有我一个人在暗处。所以他如果要选择一个人倾诉的话，我是最好也是唯一的对象。"说到这里，王兆杰得意地一笑，"今天白天的时候，我已经想好话术了，保管能把他的话套出来。"

"什么话术？我不是跟你说，让你在学校认真上课，不要想这些事的吗？"

"哎呀，没关系啦，我都是利用下课时间想的……好了，妈，把手机给我吧，我现在就给赵星发信息。"

陈娟摸出手机，解锁后递给儿子。

王兆杰：赵星，在吗？

几分钟后，赵星回复了：在。

王兆杰：你一个人在房间吧？不要让你家里人发现这部手机哦，不然他们肯定会没收，我也会被牵连的。（笑脸裂开的表情）

赵星：明白，我跟他们说我睡了，然后把门反锁了。

王兆杰：那就好。

赵星：不过话说回来，你为什么要把自己的手机给我呢？咱们之前都不认识，你至于对我这么好吗？

王兆杰：我是你学长啊，而且是代表学生会去看望你的。

赵星：学生会让你悄悄递一部手机给我玩？

王兆杰：那倒不是。

王兆杰：这是我自己的主意。

赵星：为什么你要这样做？手机这种东西，一般情况下都不会给别人的吧？

"赵星起疑了，你打算怎么回复？"陈娟问儿子。

"我昨天就想好，如果他这样问我，我该怎么回答。没想到他今天才问。"王兆杰一边说一边输入文字。

王兆杰：一般情况下，手机当然是不会给别人的了，但是你遇到的不是一般情况。老实说，绑架这种事情，我只在小说和电影中看过，还是第一次遇到经历过这种事的人呢，所以我想尽一切可能帮你走出心理阴影，同时也想跟你交个朋友。

赵星：是吗？

王兆杰：当然了，学生会的宗旨就是关心帮助每一位同学。

王兆杰：而且那天去你家看望你，跟你聊天之后，发现和你有很多共同爱好，咱们也挺聊得来的，不是吗？所以就想跟你交个朋友。

王兆杰：为了表示诚意，就把我的手机给你玩了。

赵星：这样啊，那真是谢谢了。

王兆杰：别客气。

赵星：但是你把手机给了我，自己不用吗？

王兆杰：没事，我马上要中考了，本来就该多花些心思在学习上。

赵星：那你现在是用什么跟我聊天呢？

王兆杰：我用iPad登录的另一个微信号。

赵星：这样啊。

王兆杰：手机考完试我再去找你拿啊，到时候应该是暑假了，咱们可以约着一起玩，记得我说过的，可以教你一些玩游戏的诀窍吗？

赵星：好啊！

"嘿嘿，他这句话后面跟了一个感叹号，说明我把他的情绪调动起来了。他现在应该对我很有好感，并且非常信任我了。"王兆杰笑着对妈妈说。

陈娟必须得承认，儿子的确有一套。如果有一天，他真的当上了警察，应该能青出于蓝而胜于蓝吧。她暗忖着。

赵星：不过话说回来，你这部手机玩大型游戏有点卡顿啊。

王兆杰：没办法，两千多元的手机，CPU性能有限，凑合着玩吧。

（捂脸笑哭的表情）

赵星：暑假咱们见面的时候，我送你一部 iPhone 13 Pro Max 吧，用这个玩，肯定不卡。

"啊？这……"王兆杰望向妈妈。

陈娟打开手机京东，查看了一下这款手机的价格，惊呼道："这款手机一万多？"

"土豪啊！"王兆杰兴奋地说，"看来我必须真的跟他交朋友了！"

陈娟瞪了儿子一眼："不行！怎么能要人家这么贵的东西？"

"又不是我让他送我的，不是他自愿的吗？"

"那也不行！接受这么贵重的礼物，你不亏心吗？"

"我亏心什么……唉，算了，暂时别探讨这个问题，先回复他吧。"

王兆杰：这不合适吧？

赵星：没什么不合适的，你不是把自己的手机给我玩了嘛，我也得感谢一下你。

王兆杰：但是这款手机也太贵了，要一万多呢……

赵星：没事，我妈给了我一张可以随便刷的信用卡，我跟她说明一下，是送给同学的。反正只要不是买了之后我自己偷偷玩就行。

赵星：而且我妈经常跟我说，要跟人交朋友，就得出手大方。

赵星：你要是真把我当朋友，就别跟我客气了。

王兆杰：好嘞，弟弟！那哥哥就提前谢谢你了啊！（咧嘴笑的表情）

陈娟望着儿子，翻了个白眼："人家说送你部手机，你就跟人称兄道弟了，你可真行，王兆杰。"

"我不是正想着怎么跟他拉近距离，成为无话不谈的好朋友嘛，这正好是个机会！"王兆杰振振有词地说。

"这个赵星果然跟她妈一样，既有钱又大方。"陈娟摇头感叹，然后对王兆杰说，"你该跟他聊正事了吧？"

"嗯，我觉得现在时机成熟了。"

王兆杰：弟弟，这个周末，我再找个时间去看望你吧？

赵星：你不是马上要中考了吗？还是认真复习吧，不用来看我了。

赵星：咱们暑假约着玩吧。

王兆杰：也行，但是我始终有点担心你。

赵星：担心我什么？我不是都回家了吗？

王兆杰：我是担心你有心理负担，昨天你不是说了吗，绑架你的人威胁你，不准你把那几天发生的事情说出来。

王兆杰：这样憋在心里，肯定很难受吧。

王兆杰：我那天去看望你的时候，就发现你精神状况不大对，明显心事重重的。

也许是被王兆杰说准了心思，赵星有一两分钟没有回复。

赵星：不用担心，我不是每天都去医院做心理辅导嘛。

赵星：应该会有效果的。

王兆杰：但是，你敢把那几天发生的事情告诉心理医生吗？应该不敢吧？

赵星：嗯……

王兆杰：那你跟哥说实话，这事憋在心里是不是很难受？

赵星：唉……

赵星：是很难受。

赵星：其实我很想救我那几个同学，但是我又不敢把那几天发生的事情告诉警察，不然他们就没命了。

"他这么说，说明另外四个人还活着！"王兆杰兴奋地对妈妈说。陈娟点了点头："你继续跟他聊。"

王兆杰：弟弟，这样好吗？

王兆杰：你要是信得过我，就把这件事告诉我，我发誓，绝对不会把这件事告诉任何人

隔了几十秒，赵星回复：好吧，那我就从5月20日那天讲起，把整件事的过程都告诉你吧。

赵星：记住，千万不能把我告诉你的事讲出去！

赵星：这关系到另外四个人的性命，不是闹着玩的。

王兆杰按捺住心中的兴奋之情，回复道：明白，你放心好了，我不会跟任何人说的！

赵星：好。

赵星：事情经过是这样的。

赵星：5月20日下晚自习后，我、靳亚晨、冷俊杰、邹薇薇和余思彤像往常一样结伴走出校门。

赵星：我们五个人的妈妈为了省事，约好轮流来接我们几个，然后依次把我们送回家。

赵星：那天晚上是星期五，该冷俊杰的妈妈冷春来接我们。

赵星：我们走出校门后，就看到了她的车。

赵星：我是第一个上车的，坐在副驾。

赵星：我坐车都喜欢坐副驾，他们也习惯了，从来不跟我争，不管是谁的妈妈开车来接，都让我坐副驾。

赵星：另外四个人就挤在车子后排，其实是超载了，但是因为我们几个人都不胖，而且余思彤的家离得很近，几分钟就能到，所以只需要挤一小会儿。

赵星：上车之后，我听到车载音响在放 Running Up That Hill 这首歌。

赵星：就是《怪奇物语》第四季里面，麦克斯听的那首歌，现在爆火。

赵星：冷俊杰的妈妈是个很跟得上时代的人，最新的美剧、英剧都会追，所以她放这首歌，我一点都不意外，就跟着唱了起来。

赵星：冷俊杰的妈妈也跟着小声地唱，还配合节奏点着头，同时发着微信。

赵星：她问我们，想去吃夜宵吗？

赵星：我们说，可以啊。

赵星：于是她驾车朝另一条路开去，不是我们回家的方向。

赵星：行驶途中，她从座位旁拿出一个口袋，里面装着几瓶果汁饮料，问我们想不想喝。

赵星：我自己拿了一瓶，把剩下的四瓶递给坐在后排的四个同学。

赵星：我们全都喝了。

赵星：不一会儿，就觉得十分疲倦，很想睡觉。

赵星：然后就昏睡过去了。

赵星：现在想起来，饮料里肯定放了安眠药。

赵星：醒来的时候，不知道过了多久，我们身处一个封闭的房间内。

赵星：靳亚晨戴的手表也不知所终。

赵星：房间里没有窗户，我们看不到外面的天色，也不知道时间。

赵星：总之就是，我们无法判断从昏睡到醒来经过了多长时间，更不知道身在何处。

陈娟和王兆杰一直没有打断赵星，默默看着他发送的一条又一条文字信息。看到这里，王兆杰忍不住回复了一条：你们肯定很恐惧吧？有没有意识到你们被绑架了？

赵星：不，我们一点都不恐惧。

赵星：反而很兴奋。

王兆杰：啊？为什么？

赵星：因为这起"绑架案"，是我们自己策划的。

第三十七章　密室之中

看到这条信息,陈娟和王兆杰同时惊呼了出来。王兆杰叫道:"什么?这起绑架案居然是他们几个人自己策划的?!"

"你赶快回复他,问他这是怎么回事!"陈娟激动地对儿子说。

王兆杰:什么?你们自己策划的这起绑架案?!

王兆杰:你不是在跟我开玩笑吧?

赵星:当然不是。

王兆杰:那这是怎么回事?你们为什么要这样做?

赵星:这事说来话长,微信打字的话,可能要输入很久。

赵星:我还是接着把我们被绑架之后发生的事情告诉你吧。

王兆杰望了一眼妈妈,陈娟点了点头。

王兆杰:好的,你先接着说。

王兆杰:至于你们做这件事的缘由,过会儿再讲给我听吧。

赵星:嗯。

赵星:我们五个人发现身处一个类似地下室的封闭空间后,全都很兴奋。

赵星:我对冷俊杰说,你妈妈简直太棒了!要不是我们事先跟她串通好,我差点以为我们真的被绑架了!

赵星:冷俊杰说,他妈妈本来就是一个很酷的人,所以才会同意跟我们一起做这件事。

赵星：不过他也有点纳闷儿，因为除了我们五个人之外，没有看到他妈妈。

赵星：而且他有点想不明白，他妈妈为什么要用下了药的饮料让我们全都睡着。

赵星：这些事情不是我们之前约定好的。

赵星：这时靳亚晨说，也许是冷俊杰的妈妈真的想让我们体验一把被绑架的感受，所以营造了这样的真实感。

赵星：我也觉得可能是这样。冷俊杰的妈妈跟一般的家长有点不一样。

王兆杰：怎么个不一样？

赵星：她不是那种死板、墨守成规的人，心态很年轻，哪怕比我们大二十多岁，跟我们也没有代沟，甚至能跟我们聊时下流行的电影、电视剧、游戏、音乐什么的。正如冷俊杰所说，他妈妈是个很酷的人。

赵星：我们都挺喜欢她的，没把她当成同学的妈妈，反而把她当朋友。

赵星：所以，当时我们都以为冷俊杰的妈妈在跟我们开玩笑。

赵星：而且我刚才说了，这件事本来就是我们跟她串通好，一起策划的。

赵星：于是也没有多想。

赵星：因为我们之前喝了有安眠药的饮料，睡了很久，所以醒过来后，一点睡意都没有。

赵星：我们开始探索这个房间，发现了一个很简陋的厕所。

赵星：打开壁橱后，看到几个大箱子，里面装满了零食和饮料，薯片、饼干、巧克力、牛肉干、可乐、凉茶、椰汁、牛奶，很丰富，简直像一家小超市的货仓。

赵星：冷俊杰说，他妈妈对我们太好了，居然买了这么多零食和饮料。平时在家，她不准冷俊杰吃这么多零食。

赵星：邹薇薇说，可能是冷阿姨不想委屈我们几个人吧，所以准备了这么多好吃好喝的。

赵星：于是我们就开心地吃喝起来。

赵星：哦对了，橱柜里还有一些图书、扑克牌、象棋、围棋什么的，供我们消遣时间。

赵星：这个时候我们完全没有意识到，事情并没有像我们预料的那样发展下去。

赵星：也就是说，我们并没有察觉到，我们是真的被绑架了。

王兆杰：那你们是什么时候才意识到这一点的呢？

赵星：我也不知道。

赵星：可能过了很久之后吧。

赵星：但是具体的时间，我无法估算。

赵星：因为我们身边没有任何可以衡量时间的事物。

赵星：总之，待在这个密闭空间里，我们饿了就吃，渴了就喝，困了就睡——房间里没有床，但是有一些垫子和毯子，可以打地铺。

赵星：其他时间就聊天、下棋、打牌、看书。

赵星：一开始，我们并没有感觉不适。

赵星：但是时间长了，就有点受不了了。

赵星：因为我们无法外出活动，也没法跟外界联系，一直处于无所事事的状态，感到很无聊。

赵星：更重要的是，我们粗略估计了一下，我们来这个地方至少应该有两天时间了。

赵星：冷俊杰的妈妈完全没有露过面。

赵星：这跟我们约好的完全不一样。

赵星：这时大家有点慌了。

赵星：主要是搞不清楚这是什么状况。

赵星：而且我们都认为，她不可能跟我们开这么大的玩笑。

赵星：这时靳亚晨说："冷俊杰，你妈妈该不会出什么事了吧？"

赵星：冷俊杰听了之后很不高兴，说怎么可能？但我们都看得出来，他也有着同样的担忧。

赵星：一个可怕的猜想摆在我们面前。

赵星：因为这件事，除了我们五个人之外，只有冷俊杰的妈妈知道。假如她真的出了什么事，比如发生车祸之类的，就意味着，没有任何人知道我们被她藏在了这里。

赵星：这里的食物和水虽然充足，但总有吃完的一天。

赵星：到时候，如果外面的人没有找到我们的话，我们就只有死路一条了。

赵星：意识到这一点后，恐惧的阴云笼罩着我们。

赵星：邹薇薇哭了，说她想回家。余思彤表面上安慰着她，其实自己也很害怕。

赵星：就这样，又过了一段时间。

赵星：发生了一件事，让我们意识到，冷春来的妈妈没有出什么状况，而我们恐怕是真的被她绑架了。

王兆杰：发生了什么事？

赵星：这个房间的房门，是一道厚重的防盗门，绝对不可能被破坏，所以我们几乎没有想过逃离这里。

赵星：防盗门和地板之间，有大约十厘米的距离，手可以试着伸出去，也可以趴在地上看见外面的一部分场景。

赵星：我们当然也这样做过，但是并没有摸到或看到什么特别的东西。外面显然不是大街，漆黑一片，十分安静，应该就是一个更大的房间。

赵星：我说的那件事是，有人从外面递了几个盒饭进来。

赵星：我们很多天没有吃正餐了，立刻闻到了饭菜的香味，但这不是最重要的。

赵星：因为外面的人的这个举动，我们意识到我们并没有被遗忘。

赵星：既然如此，为什么外面的人一直不跟我们说话，也从不露面呢？

赵星：冷俊杰用力拍打着铁门，大声喊着："妈妈，是你吗？把门打开，我们在里面待够了！你怎么不说话？"

赵星：但是不管他怎么声嘶力竭地大喊，甚至哭了出来，回应他的也只有冰冷的沉默。

赵星：从这个时候起，我们才发现，事情真的不对劲了。

赵星：冷俊杰的妈妈似乎假戏真做，把我们几个人绑架了。

赵星：甚至还包括了冷俊杰在内。

赵星：但是怎么会有妈妈绑架自己的亲儿子？我们想不通。

赵星：冷俊杰更想不通。

赵星：后面一段时间，他一直在困惑和沮丧中度过。

赵星：然而送饭的人又一次把五个盒饭递给了我们。

赵星：并仍然对我们的哭诉和哀求置若罔闻。

赵星：我们的恐惧、绝望、无助、迷茫与日俱增。

赵星：这件事情开始变成一场真正的灾难了。

赵星发送的文字信息暂停了。

"我现在该回复什么？"王兆杰问妈妈。

"他刚才好几次提到了这样的状态令他们感到恐惧，但是仍然没有解释，他为什么会看到鬼。"陈娟说。

"赵星说他看到过鬼？"王兆杰感到吃惊。

"对，他妈妈告诉我的，说赵星回家后情绪很不对劲，似乎受到了很大的惊吓，还声称自己看到了鬼。"

"他刚才用了四个词来形容当时的处境和心境：恐惧、绝望、无助、迷茫。这些感受我都能理解，但是没有'惊吓'，他们只是被软禁起来，又没有发生什么惊悚的事情，何来惊吓呢？更别说见到鬼了。"

"所以我猜，他现在停了下来，是因为接下来的内容，是关于他受到极度惊吓的部分了。他在犹豫要不要告诉我们——不，是告诉你。"陈娟说。

"那我该怎么问？"

"你试探着问一下他，绑架者为什么会把他放走吧。"

王兆杰点了点头，发送信息：我能理解你的感受，弟弟，遭遇这样的事情，肯定会让人崩溃。但是，你后来回家了，绑架者为什么会单独把你放走呢？

赵星隔了一会儿，回复道：我也不知道……

王兆杰：不知道？

赵星：对，我不知道他为什么会决定把我们当中的一个人放走。

王兆杰：等等，你是说，他并不是一开始就打算放你走，而是随机地放了你们当中的一个人，而这个人就是你？

赵星：不是随机。

赵星：而是用一种诡异的方式选出一个人，放他回家。

赵星：而这个人恰好是我。

王兆杰：什么诡异的方式？

赵星：我不太想说了。

王兆杰：怎么，这个方式很可怕吗？

赵星：不是这个方式可怕，而是后面发生的事情很可怕……

赵星：我不想去回忆了。

王兆杰思索了一会儿，回复：弟弟，别怕，勇敢地说出来，你才能战胜内心的恐惧，否则你会一直被这种负面情绪支配。

王兆杰：我知道你是个勇敢的男子汉。

王兆杰：记住："英雄，那是你的过去！"你不能逃避自己的过去。

王兆杰最后发的这句话，陈娟没有看懂，问道："这什么意思？"

"《魔兽世界》里的一句经典台词，用在这里正合适。"王兆杰解释。

几分钟后，赵星回复了，似乎王兆杰的话真的给了他鼓舞和勇气：好吧，那我把后面发生的事情告诉你。

王兆杰：嗯嗯。

赵星短暂地沉寂了一刻，仿佛陷入了恐怖的回忆之中。

第三十八章　恐怖的回忆

"你们说，现在是白天还是晚上？"坐在地上、背靠墙壁的赵星问道，仿佛在自言自语。

"这重要吗？"靳亚晨说，"白天和晚上对于现在的我们来说，有什么区别？"

"至少可以让我们知道，过去几天了。"赵星说。

"知道这个又有什么的意义呢？"

"当然有意义，我们五个人失踪这么久，家长肯定早就报警了，我想推测一下，警察需要用多少天才能找到我们。"赵星说，"你觉得我们在这里待了多少天？"

"两三天吧。"靳亚晨猜测。

"不，我觉得应该更久，可能有四天了。"余思彤说。两个女孩子坐在三个男生的对面，邹薇薇屈膝而坐，腿上搭了一张毯子。

"四天是怎么得来的？"赵星问。

"我的生物钟还没有彻底被打乱，大概能算出经过了几天。"余思彤说。

"你平常作息都很有规律吗？"邹薇薇问余思彤。

"对，晚上到点了我一定会睡觉，早上起床也几乎不需要闹钟。"余思彤小声对邹薇薇说，"每个月来那个，也全都在同一天。"

"抱歉，房间这么小，我听到了。"赵星说。

"如果是绅士的话,就算听到女孩子讲这种私密话题,也会装作没听到的。"余思彤瞪了赵星一眼。

"我还是小孩子,不是绅士。"赵星吐了下舌头。

"怪不得你成绩这么好,真自律。"邹薇薇说。

"现在说成绩好还有什么用?"余思彤苦笑道。

"喂,别说这种话,感觉我们再也出不去了似的。"赵星说。

"你觉得我们还出得去吗?"靳亚晨说。

"应该出得去吧,绑架的话,无非就是想要勒索钱财罢了。我爸妈,还有爷爷、外公他们不可能不管我,肯定会支付赎金的。绑匪拿到赎金后,就会放人了!"

"你说谁是绑匪?"一直没有说话的冷俊杰,此时冷冷地望着赵星。

"我知道这话你不想听,但是你不能否定事实。就是你妈把我们绑架了,难道不是这样吗?"赵星说。

"我妈不是那种贪图钱财的人!她才不会为了钱去绑架任何人!"

"不管她是为了什么,总之就是把我们绑架了。"

"她没有理由这样做!当初我们找她配合做这件事的时候,她一开始是不答应的,是我们央求了很久,她才终于答应的!"

"对,她为什么会答应,也许就是觉得,反正我们拜托她做这件事,不如假戏真做,把我们绑架了,趁机大赚一笔!"

冷俊杰从地上站起来,怒视赵星:"我再说一遍,我妈不是这样的人!"

"她都已经这样做了,还说不是这样的人?那你说,她绑架我们如果不是为了钱,是为了什么?"

"不是我们让她这样做的吗?!"

"对,但我们是让她演戏,没让她玩真的!她把我们关在这种地牢里,把靳亚晨的电话手表也拿走了,让我们断绝了跟外界的一切联系,并且几天不理睬我们!冷俊杰,这种情况下,你还觉得你妈妈是在配合我们当初的那个计划吗?她的动机和目的,分明已经改变了!"

"如果真是这样，她为什么会把我也关在这里？"

"我怎么知道？也许她是怕你碍事，所以把你也关了起来。或者就是，对她而言，你这个儿子并没有钱重要！"

"你！"冷俊杰气得浑身发抖，走过去揪住赵星的衣领，"不准你这样说，把你的话收回去！"

"凭什么？我说的不是事实吗？你想打架吗？乐意奉陪！正好我在这里憋了这么久，早就想活动一下筋骨了！"

"喂，你们俩够了！"靳亚晨站起来试图分开他们。余思彤和邹薇薇也赶紧过来劝架，好不容易才把两个面红耳赤的男生拉开了，让他们一人坐一个角落。冷俊杰即便坐下来，胸口仍然剧烈起伏着，邹薇薇小声安慰着他，并递给他一罐可以下火的凉茶饮料。

隔了一会儿，余思彤说："其实这几天我在想，这起绑架事件会不会跟我们发现的那个秘密有关系？"

靳亚晨望着余思彤："我们当初不就是因为这事，才策划这个计划，并找冷俊杰妈妈配合的吗？"

"对，但是就像赵星刚才说的，这件事并没有按照我们计划那样实施，现在看起来，我们是真的被绑架了。所以我的意思是，绑架我们的人，真的是冷俊杰妈妈吗？或者说，只有她吗？"余思彤说。

靳亚晨愣了几秒，骇然道："你该不会是想说……"

"你觉得有这种可能吗？"余思彤问。

"我觉得应该不可能，你想多了吧。"靳亚晨说。

"薇薇，你觉得呢？"余思彤问。

邹薇薇想了想，皱着眉毛说："我也觉得不可能吧，因为，冷俊杰的妈妈没有理由串通作案……"说这话的时候，她偷瞄了冷俊杰一眼，生怕他又生起气来。

"我也希望不是如此。但是，如果真是这样的话，我们可能就别想活着离开这里了。"余思彤说。

这话让另外几个人都吃了一惊，赵星睁大眼睛说："有那么严重吗？"

"我只是说有这个可能罢了。"

赵星呆住了，他之前一直保持着乐观的心态，是因为他认为这就是一起单纯的绑架案，绑匪的目的无非就是想要钱，而他们家最不缺的就是钱，他也从来不缺全家人的关心、爱护，不管绑匪提出多大的数额，他们都会答应，然后付钱把自己赎回去。但是如果绑匪不是冲着钱去的，而是想要他们的命，情况就不同了。正如余思彤所说，他们可能永远别想活着离开这里。人生的前面十几年，他从未经历过任何危险和磨难，死亡对他而言只是一个抽象概念，可现在，他第一次感觉到死亡竟然离自己这么近。

"不会吧……如果绑匪想要杀我们的话，早就可以下手了，又何必等到现在呢？"赵星吞咽了一口唾沫，说道，"更没有必要给我们准备这么多零食和饮料，还给我们送餐。怎么看，都不像是想要我们的命吧？"

"这些零食和饮料，基本上都是垃圾食品，"余思彤说，"不是说高级与否的问题，而是很多都不利于健康。通常来说，家长都不会同意自己孩子吃这么多零食的。"

"你想说什么？"赵星问。

"你知道死刑犯在被行刑之前，一般都会吃上一顿丰盛的饭菜吧，算是人道主义的体现。我不知道我们现在会不会就是类似的状况。"余思彤说。

赵星惊呆了，喉咙突然变得很干，说话也结巴起来："喂，别吓我啊……不可能吧……"

"那你怎么解释，这里准备了这么多品牌零食和饮料呢？应该不便宜吧。如果绑匪只是单纯地想要关我们几天，等赎金到手后就放我们走，只需要在橱柜里放一些基本的食品，保证我们有吃有喝就行了，根本没必要买这么多种类丰富的零食。所以，我只能往不好的方面想了。不过希望这只是我的误读，也许绑匪只是单纯地良心未泯，想让我们在被软禁期间过得更有品质罢了。"

余思彤最后这句话，明显带有安慰的性质，大家都听得出来有多么牵强。邹薇薇惧怕地说："思彤，别说了，我有点不舒服。"

"好的，我不说了。"

接下来一长段时间，五个孩子陷入了沉默。不知过了多久，就在他们都昏昏欲睡的时候，突然听到门外传来一阵声响，这是他们这几天从没听过的一种声响，如果没听错的话，是用钥匙开门的声音。

赵星骤然坐直了身子，冷俊杰亦然，另外三个孩子惊惧地盯着那扇铁门，看着它被缓缓推开。

一个戴着白色面具和头套、穿着雨衣的男人出现在他们面前。五个孩子看到他的那一刻，全身汗毛都竖立起来，不仅因为这人诡异的形象，更因为他手里握着一把手枪，乌黑的枪口正对着他们。

邹薇薇发出一声尖叫，紧紧地抓住了余思彤的手臂。余思彤脸色苍白地望着这个男人，三个男生也随之绷紧了身体。

"你们想离开这里吗？"男人用低沉的嗓音说道，声音听上去很怪异，也许是用了变声器。

五个人一起点着头。男人说："那么，我们来玩一个游戏吧。"

玩游戏？五个孩子面面相觑，不知道这男人葫芦里卖的什么药。靳亚晨问道："什么游戏？"

"你们最常玩的一个游戏，"男人说，"国王游戏。"

"什么……"靳亚晨惊愕地说，"玩国王游戏和让我们离开这里，有什么关系？"

"你们玩一局游戏，抽到'国王'的那个人，就可以离开这里。"

"只玩一局？也就是说，我们五个人之中，只有一个人能离开？"赵星问。

"正是如此。"男人说。

"那剩下的人呢？"赵星问。

"我是来给你们机会的，不负责回答问题。如果你们想要这次机会，就照我说的做。否则的话，就视为放弃，那你们就全都留下来吧。"

五个孩子再次对视在一起，赵星说："能出去一个人，总比全都留在这里强，我们照他说的做吧。"

另外四个人没有意见。赵星问面具男："我们现在就玩吗？"

"是的，地上有扑克牌。至于玩法，不用我来教你们了吧？为了表示公平公正，洗牌、抽牌全部由你们自己完成，我只负责监督这一过程。"

"明白了。"赵星把地上的扑克牌捡起来，选出四张数字牌，再抽出一张鬼牌，代表"国王"。他把五张牌展示给同学和面具男看，然后当着他们的面洗牌，打乱五张牌的顺序，再将五张牌排成一排，对另外四个人说："你们抽牌吧，剩下那张就是我的。"

冷俊杰率先抽了一张，接着是靳亚晨。余思彤和邹薇薇迟疑了几秒，也分别抽了一张。剩下的一张，就是赵星的了，他拿起那张牌，紧张而小心地握在手心，然后缓缓翻到正面，看到牌面的那一刻，他呆住了，望向另外四个同学。

"怎么，你抽到'国王'了吗？"靳亚晨问。

赵星点了点头，将这张鬼牌展示给他们和戴面具的男人看。面具男盯着赵星看了一刻，说："好吧，按照我刚才说的，你可以离开这里。"

"'离开'的意思，是送我回家，不是送我离开这个世界，对吧？"赵星吞咽着唾沫说。

"对，就是放你走。"

赵星心中一阵悸动，扭头望向另外四个同学，心中涌起一股难以言喻的复杂感受。

"你先走吧，赵星，'不用'管我们。"靳亚晨凝视着赵星，意有所指地说。

赵星听懂了他的弦外之音，知道他刻意强调的"不用"两个字，是反语。"好的，我知道了。"他点了点头，从地上站了起来。

"走吧。"面具男偏了下脑袋，示意赵星先出去，手枪一直随着他移动。

赵星走出这个密闭房间后,来到外面黑漆漆的大房间。面具男出来的时候,将房门带拢并上锁,对赵星说:"上车吧。"

"车?哪儿有车?"赵星的视力本来就不太好,在这种光线昏暗的地方,更是什么都看不清楚。

"你正前方七八米远的地方。"

赵星睁大眼睛仔细看,隐隐约约看到了一辆汽车的轮廓,他摸索着走了过去,摸到车身后,说道:"我坐副驾还是后排?"

"后排。"

赵星依言拉开了汽车后排的车门,进入其中坐好。面具男坐到驾驶位上,并没有发动汽车,而是递了一瓶矿泉水给赵星,命令道:"把它喝了,至少喝一大半。"

"不会又加了安眠药吧……"

面具男凝视着赵星,赵星不敢再多说了,拧开瓶盖,喝了一大半。很快困倦袭来,赵星沉沉地睡去,失去了意识,醒来的时候,不知道过了多久。

面具男把赵星推醒,对他说:"到了。"

赵星揉着眼睛说:"到我家了吗?"

"要不要我送你上楼?"

"呃……这倒不用。"

赵星走出汽车,目之所及,是一片黑暗森林,他惊愕地说:"这是什么地方?深山老林里吗?"

"对,你不会真的指望我把你送到小区门口吧?"

"那我怎么走回去呢?现在是晚上,我不会迷路吗……"

"听着,"面具男打断他的话,粗暴地说道,"我肯把你放走,就不错了。你要是再抱怨的话,我就让你死在这里!"

赵星立刻缄口不语了。

"你真的以为我不知道吗?"面具男突然说。

"什么？"

"刚才玩国王游戏的时候，你作弊了。"

赵星悚然一惊，惶恐地望着面具男。

"手法很快嘛，表演也很到位。可惜的是，我就站在你身后，全都看到了。你先是选了四张数字牌和一张鬼牌出来，展示给大家看，然后假装把剩下的一堆牌拿到一旁，实际上神不知鬼不觉地把鬼牌藏在了自己的衣袖里，再把另一张数字牌混了进去。这样一来，场上的五张牌就全都是数字牌，任由你的四个同学怎么抽，拿到手的都只能是平民牌。最后剩下的一张当然也是，而你拿到手后，把牌握在手心，趁所有人看牌的空档，迅速跟袖子里的那张鬼牌对调，就成为'国王'了。如果我没猜错的话，这张被换下来的平民牌，现在还在你身上，对吧？"

赵星全身僵硬、张口结舌，显然是被对方说准了。

"那……你不会，觉得不算数吧……"他结结巴巴地说。

"这倒不会，否则我就不会放你走了。你作弊与否，我不在乎，反正只要能选一个人出来就行了。但是因为作弊，我得给你一个惩罚，就是让你摸黑从这山上走下去。"

赵星心想，这个惩罚也不算太重。山是有坡度的，只要一直往下走，总能走到山下；就算真的迷路了，大不了在这深山待一晚上，到第二天早上天亮了，就肯定能找到下山的路。

"明白了，那我走了……"

"等一下。"

赵星扭头看着面具男："还有什么事吗？"

"你平时看新闻吗？"

"不太看……怎么了？"

"所以，你并不知道这座山上前段时间发生过什么事，对吧？"

"发生过什么事？"

"一个女人，穿着一身红衣服，独自来到这座山上，上吊自杀了。被人发现的时候，已经过去了好几天，尸体都臭了。警察调查之后，也不知道她自杀的原因，这案子就成了一桩悬案。后来听山上的护林员说，从此之后，这山上就开始闹鬼，红衣女人的鬼魂会在山上游荡。当然这只是传说，我也不知道是不是真的，也许你可以验证一下。"

听完这番话，赵星感到毛骨悚然，身上起了一层鸡皮疙瘩。他算是胆子大的男孩子，蜥蜴、蛇、蟾蜍、蜘蛛什么的都不怕，一般的恐怖片也吓不到他。但他其实很清楚，自己有一个软肋，那就是害怕鬼魂一类的事物，不是恐怖片里的怪物，因为他知道那是假的，现实中的就不一样了。小时候他参加一个亲属的葬礼，因为调皮，把殡仪馆当成商场一样四处闲逛，结果误入一间灵堂，里面放着一口冰棺，他凑上前去一看，里面居然躺着一个死人，吓得差点昏死过去，两条腿都软了。这件事给他留下了很深的心理阴影，自此之后就一直怕鬼，就连游乐场的鬼屋都不太敢去。现在面临的这种局面，恐怖程度是鬼屋的数十倍。

"所以，你指的惩罚，是这个吗……"赵星战战兢兢地说，差点说出"别丢下我一个人"这种话。

"你害怕吗？要不我再把你带回去？但是提醒一句，下次就没这么好的事了。你有没有机会出来，我无法保证。"

赵星犹豫片刻，咬咬牙，打算克制心中的恐惧，逃往山下。他说："那我现在可以走了吗？"

"可以，但我最后提醒你一件事——回去之后，不准把这几天发生的事，以及你们的那些小秘密告诉任何人，否则的话，你那四个同学就没命了。听清楚了吗？"

"……听清楚了。"

"记住，你回去之后的一举一动，都在我的监视之中。如果你不相信，就试试看吧。一旦你把这些事告诉警察或者其他人，在他们找来之前，我就会杀了你的四个同学。所以，你如果不想害死他们的话，就照我说的做，懂了吗？"

"懂了。"

"那么，走吧。"

赵星转过身，头也不回地朝山下跑去。黑暗中，他无法辨认方向，也无法看清脚下的路——本来就没有什么路，这明显是座荒山，没有像森林公园那样的水泥路面或者石头阶梯，只有土坡、枯枝和碎石块。要命的是，这座山崎岖不平、凹凸起伏，并非如他之前所想，只要顺势下行就可以了，往往是下行一段，又转为上行，他只能掉转方向，重新寻找下山的路。这样的情况下，要想不迷路，简直是痴人说梦。

但迷路并不是最可怕的，面具男刚才讲的那件事，像恐怖的阴云挥之不去。身处黑暗森林，树影幢幢宛如狰狞活物，冷风飕飕犹如冥府妖风，此情此景本来就够瘆人了，脑子里偏偏像强迫症一样浮现出一个上吊的红衣女人的画面。赵星敲打着自己的脑袋，在心里狂吼：别想了！别想了！这世上没有鬼，别自己吓自己了！

就这样，他在黑暗和恐惧中胡乱穿行了十几分钟，感觉像是在原地打转，不禁感到崩溃和绝望。又累又怕的他，靠着一棵大树坐了下来，在心里想，干脆别瞎走了，在这棵树下坐一晚，等到天明再说吧。再这样瞎走下去，只会白白浪费体力。

赵星开始想游戏里的内容，想学校和家里，想一切有可能驱散他内心恐惧的事物。这样做似乎是有用的，他好像不那么害怕了。

然而，就在这时，他听到不远处传来一阵窸窸窣窣的声音，神经又倏然绷紧了。是山林里的小动物吧？他这样想，然后不自觉地朝传来声响的方向望去。

一开始，他什么都没看到，但窸窸窣窣的声音似乎在向他靠近。他睁着一双惊惧的眼睛，凝视斜前方，淡淡的月光下，似乎瞥到了什么不寻常的东西。

等等，这不可能是真的。

这不是一条红裙子，不可能。

就在赵星试图告诉自己，他可能看错或者产生幻觉的时候，一棵大树的后面，探出来一个女人的头，她披着一头长发，穿着一袭红裙，脸上七窍流血，正盯着他看。

"啊！！！"赵星发出撕心裂肺的惊叫，强烈的恐惧感传遍全身，令他血液倒流。他迅速站起来，发疯般地朝相反的方向跑去，一路狂奔，持续大叫。

这时候的他，已经顾不上找路了，几乎是出于本能地奔逃。不知道是不是被恐惧逼出了潜力，狂奔一阵之后，他似乎看到了山下的灯光，在这微弱亮光的指引下，有了些许方向感。接着他不顾疲累，奋力奔跑，终于在不久后跑下山，来到了一条马路上。

等了几分钟后，一辆汽车从远处驶来，赵星站在路中央，用力挥手，汽车停了下来。司机看着这个满头大汗、浑身脏兮兮的孩子，问他怎么了。由于之前才被警告过，赵星不敢透露被绑架的事，担心司机立刻报警处理，只有说自己一个人跑出来玩，迷路了，希望司机能把他送到家附近。

这司机是个长期跑夜路的滴滴师傅，本来是要接单的，但看到一个孩子跟自己求救，做不到置之不理，便让赵星上车了，做好事将他送到所在小区的附近。下车之后，赵星跟师傅道谢，遂进入小区，回到家中……

第三十九章　穿帮

赵星并没有把回忆的内容事无巨细地告诉王兆杰，只是简明扼要地叙述。即便如此，他仍然输入文字接近一个小时，才把大概的情况表述清楚。讲完之后，已经凌晨十二点了。

其中，关于靠作弊才得以离开的事，赵星并没有告诉王兆杰。所以王兆杰发送信息：这么说，你能够离开那里，纯粹是因为运气好，抽中了国王牌？

赵星输入"是的"，正要发送，又迟疑了，踌躇良久后，他删除了这两个字，重新输入：不，其实是因为我作弊了……

王兆杰：啊？

王兆杰：怎么作弊的？

赵星：我以前出于兴趣，学过魔术。

赵星：就是商场里面那种卖魔术道具的店，只要花钱买了道具，店主就会教你各种魔术。

赵星：我有段时间很迷这个，经常让我爷爷奶奶带我去，于是学了很多种魔术。

赵星：其中扑克牌魔术是最基本的，学这个的话，需要练习手速和障眼法。

赵星：总之就是，我在洗牌和抽牌时做了手脚，让我一定能拿到国王牌。

王兆杰：原来如此，我明白了。

赵星：你会不会觉得，我有点卑鄙，为了离开那个地方，不惜玩这种花招。

王兆杰思索了片刻，回复：不会，那样的情况下，谁都想快点离开的，我能理解你为什么这样做。

赵星：真的吗？

王兆杰：是的。

赵星：你真的觉得我这样做，能够被理解和原谅？

王兆杰：你这么在乎这个吗？

赵星：是的。

赵星：回来这几天，我一直很内疚。

赵星：特别是，想到我的几个同学根本就不知道我搞了鬼，以为真的是我运气好，我心里就非常难受。

赵星：觉得很对不起他们。

赵星：要是他们也能回来，那还好一点，如果他们再也回不来了，我可能会一辈子遭受良心的谴责。

赵星：这件事，我都不敢告诉心理医生和家人。

赵星：只告诉了你。

赵星：你说过会为我保密的，对吧？

王兆杰回复了一句"当然"，回头问妈妈："现在我该说什么？"

"问他最重要的问题——他们为什么要自己策划绑架案！"陈娟说。

王兆杰点了点头，输入文字：现在可以告诉我，你们五个人当初为什么会策划绑案了吗？

赵星：我刚才说了，这事说来话长。

赵星：现在已经十二点过了，我很困，想睡了。

赵星：明天再告诉你吧。

"怎么办？"王兆杰对妈妈说，"他都这样说了，我总不好强迫他今天告诉我吧。"

陈娟想了想，赵星今天已经说出很多有价值的线索了，如果再提出要求，让他一次性说完，也许会令他反感和生疑，况且这么多信息，也需要好好消化和分析一下，便对儿子说："行，今天就跟他聊到这里吧。然后你问一下他，可不可以明天中午或者下午跟他交流？"

"中午或下午我在学校。"

"兆杰，这件事情你已经帮妈妈很大忙了。经过这两天，我基本上掌握了你微信聊天的语气和方式，可以用你的口吻跟赵星交流。这起案件时间紧迫，不能多耽搁了。如果我明天白天能通过跟赵星交流了解一些关键信息，就可以尽快展开行动，你明白吗？"

王兆杰是个懂事的孩子，点了点头，说："我知道了，妈妈。"

回复赵星：好的，早点睡吧，明天中午我再跟你联系，好吗？

赵星：中午？

王兆杰：嗯，我有点迫不及待想知道你们为什么会做这件事。

赵星：明天中午，你不是应该在学校里吗？

王兆杰：没关系，我会把手机偷偷带进学校，偶尔一次，老师不会发现的。

赵星：但是中午我肯定跟家里人在一起。

王兆杰：午饭后，你可以借口要睡午觉，然后就能关上门在房间里跟我聊天了。

赵星：好吧，那明天联系。

赵星：睡了，晚安。

王兆杰：晚安。

"兆杰，你也该睡了，今天已经很晚了。"陈娟对儿子说。

"好吧，不过，刚才赵星告诉我的那件事，还真是瘆人。他真的在山林里看到了一个红衣女鬼？"王兆杰不禁打了个冷噤说，"要是我遇到这样的事情，估计也会被吓个半死。现在我知道他为什么需要鼓起这么大的勇气才能去回忆和讲述这件事了。"

陈娟沉默片刻后，说："我不相信这个世界上有鬼，我们现在也不要再探讨这件事了。我说了，你该睡了。"

"行吧，晚安，妈妈。"王兆杰躺下，盖上被子。

"晚安，儿子。"陈娟关灯，走出儿子的房间。

回到自己的房间，陈娟全无睡意，她把手机上的聊天记录又全部看了一遍，将一些重点整理在手机记事本上，然后思索和分析，最后发现，这张拼图还缺少最重要的一块，那就是，这几个孩子为什么要策划这起绑架案。而这个问题的答案，恐怕只有等到明天中午跟赵星沟通之后，才能知道了。

陈娟关上灯，强迫自己睡觉，但脑子里不由自主地想着跟案情有关的事情。真正睡着，已经是凌晨两三点钟了。

第二天早上，陈娟来到刑警队后，思考是现在就跟专案组的成员开会，还是等到中午跟赵星沟通之后。考量之后，她选择了后者，因为她希望在全面了解情况的基础上，再和成员们详尽地分析一下案情。否则的话，只要还缺少一环，就又会陷入猜测之中，无法做出准确的判断。

中午一点钟，陈娟吃完午饭后，尝试跟赵星沟通。她尽量把自己想象成儿子王兆杰，用十几岁少年的口吻来发送信息：在吗，赵星？

对方竟然秒回了：在。

陈娟：你现在在做什么？

隔了一会儿，赵星回复：刚吃过午饭，在自己房间。

陈娟：那这会儿可以聊天吗？

赵星：聊什么？

陈娟：昨天晚上说好的，把你们为什么要做那件事讲给我听。

又过了十几秒，赵星回复：我们做的什么事？

陈娟感到诧异——这是怎么回事，才过了仅仅十几个小时，赵星就失忆了吗？除此之外，他还感觉到另一件事，赵星打字回复的速度，似乎比往常要慢得多。

迟疑片刻，陈娟发送信息：你们五个人为什么要策划绑架案，昨天不是说好，今天中午讲给我听吗？

赵星：你说什么？

陈娟又是一愣，不知道该怎么回复了。突然，她浑身一震，眼睛睁大，想到一种可能——该不会，现在跟我聊天的，并不是赵星本人吧？就像我也不是王兆杰一样。

这样的警觉让陈娟不敢再发送任何一句话，对方也没有，两边就这样僵持着。几分钟后，陈娟终于忍不住了，问道：赵星，是你本人吗？

半分钟后，对方回复：陈警官，你有资格问我这个问题吗？

虽然已有心理准备，陈娟还是悚然一惊。她立刻想到，王兆杰给赵星的这个手机，估计被赵星的家人发现了。而且这个人还调查了王兆杰的身份和家庭背景，知道他是高新区刑警队长陈娟的儿子，所以准确地猜到，利用这个身份跟赵星聊天的人，一定就是自己。但是，既然对方已经拿到了赵星的手机，自然就能看到昨天以及前天的聊天记录，为什么好像什么都不知道呢？唯一的可能就是，赵星很警惕，每次聊完天后，都把跟王兆杰的聊天记录删除了，致使他的家人即便拿到了这个手机，也不知道他们之前聊过些什么。

果然，对方发来了一条语音信息，陈娟一听，就知道这是前任市长赵士忠的声音："陈警官，我不知道你刚才说的话是什么意思，我也不想知道。我只想警告你一件事——不要再用任何方式跟我的孙子接触了！为了套他的话，你居然想出这种手法，让你儿子假装学生会的人来看望赵星，再悄悄给他一部手机，然后晚上跟他联系！这就是你们警察办案的方法吗？如果不是我发现赵星这两天早上起床都没精神，去他的房间翻找了下，可能直到现在都不知道这件事！陈警官，你知道赵星精神受到过刺激，如果你再刺激他，让他的精神状况恶化，我会让你负全责！你这个警察，就不要再当了！"

　　最后两句怒斥，几乎是在咆哮。听完整段话的陈娟深吸一口气，放下手机，双手撑着脑袋沉静了一刻，站起来走到办公室门口，拉开门对外面的几个年轻警察说："何卫东、刘丹、张鑫，你们进来一下，开一个重要会议。"

第四十章　陈娟的推论

办公室里，陈娟把最近几天发生的事以及获得的信息、线索告知三个同事，并进行汇总。听完后，何卫东竖起大拇指说："牛啊，娟姐，竟然想出让你儿子去接触赵星这样的主意，成功地套出了重要信息！"

"这是我儿子提议的，不是我想出来的主意，"陈娟说，"而且这事被赵星的爷爷发现，也穿帮了，他明确跟我说，不准我再接近他孙子。所以现在，我们应该是没有办法再从赵星口中套出话来了。这意味着，最重要的一点，这五个孩子为什么会策划这起绑架案，将成为我们破案的最大阻力。"

"但是我们目前掌握的情况也不少了，结合已知的其他线索，应该能推断出来他们这样做的原因吧？"何卫东说。

"那你们推理看看，我想听听你们的想法。"陈娟说。

"我先说吧！"刘丹举手示意，然后说道，"我们已经从梁淑华那里了解到，余思彤间接地承认，他们几个孩子知道了某个家长的秘密。虽然余思彤没有说是什么秘密，但是我想，会让这几个孩子如此震撼，整个人都感到不安的，肯定不会是什么普通的秘密吧？所以，这个秘密多半是某个家长的犯罪事实。只有这样的事情，才会让几个孩子那么震惊。"

陈娟点头表示赞许："继续说。"

"娟姐，你之前和何卫东去学校调查，得知这五个被绑架的孩子，最近迷上了玩国王游戏。我推测，五一节那天，五个家庭组织去三岔湖玩，几个孩子单独跑到某处去玩他们最喜欢的国王游戏。而某个抽到'国王'的人，估计提了这样一个要求'说出你知道的最大的秘密'。被要求的那个孩子迫于无奈，就讲出了一个关于自己家长的惊世骇俗的秘密，结果震惊了所有小伙伴，并严重影响了他们的心情，让他们没有心思再玩下去，所以除了余思彤之外的另外四个孩子，全都回家了。"刘丹说。

"嗯，我再补充一点。根据梁淑华后来提供的信息，这四个孩子离开三岔湖后，其实并没有直接回家，而是在某个地方耽搁了一个小时左右。那么他们会去哪里呢？我推测，在这样的情况下，他们只可能是去验证刚刚得知的事情。"陈娟说。

"对，完全有可能。"刘丹点头。何卫东和张鑫也跟着点头。

何卫东说："另一件值得注意的事就是，绑匪，也就是赵星所说的那个面具男的身份。首先可以肯定的是，冷春来有一个同伙，而且是个男人……"

"等一下，"刘丹打断何卫东的话，"真的能确定是个男人吗？"

"赵星提供给娟姐的信息中，明确说了这是个男人。一个十五岁的孩子，不可能连男女都分不清楚吧？"

"正常情况下，当然能分清楚。但是注意赵星是怎么说的——这个人戴着面具，穿着雨衣——等于把脸和身体都遮挡了起来。这样的情况下，性别特征还会很明显吗？至于声音，完全可以使用变声器。也就是说，如果绑匪想刻意掩饰自己的性别，赵星的判断就未必准确。"刘丹说。

"好吧，你说的有道理，"何卫东点头道，"那么我收回刚才的话。这个面具男有可能是假扮后的冷春来，也有可能是她的某个同伙，但我更倾向后者，原因是，如果是冷春来本人的话，似乎没有必要这样伪装——这几个孩子都知道是她绑架了他们，她还去刻意装扮一番，有什么意义呢？就算营造出她还有一个同伙的假象，也无法改变她是主犯的事实吧？所以，只有可能这个人不是冷春来，而他又不希望被这几个孩子发现自己的身份，才需要这样做。"

陈娟和另外两个刑警都颔首表示认同。何卫东继续说："除了身份之外，这个面具男的行为有一个非常大的疑点，那就是，他为什么要放走五个孩子中的一个？表面上看，如他所说，他是让几个孩子玩国王游戏，然后随机放走其中一个人。但我觉得，这是一个幌子，从一开始，他就打算放走赵星！"

"此话怎讲？"陈娟饶有兴趣地问道。

"因为他放走赵星的时间点，恰好处在一个特殊的时候，那就是苏静他们几家人组织了三百多个人，打算到南部新区地毯式搜索的前一天晚上！绑匪可能是从某处获知了这个消息，而他显然也知道，赵星家的势力最大，假如让他们这样搜寻下去，就有可能真的把藏匿在某处的他们给找出来！但是只要把赵星放回家，苏静他们就没有理由再耗费如此大的人力财力继续找下去了，等于无形中瓦解了搜寻队，事实证明，确实如此。所以面具男把赵星放回家的动机，我认为非常清楚了。而他用玩游戏的方式'随机'放走其中一个人，其实是为了掩饰这个动机，不至于让赵星一下就想到他为什么要这样做。"何卫东说。

"但是面具男怎么能保证抽到国王牌的一定是赵星呢？或者他怎么会预料到，赵星一定会通过作弊让自己百分之百地抽到国王牌？"张鑫提出疑问。

"因为绑匪了解赵星，知道他以前学过魔术，也知道赵星是一个脑筋灵活的人，在那样的情况下，他肯定会作弊，从而让自己离开。"何卫东说。

"按照你的逻辑，绑匪藏匿几个孩子的地方，岂不就是在南部新区吗？所以他才担心被搜寻队找到。"张鑫说。

"有可能，但也不一定。因为这个搜寻队不会只找南部新区这一片地方，只是第一天先找这个区域罢了，假如没有找到，后面几天乃至后面一段时间,有可能会挨个把周边的县市全都找一遍,这样的话,就有很大概率把藏匿地点给找出来!"何卫东说。

"确实如此,"陈娟说,"这事我找苏静了解过情况,他们的确是这样打算的——不惜人力和财力的投入,把周边的县市全部找一遍。"

"这就对了,那我的推论应该是正确的!"何卫东兴奋地说。

"我比较在意的是,面具男放走赵星的过程。他先让赵星睡着,然后把他带到离市区比较近的一座荒山上,再预先铺垫这座山上闹鬼的事——但实际上,这显然是他瞎编的。最近几年,我们市根本没有发生过什么红衣女人到深山上吊这种诡异的事情,是面具男胡诌的。关键是,赵星在摸黑下山的过程中,居然真的看到了'红衣女鬼'。我觉得这不可能是巧合或者心理暗示的结果,而是赵星真的见到了鬼,只不过,这个鬼是某人假扮的,就是为了吓唬他。那么,绑匪为什么要处心积虑做这样的事情呢?"张鑫说。

"你觉得是为什么?"陈娟问道。

张鑫思索了一刻,说:"我认为,绑匪调查和了解过赵星,知道他平时就是一个喜欢撒谎的人,而见到鬼这种事情,本来可信度就比较低,加上赵星有撒谎的习惯,说出这种话来,就更不可信了。再结合赵星这几天的遭遇,估计听到这话的人的第一反应都会是'这孩子是不是吓傻了,或者是在胡言乱语',从而根本不相信他说出的话。这样一来,就算赵星没有守约,把他知道的所有事情全都告诉警察,警察也未必会相信他说的话。我猜,这就是绑匪这样做的目的。"

陈娟一边点头一边问他们三个人:"还有什么想法吗?"

"暂时就这些了,"何卫东说,"娟姐,该你做总结了。"

陈娟莞尔一笑:"看来你很了解我的习惯嘛。"

"那还用说,我都跟你搭档五六年了。"

陈娟微笑着说:"首先我很开心,也很欣慰,因为你们三个刚才分析的内容,跟我昨天晚上思考的基本上一致。这一方面证明我们对案情的判断一致,另一方面也表明,你们成长了。你们三个人都是从警校毕业之后，就由我带着破案，从最初的生涩、稚嫩，到现在的成熟、睿智，种种表现都让人欣喜。我相信你们以后都能成为独当一面的优秀刑警。"

得到老师兼领导的表扬，三个年轻警察展露出会心的笑容。

"现在我结合你们刚才的分析，说一下我的看法。先说结论，这起案件调查到现在，出现了一个之前被我们都忽略了的最有可能的推断，那就是——这起绑架案的真正嫌疑人，未必是冷春来，极有可能是另外四个家庭的八个家长之一。再说得明确一点：苏静、赵从光、韩雪妍、靳文辉、梁淑华、余庆亮、陈海莲、邹斌——这八个人中的一到两个，具有非常大的嫌疑。"

虽然之前隐隐约约产生过一些类似的想法，但是听到陈娟明确说出这番话，三个年轻刑警还是露出了惊愕的神情。何卫东迫不及待地说："娟姐，你说他们八个人有疑点，我能理解，但是为什么说嫌疑人未必是冷春来呢？不管怎么说，她都参与了这起绑架案吧？难道你的意思是，冷春来跟几个孩子约好了配合演戏，却被某个居心叵测的人伺机利用、假戏真做？"

"对，正是如此。而且我有理由怀疑，5月20日那天晚上，赵星他们几个人上车的时候，坐在驾驶位上的，不是冷春来。"陈娟说。

"啊？但是赵星他们上车后，看到的的确是冷春来。"

"也许只是他们'以为'那是冷春来，"陈娟说，"想想看，当时是晚上，光线本来就比较暗，在车内灯没有打开，以及不仔细看的情况下，这几个孩子可能并没有看清楚，坐在驾驶位上的到底是不是冷春来本人。按照人的思维惯性，在看到熟悉的人的发型、衣着时，会本能地认为就是这个人。再想想当时的情景，几个孩子先后上车，赵星坐在副驾，'冷春来'估计是侧面对着他，而且长发还挡住了一部分脸。再加上赵星的视力本来就不太好，盯着同学妈妈的脸看也很失礼，所以他可能根本没有细看，就把坐在旁边的女人当成了冷俊杰的妈妈。而冷俊杰他们四个孩子坐在后排，更看不清司机的脸了。所以在黑暗的车内，要想乔装并冒充另一个人，非常容易。"

"的确是这样！"何卫东插言道。

"另外赵星提到，车上当时放着音乐，是一首他很喜欢的歌。他的注意力在上车的一瞬间，就被音乐吸引了，然后跟着唱了起来，而'冷春来'也跟着哼歌。对于赵星来说，也许这是很自然的事情。但我认为，哼歌的目的是避免说话，而播放音乐让车内相对嘈杂，不至于清楚地听清'冷春来'的声音，分辨她的音色。这样的话，就算伪装声线没那么完美，也可以在音乐的遮掩下，蒙混过去。

"接着，照赵星所说，在车子发动后不久，'冷春来'就递给他一袋饮料，让他分发给后排的几个同学。这也是非常巧妙的一点，司机要专心开车，当然不能亲自发饮料，所以让坐在副驾的赵星来发，很合理。但重点其实是，这样'冷春来'就避免了回头跟另外几个孩子，特别是熟悉冷春来样貌的冷俊杰正面相对。

"至于饮料中加入的，估计是强力安眠药，可以让几个孩子在喝完饮料后快速陷入昏睡。这个时候，假扮者就彻底安全了，只需要按照计划把车子开到南部新区的荒地上，再把几个孩子换到另一辆车上，开到预定的藏匿地点就可以了。"

陈娟分析完这一部分之后，长吁了一口气，说："这个诡计，跟我们后面了解到的绑匪异常狡猾的特性，完全吻合。接下来发生的事情，我认为就跟你们分析的差不多。苏静他们家组织了大量的人打算在周边区域搜寻，得知此事的绑匪担心他们真的找到自己和几个孩子的藏身之所，就把这里面最具分量的赵星放了出来。而且正如何卫东所说，他能预判到结果，知道赵星会魔术且一定会作弊，所以离开这里的人，只会是赵星。再把他带到荒山，装神弄鬼吓他，也是为了达到张鑫说的那个目的，让赵星的话变得不可信。甚至我认为，还有一种更为险恶的可能，那就是通过极度的惊吓，把赵星真的吓出精神问题。只要医生诊断赵星经历此事后出现了精神疾病，所有人都会认为他说出来的话是胡言乱语，绑匪就更不用担心他会泄密了。"

"如果真是如此，简直太可恶了！"何卫东捏紧拳头说，"多么狠毒的人，才能想出这样的手段来对付一个孩子？"

"现在最关键的是，有以下几点可以证明，这起绑架案的真正嫌疑人，是四个家庭的家长之一。第一就是刚才说的，几个孩子得知的秘密跟某个家长有关，而且极有可能是某个家长的犯罪事实，所以为了灭口，这个人将计就计，借冷春来之名绑架了五个孩子。索要赎金只是一个幌子，好让所有人以为他是冲着钱去的，但真正的目的，是要这几个孩子的命。

"第二，苏静他们发动很多人打算第二天搜寻，这件事是5月24日晚上七点多才决定下来的。当天晚上十一点多，赵星就被放回来了。这说明什么？只可能这个人就在他们当中，才会了解第一手资讯，并立即做出相应行动——放赵星回家！

"第三，绑匪很了解赵星，知道他曾经学过魔术，以及怕鬼。会知道这些信息的，只可能是赵星身边的人，或者跟赵星身边的人关系非常好的人。

"第四，面具男之所以戴上面具，穿上雨衣跟几个孩子接触，是害怕被几个孩子认出来。

"第五，绑匪在囚禁几个孩子的地方准备了种类丰富的零食和饮料，说明他对这几个孩子或者其中一个孩子是有感情的，即便打算除掉他们，也想在此之前让他们吃好一点，算是一种恶魔的仁慈吧。否则的话，他只需要准备一些基础食品就行了，根本没必要煞费苦心地买这么多零食和饮料。

"第六，面具男威胁过赵星，他回去后的一举一动，都在自己的监视之中。这话可能不是虚张声势，而是他真的能办到——他为什么能办到呢，因为他就活动在赵星身边，自然有各种办法能监视到他！

"所以，以上六点都指向了我刚才的那个结论——这起绑架案的主谋，也许不是冷春来，而是另外四个家庭的某个家长！"

陈娟进行完这番分析后，端起桌上的茶杯喝了一口水，说："明确这一点之后，我们接下来的调查，就要集中在这四个家庭的家长身上了。我们四个人可以分别走访这四个家庭，对这几个家庭的成员进行单独、详细的调查。比如，查看他们的购物消费记录，看看有没有人在最近购买过大量饮料和零食、用于乔装的物品；绑架案发生当天，他们都在做什么；最重要的是，这四个家庭或者他们的家庭成员，有没有隐藏着什么不可告人的秘密。"

"是！"三个年轻警察异口同声地回答。何卫东说："今天下午，我们就单独跟这几对父母见面吧。娟姐，你来分配好了。"

陈娟点了点头，说："我去见苏静和赵从光，何卫东去靳亚晨家，跟韩雪妍和靳文辉见面，刘丹去余思彤家，张鑫去邹薇薇家。"

"是！"

三个年轻警察出门之前，何卫东说："对了，娟姐，五个孩子为什么要自己策划这起绑架案，我们还是不得而知。"

"这一点，虽然我不能百分之百地肯定，但也能猜个八九不离十了。"陈娟说，"你们想想看，这几个孩子知道了某个家长犯罪的事实，他们会怎么做？直接报警吗？这毕竟是同学的父母，对于某个孩子而言，更是自己的血亲。直接报警，把父亲或母亲送进监狱，甚至判刑，未免太过残酷了。所以我猜，他们策划这起绑架案，是为了引起关注，或者借这起绑架案得到他们想要的结果。但是这件事，可能被这个有问题的家长察觉到了，所以将计就计、假戏真做，把这几个孩子真的绑架并囚禁了起来，而且最终的结果是将他们灭口。所以我们必须赶快行动，才有可能营救剩下的四个孩子！"

"明白了，娟姐！"刘丹说，"但是我们现在分头去调查这几对父母，不算打草惊蛇吗？"

"所以我们的询问和调查需要技巧。当然，不管怎么问，他们肯定都会察觉到，我们已经怀疑到他们头上了。但因为我们调查的是四个家庭，并非一个家庭，所以他们或许会认为这是一种常规的调查。"陈娟略微停顿了一下，继续说，"不过，我们让真正的嫌疑人意识到，警察找到了正确的调查方向，也有一个好处，就是能起到威慑的作用，让嫌疑人不敢轻易杀害剩下的四个孩子，会考虑为自己留条后路。"

三个警察一齐会意地点了点头，走出陈娟的办公室，分头行动。

第四十一章　泄密

这段时间，苏静都没有去公司上班，这是身为家族企业董事长的父亲安排的，让她把工作先转交给得力的会计师，在家多陪伴儿子，等赵星的状况好转后再回去上班，苏静欣然应允。

赵从光则恢复了工作状态，每天去往公司，但是跟之前的区别是，现在他几乎都晚出早归，不再像以往那样长期夜不归宿。回家之后也会关心和询问一下赵星的情况，不管是亲子关系还是夫妻关系，都大为改善。赵士忠和蒋岚这段时间暂时住在儿子儿媳家，自然是为了方便照顾孙子。

5月28日中午，吃过午饭后，赵士忠给儿子打电话，让他回家一趟，有重要的事要跟他说，赵从光便驾车回到家中。

蒋岚在赵星房间陪伴孙子，赵士忠把儿子和儿媳叫到客房，表情严肃地说："我考虑了好久，觉得这事还是得跟你们说一下。"

"什么事？"赵从光问。

赵士忠叹了口气，说："这两天早上，我发现星星起床后有点没精神，还有黑眼圈。苏静，你没发现吗？"

"我发现了，但我问他，他说是有点失眠，没有睡好，难道不是这样吗？"苏静说。

"我问他，他也这么说，我就说给他买助眠仪或者睡眠喷雾之类的，他却说不用，我就有点起疑了，于是趁他上厕所的时候，去他房间翻看了下，结果从他枕头下面搜出一部手机。"赵士忠从衣服口袋里掏出手机，展示给苏静和赵从光看。

"这不是我给他买的手机，哪儿来的？"苏静问。

"你不是给了他一张信用卡吗，是不是他自己去买的？我当时就说，不要给小孩子信用卡，你不听。"赵从光说。

"不会，信用卡产生消费的话，我会收到短信提示。一部手机至少几千元，如果他买了我不可能不知道，"苏静说，"而且我提醒过赵星，如果背着我买游戏机、手机之类的东西，我就把信用卡收回，不给他用了。"

"不是他买的，"赵士忠说，"我已经调查清楚了，这部手机是前两天来看他的那个男孩子王兆杰给他的。"

"啊？学生会的那个孩子，他为什么要给赵星手机？"苏静诧异。

"你知道这个王兆杰的妈妈是谁吗？"赵士忠问。

"谁？"

"高新区刑警队的队长陈娟。"

苏静惊讶地张大了嘴："难道陈娟让他儿子跟赵星接触，悄悄塞给他一部手机，避开我们找星星问话？"

"正是如此。"

赵从光皱起眉头："虽然我能理解她想要破案的心理，但是用这样的手段不合适吧。"

"我找人了解了一下，这个陈娟向来就是一个不按套路出牌的刑警，两年前破获那起'切除杀人事件'的时候，就是如此。"

"爸，您怎么知道这部手机是王兆杰给赵星的呢？赵星跟您说的吗？"苏静问。

赵士忠摇头："这事我还没有找赵星对质。在他枕头下找到这部手机后，我解不开锁，结果在他房间的垃圾桶里找到一张字条，上面写着手机的锁屏密码，我就解锁手机看了一下微信，发现微信好友里有王兆杰，但是没有看到他们的聊天记录，估计是被星星删了。我打电话去学校,让校长帮我查一下王兆杰的家庭背景,这才知道他就是陈娟的儿子。"

"这个陈娟,还真是执着,居然连这种招都想出来了。"苏静摇着头说。

"爸,您让我回来,就是跟我说这事的吗?您是希望我们跟星星谈谈?"赵从光问。

"不,不用找星星谈。我把他枕头下的手机拿走,他肯定已经知道了,没有问我要,这说明他自知理亏。我不打算批评他,你们也别去问他这事,本来就不是他的错,我们把手机给他没收就行了。你去问他,反而引起他的逆反情绪,不利于他恢复。"赵士忠说。

"行吧,那你只是告知我们这件事?"赵从光问。

"我要告知你们的,是另一件事。"

"什么?"

赵士忠把手机解锁,调出之前跟陈娟的聊天记录,递给他们看:"你们自己看吧,刚才陈娟用她儿子的名义给星星发了信息,我也假装成星星回复了几句。你们看完就知道我想让你们知道什么了。"

王兆杰:在吗,赵星?

赵星:在。

王兆杰:你现在在做什么?

赵星:刚吃过午饭,在自己房间。

王兆杰:那这会儿可以聊天吗?

赵星:聊什么?

王兆杰:昨天晚上说好的,把你们为什么要做那件事讲给我听。

赵星:我们做的什么事?

王兆杰:你们五个人为什么要策划绑架案,昨天不是说好,今天中午讲给我听吗?

赵星:你说什么?

王兆杰：赵星，是你本人吗？

赵星：陈警官，你有资格问我这个问题吗？

看完这段简短的聊天记录，苏静和赵从光大惊失色，苏静骇然道："什么意思？这起绑架案是星星他们五个人策划的？"

"这话虽然是陈娟说的，但看上去，是星星昨天晚上告诉她的，而且还约好今天把这件事详细地告诉陈娟。"赵士忠说。

"怎么可能？明明是冷春来绑架了他们，怎么变成自己策划的了？"赵从光困惑至极。

"我也想不通。但是从逻辑上来说，陈娟不可能突然冒出这句话来，只可能是昨晚星星告诉她的。"

苏静沉思一刻，说："这事我们凭想象是想不出来所以然的，要么问星星，要么问陈娟。"

"陈娟估计也不知道，否则她就不会让星星把这件事讲给她听了。很明显，她今天借儿子的名义联系星星，就是想从他口中套话，结果被我发现了。"赵士忠说。

"那您跟她发了这么一大段语音，说的是什么？"赵从光问父亲。

"你们自己听吧。"

苏静和赵从光点击那条语音信息，把父亲怒斥陈娟的话听了一遍。赵从光说："爸，我理解您想保护孙子的心情，但您真的不想知道这是怎么回事吗？"

"不想。"

"为什么？"

"郑板桥说难得糊涂，这话是有道理的。有些事情，还是不要搞得那么清楚为好，不然可能会有更多困扰。"

"这话从哲学观点来说，是没错。但是您孙子如果真的做了这样的事情，您就不想知道原因吗？"

赵士忠叹息道："老实说，我不可能真的不好奇。但是我偷拿了星星的手机，还解了锁，并冒充他跟'王兆杰'聊天——当然，对方也不是本人。这件事如果被星星知道了，还会信任我这个爷爷吗？以后恐怕不会再亲近我了吧。"

"原来您担心的是这个，所以您是希望我和赵从光去找星星谈谈？"苏静问道。

"不，你们找他谈，不是一回事吗？其实我犹豫了很久，本来是不打算把这事告诉你们的，但是仔细一想，这毕竟不是件小事，而你们是星星的父母，有必要了解儿子的情况和他的思想动态，就觉得这事瞒着你们不合适，于是告知你们了。但我真不希望你们去找星星谈话，问个明白。特别是现在这种时候，他还在接受心理治疗，医生也叮嘱我们不要刺激他。这时候去问他敏感的问题，又会引起他的情绪波动，不利于康复。"赵士忠说。

"明白了，所以您是希望我们知道这件事，关注星星的思想和行为，但又不要直接挑明了问他，对吗？"苏静说。

"就是这个意思。"

"这样我们不难受吗？一直被吊着胃口。"赵从光说。

"你以为这是什么，追剧吗？你们是成年人，就不能克制一下自己？这难道不是为了孩子好吗？"赵士忠虎着脸说。

苏静和赵从光无话可说了。赵士忠说："你们跟我保证啊，不要去问星星这件事。"

"知道了，爸，我们不会出卖您的。"赵从光说。

赵士忠瞪了儿子一眼。

这时，苏静的电话响了，她拿起一看，说："陈娟打来的，不知道是不是想跟我们谈谈这事。"

"你接啊，听听她怎么说。"赵从光说。

苏静接通电话，跟陈娟短暂地聊了几句，最后回复："行，我和赵从光正好在一起，那我们现在就出来跟你见面。就在高新区公安局对面的那家 2M Coffee，好吗？"

挂了电话，苏静对赵从光说："陈娟约我们俩现在去跟她见个面，你下午没事吧？"

"本来有事，不过这事好像更重要，我推掉吧。"

"行，那我们现在就出去，"苏静站了起来，对赵士忠说，"爸，星星就麻烦您和妈照顾了。"

"没问题，你们去吧，看看这个陈娟又想怎么样。"赵士忠有些厌烦地说。

"王兆杰的手机，我带去还给陈娟吧，看看她怎么说。"

赵士忠把手机递给了苏静。两口子出门，驾车前往约定的咖啡店。

第四十二章　问询

　　这家位于市政公园内的咖啡店窗明几净、光线充足，透过大落地窗还能看到外面绿色的草坪和人工护城河，景色极佳。陈娟已经等候在此了，咖啡店离高新区公安局只有几分钟的步行距离。现在店内没有太多客人，她找了一处靠窗的僻静位置坐下，不一会儿就看到了走进店内的苏静和赵从光。两人径直走过来，赵从光随便点了两杯咖啡，然后和苏静一起坐在陈娟对面的椅子上，他是第一次跟陈娟见面，礼貌地自我介绍道："陈警官，你好，我是赵星的爸爸赵从光。"

　　"你好，我是陈娟。今天耽搁两位的时间，跟你们见面，是想了解一些事情。"陈娟说。

　　"我们也想了解一些事情，"苏静从皮包里拿出王兆杰的手机，"陈警官，这是怎么回事？"

　　陈娟早猜到他们会问这事，也不打算掩盖，直言道："这是我儿子的手机，那天他去看赵星，然后给他的。"

　　"这是你的主意吗，陈警官？"

　　"不，是我儿子的主意。"

　　"而你同意了。"

　　"是的。因为我没有别的办法了，在医院跟赵星见面问话之后，赵市长就明确，不准我再接近赵星。我当然也知道，赵星是未成年人，又是绑架案的受害者，不可能强行传唤到公安局进行审讯。这时候，我儿子王兆杰给我出了一个主意——他去探望赵星，然后悄悄塞给赵星一部手机，以便跟他暗中联系。为了破案，找回另外四个孩子，我别无选择，只有同意了。事实上，我们在跟赵星聊天的过程中，非常注重方式方法，完全没有刺激到他，更没有强迫他，而是动之以情晓之以理，最后，赵星自愿把一些关键的信息告诉了我们。这里面可能涉及一些惊人的内幕，相信你们作为孩子的父母，不可能不关心。"

"你说的是，赵星声称这起绑架案是他们五个孩子共同策划的这件事吗？"

"看来你们已经知道了。那你们问过赵星，这是怎么回事了吗？"

"没有，他爷爷不准我们问，怕再次刺激到孩子。"

"这恐怕是多虑了，赵星既然主动说出这件事，就表示他是愿意说出真相的。实际上，如果不是被赵市长发现，赵星现在可能已经把这事告知我了。"

"但他已经从中阻挠了。"

"你们作为父母，去找孩子谈谈心，还是可以的。"

苏静浅笑了一下："陈警官，我知道你是想让我们去套赵星的话，问出真相。但你想过我们现在突然找他问这件事，有多突兀吗？我不知道你儿子王兆杰用了什么方法获取了赵星的信任，让他打算把这件事和盘托出，但是看上去，赵星原本只打算告诉王兆杰，而不是告知我们任何一个大人。那我现在忽然对他说，其实我什么都知道了，让他把接下来的部分告诉我，他会怎么想？不会觉得自己受到了欺骗吗？对于一个处在叛逆期的少年来讲，你觉得他真的会乖乖地配合？"

陈娟承认，苏静说的有道理。她呷了一口咖啡，思忖片刻，说道："我很不想这么说，但事实是，现在的情况已经变了，赵星亲口承认这起绑架案是他们五个人自己策划的，而冷春来似乎只是配合出演。这样的情况下，我们就有理由强行传唤赵星了。虽然他是未成年人，但是按照法律规定，如果未成年人涉及严重的刑事案件，警方仍然是有权利对其进行审问和调查的。你们希望我这样做吗？"

"所以，陈警官，你是想让赵星认为，你和你儿子王兆杰先用计策骗取了他的信任，套出话之后，再传唤他，逼他说出后续的真相吗？且不说他愿不愿意配合，如果你真的这样做，会给他留下多大的心理阴影，你想过吗？而且我还要提醒一点，赵星现在的精神状况不稳定，有医生的鉴定结果为证。如果你们操作不当，让他病情加重，引发更为严重的后果，我想，我公公乃至我们一家人，都不会善罢甘休，一定会追责到底。"苏静严肃地说。

"是的，陈警官，如果你这样做，就等于直接跟我爸为敌了。他虽然退休了，能耐还是有的，如果闹大了，不但事情变得更复杂，还会让大家都不好看——真的要到这种地步吗？"赵从光说。

果然，这一家老小全都不是省油的灯。陈娟暗忖，端起咖啡杯啜饮一口，暂时没有说话。来硬的显然是不行了，只能迂回作战。

"这事暂时放一下吧。其实我找你们，本来是想了解别的事情的。"陈娟说。

"什么事？"苏静问。

"这起绑架案发生之前，你们的家庭关系怎么样？"

"什么意思？"

"就是说，你们夫妻俩的关系好吗？你们跟赵星的关系好吗？"

赵从光诧异道："陈警官，你为什么要问我们这些问题？这跟破案有什么关系？"

"当然有关系，出于某些特殊的考虑，我不能把原因告诉你们，但是请你们务必如实回答。"陈娟说。

赵从光和苏静对视了一眼。苏静说："我们夫妻关系一般吧，不好不坏，反正没离婚——现在大多数结婚十年以上的夫妻，不都是如此吗？至于跟赵星的关系，他是我们的儿子，又不是我们的朋友，有什么好不好的？父母和孩子的关系，不就是那样吗？"

"话不能这么说，即便是亲子关系，也有亲疏之分的。有些家长和孩子的关系非常亲近，无话不谈，堪比好友；有些则仅仅是被血缘关系束缚，双方都只是在尽基本义务罢了。作为警察，各种情形我都见过，那么，你们属于哪一种？"陈娟问。

"我和赵星的关系大概介于两者之间吧，没有你说的那么亲密，也没有第二种那么疏远。这孩子从小就有点调皮捣蛋，学习也不自觉，惹我生气的时候不在少数。但毕竟是我的亲生儿子，把他从一个小婴儿养到现在，我自然倾注了很多感情——其实我真的不明白，你问我们这个问题意义何在？"苏静说。

陈娟没有回答，而是望向赵从光："你呢？"

"我和赵星的关系吗？"赵从光问。

"是的。"

"还行吧。"

"这个回答太抽象了，我来问几个具体点的问题吧。你知道赵星所读的班级是几班吗？"

"……"

"答不上来？那么，你参加过任何一次家长会吗？"

"……没有。"

"你最近一次带赵星出去玩，是什么时候？我说的是你们父子俩单独出去玩。"

"我不知道，忘了，"赵从光有些不耐烦起来，"好像是他读小学的时候吧。"

"你知不知道赵星喜欢吃什么？"

"炸鸡、汉堡之类的吧。"

"其实是牛排、海鲜和意面。"苏静摇了摇头，对陈娟说，"别问了，我可以告诉你，赵从光和赵星接近你刚才说的第二种亲子关系。"

"我明白了。"陈娟颔首道。

赵从光却迷惑了："陈警官，你明白什么了？我承认，我对赵星的关心和了解是不够，但很多父亲不都是如此吗？我又不是特例。我是一家公司的负责人，有很多工作要处理，纵然没法把太多心思放在孩子身上，但我也默默关爱着他。比如他经历这起绑架案后，这段时间我每天晚上都陪着他，这难道不能证明我对儿子的爱吗？"

"这倒是真的，"苏静说，"这件事之后，他现在晚上都会回家了。"

陈娟听出了苏静话中的讽刺意味，问赵从光："这么说，你以前经常夜不归宿？能说说不回家的原因是什么吗？"

"陈警官，这是我的私事，如果没有触犯法律的话，我拒绝回答这种涉及隐私的问题。"赵从光愈发不耐烦了。

"但我不能确定你有没有触犯法律。"

"什么？《宪法》修订过了吗，结了婚的男人晚上不回家都犯法？"赵从光冷哼一声。

"不回家是不犯法，但大家都是成年人，你刚才也承认不回家涉及隐私问题，所以我大概能猜到是怎么回事。所以需要提醒的是，嫖娼或重婚都是犯法的，你知道我随时都能调查出你最近一年的行动轨迹吧？"陈娟说。

赵从光的表情凝固了，脸色变得十分难看，也没有刚才的霸道气场了。苏静望着他："你被说中了哪一点？"

"什么说中了……我没有做那样的事情。"

陈娟从赵从光瞬间透露出的惶恐表情中，得知自己戳到了他的某个软肋，但她真正关心的并不是这些，说道："其实这些事情通常不归我们刑警管，但并不代表我们没有资格管，特别是涉及刑事案件的时候。我并不想追究你的私事，只是提醒你，我现在有调查你的资格，同时希望你能如实回答我的问题。"

赵从光没有说话，脸上青一阵白一阵，气势全无。

"5月20日那天晚上，也就是赵星被绑架的那天晚上，你在做什么？"陈娟问。

赵从光思索一阵，说："我住在我名下的另一套房子里。"

"一个人吗？还是跟别人在一起？"

"一个人。"

"你确定吗？"

"确定，你不信可以去调查。"

"我会的，麻烦把房子的地址和门牌号告诉我。"

赵从光说出一个具体的地址，陈娟记录在手机备忘录中。

"几点去的这套房子？"

"十点过吧，我忘了。"

"进入这套房子后，你出来过吗？"

"没有。"

"有人能证明吗？"

"应该没有吧，我一个人在家。"

"做什么？"

"没做什么，看了会儿手机就睡了。"

"好吧。"陈娟转身问苏静，"你呢，当天晚上在做什么？"

"陈警官，这算是什么，对我们的调查审讯吗？我刚才一直忍住没有说，现在必须说了——你问我们这些，到底是什么意思？该不会认为是我们参与了这起绑架案吧？我疯了吗，绑架自己的儿子？图的是什么，勒索那八百万？你觉得我是需要靠做这种事弄到钱的人吗？而且你知不知道，这八百万里面，有六百万都是我出的？"苏静言辞犀利地问道。

"你别激动，苏静。我没说你们是绑架犯，只是例行问询罢了，我不是只问你们，还会问其他相关的人。"陈娟解释道。

苏静双手环抱在胸前，望着窗外，嗤笑道："好吧，你们这么多天都抓不到绑架犯，反倒怀疑到我们几个家长头上来了，现在的警察真是太有想象力了。"

陈娟不理睬苏静的挖苦："可以回答我刚才的问题了吗，5月20日晚上，你在做什么？"

"我跟另外三个妈妈去高新区公安局报案了。"

"在此之前呢？"

"我一个人在家里。你要问我有没有人能证明吗？没有。"

"那么，报案之后呢？当天晚上我也来了，但我只见到她们三个人，没有见到你。你当时在做什么？"

"我回家了。"

"回家做什么？"

"睡觉。"

"儿子被绑架了，你不着急吗？居然回去睡觉。"

"问题就是，我回去的时候，并不知道他们几个被绑架了。当时民警跟我们说，冷春来说了带几个孩子去吃夜宵，也没有过去太久，让我们再等等，也许只是手机没电才联系不上，或者孩子贪玩没及时回家。我想了下赵星的性格，觉得他做得出来这种事，当时根本没往绑架这方面想，就回去睡了，以为他玩够了自然会回家。"

"所以说，你回去之后也是一个人，没有证人，对吧？"

"是的。"

陈娟点了点头，又问："案发之前，赵星有没有跟你们提过什么特别的事情，任何特别的事情。"

苏静想了想，说："我没有这样的印象。"赵从光更是摇头表示不知道。

"那么，对于赵星说的'这起绑架案是他们五个人自己策划的'，你有没有什么眉目？比如说，你能大概猜到他们这么做的原因吗？"

苏静比画着双手说："我完全猜不到、想不通他们为什么要这样做——如果这事属实的话。但我要提醒你一点，陈警官，我儿子一向有点喜欢说谎，也喜欢吹牛。你就这么相信，他说的是真话吗？"

"我想不通，他编造这种假话的意义是什么。开玩笑或者吹牛也得有个限度，把绑架这种事往自己身上揽，我闻所未闻。"

苏静耸了下肩膀："谁知道呢，也许是觉得这样很酷或者想引起关注？毕竟他只是个十几岁的孩子，谁知道他脑袋里想的是什么。"

陈娟之前准备好的问题，基本上问完了，她对苏静两口子说："好吧，谢谢你们的配合，我们会展开进一步调查的。"

苏静提起皮包，迅速起身，头也不回地快步离开咖啡厅，高跟鞋的鞋跟碰撞地板砖发出的嗒嗒声渐渐远去。赵从光倒没有这么失礼，对陈娟说了声"那我们走了，陈警官"，才追随苏静的脚步离开。

第四十三章　疑点

下午五点之前，何卫东、刘丹和张鑫分别结束了对三个家庭的访问，并及时跟陈娟联系。陈娟让他们立刻回到刑警队，汇总信息。

陈娟坐在三个年轻警察面前，说道："我相信你们去这三个家庭，都问了相似的问题，并了解了一些相关情况。现在我来提问，你们依次回答，刘丹负责记录。"

刘丹点了点头，把笔记本电脑放在膝盖上，做好打字的准备。

"第一个问题，5月20日晚上，案发前后，这几个家庭的几对父母，分别在做什么？"

何卫东说："靳文辉和韩雪妍说，那天晚上他们在家里，没有外出。他们俩都是下班后就回到家，之后没有出去过，直到十一点过，靳亚晨都没有回家，他们觉得不对，韩雪妍才出门报警，靳文辉则留在家中。"

"有人能证明吗？"陈娟问。

"没有，只有他们俩彼此能做证。不过他们说，小区内有监控，应该能证明他们说的是实话。"何卫东说。

陈娟点了点头，望向刘丹，刘丹说："余庆亮和梁淑华的情况跟他们差不多，也是之前在家中，后来梁淑华出门报警，余庆亮留在家里。"

"他们也没有第三个人能提供证明？"陈娟问。

"是的。但梁淑华说，她晚上几乎一直在不同的微信群里聊天，包括她们五个的妈妈群。这些群的聊天记录能够证明，她当时没有工夫做别的事情。"刘丹说。

"微信群聊算什么证明？手机给别人，就可以冒充本人发信息。"陈娟说。

"我查看了梁淑华的聊天记录，其中很多都是用语音发送的，我也听了这些内容，应该是她本人发送的。"

陈娟没有纠结这个问题了，问："那余庆亮呢？"

"余庆亮没有任何有效的证明。"

陈娟望向张鑫，这个胖乎乎的男警察说："陈海莲说她下班后就回了家，十一点过才出门报案。她丈夫邹斌那天跟几个狐朋狗友喝酒去了，接近十二点才醉醺醺地回家，当时陈海莲在高新区公安局报案，他回家后并不知道发生了什么事情，也没管老婆和女儿在不在家，直接就睡了。"

"他跟陈海莲没在一个房间睡觉吗？老婆没在家都会不知道？"陈娟问。

"对，陈海莲立了一个规矩，只要邹斌喝醉了，就不能上她的床，只准睡客房。所以邹斌很自觉地在客房睡了，直到第二天早上起床，才听妻子说，女儿被绑架了。"

"邹斌跟几个朋友一起喝酒，需要核实。"

"是的，所以我让他提供了那几个朋友的联系方式，稍后就可以核实。"张鑫说。

"我这边的情况是，苏静说她那天晚上在家，赵从光整晚都没有回去，而且他好像是长期夜不归宿，估计是在外面有情人。苏静应该知道这件事，竟然默许丈夫出轨，虽然这是他们的家事，但我还是觉得有点不正常，当时不好多问，需要后续进行调查。"陈娟说，"现在，第二个问题，据你们的了解，这几对夫妻和他们的孩子关系怎么样？"

"梁淑华和余庆亮应该非常在乎他们的女儿，我在跟他们谈话的过程中，能够很明显地感觉到他们的焦虑和担忧，人也显得很憔悴，除非他们都是奥斯卡影帝影后，否则我不认为这是能演出来的。"刘丹说。

"陈海莲跟女儿邹薇薇的关系应该很亲密，按她的话说，女儿从小到大几乎都是她在陪伴和管教，邹斌不顾家，除了上缴工资，几乎没有为家庭和女儿做出太多贡献。相比起来，他跟女儿的关系要淡漠一些。"张鑫说。

"靳文辉和韩雪妍应该很爱他们儿子，他们把家里的相册拿出来翻给我看，讲述了靳亚晨成长过程中的点点滴滴，韩雪妍边讲边掉泪，靳文辉的眼眶也红了，应该是真情流露。从照片来看，这两口子非常重视儿子，靳亚晨过生日、入学、旅游、小学毕业……都有他们两口子的陪伴，看起来两人跟孩子的关系都很好。"何卫东说。

"苏静跟赵星的关系属于正常母子关系，没有太亲密，也没有太疏远。赵从光有点类似邹斌，在孩子的成长过程中是缺席的，关系自然不会太亲近。不过赵星回来之后，赵从光倒是对儿子表现出了不同于以往的关心和照顾。"陈娟说，同时示意刘丹记录下来。

等了一会儿，刘丹记录完毕后，陈娟说："第三个问题，你们在跟这三对父母接触的过程中，有没有感觉到比较明显的疑点？"

"娟姐，你上次跟我们说，梁淑华有偷窃癖，并且她可能在学校运动会的时候，偷了陈海莲的手机，对吧？"何卫东问。

"对，怎么了？"

"今天在靳文辉家，韩雪妍提起这件事了。"

"她怎么说？"

"她说那天她跟梁淑华和陈海莲在一起，陈海莲得知梁淑华有偷窃的习惯后，立刻想到她可能偷了自己的手机，然后有些紧张地问了梁淑华一句：'你有没有看过手机里的内容？'"

陈娟眉头一蹙："那天韩雪妍并没有告诉我这件事。"

"对，她说那天当着陈海莲的面，不太好跟你说。今天下午我跟他们单独谈话的时候，她就告诉我了。"

"那她是在暗示什么？"

"她没有明说,只是说把她看到和知道的事告知警察而已。"

陈娟思忖一刻,说:"难道她是在怀疑陈海莲?试想一下,陈海莲的手机里假如有某些见不得人的隐私或秘密,被梁淑华偷走后,这些秘密就有可能泄露。难道她为了灭口,才绑架了这几个孩子?"

"但是知道秘密的不是梁淑华吗?陈海莲为什么要绑架几个孩子呢?"

"我们来假设一种可能:梁淑华偷了这部手机,肯定是不敢告诉任何人的,包括自己的女儿和丈夫。所以她可能会把手机藏在家里的某处,结果被余思彤无意中发现了。她不知道通过什么方式,解锁了手机,然后看到了令人震惊的内容,并在玩国王游戏的时候,告知了另外四个小伙伴。得知此事的四个人全都不好了,没有心思再玩下去。邹薇薇回家后甚至告诉她妈妈,他们知道了某个秘密。陈海莲想起了自己丢失的手机——虽然那时候她并不知道是梁淑华偷的,但不管怎么样,手机丢失意味着秘密可能泄露了,而知道这个秘密的,正是女儿和她的四个好朋友。假如这真是一个非同小可的、会要她命的秘密,她就有可能将几个孩子全都绑架。"陈娟分析道,然后又补了一句,"当然,这只是我的猜测。我们现在不要过多探讨这种可能,还是回到刚才那个问题吧——你们有没有察觉到什么明显可疑的地方?"

"梁淑华的偷窃癖,就是一个明显的疑点,"刘丹说,"虽然后来她行窃的事被韩雪妍和陈海莲撞破,她也在无奈之下承认了,但绑架案可是发生在这之前。试想一下,假如几个孩子得知的是这个秘密,梁淑华会不会为了保住秘密而将他们全部绑架呢?"

"我觉得不至于吧。偷窃癖算是一种心理疾病,她偷的应该也不是什么值钱的东西,就算被警察抓了,最多批评教育或者拘留、罚款,都不会被判刑。为这样的事情,至于做出绑架五个孩子这种丧心病狂的事情来吗?"张鑫说。

"假如她是一个非常要面子的人,觉得这事一旦被公开,她就颜面无存,婚姻和工作都将毁于一旦呢?况且偷窃癖是她自己说的,究竟是不是如此，还需要我们调查和核实。假设她是为自己开脱才避重就轻地说这是心理疾病所致，也是有可能的吧。"刘丹说。

"你的意思是，梁淑华其实有可能是一个厉害的小偷？那她还会去商场偷小东西，并且被人跟踪发现？这手法也太拙劣了吧。"张鑫说。

"这个人的行为模式我不清楚，也没说一定就是这么回事，只是提出假设而已。"刘丹解释道。

"对，现在不用展开讨论。你们可以把觉得可疑和不合理的地方全都提出来。"陈娟说。

张鑫想了一下，说："好吧，那我把我的怀疑也说一下，是关于邹斌的。今天下午跟他们两口子见面后，我有一种比较强烈的感觉，就是陈海莲很瞧不起邹斌，觉得他窝囊、收入低、不管事、酗酒成瘾。邹斌对老婆也是不厌其烦，总之夫妻俩关系很差。我猜想，邹斌之所以经常出去喝酒，或许是在逃避妻子和家庭。那么，有没有一种可能，他想要彻底摆脱呢？方法就是通过绑架赵星等人，弄到一大笔钱，然后跟妻子离婚，远走高飞——毕竟能认识苏静这种超级有钱人，他们又有条件能接触到赵星，这种机会不可多得。"

"为了钱，连自己女儿都不要了吗？"刘丹说。

"这我就不知道了，或许他最终会把女儿放回家，或者本来就跟女儿不是很亲近，就舍弃了女儿也说不定。对他这样的人来说，八百万够他再生养十个女儿了。"

"如果是这样，绑架者就是单纯地为了钱，但是从我们目前调查到的情况来看，似乎并非如此。"陈娟提醒道。

"嗯……"张鑫挠了挠脑袋，"确实，所以我其实也没怎么想明白，只是今天下午跟邹斌接触之后，对他的感觉很不好，就本能地觉得他有点可疑。"

"对了，问你们一个问题，"何卫东对刘丹和张鑫说，"今天下午你们去这两个家庭时，有没有注意他们家里的陈设和环境？"

"就是普通家庭的样子吧，为什么问这个？"刘丹说。

"他们家里干净整洁吗？"何卫东说。

"一点都不干净整洁，甚至算得上有些脏。"张鑫说。

"梁淑华家也是，地板有些脏，衣服胡乱堆在客厅沙发上，餐桌上也一大堆乱七八糟的东西。"刘丹说。

"这就对了。我觉得一般人遇到这样的事情，肯定是没有心思收拾和打扫房间的。"何卫东说。

"怎么，韩雪妍家里恰好相反吗？"陈娟问。

"是的。我走进他们家的客厅，看到的是一个颇有艺术氛围的家，客厅是半跃层设计的，抬高的部分摆放着一架黑色的钢琴，一看就价格不菲，墙上的油画不是淘宝上一百多块钱包邮的印刷装饰画，而是某位现代派画家的真迹，大理石地板砖一尘不染、光可鉴人。皮质沙发上整齐地摆放着一组图案整齐的抱枕，这些抱枕的每一个角都很平整，以至于我都有点不好意思靠上去。其他细节我就不多说了，总之就是，这个家的装饰和布置极有品位、格调高雅，干净程度堪比五星级酒店。如果是在平时，我倒也不会觉得奇怪，毕竟韩雪妍和靳文辉两口子看起来就很讲究，有点洁癖也正常，但是儿子都丢了，生死未卜，这样的情况下，还有心思把房子打扫得这么干净吗？"何卫东质疑道。

"你觉得把房子打扫得干净整洁，和绑架案之间有什么直接的联系吗？"刘丹说，"假如他们是绑架犯，多少会有点担惊受怕，应该更没有心思去收拾房间了吧？"

"我只是觉得有点不可思议，换成我的话，儿子都丢了，哪还有心思打扫卫生。"

"因为你是男的，女人的想法未必如此。老实说，我有时心烦意乱的时候，也会收拾房间，这个过程其实挺减压的。况且你都说了，韩雪妍可能有洁癖，不管儿子丢没丢，她都是没法容忍脏和乱的。"刘丹说。

"好吧，抛开整洁的家不谈，我见到他们两口子的时候，他们都穿着正装，而不是家居服。靳文辉的头发梳理得很整齐，韩雪妍妆容精致，我当时的感觉就是，这两口子在自己家里都这么讲究吗？特别是在这样的特殊时期，都如此注重仪表？"何卫东说。

"你是不是提前电话联系了他们，说要去他们家？"刘丹问。

"是的。"

"那他们可能是为了见客人才注重形象，把家里收拾干净的吧。"

"有这个必要吗？我是去调查案件的，又不是去做客。"

刘丹扑哧笑了："你这就是以己度人了。你自己觉得完全没必要，但是对于他们这样的精英阶层来说，是任何时候都要以精致面貌示人，并保持礼数的。"

"好吧，那可能是我想多了。不过如果真像你说的这样，这两口子可能有点强迫症了！"何卫东摇了摇头，转而问陈娟："娟姐，苏静和赵从光呢，你觉得他们可疑吗？"

"苏静我暂时没发现，赵从光有些可疑。他说案发那天晚上，他一个人住在名下的另一套住宅里，但没有人能证明。这不奇怪吗？一个晚上不回家的男人，要么是在娱乐场所，要么是在情人家中，一个人孤零零地住在另一套房子里，说得过去吗？"

"所以你认为，他有作案的可能性，但是动机呢？"

"动机我不知道。但赵从光肯定是不缺钱的，他的胃口也不会满足于八百万。非要让我猜一个动机的话，我只能猜测，他有某个秘密被儿子和另外几个人洞悉了，因此才做出这件事来。具体是什么秘密，我就不得而知了，需要进一步的调查。"陈娟说。

"那么，我们接下来的任务，就是具体调查这几个人？"何卫东问。

"是的，跟今天的安排一样，我们四个人分别负责调查这四对父母的相关情况，还有他们说过的话的真实性，以及他们的过往、近期的行踪等等。"陈娟说。

"明白了。"三个年轻警察一起点头。

"另外，我再问最后一个问题：你们询问的过程中，他们有没有感觉到，自己被当成了怀疑对象？"陈娟问。

"肯定感觉到了,陈海莲很惊讶地问我,为什么要问这些问题,难道是怀疑到他们头上了吗,我说只是例行调查。"张鑫说。

"靳文辉两口子也感觉到了,直接跟我说,我们的调查搞错了方向。"何卫东说。

"梁淑华和余庆亮当然也感觉到了,对了,余庆亮还说,你们现在该做的,不是尽快找到几个孩子吗?为什么要急于找出谁是绑架者呢?就不怕被真正的绑架者知道后,会伤害孩子们吗?"刘丹说。

陈娟眉头微微一皱:"他原话就是这样说的吗?"

"差不多吧。我当时觉得作为家长的心情是可以理解的,他更在乎的是营救女儿,而不是找出谁是绑匪,所以没有多想。怎么,娟姐,他说这话有什么不对吗?"

陈娟沉吟片刻,摇了摇头,说:"没什么。"她看了一眼手表,"时间不早了,都六点过了,回家吃饭吧。明天一早就对相应的人员展开详细的调查。"

第四十四章　觉醒的她们

晚上九点，许久没人发声的微信群，被陈海莲的一句话打破了沉寂。

陈海莲：@苏静 @韩雪妍 @梁淑华 在吗？

韩雪妍：在。

隔了几分钟，苏静也回复了：在，什么事？

梁淑华：在。

陈海莲：我想问一下，今天警察找过你们吗？

韩雪妍：找过，陈娟身边那个叫何卫东的警察来我们家里了。

苏静：陈娟本人找的我，还有赵从光。

陈海莲：我们也是，来我家的警察叫张鑫，是这次绑架案专案组的成员之一。

陈海莲：@梁淑华 你怎么不说话？

梁淑华：我的情况跟你们一样，来我家的是一个女警察，叫刘丹，也是专案组成员。

苏静：这么说，专案组的四个人分别接触了我们四个家庭。

苏静：而且我都不用问，就知道他们找你们是什么目的，大概问了些什么问题。

苏静：很明显，警察是在调查我们。

陈海莲：对，但这就是问题所在。

陈海莲：他们是怎么想的？

陈海莲：为什么会调查到我们头上来？难道怀疑我们跟这起绑架案有关吗？

苏静：不用说得这么隐晦了，直说吧。

苏静：警察根本就是怀疑，这次绑架案的真正嫌疑人，就在我们四个家庭之中。

陈海莲：但是这怎么可能？

陈海莲：我们是受害者啊！孩子直到现在都没回来。

不过，这条信息被陈海莲迅速地撤回了。

陈海莲：我们是受害者啊！为什么警察会怀疑我们绑架了自己的孩子？

苏静：冷春来呢？她不就绑架了自己的孩子吗？

苏静：既然她做得出来这样的事，我们为什么做不出来？

苏静：这可能就是警察的逻辑。

苏静：当然，可能没有这么简单，四个警察一起调查我们，说明他们把我们这四个家庭的八个家长锁定为了目前的嫌疑人。没有某些明确指向性的线索，警察是不会随便把我们当成嫌疑人的。

韩雪妍：苏静，听这意思，好像你也认为，我们当中真的有人有问题？

苏静：是的。

苏静：其实不只是现在，我之前就有过这样的猜测，只是一直忍住没有说出来而已。

苏静：现在警察的调查方向，等于证实了我的猜测不是无稽之谈。

韩雪妍：你之前就这样想过？

韩雪妍：为什么？

苏静：记得冷春来勒索我们时，发的那条短信吗？她说："我能看到你们的一举一动。"

苏静：当然她有可能是在虚张声势，但我总觉得，她这样说是有把握的。

苏静：也就是说，她真的能办到这一点。

苏静：或者换句话说，我们当中有人能办到这一点。

苏静：因为那几天，我们几个人几乎天天都在一起。

苏静：我当时没有朝这方面想，但是后来仔细一想，发送这条信息的，真的是冷春来吗？

苏静：万一是我们当中的某一个人冒充冷春来发送的呢？

陈海莲：苏静，你这样说，让我觉得很不安……

陈海莲：我始终不敢相信，绑架犯会是我们当中的一个人。

苏静：等一下，我还没有说完。

苏静：除了这一点之外，还有另一件事也很可疑。

苏静：就是交赎金那天，箱子里的八百万现金被神不知鬼不觉调包的事情。

苏静：这件事，我后来想了很久。

苏静：觉得仅凭冷春来想出来的某个诡计，不可能办到这件事。或者说，她没法保证百分之百会成功。

苏静：除非我们当中有人跟她配合。

苏静：明说吧，我觉得一定是我们当中有人暗中搞鬼，绑匪才能完成这个"调包魔术"。

韩雪妍：但是我们四个人不是全程在一起吗？没有任何人单独跟箱子待在一起过。

韩雪妍：要怎样做，才能当着另外三个人的面，把箱子或者里面的钱调包呢？

苏静：这我就不知道了。

苏静：但是，我猜想，这个人或许是利用了另外几个人的心理盲点。

陈海莲：什么意思？

苏静：简单地说，就是我们几个人当时的关注点，全都集中在可能出现的冷春来或者她指派的人身上，从而忽略了身边的人，这样的情况下，如果某人悄悄动了手脚，哪怕就在我们身旁，我们也很难注意到。

陈海莲：但是要把整整一箱钱换掉，或者把整个箱子换掉，可不是动点小手脚就能办到的，我们会连这种事都注意不到吗？

苏静：另外还有一点，就是为什么只有赵星被突然放了回来。

苏静：那天晚上，正好我们组织了三百多个人，打算第二天去南部新区展开搜寻。

苏静：结果还没来得及这么做，赵星当晚就被放回家了。

苏静：你们觉得这是巧合吗？

苏静：我不这样认为，显然，警察也不这样认为，所以才会调查我们。

苏静：当天晚上9点过才开完动员大会，结果11点过，赵星就回家了。

苏静：我想，绑匪要把他放走，总需要点时间和过程吧。

苏静：一两个小时恐怕不够。

苏静：所以我猜，绑匪下午就在策划和准备把赵星放走了。

苏静：就在我们决定要动员很多人搜寻的时候。

苏静：而当时知道这件事的，只有我们四个家庭的人。

苏静：综合以上三点来看，是不是确实很可疑？

苏静：所以警察调查到我们头上来，真是一点都不冤。

韩雪妍：苏静，既然你都分析到这儿了，那你有明确的怀疑对象吗？

韩雪妍：我们四个家庭，四对父母，你觉得谁最可疑？

苏静：我要是知道，今天下午就告诉陈娟了，还会等到现在才说？

苏静：你们不要以为赵星回来了，我就会原谅这个绑架了我儿子的浑蛋。赵星现在精神状况出现问题、被迫停课休学、他以后可能留下的心理阴影，加上整件事的过程中，我遭受的愚弄、承受的损失，全都拜此人所赐，如果知道他是谁，我不会轻饶他的。

韩雪妍：我们就更不用说了，孩子直到现在都没回来，生死未卜。

韩雪妍：我希望这一切只是个误会，我们和警察都搞错了。

韩雪妍：但如果真是如此，我们当中的某一个人是绑架犯，或者哪怕是参与、配合了这起绑架案，我一样不会放过他的！

陈海莲：你们都在这里说狠话，意思是肯定不会是你们，那是我吗？我巴不得把心掏出来给你们看看，我有多恨这个人！

陈海莲：但关键是，否认的话谁都会说，有什么意义呢？

苏静：有一个人不是一直没有说话吗？

微信群沉寂了大约一分钟。

梁淑华：我在呢，一直在看你们发的内容，然后思考这件事。

梁淑华：我当然会否认，因为本来就不是我。

梁淑华：但是说这样的话有意义吗？难道还会有人主动承认？

苏静：确实没有意义。

苏静：但是提醒一句，你们别忘了，除了我们几个妈妈之外，警察调查的还有我们家里那位。

苏静：虽然是夫妻，但是真的了解对方的想法吗？

苏静：或者说，夫妻之间就一定是彼此交心、没有隐瞒的吗？

苏静：万一对方在策划和进行着什么可怕的事情，自己却浑然不觉呢？

苏静：这样的可能并不是完全没有吧。

苏静：至少我就不太吃得透赵从光。

苏静：当然，我只是比较坦诚，直接把这话说出来了而已，不代表我怀疑他就是作案人。

苏静：因为我想不出来他这样做的理由是什么。

梁淑华：那我就更想不出来了，老余是个怎样的人，我太清楚了。

梁淑华：估计杀了他，他也做不出绑架女儿这样的事来。

陈海莲：我和邹斌的关系虽然不太好，但结婚这么多年，自然是了解他的。

陈海莲：人品什么的暂且不谈，我觉得他没有这么大的胆子和魄力去做这件事情。

陈海莲：别说绑架了，排队的时候我叫他插个队他都不敢，怕惹恼了某些人，引起争端。

韩雪妍：我对文辉是绝对信任了解的，我可以百分之百地确定，他不可能参与任何犯罪。

韩雪妍：我和他相互信任到彼此都能用指纹解开对方的手机，随时都可以大大方方地看对方的手机信息。

韩雪妍：所以他不可能有事情瞒着我。

韩雪妍：特别是这种惊天动地的事情。

苏静：算了，不必再说下去了，这跟否认自己跟这事没有关系一样，是没有意义的。

苏静：但我有一个提议。

陈海莲：什么提议？

苏静：我跟陈娟接触几次之后，觉得她是一个聪明干练的警察，判断力和执行能力也很强。

苏静：所以我觉得，作为专案组组长的她，会把主要调查目标集中在我们四个家庭的家长身上，一定是有道理的。

苏静：当然，她肯定不可能把理由告诉我们。

苏静：但我们可以顺着她的思路走。

苏静：积极地配合她。

陈海莲：怎么配合？

苏静：我建议我们都暂时忘掉之前的关系，经历过这件事后，我们可能也很难再维持之前的朋友关系了。

苏静：然后冷静地想想，从认识到现在这接近两年的时间里，以我们对彼此以及对方家庭的了解，有没有谁曾经露出过什么蛛丝马迹。

苏静：只要回想起任何可疑的点，就立刻告知陈娟，帮助警察做出判断。

苏静：毕竟警察才认识我们几天，接触了几次，不可能像我们那么了解彼此。

苏静：怎么样，这个提议，你们接受吗？

韩雪妍：等于说，我们从现在开始，要把对方都当成嫌疑人来看待，并试着找出破绽？

苏静：就是这个意思。

韩雪妍：我同意，但我们提供的信息必须有价值，不能是捕风捉影的怀疑或者疑神疑鬼的猜忌，这样反而会误导警察。

苏静：那是当然，跟警察说一堆胡乱猜测的话，不但帮不了忙，还会让自己显得可疑。

苏静：怎么样，你们俩的意见呢？@陈海莲 @梁淑华

陈海莲：苏静，我没有意见，但是听到你说，我们可能没法再维持之前的朋友关系了，我心里很难受。

陈海莲：经历这件事后，我已经损失很多了，还要再损失好朋友吗？

苏静：我刚才说的是我们"暂时"忘掉之前的关系。

苏静：等事情水落石出，真相大白的时候，我们之间就不存在猜忌和怀疑了，还会是朋友的。

陈海莲：好吧，你这样说我心里好过多了，那我同意你的提议。

苏静：@梁淑华 你呢？

梁淑华：老实说，在你提议之前，我就已经在思考这个问题了。

梁淑华：所以才一直没有怎么说话。

苏静：好吧，那就这么说定了。

苏静：这起案子一定不简单，想要破案，除了依靠警察之外，还需要我们的努力才行。

第四十五章　溺亡的受害者

5月29日，距离绑架案发生已经过去九天了。

为了争分夺秒破案，专案组的成员们将今天的工作时间提前到了早上七点。他们通过各种方式调查苏静、赵从光、梁淑华、余庆亮、韩雪妍、靳文辉、陈海莲和邹斌八个人的家庭背景、社会关系、过往经历、活动轨迹，还有名下的房产和租房记录，并要求银行、支付平台、金融平台、购物平台配合，查询他们近期的收支明细和消费记录，还从通信运营商那里查看了他们近段时间的手机通话记录。总之，几乎把这八个人的方方面面，都进行了彻底调查。

收获自然是有的。

下午两点，陈娟等人简单吃了点面包之后，在办公室开会。他们将上午调查到的所有信息都汇总、打印出来。最后发现，每个人都有值得怀疑的点，但这些疑点又无法构成真正的证据，只是让人浮想联翩。陈娟把这几十页纸全部看完后，陷入了深思。另外三个警察亦然。

"这些信息十分繁杂，"陈娟扬着手里的一叠纸说，"不能说没用，但也不能说特别有用，很多都只是令人生疑罢了，并没有明确的指向性，更不能作为将嫌疑人定罪的证据。"

"是啊，比如说，陈海莲前段时间在不同的超市购买了大量食物，包括零食。这虽然有点可疑，但也在正常范畴，毕竟现在很多人都喜欢囤点食品在家中，以备不时之需。就算我们问到她，她也可以用合理的理由来解释。"张鑫说。

"梁淑华也是,她的网购记录显示,她同样买了不少食品,但这好像是很多人都会做的事情。"刘丹说。

"重点是,她买的食品中有没有赵星提到的那几样零食,还有饮料。"何卫东说。

"有两三样是重合的,但赵星提到的那些零食,本来就是千家万户都会购买的大众品牌,这也能算作证据吗?"

"邹斌的行程记录显示,前段时间,他频繁去往周边的区县。但他是电业局的电工,去这些地方,应该是维修电路吧。"张鑫说。

"可以去电业局查一下他的工作记录,看看他是不是真的去工作。"何卫东说。

"我一会儿就去一趟电业局查证。"张鑫说。

陈娟摇着头说:"我们查询到的这些相关信息,可以一一查证,但是有两个问题。第一,查证这么多信息,需要大量的时间,保守估计也得两三天。但几个孩子被绑架已经九天了,不能再耗下去了,否则他们性命堪忧;第二,还是之前那个问题,就算我们查到了非常可疑的点,但只要不能成为直接的罪证,这个狡猾的绑匪就一定会用各种理由为自己开脱。我就怕耽搁这么多时间,做的还是无用功。"

"暗中跟踪和监视他们呢?"张鑫说。

陈娟仍然摇头:"如果是之前,可能还会有用,但是现在,他们已经知道成为警察的怀疑对象了,还会露出明显的破绽吗?别忘了,这次的对手是非常谨慎的高智商罪犯,而且具有很强的反侦查意识。"

"娟姐,那你说怎么办?"何卫东问。

"为了及时救出几个孩子,恐怕不能使用常规的刑侦方法了,得另辟蹊径才行……"

"又不用常规方法?"何卫东咽了口唾沫,"不会又要像上次'切除杀人事件'那样吧?"

"人命关天,而且这次是四个人,还是孩子!实在没办法,只能如此了。"

"那你想出办法了吗，娟姐？"

"还没有，你们也别赖着我，都好好想想，有没有什么办法，可以在较短的时间内，从这八个人里面，把嫌疑人给甄别出来！"

三个年轻警察和陈娟一起陷入了深思，几个人眉头紧锁，办公室鸦雀无声。

这时外面有人敲门，陈娟喊了一声："请进。"

刑警队的另一位同事郭勇推门进来，说："娟姐，打扰你们讨论了。"

"有什么事吗？"陈娟问。

"是这样，今天上午我们接到报案，在高新区东边的越溪河上，有人发现了一个漂浮在水上的麻袋，觉得有点可疑，就报警了。我们赶到后，组织人把这个麻袋打捞了上来，打开之后，发现里面是一具女尸。"郭勇说。

陈娟不由得紧张起来，问道："怎么，这具女尸跟我们正在侦破的绑架案有关系吗？不会是一个十几岁的少女吧？"

郭勇摇头："不是，是成年女性。"

"知道身份了吗？"

"知道了。我们把尸体运到法医那里后，法医立刻对尸体进行了鉴定，初步得出的结论是，被害人是昨天夜里凌晨一到两点遇害的，并非溺毙，而是被人勒死的，脖子上有明显的勒痕，之后才被装入麻袋中，抛入越溪河。因为死亡时间不算太久，也没有在河里浸泡太长时间，所以尸体没有肿胀，能够辨别出样貌特征。"

陈娟盯着郭勇："你们认出她是谁了？"

"是的。我们结合近期的失踪案——自然就是专案组正在侦破的这起案件，进行人员对比，结果发现，这具女尸很有可能是5月20日跟几个孩子一起失踪的冷春来。"

"什么？冷春来！"何卫东从椅子上站了起来，刘丹和张鑫也震惊地张开了嘴。

"你们今天上午什么时候接到的报案?"陈娟问。

"八点过。"

"尸体昨天晚上被抛到水中,才几个小时就浮在水面上了?"陈娟问,"麻袋里没有放什么重物吗?"

"是的,不但没有放重物,反而放了一些增加浮力的泡沫板,所以这个麻袋才会漂在水面上。"郭勇说。

"看样子,凶手是故意让警察发现尸体的!他唯恐尸体沉下去后,没被人发现,才在麻袋里放了泡沫板!"何卫东说。

"应该是这样,"郭勇说,"但我不清楚凶手这样做的用意是什么。"

我知道。陈娟暗忖。然而,她并没有急着把这句话说出来,问道:"尸体现在就在解剖室吗?"

"是的。"

"马上带我去看。"

"好的。"

"娟姐,我跟你一起去吧。"何卫东说。

"行,何卫东跟我一起。刘丹、张鑫,你们继续思考我刚才说的那个问题。"

"好的,娟姐。"

在郭勇的带领下,陈娟和何卫东来到同一楼层的解剖室,敲门之后,进入其中。一个男法医站在停尸台前,台子上放着一具女尸,颈部以下被白布盖着,只有头部露在外面。法医喊了一声"娟姐",陈娟点了点头,跟何卫东一起走上前去。

陈娟之前没有见过冷春来,但是看过她的照片。此刻,郭勇已经把冷春来的照片打印出来了,递给陈娟,说:"娟姐,你看看吧,外貌特征跟冷春来完全吻合。"

陈娟接过照片,再观察台子上这具苍白的女尸,五官、样貌确实清晰可辨,毫无疑问,就是冷春来。同时,她也看到了尸体脖子上那道明显的勒痕。

"DNA 鉴定已经做了，但是结果要好几天才能出来，不过从外貌看，应该就是前段时间失踪的冷春来了。"法医说。

"是的，不用等 DNA 鉴定结果，也可以确定是她了。"陈娟说。

"除了脖子上的伤，她还受过其他内伤或外伤吗？"何卫东问。

"没有了。颈部被勒紧缺氧窒息，就是她的唯一死因。不过，我在她的身体里检测出了残留的麻醉药剂，说明死者生前被注射或服用过麻醉类药物。凶手勒死她的时候，她可能处于昏迷状态。另外解剖发现，她的胃部几乎没有任何食物残渣，说明她有很长一段时间没有进食。被害之前，她可能就已经非常虚弱了，所以凶手要勒死她易如反掌。即便是一个女人，也能办到这件事。"法医说。

"谢谢你及时提供的尸检报告，对我们正在侦破的案件非常重要。"陈娟说。

"不客气，这是我分内的事。"法医说。

走出解剖室，陈娟问郭勇："能查到凶手抛尸的具体地点吗？"

郭勇面露难色："这个恐怕有点难，越溪河的河道很长，虽然是在高新区区内这一段发现的，但抛尸地点不一定是高新区，可能是上游的某个地点。上游有好几个乡镇，有些路段没有监控，加上又是夜里，很难分辨车辆和行人，所以……"

"我知道了。郭勇，死者既然是我们专案组正在负责的案件中的人员，那这起抛尸案就和绑架案并案调查，还是由专案组负责。谢谢你告知我此事，你去忙吧。"陈娟说。

"好的，那辛苦你们了，娟姐。"郭勇离开了。

陈娟和何卫东站在走廊上，陈娟眺望远方出神，隔了几分钟，何卫东问："娟姐，你是不是在思考，凶手为什么要杀死冷春来，以及故意让警察发现她的尸体？"

陈娟表情凝重地说："我能想到凶手这样做的原因。"

"是在警告我们吗？如果我们再调查下去，那几个孩子的命就不保了。"何卫东说。

"看来你也想到了。"

"这也太明显了。正常逻辑下,凶手应该想方设法不让警察发现尸体才对,但这个凶手不但把尸体抛在高新区的河道中,还在麻袋里放入泡沫板,这分明就是对警察的一种挑衅和威胁。他是在提醒我们,他手里可是还有四条人命的,如果我们再调查下去,后面可能还会有人丧命。"

"是的,凶手的这一行为,至少证明了两件事:第一,我之前的判断是对的,冷春来确实不是这次案件的主谋,而且很有可能跟那几个孩子一样,是受害者!法医不是说她胃里空空如也吗?也许从失踪那天起,真正的绑匪就没让她进过餐,并且将她监禁了起来;第二,我们昨天的判断也是正确的,绑匪就在这八个家长之中!昨天调查了他们之后,有人心虚了,担心警察持续调查下去,迟早会查出真凶,所以当晚就杀死了冷春来,然后抛尸河中,故意让我们发现,目的就是警告我们不准再调查下去!"

"那我们该怎么办?凶手等于是发出了无声的要挟,我们要是继续查下去,说不定下次发现的,就是某个孩子的尸体了。"

"我当然是不会妥协的,作为警察,要是被凶手要挟一下,就放弃破案,就别做警察了!再说了,如果我们放弃查案,难道这几个孩子就能活下来吗?"

"这倒也是,结局说不定更糟糕。"

"所以我们不可能放弃调查,只不过不能再像之前那样明着来了,要改成暗中调查才行。更重要的,还是我之前说的那个问题——能不能想到一个特别的方法,在短时间内找出这个可恶的凶手,并且一定要阻止他继续杀害人质!"

说完这番话,陈娟表情严峻地望着何卫东:"从现在起,我们几个人要分秒必争,今天晚上就算通宵不睡,也一定要想出一个可行的解决办法!"

"是!"何卫东坚定地回答。

第四十六章　儿子的启发

晚饭时分，陈娟主动提出请三个年轻人去附近的一家餐厅吃饭，之后继续思考和商量破案的方法，算是加个班。三个年轻警察都没有意见，于是四个人来到餐厅，点菜吃饭。进餐完毕后，何卫东说："娟姐请了我们吃饭，那我请大家喝咖啡吧。"

"这主意不错，喝杯咖啡提提神，再接着思考对策。"陈娟说。

"娟姐，看这样子你是真打算让我们熬夜了啊。"张鑫苦笑着说。

"没让你们废寝忘食都算不错了！"陈娟说，"想想那几个被绑架的孩子吧，他们真等不起了。"

"明白！"张鑫点头道，"不过，咖啡馆里不方便探讨案情吧，万一隔墙有耳，被人听到怎么办？"

"这倒是，那我点星巴克的外卖吧，就在刑警队的办公室喝。"何卫东说。

"行，"陈娟说，"咱们回办公室。"

接下来的两个多小时内，四个刑警竭力思考，不时有人提出方案，供大家讨论。遗憾的是，这些方案都存在一定的弊端，在具体实施方面有一定的问题，被一一推翻了。其间，王传平给陈娟发了好几次微信，问她怎么还不回家，陈娟说还在加班。

九点半的时候，王传平打来了电话，说："陈娟，我知道你破案心切，但我也要提醒一下，你没以前那么年轻了，用脑过度的话，又会头疼，从而导致失眠，这不是影响第二天的工作效率嘛，反而得不偿失。"

陈娟没吭声，其实从下午开始，她的偏头痛就隐隐发作了，只是一直忍着没有说出来。王传平这么一说，她感觉头疼得更厉害了。

"你怎么不说话？被我说准了吧？那你真不能再继续工作下去了，回家洗个热水澡，休息了。"

"我知道了。"陈娟说。三个属下就在旁边，她不想跟丈夫多说，挂断了电话。

何卫东就坐在陈娟旁边，听到了王传平说的话，他说："娟姐，你先回家休息吧。我们三个留下来再讨论一会儿，今天晚上就算熬通宵，也要想出一个切实可行的办法。但你就别熬夜了，你可是刑警队和专案组的主心骨，千万不能透支体力和健康，身体垮了怎么办？"

"何卫东说得对，娟姐，你先回去吧。"刘丹说。张鑫也跟着点头。

陈娟想了下，说："好吧，那就辛苦你们了，想出主意了，随时跟我沟通。"

"好的。"

陈娟走出公安局大楼，驾车回家，途中路过一家药店，买了盒风油精，回到车上涂抹在太阳穴上，头痛多少缓解了一些。

到家已经快十点了，儿子王兆杰也刚回来，和爸爸一起在客厅吃水果。王兆杰说："妈，你才下班吗？"

"嗯。"

"还是那起绑架案吧？这两天没有什么进展吗？"

自从让儿子不用再跟赵星发信息之后，陈娟就没有再把案情发展告诉过王兆杰，此刻也是简短地搪塞了一句，就岔开了话题："还是有些进展的——最近又考试了吗？"

"天天都在考，我成绩没问题的！"王兆杰把话题又拉了回来，"妈，有没有什么我能帮上忙的地方？"

"你怎么又来了？"王传平不悦地说道，"不是让你别管大人的事吗？"

"你怎么老把我当小屁孩看啊？"王兆杰也不高兴了，"我已经帮上……"

话说一半，他停了下来。王传平问："你说什么？"

"没什么。"

"总之你妈累了一天，别再问她工作上的事了，让她歇会儿吧，不然又该头疼了！"

王兆杰只好不吭声了。陈娟坐到沙发上，吃了点葡萄，对王传平说："那个头部按摩仪呢，帮我拿一下吧。"

"你看我说什么，果然头疼了吧。"

"好了别说了，帮我拿来。"

王传平去卧室拿来"八爪鱼"，帮陈娟戴在头上，按下触控键，"八爪鱼"便蠕动起来，收缩、揉捏。陈娟闭上眼睛养神，过了几分钟，王兆杰在她耳边说道："妈，我爸去卫生间洗澡了，你跟我说说呗，现在到底什么情况？"

陈娟缓缓睁开眼睛："你还真不打算让我休息一下啊？"

"我还不了解你吗？只要没破案，你肯定没法放松，也不会允许自己真正地休息。没猜错的话，你现在脑子里还在想着怎么破案吧？"

心思被儿子说中了，陈娟一时语塞。王兆杰说："你不用把具体案情告诉我，只需要跟我说，现在遇到的最大问题是什么就行了。"

"我跟你说了也没用。"

"你怎么知道？之前你也认为我帮不上忙，后来不就帮上了。"

陈娟叹了口气，取下"八爪鱼"，按下暂停键，对儿子说："那好吧，我问你一个问题，如果确定了嫌疑人是某几个人，但是缺乏决定性的证据，导致难以分辨真正的犯人是谁，该怎么办？"

王兆杰挠了挠头："这个……不了解案情的情况下，我确实没法回答。"

"所以我说，你帮不上忙，去洗澡睡觉吧。"陈娟打算再次戴上头部按摩仪。

"等一下，"王兆杰拉着妈妈的胳膊，"能不能设一个套，让嫌疑人自己往里面钻呢？用某种计策引诱他说出实话。"

"这就是我们专案组成员想了一天的问题。这种形式我当然想过，但关键是，具体该怎么做呢？你有什么办法，能让一个人轻易说实话吗？而且前提是，这个人比一般人狡猾得多。"

王兆杰思索了一会儿："让一个人说实话，我能想到的，就只有国王游戏了。通过'国王'的命令，让某个人必须说实话。"

陈娟苦笑了一下："你当这是玩游戏呢？只要定下一个规则，每个人就会乖乖地遵守？"

王兆杰咂了咂嘴，他当然也知道，这不现实。

"好了，兆杰，咱们都别想这事了，我确实有点头疼，再想下去今天晚上就要彻底失眠了。"

"好吧。"王兆杰略有些沮丧地走开了。

陈娟再次戴上"八爪鱼"，按摩头部。她刚才说的是真心话，确实不能再动脑筋了，否则就是对脑力和体力的双重透支。这样做的结果是影响明天的精神状态，让自己全天都十分疲倦，工作效率大打折扣。虽然说的是今天晚上一定要想出解决办法，但她心里清楚，这种事情不能强求，她自己也好，何卫东他们三个人也好，如果就是想不出好主意，又能怎么样，还不是只能第二天接着想。

十分钟的头部按摩结束后，陈娟去卫生间洗漱，之后换上睡衣躺上了床。这一段时间，她没有主动思考，但是人的大脑跟电脑一样，有后台运行功能，其实就是前额叶中的潜意识还在悄然运作，以至于陈娟在闭上眼睛，头靠在枕头上的一瞬间，大脑中突然闪回般地掠过儿子之前说过的一句话，而这句话像一道电流，迅速穿过全身，令她浑身震颤了一下，陡然坐起身来。

身边的王传平正捧着一本书在看，见妻子睡下又突然坐了起来，问道："你怎么了？"

陈娟没有说话，用手势示意王传平暂时不要说话。她在床上静坐着，脑筋迅速运转着，几分钟后，她身体战栗起来，激动地说："我想到办法了！"

"什么？不是叫你别想了，先好好休息……"

王传平一句话没说完，陈娟已经抓起床头柜上的手机，冲出了卧室。她拨打何卫东的电话，对方很快接了起来，陈娟问："何卫东，你们现在还在刑警队的办公室吗？"

"对，娟姐，我们还在思考……"

陈娟打断他的话："我已经想到办法了。"

"是吗？太好了！什么办法？"

"几句话解释不清楚，不过你们也不用太清楚，只需要按照我说的去做就行了。我以后再跟你们解释，现在我只想抓紧时间营救那几个被绑架的孩子！"

"明白了，娟姐，你说吧，我们该怎么做？"

"你和刘丹、张鑫，分别找靳亚晨、梁淑华和邹薇薇的家长，跟他们说，我们有紧急情况，需要立刻跟他们面谈。"

"现在？这都十点过了。"

"那有什么关系？对于丢失了孩子的家长来说，就算是半夜三更把他们叫起来，他们也不会有怨言的！"

"这倒是。那赵星的家长呢？"

"苏静和赵从光，我来跟他们说。"

"好的。见面的地点定在哪里？"

陈娟想了想："让他们到高新区公安局大楼来吧，这不是正式的传唤，只是因为现在这时候，也找不到其他合适的地方了，总不能在夜宵店里谈这事吧，所以就选在公安局的小会议室。"

"知道了，我现在就告诉刘丹和张鑫，然后分别通知那几个家长。"

"不要电话通知，上门去跟他们说这事。"

"为什么？"

"如果上门的时候，发现有人不在家，此人就具有重大嫌疑，立刻进行追踪。"

"明白了。"

陈娟挂了电话之后,进卧室换衣服。王传平惊讶地说:"你这个时候还要出门?"

"对,我想到破案的办法了,必须争分夺秒。"陈娟简短地回答了一句,走出卧室。

夜色中的城市仍然灯火通明,陈娟驾车来到苏静家所在的小区,她正想停好车进入苏静家所在的楼宇,但转念一想,打算用别的方法把他们叫下来,于是拨通了苏静的电话。

"喂,苏静吗?"

"这么晚了,有什么事吗,陈警官?"

"是的,你和赵从光现在都在家吧?"

"在家,怎么了?"

"现在出了一个紧急情况,我需要立刻跟你们面谈,还有另外三个家庭的家长,我已经让同事通知他们了。"

"什么紧急情况?"

"我在电话里无法说明,只能面谈。"

苏静暂时没有说话,明显有些犹豫。陈娟说:"虽然赵星已经回来了,但我想,你肯定也想知道这件事究竟是怎么回事吧?"

"好的,我这就跟赵从光说——在哪里见面?"

"现在这个点,找不到其他合适的地方了,就在高新区公安局的会议室吧。"

"行。"

"你们不用开车,我现在就在你们楼下,坐我的车去就行了。"

"警车吗?"

"不是,我的私家车。"

"好吧,我们五分钟后下楼。"

陈娟挂了电话,走下车,夜风吹过,她的身体战栗了一下,不是因为寒冷,而是源于内心的激动。

第四十七章　国王游戏终极版（一）

高新区公安局的小会议室内，现在有十个人围坐在长桌旁，陈娟和何卫东坐在中间，两侧分别是四个家庭的八个家长。现在的时间是晚上十一点，"重要角色"全部到齐后，陈娟说："这么晚把各位请来，是要跟你们面谈一件重要的事情。"

"是找到几个孩子了吗？"陈海莲急切地问道。

"找到的话，我就会让你们把孩子直接领走了。不过不必失望，如果你们积极配合的话，相信用不了多久，就能找到几个孩子了。"陈娟说。

"我们当然会积极配合！需要我们做什么？"余庆亮问。

"需要你们做的事情，我马上就会讲。"

"陈警官，您刚才说也许'用不了多久'，就能找到几个孩子了，请问具体是多久呢？"靳文辉同样关切地问道。

陈娟想了想，说："假如顺利的话，也许就是今天晚上。"

听了这话，几个家长全都振奋了，梁淑华激动地说："如果是这样，那真是太好了！陈警官，您说吧，需要我们做什么？"

陈娟点了点头，望了一眼身边的何卫东。后者从裤包里摸出一盒崭新的扑克牌——是刚才在一家小店里买的，说道："我们想请几位家长玩一个游戏。"

八个家长全都愣住了，不解地望着两位刑警。邹斌说："这种时候，我们哪有心思玩游戏？"

"我们这样做，当然是有原因的。你们刚才不是说了，愿意积极配合吗？"陈娟说。

"配合没问题，但是玩扑克游戏，这……"

陈海莲用手肘碰了邹斌一下："陈警官不是说了，是有原因的吗？别啰唆了，只要能找回薇薇，别说让我玩扑克游戏了，让我玩儿命都没问题！"

"对，陈警官，你说吧，怎么玩？"梁淑华问。

"你们知不知道，你们几位的孩子，当然还有冷俊杰，在失踪之前迷上玩一个叫'国王游戏'的游戏？"

"我听薇薇说过。"陈海莲说。

"嗯，亚晨也跟我们说过。"韩雪妍说。

陈娟颔首："那么现在我要你们玩的，就是国王游戏。"

家长们面面相觑，每个人脸上都写满了疑惑不解，只是忍住没有发问——除了苏静，她说："陈警官，玩游戏可以，但是我希望你能解释一下原因。否则的话，我们可能很难认真地玩这种小孩子的游戏。"

"可以，那我就把理由告诉你们，"陈娟扫视众人一眼，"我也不跟你们绕弯子了，就直说吧，昨天我们专案组的四位成员，分别跟你们接触和交谈了，相信你们也猜到我们为什么要这样做了。因为目前的很多线索和证据显示，这起绑架案的犯人并不是冷春来，而是你们当中的一个或者两个。事实上，今天上午，这件事得到了证实——冷春来已经被杀害了。而杀死她的凶手，以及这起绑架案的幕后真凶，就在你们当中！"

虽然昨天晚上，四个妈妈已经交流过这件事，但此刻，特别是得知冷春来被杀害后，她们脸上仍然露出难以抑制的惊愕之情。陈海莲捂着嘴说："冷春来……已经死了？那几个孩子呢？"

"我们分析，几个孩子应该还是安全的，不然的话，出现的就不只是冷春来的尸体了。"陈娟说。

"那么，玩国王游戏的目的和意义是什么？"苏静问。

"首先我需要确定一点，你们知道国王游戏的玩法吗？"

"亚晨跟我提起过，但我有点忘了。"

"我也是，薇薇以前说过，但我也忘了。"

"没关系，我现在就告诉你们玩法，"陈娟一边说一边撕掉扑克牌外面的玻璃纸，拿出整副扑克牌，选出黑桃 A、2、3、4、5、6、7 这七张牌，再把"大鬼"加进去，"我说的这个玩法，跟常规的玩法有点区别，更简单，也更好理解。这八张牌中，鬼牌代表'国王'，洗牌之后，大家随机拿一张牌，抽到鬼牌的，就可以行使'国王'的特权——指定在场任何一个人，询问他一个问题。而被问到的人，必须如实回答。很简单吧？"

"被问到的人'如实'回答问题？"苏静冷哼一声，"所以如果我抽到'国王'，问某个人'你是这次事件的真凶吗？'，假如他真的是，就会回答'是的'，然后这起案子就宣告破案了。你是这样打算的吗，陈警官？"

"是的，我就是这样打算的。"陈娟说。

"太好了，以后警察破案，都可以用这个办法，"苏静讥讽地说道，"陈警官，你是不是把我们都当成三体星人了？"

"什么星人？"陈海莲没听明白。

"科幻作家刘慈欣写的《三体》中，三体星人是直接通过脑电波沟通的，思维透明，不会撒谎，不会欺骗——扯远了。陈警官，你不觉得用这样的方式来找出凶手，有点太幼稚了吗？"

"如果你真的认为我的想法幼稚，也许你也有点幼稚。"陈娟说。这句话呛得苏静说不出话来，脸色瞬间变得不好看了。

房间里静默了一刻，陈娟说："孩子们玩这个游戏之前，会发誓遵守游戏规则，也就是说，不管'国王'要求他们做任何事情，他们都会照做，要求他们回答任何问题，他们也会如实回答——这是让游戏能够进行和好玩的前提条件。但是对于你们而言，发这样的誓显然没有任何意义,因为凶手不可能真的这么老实。但是我要提醒一点,我们两个警察会全程旁观你们玩游戏,如果有人在回答某些关键问题的时候说假话,并且被我们识破,意味着什么,恐怕就不言而喻了。那会让自己变成嫌疑最大的人,几乎等同于暴露了凶手的身份。"

"明白了,原来如此。不得不说,这方法很妙。既然如此,我们就开始吧。"赵从光说。

"等一下,我还有个问题,"苏静说,"你们怎么辨别,某个人说的是真话还是假话?"

陈娟拿起桌上的一个文件夹,展示了一下夹在里面的一沓纸,说道:"在把你们八个人锁定为嫌疑人后,你们认为我们会什么都不做吗?我不妨直接告诉你们,最近这一两天,我们通过各种途径,调查了你们的相关情况,收集到的线索和信息,有几十页那么多。所以在开始游戏之前,我再次提醒,别当着警察的面撒谎,这不是一场普通的游戏,我们会全程录音,你们说出的话,有可能成为日后的证据。"

房间里陷入一阵短暂的沉默,似乎每个人都在思索着什么。陈娟说:"怎么样,可以开始了吗?或者说,有人想要退出?"

"现在退出,等于直接承认自己心虚,那这个人肯定就是凶手了。"余庆亮扫视周围的人,没人提出异议。显然凶手也意识到了这一点,不可能主动跳出来成为嫌疑最大的人。

"那么,由我来洗牌和发牌吧。"何卫东说。他抓起桌上的八张扑克牌,把牌全都盖过去,背面朝上,双手把牌洗散,再随机派发给在场的八个家长。

"拿到鬼牌的就是本轮的'国王',直接把牌亮出来吧。"何卫东说。

"我拿到了。"余庆亮把鬼牌翻过来,放在桌上。

"你随便选一个人来问问题。"

余庆亮几乎都没怎么想,就望着邹斌问道:"邹斌,你昨天晚上去哪儿了?"

邹斌大吃一惊:"什么意思?你怀疑我?"

"现在是我在问你。"

"不是……为什么你要问我昨晚去哪里了？"

何卫东说："邹斌，你听清楚规则了吗？现在是拿到国王牌的人在问你，你只能回答，而不是反问！"

邹斌脸上露出十分不自然的表情，极不情愿地嗫嚅道："我昨天晚上十点多出去了一趟，去南部新区了……"

"去干什么？"余庆亮问。

"这是第二个问题了吧？"

"你连第一个问题都没有回答清楚！我问你去哪儿了，自然是指一个具体的地方。我知道你去南部新区了，但是具体去的哪里，你不打算说出来吗？"

邹斌没吭声，有些愤怒地看向余庆亮。

这时，坐在中间的陈娟说道："这样吧，我们把规则稍微放宽一些，提问的人和被问到的人，可以就某个问题自由地对话，不用拘泥于提问的次数，被问的人也可以反问提问的人。总之只要把对方提出的问题解释清楚，让大家都明白就行了。"

没人有异议，于是邹斌和余庆亮继续对话。余庆亮说："昨天下午警察来我们家调查，再加上晚上她们四个妈妈讨论过之后，我们就猜到，这起案件的真凶也许就在我们这几个家长之中。我当时第一个怀疑的人就是你，至于原因嘛……既然话都说到这份儿上了，我就直说了。梁淑华跟我讲过，你们夫妻俩关系很差，而且陈海莲经常抱怨你不赚钱，所以我觉得，你是我们这些人中最迫切需要钱的人。

"想到这一点后，我坐不住了，想去你家找你聊聊，探一下你的口风。没想到刚到楼下，就看到你走下来了，然后用手机扫了一辆共享单车，朝某个方向骑去。于是我也扫了一辆车，跟在你后面，一直没被你发现。到南部新区的时候，你骑车的速度加快了，拐进一条小巷，我稍微慢了一步，就跟丢了。"

听了余庆亮的话，邹斌怒不可遏，说道："我是没什么钱，但我也不缺吃不缺穿，没到要去绑架的程度！更不可能绑架自己的女儿！你也是当爹的人，怎么能怀疑我？"

"那我该怀疑谁？这一圈人里面，哪一个不是当爹妈的？哪一个不是有可能连同自己的孩子一起绑架了的？"

邹斌无话可说了。何卫东说："别再说什么'为什么要怀疑我'这种无意义的话了，既然已经确定了真凶就在你们当中，自然怀疑谁都是有可能的。邹斌，你就直接回答余庆亮提的问题吧，你昨天晚上十点之后去南部新区的什么地方了，去干什么？"

邹斌瞄了一眼身旁的陈海莲，低声道："我去按摩了。"

"什么，按摩？我还以为你去喝酒了。女儿都丢了，你还有心情按摩？"陈海莲瞪着眼睛说。

"就是因为心情太压抑了，才想要放松一下。"

"家旁边那么多按摩的地方，你为什么要跑到南部新区去按摩？"

邹斌不知道该怎么回答，隔了半晌才憋出一句话来："那个地方……按摩得更好一点。"

"按摩店叫什么名字？"何卫东问。

"丽丽按摩……"

陈海莲一听这名字就觉出了端倪，怒道："这名字一听就不是什么正规的地方！行啊，邹斌，你现在学会背着我嫖娼了是不是？"

"什么嫖娼？当着警察的面别瞎说！"邹斌面红耳赤地说道，自己也意识到这事没法用正常逻辑来解释了，"只是……稍微给你捏几下胸啊肚子什么的罢了，没有性交易！我花得起那钱吗？"

"这种地方的小姐也不是什么高级货色吧？要不你跑那么远干吗？就是冲着消费低去的吧！"

"够了，你们俩要吵回家去吵！"陈娟制止道，然后问邹斌，"你说的这家按摩店，我们会去查证的。"

"行，陈警官。丽丽……我是说，按摩店的老板娘，可以给我做证。"

何卫东问余庆亮："你还有什么要问的吗？"

余庆亮沮丧地摇了摇头。

"那就进行第二轮吧。"

何卫东再次洗牌、发牌。这一次拿到国王牌的，正好是上一轮才被询问的邹斌，现在主动权掌握在了他手里，但他却显得有点茫然，似乎并不知道该问谁或者问什么问题。

思索了一会儿，邹斌望向靳文辉，问道："你最近去过些什么地方？"

靳文辉一愣："你问我？"

"是的。"

"你说的'最近'是指什么时间范围？"

"就是绑架案发生的前后十天吧。"

"这二十多天的时间里，我去过的地方多了，你不可能要我一一说出来吧，我也记不住那么多。"

"那你就说，有没有去过周边的区县或者异地。"

靳文辉回想了一下，说："这段时间我基本上都待在本市，好像出过一次差……对，绑架案发生前，我去过苏州出差，在那里待了两天，是跟公司的另一个同事一起去的。"

"怎么去的？"

"当然是乘坐飞机，苏州这么远，难道开车吗？"

"绑架案发生之后，你就没有离开过本地了？"

"对，儿子失踪了，我自然非常着急，跟公司请了假，连上班都没去，更不可能去外地出差。"

"好吧，我问完了。"邹斌说。

何卫东再次洗牌和发牌，让拿到国王牌的人说话。陈海莲把手里的鬼牌放在桌上，犹豫许久后，望向梁淑华，说："对不起，我不想当着这么多人的面提这件事，但是为了找到薇薇，还有另外几个孩子，我实在是没办法了，因为这些人中，我最怀疑的，就是你。"

第四十八章　国王游戏终极版（二）

听到陈海莲这样说，梁淑华的脸瞬间变得煞白，她当然知道陈海莲说的"这件事"是什么，惶恐地摇着头，乞求道："海莲，求你，不要问这个。我发誓，我跟这起案子没有关系！给我留点颜面，求你了！"

梁淑华说这话的时候，眼泪都流下来了，陈海莲见状，便有些于心不忍，抿着嘴唇不说话了。苏静打量了一下她们俩，说道："什么意思？有什么事是不能提的吗？"

其实在场的人，除了苏静、赵从光和余庆亮，都知道梁淑华有偷窃癖的事。而梁淑华最在乎的，自然是丈夫，其他人知道倒也算了，如果让丈夫知道这件丢脸的事，她的婚姻便会出现危机，家庭也会随之破裂，这是她最不愿看到的局面。

苏静观察了一下周围的人，发现大多数人都是一副了然于心的表情，聪明的她立刻意识到了："看来你们都知道这事，只有我和赵从光不知道吗？"

她转向陈海莲，说道："不过，你刚才都把话说到这份儿上了，说你最怀疑的人，就是梁淑华，要是不把这话说完，恐怕是没法收尾了。"

陈海莲深吸一口气，下定决心说道："梁淑华，我知道这件事对于你来说很丢脸，你也不希望别人知道，特别是你丈夫余庆亮。但是你也知道，这是一种心理疾病，得了病就不该讳疾忌医，我相信老余就算知道了这件事，也会理解和帮助你的。所以，为了把这件事搞清楚，你还是让我问吧。如果你不是凶手，肯定也希望能洗清嫌疑吧？"

梁淑华无话可说了，绝望地闭上了眼睛。余庆亮茫然道："你们在说什么？"

"梁淑华有偷窃癖，老余，这件事你可能一直都不知道。要不是我们亲自目睹，加上她自己也承认了，我们也不可能知道。所以我现在想问的是，梁淑华，你的这个秘密，是不是被你女儿无意间知道了？然后她又告诉了另外四个小伙伴。你得知此事后，害怕他们泄露秘密，所以……"

没等陈海莲说完，梁淑华就哭喊起来："所以我就把他们五个人全都绑架了，然后杀掉灭口吗？陈海莲，你到底把我想成什么人了？对，偷窃癖这事是很丢脸，但还没有到为此杀人的程度！更别说被绑架的人里还有我自己的女儿！只要思彤能安然无恙地回来，你让我把这件事告知全天下都无所谓。我这样回答，你满意了吧！"

"你别激动，好吗？咱们好好说。偷窃癖这事，是你自己告诉我们的，只偷一些不太值钱的东西，也是你自己说的。万一事实并非如此呢？比如说，其实你偷窃过某些非常贵重的物品，一旦被曝光，就将面临数十年的刑期，整个人生都毁了，这样的情况下，你做出极端的事情，就并非完全不可能了吧？"陈海莲说。

梁淑华不再咆哮了，凄然一笑，说："随你怎么说吧，警察如果能查到我偷了什么国宝或者价值连城的古董，那就把我送进监狱好了。反正我的人生也快要分崩离析了。"

陈海莲不知道该说什么了，对何卫东说："我问完了。"

"那继续下一轮。"何卫东说。

这一次的"国王"是靳文辉，他把鬼牌放在桌面上，说："我想不出来该问谁什么问题。"

"那你是要放弃这次机会吗？"何卫东问。

"不，让我想想。"靳文辉思索一阵，对余庆亮说，"老余，我不是针对你啊，只是觉得如果什么都不问，会破坏游戏规则，所以就问你一个问题吧。你说昨天晚上跟踪邹斌，然后跟丢了，那么之后，你做了什么？"

"跟丢之后，我在附近找他，结果没找到。我没想到他会在一家不起眼的小按摩店里。"

"你找了他多久？"

"几十分钟吧。"

"然后呢，就回家了吗？"

余庆亮沉默片刻，说："没有立刻回家。"

"那你在南部新区做什么？"

"漫无目的地四处闲逛，幻想着能不能突然发现藏匿思彤他们的地方。"

"你觉得他们一定会在南部新区吗？"

"当然不确定，但我也没法把整个市区都找一遍吧。南部新区是离得最近的。"

"那你什么时候回的家？"

"凌晨三四点钟。"

"这期间，有人能证明你在做什么吗？"

"我一个人出的门，大半夜的，大家都睡觉了，当然没人能帮我证明。"

靳文辉点了下头，问梁淑华："抱歉，虽然按照游戏规则，我不能向两个人提问，但这个问题是与之相关的，所以为了把事情弄清楚，只有问你了——你知道老余昨晚出去的事吗？"

"知道，"梁淑华有气无力地回答，"他说想去找邹斌谈谈。"

"那他什么时候回去的，你知不知道？"

梁淑华摇头："我睡着了，早上醒来的时候，看到他睡在客厅的沙发上。"

"他的衣服是干的还是湿的？"

"什么？"

靳文辉重复了一遍问题。梁淑华说:"衣服放在旁边的凳子上,我没有看出来是湿的。"

"那就是干的了。"

"应该是吧,怎么了?"

靳文辉再次望向余庆亮:"昨天晚上,我记得下了大雨,南部新区离高新区这么近,应该也下雨了吧?"

"嗯。"

"你刚才说,在外面漫无目的地逛了几个小时,不可能没有淋到雨。但是回到家后,你的衣服竟然是干的?"

这时,所有人的目光都集中在余庆亮身上,包括陈娟和何卫东。余庆亮顿时有点慌了,说:"我回到家,肯定换上干的衣服了啊!"

"那被雨打湿的衣服呢?"

"短裤和T恤,我洗澡时就顺便手搓了,然后晾在了阳台上。"

"这就有点不合理了,你半夜三四点钟才回家,又淋了雨,不觉得累吗?洗衣服又不是什么迫切的事情,为什么不能第二天再洗?"

余庆亮气呼呼地说:"因为这几天我老婆已经心力交瘁了,如果我换在一旁不洗,等于留给她洗,我不想她这么辛苦,就自己洗了,怎么,不可以吗?"

"当然可以。"靳文辉思忖一刻,对何卫东说,"我问完了。"

"那就继续。"

第五轮的"国王",是苏静,她把国王牌扔在桌上,说道:"终于轮到我了,我还担心会不会因为运气问题,一次'国王'都抽不到呢。"

"看起来,你好像迫不及待想要提问了。"赵从光说。

"是的。"

"那你想问谁?"

"你。"

赵从光一怔:"什么?你怀疑我?"

"我不是有理由怀疑任何人吗?"

"但是——"赵从光望了一眼警察和其他人，压低声音说，"我跟你是一家人，我做了些什么，你应该很清楚。"

"现在想起我们是一家人了？你之前那么多个没回家的日子，要是能想到这一点就好了。那些日子你做了些什么，我真的不清楚。"

"那你想问我什么？"

苏静凝视着赵从光的眼睛，说道："赵从光，你老实告诉我，你在外面到底有没有情人和私生子？"

"苏静，你能不能分一下场合？"赵从光气恼地说，"这是我们的家事、私事，跟今天的主题有什么关系？你觉得两位警察和另外几个家长，有兴趣听我们在这里掰扯跟案情毫不相干的八卦吗？"

"谁说我问的问题跟案情毫不相干？"

"什么？"

"说不定我问的这个问题，会牵扯出很惊人的内幕。"

"你疯了吗，苏静？你在说什么？"

"赵从光，你是在装糊涂，还是没想好怎么回答我的问题，所以故意拖延时间？"

"我只是不想当着这么多人的面说我的私事，"赵从光瞪着苏静，"我们不能回家聊吗？非得当着这么多人的面说？"

"当着警察的面，只能说实话，这样的机会，我当然要珍惜。回到家还能从你嘴里问出实话吗？"苏静轻浅地一笑，"不过你也不用回答了，你刚才那句话，等于间接地承认了。否则的话，你只需要理直气壮地说一句'没有的事'就行了，何必这么多废话。"

赵从光露出难堪的神情，明显有些哑口无言。良久，他说："就算我在外面有情人和私生子，最多能证明我对婚姻不忠，跟这次的案件有什么关系？"

"你承认这一点，说明你的确是个渣男。渣男自然没有什么道德底线，你会做出怎样令人大跌眼镜的事情，就不奇怪了。"

"那你倒是说说看，我在外面有情人和私生子，跟绑架自己的亲生儿子有什么关系？"

"乍一看，是没有关系，但是如果做一个大胆的猜测呢？其实我之前就这样想过，只是一直忍着没有说出来，今天实在是不想再忍了，干脆当着大家还有警察的面，把这种可能抛出来吧。"

"你到底想说什么？"

"假如——冷春来是你的情人，冷俊杰是你的私生子，那一切就解释得通了。"

此言一出，所有人都露出惊愕的神情，望向了赵从光。赵从光本人更是张口结舌，震惊得说不出话来，好一会儿后，才恼怒地说："苏静，你的想象力也太丰富了吧？这种狗血的剧情都能往我身上安，你怎么不去当编剧啊？"

"我也没说一定就是如此，只是说假如罢了，你先别急，不妨听我把话说完，虽然只是我的推测，但绝非毫无根据。理由有两个：第一，这么多年，我很清楚你的审美喜好，你是文化行业的，冷春来这种有几分姿色的文艺女青年，正是你喜欢的类型；第二，冷俊杰的年龄，正好跟赵星差不多大。

"我之前不是告诉过你吗，十几年前，我怀疑你有外遇的时候，就雇了一个人来调查你，虽然没有实证，但这个人当时就明确告诉我，你有一个情人，还有一个私生子。这对母子没在南坪市，被你安排在外地，你定期给他们生活费和抚养费。但是后来，这个女人不满足于在异地当你的地下情人，便带着儿子来到你所在的城市。而这个私生子的年龄，跟赵星一样大。她用某种方法，让这个孩子跟赵星就读同一所学校，同一个班级。

"这时的你，心里肯定很慌，不知道这个女人意欲何为。你们之间怎么交流，发生了些什么，我猜不到。但我猜，这个女人也许提出了一个过分的要求，那就是让你跟我离婚，然后跟她名正言顺地在一起。但她不知道的是，这是不可能的。因为你爸退休之后，能够当你靠山的，只剩下我娘家的家族企业了。跟我彻底撕破脸，对你绝对没有好处，所以你不可能同意这样的要求。

"但这个女人不肯罢休，甚至威胁你，如果你不照她说的去做，她就把你的丑事全都抖搂出来，让你身败名裂。到时候我不但会跟你离婚，你的父母恐怕也会弃你而去，你的公司自然也会大受影响，如此一来，家庭、名誉、事业，就全都毁了，所以你绝对不会允许这种事情发生。那么，怎么才能堵住这个女人的嘴呢？答案不言而喻。"

苏静说这些话的时候，赵从光面红耳赤，胸口剧烈起伏着，看起来大为光火。他忍住没有打断苏静的话，等她停下来的时候，才说道："我知道，就算我否认，你也不会相信。那我问你，假如真是如此，我只需要对付这个女人就行了，为什么要绑架连同赵星在内的几个孩子？"

"答案不是明摆着的吗？冷春来把这事告诉了冷俊杰，而冷俊杰在跟几个好朋友玩国王游戏的时候，又告诉了他们！这事被你知晓了，迫于无奈，你只有狠下心来，把知道这事的人全都灭口！"

赵从光一只手指着苏静，全身都在颤抖，怒不可遏地说道："苏静，不管怎么说，咱们也算是夫妻一场，我承认，我是有对不起你的地方，但我最近也在想办法弥补，你有必要这样做吗？这么怀疑我，还当着这么多人还有警察的面说出来，你这是要置我于死地啊！你就这么恨我吗？"

"不，你错了，赵从光，我不恨你，真的。那天你跟我解释你为什么会出轨之后，我试着理解你、原谅你，我也真的这样做了。但是当我意识到凶手可能就在我们当中之后，我把每个人都想了一遍，结果发现你最可疑。我今天当着警察的面把自己的猜测说出来，是出于担心和害怕。你出轨倒无所谓，但你如果为了守住自己的秘密，做出这么可怕的事情，甚至还杀了人，我就没法不在乎了。我不能让自己和儿子跟杀人凶手生活在一起！"

"但你猜错了，苏静！事情真的不是你想的这样，你要我怎么说，你才会相信？"

"你只要让警察相信，你真的没有做过这样的事情就行了，你有证据能证明自己是清白的吗？"

"我要是有证据，还在这儿跟你废什么话！"

房间里短暂地沉寂了一刻，陈娟说："这样，苏静的推测，我们已经记录下来了，之后肯定会去调查和验证的。现在，游戏继续吧。"

"陈警官，这个游戏要玩到什么时候？"韩雪妍问。

"这个我心里有数。"陈娟说，望了一眼身边的何卫东。后者点了点头，把八张扑克牌和在一起，再次洗牌。

第四十九章　国王游戏终极版（三）

这回的"国王"又是邹斌，他没有怎么考虑，就问赵从光："可以说一下，你名下有多少套房产吗？"

赵从光苦笑道："现在你们已经把我当成嫌疑最大的人了，对吧？全都问我了。"

"那么，可以回答吗？"

"当然可以。不过你问的是我和苏静名下共同的房产，还是我个人的？"

"都说一下吧。"

赵从光想了想，说："我跟苏静结婚之前，就有两套属于自己的房产。结婚之后的算成夫妻共同财产，总共有八套房。"

"那么加上你自己那两套，一共就是十套房，对吧？"

"没错。"

"都在本地吗？"

"我那两套都在本地，共同财产的不是，有四套在本地，包括我们现在住的那套，还有四套分别在三亚、腾冲、澳门和青岛，是别墅和小高层，你不会是怀疑我把几个孩子藏在某套房子里了吧？遗憾的是，这几个城市都不方便开车到达。至于南评市的那几套房子，警察随时都可以去查。"

"说到房子这个问题，我稍微打断一下，"苏静对赵从光说，"昨天陈警官问你，5月20日晚上在哪里过的夜，你说是在滨江西路那套，也就是结婚前你自己买的两套房子之一，对吧？"

"是的。"

"这套房子因为不是我们的共同财产，所以我一直没有钥匙，当然现在可能已经换成指纹密码锁了。赵从光，你以前经常不回家，是不是很多时候都住在这套房子里？"

"对。"

"那这套房子显然是用来金屋藏娇的了。"

"不，没有哪个女人住在这套房子里。"

苏静想了下，说："也是，如果你要金屋藏娇，完全可以给你的情人买一套房，用她的名字登记，然后长期住在那里，这才是最安全的。"

赵从光没有说话。

"那么，这事就有点不合逻辑了。你不回家，也没有去情人那里，而是一个人住在一套面积三百平方米的大房子里——赵从光，这怎么看都有点可疑，能解释一下原因吗？该不会是你觉得家里太挤了，一个人住要宽敞点吧？"苏静说。

赵从光沉默了，眼睛瞄了一眼陈娟和何卫东，又沉吟一刻，说道："好吧，当着警察的面，我没法撒谎，就实话告诉你吧。这套房子确实没女人长期住在里面，但是，这不代表没有女性朋友会过去玩。"

"哦，原来如此！"苏静冰雪聪明，立刻就懂了，"而且'女性朋友'显然不止一个，对吧？如此说来，这套房子是个'交友沙龙'啊。"

面对苏静的揶揄挖苦，赵从光没有否认，算是默认了。

"但是5月20日那天，你说一个人在这套房子里，原因是什么呢？那天没有'女性朋友'来做客吗？"苏静问。

"那天本来是有一个空姐要来……但是她的航班因为天气原因延误了，要第二天起飞，所以……"

"所以你才独守空房。真是委屈你了赵从光，看来你渣的程度，超出我的想象。"

"随便你怎么说吧，也许我的私生活确实不太检点，但我至少不是绑架犯和杀人犯！"

"我也希望如此，不过这种结论，还是留给警察来下吧。"

赵从光不想继续这个话题了，对何卫东说："可以进行下一轮了吧？"

"稍等一下，"邹斌说，"我突然觉得，房子这个问题，不应该只问赵从光一个人，不如我们都说一下自己名下的房产吧，不管是本地还是异地的，都说出来，可以吗？"

"我觉得可以，"陈娟说，"一次性把这个问题聊透，免得一会儿有人重复提问。"

"那我先说，我和陈海莲就只有一套房产，就是现在的家。"邹斌说。

"我们有两套房产，都在本地，除了住的这一套之外，在东城的老街还有一套房龄五十年以上的老房子，只有三十平方米，旧得都快不能住人了，现在租给旁边的火锅店当仓库，一个月租金只有六百块钱。"余庆亮说。

"我们有四套房产，除了住的这套商品房之外，还有两套小公寓和一间门面房，都租出去了。"靳文辉说。

"就这些了吗？还有没有虽然不在自己名下，但是有使用权的房子？比如小产权房之类的。"陈娟问众人。

没有人说话，好几个人都在摇头。

"那好，继续下一轮吧。"陈娟说。

这次"国王"转到了陈海莲这里，她略微思量了一下，望着韩雪妍说："这次的问题，我就问你吧。"

韩雪妍说："我有什么值得你怀疑的吗？"

"老实说，并没有。但是跟你接触这一年多以来，你，还有靳文辉，都给我一种不太真实的感觉。"

"此话怎讲？我们做了什么虚伪的事情或者在什么事情上骗了你

吗？"韩雪妍问。

"都没有，我说的这种不真实，来源于你们给我留下的印象和感觉，而不是指具体的事情。这么说吧，你和靳文辉虽然没有苏静他们这么有钱有势，但你们的每一方面，都是完美无缺的，"陈海莲掰着指头说，"你们夫妻恩爱，儿子乖巧，男才女貌，外形出众，气质高雅，富有品位，工作稳定，收入颇丰……在你们身上，我看不到任何缺点和瑕疵，以至于和你们在一起的时候，我经常感到自卑。但有些时候，我又会想，这世上真的存在这么十全十美的夫妻和家庭吗？这到底是你们的真实状态，还是努力打造的人设呢？衍生出来的问题就是——你们呈现在我们面前的，是真实的自己吗，还是说隐藏了很多我们看不到的东西？这就是我想问的问题，而且早就想问了，只是今天才有这样的机会而已。"

韩雪妍苦涩地笑了一下，缓缓摇头，说道："真没想到，我们苦心经营婚姻和家庭，努力把日子过好，将自己最好的一面呈现给大家，也会成为疑点。陈海莲，你看电视上的那些明星，任何时候出现在屏幕上，都是光鲜亮丽、精神饱满的，你该不会以为，他们就永远没有烦恼，不知疲倦吧？只是出于自身素养、职业道德和对人的尊重，他们才把自己的苦闷收起来，只呈现好的一面给大家看罢了。我和文辉虽然不是明星，但我们也是这样想的，希望尽量给身边的人带来一种积极向上的感觉，让跟我们接触的人都能心情愉悦，所以你每次看到我们，才会产生'完美无缺'的错觉。但实际上，我们也有吵架拌嘴的时候，也有生活压力和为各种事情烦心的时候，只不过我们把这些负面情绪都收了起来，没有表现给你们看而已！"

韩雪妍叹了口气，继续道："至少外形方面，我承认，我们俩都是比较讲究的人，经常听到一些夸奖我们形象好、有品位的话，就希望尽可能地保持下去，才对得起这些夸赞——这是人之常情吧，有什么好质疑的呢？"

"好吧，我无话可说了，你这样说，确实也有道理。但我跟你接触这么久，总是跟你有一种莫名的距离感，我也说不清楚这是为什么，不过这个问题不用深究了。警官，我问完了。"陈海莲对何卫东说。

何卫东再次洗牌和发牌。这一轮的国王牌，发到了余庆亮手中。他对陈海莲说："我要问的问题，就是你刚才问韩雪妍的那个问题。"

"什么？"陈海莲不明白。

"你有没有对身边的人隐瞒什么重要的事情？"

"我就是一个普通的劳动妇女，有什么好隐瞒的？你觉得我不够真实吗？"陈海莲略有些不快地说，"老余，你怎么老盯着我们这家人，刚才问邹斌，现在又问我。"

"我问你们，自然是有道理的。"

陈海莲愣了一下，有些警觉起来："你为什么这么说？"

"要我提醒一下你吗？去年学校运动会的时候，你是不是丢了一部手机？"

陈海莲脸色瞬间大变，叫了出来："我的手机原来是你拿了？"

"怎么可能？运动会那天，我都没去学校。"余庆亮说。

"那你怎么知道我丢了手机？"

余庆亮叹了口气，望了一眼身边的梁淑华，有点难堪地说："其实你有那样的怪癖，我早就知道了。"

梁淑华惊讶地看着丈夫。余庆亮说："十几年前，我就通过观察和推测，知道了你的小秘密，但因为这事说出来太尴尬了，所以我就一直藏在心里。去年学校运动会之后，我打扫房间时，在床下发现了一个小盒子，里面是一部手机，我略一思量，就猜到怎么回事了。"

梁淑华面色通红地说："但是你怎么知道这是谁的手机？"

"对啊，你怎么会猜到这是我的手机？"陈海莲问。

"因为我上网查过。"

"什么？"

"我是说，自从知道老婆有这样的怪癖之后，我就上网查了很多跟偷窃癖有关的资料。研究这种病的心理学家说，有偷窃癖的人，追求的是一种心理快感，为了最大限度地寻求刺激，他们很多时候会偷身边人的东西，甚至偷了之后，还会故意在被偷的人面前有意无意地展示，以获得最大的快感。床下的这个小盒子，之前都没有，是在运动会之后才出现的，而我老婆在运动会上能接触到的熟悉的人，就是你、韩雪妍、苏静和冷春来了，所以我几乎可以肯定，这部手机是你的。"余庆亮对陈海莲说。

"为什么一定是我的，不会是她们三个的呢？"

"这部手机的价格是两千多元，苏静这样的有钱人，是肯定不会用这种便宜手机的；手机外壳的样式有点土，韩雪妍和冷春来都比较小资和文艺范儿，应该不会用这种样式……剩下的，就只有你了。"

被说得又穷又土，陈海莲却只能干瞪着余庆亮，有火发不出来。好几秒后，她才说："手机有锁屏密码，你是怎么解开的呢？"

"知道手机是你的之后，还不简单吗？你过生日的时候，请过我老婆她们吃饭，所以我知道你生日是哪天，而你设的密码，就跟自己的生日有关，多试几次就试出来了。"

"所以，你偷看手机里面的内容了？"陈海莲紧张地说。

"是的。要我说出来吗，还是你自己解释一下这是怎么回事？"

"解……解释什么？"

陈海莲说话结巴起来，她的这种反应立刻引起了在场所有人的注意。苏静对余庆亮说："这种时候就别打哑谜了，如果你在陈海莲的手机里看到了什么敏感内容或者关键信息，就直接说出来吧！"

"关键就是，没有看到什么关键信息。"

"那你要她解释什么？"

"我没有看到关键信息，却看到了一些语焉不详、引人遐想的聊天内容。如果我没猜错的话，陈海莲每次跟这个人沟通之后，都会及时删除聊天记录，但是手机被偷那天，她还没来得及删掉最新的聊天记录，所以被我看到了。"

"什么聊天信息，你还记得吗？"

"我记在了手机备忘录中。"余庆亮说着把手机从裤包里摸了出来,打开备忘录,念道,"发来信息的人的微信名叫'北方君',他发的第一条信息是'还是原计划?',陈海莲回复了一个字'嗯',对方说'小心点,别被发现',陈海莲回复'我知道',对方又说'事后我会送你一份大礼的',陈海莲回复了一个笑脸表情——就是这样。"

余庆亮说完后,所有人都惊诧地望向了陈海莲,邹斌大声质问:"这是怎么回事?这是你跟谁的聊天记录?"

"我……"陈海莲的身体紧缩起来,脸色铁青。

"余庆亮,这么重要的信息,你怎么不早拿出来?"苏静说,"这已经不是语焉不详了好不好,是非常可疑!"

"是,我当时也觉得可疑。但这毕竟是一年前的聊天信息了,跟绑架案隔了这么久,所以我一开始没有把这两件事联系在一起,这几句话也不能证明他们跟绑架案有直接的关系。况且……要公布此事,就要牵扯出我老婆盗窃的事……不过现在也无所谓了,刚才已经曝光了,所以我才把一年前看到的这段聊天记录说出来,希望陈海莲能解释一下,这到底是怎么回事。"

"这是我的隐私!"陈海莲突然咆哮起来,"我有什么必要跟你们解释?"

"那我刚才说的不是隐私吗?"赵从光说,"都到这份儿上了,还要保护什么隐私?你如果不解释清楚的话,恐怕没法蒙混过关,不如直接承认了吧。"

"承认什么?你别想把锅甩到我身上!"

"那你说,你在跟谁聊天,说的这些话是什么意思?"

陈海莲意识到,今天如果不给出一个合理的解释,必然会成为众矢之的。她紧咬下唇,迟疑良久,终于下定决心,眉头紧皱地说道:"好吧,我说!这个人是我的情人,是在网上认识的,偷偷交往两三年了。"

"什么?"邹斌几乎从椅子上跳了起来,"陈海莲,你这个荡妇!竟然背着我偷男人!"

"你这个晚上跑出去做大保健的,有什么资格说我?"

"我做……这他妈是一回事吗?"

"怎么不是一回事?你可以去逍遥快活,我就必须守妇道,你以为这是清朝年间?"

"你还有理了?信不信我抽你?"邹斌怒不可遏,扬起了左手。

"你现在硬得起来了?抽啊,大不了不过了!"

"我……"

陈娟"啪"地一拍桌子,喝道:"这是公安局,要闹回家去闹!好了,这事暂时搁在一边,继续下一轮!"

第五十章　国王游戏终极版（四）

这次的"国王"是韩雪妍，她把抽到的国王牌放在面前，却没有向任何人提问，而是陷入了深思。何卫东说："怎么，你没有想到该问谁吗？"

韩雪妍微微摇头，有些迟疑地说："不是，我之前就想好问谁了，现在只是在犹豫……该怎么开口。"

"今晚的揭底大戏都发展到这份儿上了，还有什么好避讳的吗？要质疑谁，就直接提出来好了。"苏静说。

"好吧，既然你都这么说，那我就问了。"

苏静发现韩雪妍直视着自己，为之一愣："你要问的人是我？"

"是的。"

"你竟然怀疑我？"苏静哼了一声，双手环抱胸前，跷起二郎腿，"好啊，那你说说看，你怀疑我的理由是什么。"

"苏静，你跟冷春来有没有单独见过面？"

苏静眉头一拧："什么意思？"

"请回答我的问题。"

"我跟她毕竟认识一年多了，应该有过单独相处的时候吧，我记不清楚了——不过，这又怎么样？"

"她单独找你的时候，跟你聊过些什么？"

"我忘了，这很重要吗？"

"是的,很重要。"

"你到底什么意思,韩雪妍?别打哑谜了,打开天窗说亮话吧。"苏静不耐烦地说。

"好吧,那我就直说了。只是猜测啊,你别急着反驳,也别生气。"

苏静歪着头看她,说:"我尽量。"

"我在想,也许就像你之前猜测的那样,冷春来从一开始就是故意接近我们的,当然她最主要的目的,是想接近你。而实际上,她已经这样做了,只是我们都不知道而已。"

苏静盯着韩雪妍,脸上的表情发生了某些转变,并坐直了身体,似乎猜到了对方想说什么。

"你想说,冷春来找过我,把她是赵从光情人的事,告诉了我?"

"是的,她甚至直接告诉你,冷俊杰就是赵从光的私生子。她这样做,很明显就是为了引起你们夫妻不和。她知道你性格强势,猜想你得知此事后,一定会回去跟赵从光大吵一架,然后离婚。最后的结果,就是她可以跟赵从光名正言顺地在一起。但冷春来低估了你,你没有她想象的那么冲动,而是识破了她的圈套,当然不会正中她下怀。你假装不知道此事,没有告诉任何人,但你不可能忍得下这口气,所以你暗中策划,打算除掉对你有威胁的人。"

"韩雪妍,你真是不了解我,"苏静说,"假如事情真像你说的这样,没错,我确实不会蠢到让冷春来如愿以偿,但也不会因此而怒火中烧。你搞错了一件事,就算我要暗中策划对付某个人,也只会是对付赵从光,而不是冷春来母子。"

"你现在当然会这样说,谁知道你的真实想法是什么呢?"

"好吧,我也懒得跟你争辩了。那么从逻辑上来说,丈夫的情人找到我之后,让我产生恨意的,应该是这对奸夫淫妇吧?我为什么要把连同自己儿子在内的五个孩子绑架了?"

"因为醉翁之意不在酒。你想绑架的,并不是这几个孩子,而是当天晚上去接他们的冷春来!你具体用了什么方法把冷春来和几个孩子

五个失踪的少年

弄到某个地方，我不知道，但现在的事实就是——冷春来死了，而你的儿子赵星回家了。这不是对你最有利的结果吗？至于另外那几个孩子，你为什么没有把他们放回家，这是因为这几个孩子都知道这件事——玩国王游戏的时候，冷俊杰告诉他们的！所以，如果你把他们放走，这几个孩子一定会把他们知道的事情说出来，警方自然会怀疑到你头上。因此，你想把亚晨、薇薇他们全都灭口，对吧？"

说这番话的时候，韩雪妍直视着苏静，声音因为激动而发抖。梁淑华震惊地望着苏静，说道："的确……这么一说的话，就全都能解释得通了！"

"你们别听她胡说！没有的事！"苏静震怒道，"韩雪妍，我告诉你，你搞错了！不要再编这种想当然的故事来误导大家了！"

"编这个故事的人，不是你自己吗？我只是顺着你的思路说出自己的猜测而已。"

"但问题是，苏静编的那个故事本来就不是事实！"赵从光说，"我跟那个冷春来没有半点关系！现在你们已经在我和她是情人的基础上分析此事了，简直荒唐！"

"荒不荒唐，我不知道。借用刚才苏静说过的话——这种结论，还是留给警察来下吧！"接着，韩雪妍对何卫东说："我问完了。"

这个时候，余庆亮说："冷俊杰和赵从光有没有亲子关系，做一个亲子鉴定不就知道了吗？"

"那也要先找到冷俊杰人才行。"梁淑华说。

"不必，冷俊杰的家中，特别是他的床上和衣物上，应该能找到一些头发之类的东西吧，靠这些就能做亲子鉴定了。"余庆亮望向陈娟。

"有必要的话，我们会这样做的。现在暂时别管这个问题，游戏继续。"陈娟说。

于是何卫东再一次洗牌和发牌，国王牌转到了梁淑华这里。她思索了一会儿，说："我想问一下，你们知道自己的血型和孩子的血型吗？"

"你是问所有人？"何卫东说。

"是的，可以吗？这个问题如果单独问某个人，好像意义不大。"

"可以，但是能解释一下为什么要问这个问题吗？"

"因为刚才说到了亲子鉴定，我不由得想，在座的父母真的是孩子的亲生父母吗？这个问题我之前也想过——能绑架自己孩子的人，真的是孩子的亲生父母吗？反正我做不出来这种事情，我宁肯自己死，都不可能做出任何伤害思彤的事情。"

"你这一句话，就把自己择出去了。不过，你问的这个问题我觉得没有意义，因为不用管血型，看一下每个孩子的长相，都能看出他父母的影子。怎么可能不是亲生的呢？"苏静说。

"这倒也是……算了，当我没问吧。"梁淑华说。

"不，按照游戏规则，只要提出了问题，就需要回答，"陈娟说，"请各位都回答一下这个问题吧。"

"我是 O 型血，邹斌是 A 型血，薇薇也是 A 型。"陈海莲说。

"我是 A 型血，老余是 AB 型，思彤是 B 型血。"梁淑华说。

"我是 O 型，赵从光是 B 型，赵星是 B 型。"苏静说。

"我和文辉都是 B 型血，亚晨也是 B 型。"韩雪妍说。

"要进行下一轮了吗？"何卫东问陈娟。后者点了点头。

这一轮的"国王"又轮到了靳文辉，他思忖片刻，挠着头说："我实在是想不出来该问什么了，要不就放弃这次权利吧。"

"那么，其他人有什么想问某人的问题吗？"陈娟征询道，"游戏进行到这里，其实也不必在乎什么国王身份了，想要提问的，不妨都借这个机会提出来吧。"

众人沉默了一阵，余庆亮说："好像想不出来该问什么了。"

"就这样每个人都已经疑点重重了，再问下去，恐怕连家里的老人都成嫌疑人了。"苏静苦笑道，对陈娟说，"陈警官，现在都凌晨十二点了，我看这游戏也玩得差不多了吧。请问目前问出的这些线索和信息，可以让你们做出判断了吗？"

"是啊，陈警官，你刚才说，如果顺利的话，今天晚上就有可能救出几个孩子。那现在……还有这个可能吗？"余庆亮关切地问。

陈娟看了一眼手机上的时间，沉吟一刻，说："这样，我给大家半个小时的时间，再好好想一下，还有没有什么想要询问彼此的问题。如果有的话，就提出来；如果没有，半个小时后，我就宣布结果。"

"你说的'结果'是指？"

"当然指的是——谁是这起案件的真凶，以及孩子们现在被藏在何处，这不是你们最关心的问题吗？"

"陈警官，这么说，你已经知道了？那为什么还要等半个小时后说呢？现在就说吧！"梁淑华急切地说。另外几个家长也纷纷点头。

"我还需要一些时间，去验证某些事情。实际上，一个多小时前，我就已经在这样做了。"陈娟说。

"怎么验证的？你不是一直跟我们坐在一起吗？"苏静问。

"你们该不会以为，我坐在这里，只是单纯地旁观吧？你们来公安局之前，我就把刑警队的十几个同事全都叫了过来，他们一直在会议室隔壁的机房里，通过监控设备全程观看你们玩游戏的过程。而我表面上不露声色地看你们玩游戏，实际上一直在观察、思考和判断——哪些人提出的问题，是真正有价值、为了找到孩子的；哪些人提出的质疑，只是在混淆视听，将怀疑目标转移到别人身上。这一过程中，我暗中用微信跟同事沟通，让他们及时查证一些关键信息。现在，大多数信息都已经核实过了，只差最后一两个关键信息。我相信，最多再等半个小时，就能真相大白！"

说到这里，陈娟扫视众人一眼："在此之前，如果这个人愿意站出来自首，以后法院量刑的时候，是可以考虑进去的。"

然而，没有一个人站出来。陈娟说："估计这个人以为，我是在诈他吧。那好，我们就等最后的结果好了。"

接下来的半个小时，时间流逝得格外缓慢，一分钟变得无限漫长。这个房间里的好些人，都感觉仿佛度过了几个小时，甚至几天。陈娟在房间里踱步，不时跟何卫东耳语几句，或者用手机跟外面的刘丹和张鑫联系——没人知道专案组的这几个警察在进行怎样的思考和行动。八个家长表情各异：疑惑、不安、紧张、期盼。他们彼此都没有说话，共同等待着最后时刻的降临。

终于，半个小时过去了。刘丹走进会议室，来到陈娟面前，在陈娟耳畔低语了几句，陈娟说：“我明白了。”

她望向众人，表情严肃地说：“现在，我可以把结果告诉你们了。”

八个家长一齐凝视着陈娟，屏住了呼吸。

陈娟的视线落到一个人的身上，说道：“陈海莲，你被捕了。”

陈海莲的表情凝固了，一张脸变得如同白纸一样惨无血色，她身体颤抖、嘴唇翕动，在众人震惊的目光下，许久才憋出两个字：“……什么？”

"正常情况下，警察抓人需要检察院批准，公安机关签发逮捕证后，才执行逮捕，但现在是凌晨十二点，属于特殊情况，所以我们可以依法将你拘捕，之后再补办手续。"陈娟说。

"陈警官，你搞错了！我不是绑架犯，也没有杀人！"陈海莲从椅子上站起来，嘶吼道。

"冷静点，先坐下来，我现在还不打算把你抓走，你可以听我把话说完。"

陈海莲哭泣着坐了下来，不停抽泣着。陈娟说：“我只是说你被捕了，没有说你是这起案件的嫌疑人。”

"那为什么……"

"因为你在另一件事情上犯法了。"

陈海莲的脸再次僵硬了。

陈娟说：“之前，被余庆亮指出你一直在跟一个叫‘北方君’的人联系时，你说这是你的地下情人，对吧？但你撒谎了，我让刘丹立刻调查了这个人，发现他是一个酒水营销商，四十多岁，獐头鼠目，脸部有小面积烧伤，怎么看都不像是偷情的合适人选，反倒是一个有前科的人。之前在另一个城市，他就因为非法贩卖来源不明的高价白酒，坐过两年牢，出狱之后来到南玶市，又干起了以前的勾当。但这个人心理素质很差，刚才警察上门的时候，一提起你，他表情就暴露了，没过多久，就全都招了。

"陈海莲，你是本地一家知名酒厂的质检员，利用职务之便，你在最近三年内，多次将酒厂未经勾兑的原浆酒私自携带出厂，交给'北方君'，由他非法销售，然后给你提成。据说这种原浆酒在正规商家那里是买不到的，一些好酒之人又特别喜欢喝这种原浆酒，将价格炒到了一万多元一瓶。你这三年偷偷带出来的酒，价值几十万，给酒厂造成了重大损失，已构成职务侵占罪，所以我们将依法逮捕你。

"刚才余庆亮提起这个人的时候，你为了掩盖此事，不惜将他说成你的情人——毕竟婚内出轨，比起违法犯罪来说，要好多了。但这种谎话很容易穿帮，你也没有想到我们这么快就查清了，对吧？现在你还有什么好说的吗？"

陈海莲脑袋低垂，略略摇头，面如死灰。

"好了，回到最重要的事情上。现在我要指出的，是这起绑架案的嫌疑人，以及杀死冷春来的凶手。"

陈娟环视众人一圈，目光落到两个人身上，掷地有声地说出了两个名字。

所有人都惊呆了，一起望向这两个人。他们俩则是一脸的惶恐、惊悸和不可思议，好一阵后，其中一个说道："陈警官，你肯定搞错了。"

"都走到这一步了，还有必要演下去吗？"陈娟目光犀利地望着两人，再次说道，"韩雪妍，靳文辉。"

第五十一章　第六个孩子

"陈警官,你凭什么说我们俩是这次事件的真凶?"靳文辉问道。

"都到这份儿上了,你居然还能如此冷静和理直气壮地问我,你们的心理素质也着实过硬,至少比刚才那个'北方君'强多了。"陈娟带着讥讽的口吻说道。

"你说我们是凶手,需要证据吧,请问证据是什么呢?"靳文辉说。

"证据就是,在刚才玩的国王游戏中,你和韩雪妍分别回答了一些问题,但是至少有四次,你们撒了谎。而其他人——除了刚才已经指出的陈海莲之外,说的基本上都是实话。比如,我们从医院那里查到了冷俊杰的血型,证实冷俊杰不可能是赵从光的儿子,等等。其他的我就不详细说明了。"陈娟说。

"我们撒什么谎了?"

"第一次,是邹斌问你这段时间去过哪些地方,你说基本上都待在本地,只去苏州出差过两天,对吧?但是刘丹他们调出你家所在小区的监控视频,发现你有几个晚上都外出过,好几个小时后才回去,你能解释一下,这是怎么回事吗?"

"邹斌问的是,我有没有去过周边的县市或者异地。我晚上出去,是因为亚晨失踪后,心情郁结导致失眠,所以出去散心,顺便到各处寻找孩子,并没有离开本地——哪里撒谎了?"靳文辉说。

陈娟淡然一笑:"我就知道你会这样说。你们俩非常狡猾,行事也十分谨慎,你出门之后,就消失在了夜色中,之后这几个小时的行踪,我们确实也没有查到。好吧,这个问题暂时放在一边,现在说一下你们第二次撒谎。

"还是邹斌提的问题,一开始他问赵从光有几套房产,后来要求所有人都回答一下这个问题。你们自然也回答了,你当时说你们有四套房产,一套商品房之外,还有两套小公寓和一间门面房。我提醒了一句,还有没有虽然不在自己名下,但是有使用权的房子,你们就没有再开腔了——这就是问题所在!"

陈娟望向韩雪妍:"你是不是以为,我们警察肯定调查不出你的另一套房产?因为这套房子,是你过世的奶奶留给你的一套农村自建房,在房管局没有备案,当然也没有过户记录,只是你奶奶通过遗嘱留给你的,但你有使用权!"

说到这里,陈娟手指点了点桌上的文件夹:"这套房子我们一开始没有查到,这也是你们坚信不会被警察发现的原因——既在外地,房管局又没有备案。警察不是神仙,不可能猜到像你这种光鲜亮丽的都市丽人,还有一套农村自建房。那你知道我们最后是怎么发现的吗?因为你们在刚才的游戏过程中,接连露出疑点,成为所有人中最可疑的两个人,同时我注意到,韩雪妍的老家就在跟南坪市相邻的琼州市,于是我让刘丹和张鑫调查你的亲属,看看有没有配合作案的可能,结果在这个过程中,得知你奶奶在农村有一套自建房,而且几年前留给了你。那么,韩雪妍,刚才你为什么不把这套房子说出来呢?"

"陈警官,我确实是忘了。没错,我奶奶几年前过世的时候,把老家的一套自建房留给了我,但我不可能回农村居住,这套自建房也不能像商品房一样交易,对我来说几乎没有意义。所以几年过后,我就彻底忘了这件事。要不是你现在提起,我都想不起老家的这套房子。"韩雪妍说。

"哦,原来如此,"陈娟意味深长地笑了一下,"那我们还是暂时搁置一下此事,接着说你第三次撒谎。"

"第三次,是陈海莲问你,你是否对身边的人有所隐瞒。你当时解释了一大通,听起来也很有道理。但是张鑫调查到,十几年前,你在本市的一家医院做过微整形,对吧?这件事情,你刚才为什么没有说出来?"

"陈警官,你也是女人,应该知道整形这种事情,一般人都是不愿意提起的吧?难道我必须把自己微调过的事告诉身边的每个人,才算是坦诚相待吗?"韩雪妍说。

"一般人之所以不愿意提起自己整过容,是因为整容前的自己,往往没有整容后的漂亮。但你的情况,有点特殊。刚才刘丹他们找到了一些你以前的证件照和学生照,并发到了我的手机上。来,你们也看看吧。"

陈娟调出手机上的照片,展示给众人看。他们看到的,是一张清秀、美丽的脸庞,清丽脱俗、眉目如画,跟现在的韩雪妍比较起来,有一些细微的区别,但都同样明艳动人。

"以前的你,不管从哪个方面看,都是一个无可挑剔的大美人,至少,我没能从这些照片中看出有什么需要动刀的明显缺陷。而实际上,你微整形之后的样貌,也确实没有比以前更漂亮。那么,你为什么要去微调呢?看到靳亚晨的照片后,我好像明白了——你做的这些微调,都是为了让自己显得跟靳亚晨更相似,从而让所有人一看就觉得,你们肯定是母子!"

听到这话,所有人都震惊地望向韩雪妍,苏静瞪大眼睛说:"什么?难道靳亚晨不是你们的亲生儿子?"

韩雪妍一张脸因愤怒而涨得通红,说道:"陈警官,爱美是每个女人的天性,对于美的定义,每个人的标准也不一样。或许你觉得年轻时的我已经无可挑剔了,但我不满意自己脸上的一些小瑕疵,所以我做了微整形。你居然牵强附会地认为,我这样做是为了跟儿子更相似,这简直太荒唐了!亚晨本来就是我的儿子,我做不做微调,他也是像我的!你拿我之前的照片跟亚晨现在的照片比较一下,难道就看不出相似的地方吗？"

"是有相似之处，但整容之后，你们母子明显更相似了。那么我只能认为——你整容的标准，以及你跟整容医生提出的要求，不是让自己更美，而是让自己和靳亚晨的样貌更加接近。"

韩雪妍气恼地摇着头："你非要这样说，我也没办法。"

"好了，整容的事不细究了。还是一样，把这件事暂时放在旁边，接下来说你们撒的第四个谎。那就是，梁淑华问起每个家长和孩子血型的时候，你说你们两口子的血型都是 B 型，靳亚晨也是 B 型血。但是，刘丹他们刚才在南坪市所有医院都没有查询到靳亚晨的血型化验记录。那么请问，你怎么知道他是 B 型血呢？莫非你们是在其他城市给他做的血型化验？那就告诉我是哪个城市的哪家医院吧，我们马上就能查到。"

"我们的确没有给亚晨做过血型化验，因为我们夫妻都是 B 型血的话，孩子肯定也是 B 型血。"韩雪妍说。

"这可不一定，两个人都是 B 型血的话，孩子的血型有两种情况：O 型或者 B 型。"赵从光说。

"你看，这样的常识，一般人都知道，你会不知道？"陈娟说。

"我确实是现在才知道的。"韩雪妍说。

"那你告诉我，你丈夫靳文辉大学的时候学的是什么专业？虽然他现在从事的是咨询行业，但是大学时学的知识，不可能全都还给老师了吧？"

"我们认识的时候，靳文辉已经在咨询行业了，他大学时的专业，好像跟我说过，但我忘了。"

"好吧，就算如此。那么，靳文辉，你来告诉大家，你大学的专业是什么？"

靳文辉沉默一刻，说："生物科学。"

"一个学生物的人竟然会以为，夫妻俩都是 B 型血的话，孩子就一定是 B 型血，这说得过去吗？就像一个学数学的人，没听说过勾股定理一样。"

"我没有说孩子一定是 B 型血，这话是雪妍说的。"

"但是这么多年，你都没有跟她说过吗？以至于让她现在都'误以为'靳亚晨一定是 B 型血。"

"可能是忽略了吧，我们确实没有聊过这个话题。"

"那么作为父母，你们就不想知道孩子到底是什么血型吗？一般而言，父母都会给孩子做一个血型化验的吧，以防出现某些意外情况，需要输血的时候，连孩子是什么血型都不知道。"

"亚晨的血型只可能是 O 型或 B 型这两种，假如需要输血的话，输 O 型血是肯定没问题的。"

"话虽如此，但 O 型血作为人们常说的'万能血'，是很宝贵的，医院里的血库里不一定长期都有。而且如果涉及大量输血的话，还是同血型的最好——这些常识连我都知道，你这个学生物专业的人，会不知道？"

"我当然知道，只是之前没有想这么多罢了，所以一直忽略了，没有带亚晨去做过血型化验。"

"你们当然不敢带他去做血型化验，因为这样的话，医院就会留下记录，而化验出来的结果可能显示，他根本就不是 O 型血或者 B 型血，那么你们夫妻俩跟他的关系，就一目了然了。"

"陈警官，你作为警察，说这样的话，不需要根据的吗？你要是怀疑亚晨不是我们亲生的，可以去我们家找一些他的毛发来做化验。"

"听何卫东说，你们家收拾得格外整洁、一尘不染，现在还能在靳亚晨的房间里找到他的毛发，那才真是怪事。你明知道不可能，才这样说的吧。当然，你也可以把自己的毛发放在靳亚晨的房间里。"

"随便你怎么说吧。但是你说我们在这四件事情上都撒了谎，说到底，也全都是些猜测罢了。到底哪一样有真正站得住脚的证据呢？"靳文辉说。

"我不需要证据，只要通过这个游戏，找出你们当中最可疑的人就行了。"陈娟说。

"从警察嘴里听到'不需要证据'这几个字，真是让人吃惊啊。"

陈娟笑了："你们俩都巧舌如簧，成功地反击了我刚才提出的四个疑点，我也确实没有办法证明你们说的就一定不是事实。但是，最大的证据，难道不是那几个被藏匿的孩子吗？只要从韩雪妍老家那套房子里找到孩子们，还需要其他证据做什么？"

靳文辉和韩雪妍的表情同时凝固了，他们面无表情地凝视着陈娟，似乎在尽量克制自己的情绪和表情，片刻后，靳文辉说："好啊，那你们去找找看吧。"

"这时候还能嘴硬，真是不见棺材不掉泪啊！"陈娟摇头叹息，"半个小时前，我就让张鑫和刑警队的两位警察出发了，韩雪妍的老家在琮州市，跟南坪市相邻，开车只需一个小时车程。况且现在是凌晨，路况很好，也许用不了这么久，答案很快就能揭晓了。"

靳文辉喉头滚动，脸上的肌肉抽搐了一下，看样子快要绷不住了。相比起来，韩雪妍倒要平静得多。

"在此之前，我们再聊会儿天吧！"陈娟扬了扬手中的文件夹，"这些我们调查到的关于你们的信息和资料，因为有厚厚的几十页，而且涉及方方面面的内容，要全部查证的话，既耗时又耗力，而且还会有两个很大的弊端：第一是会耽搁很久的时间，从而让几个孩子的处境更加危险；第二是，如果我们贸然调查的话，有可能抓不住重点，从而打草惊蛇。

"比如，除了陈海莲他们之外，其他人都有多套房产，特别是苏静和赵从光，更是有十套之多。假如我们对你们名下的一些房产展开搜查，就可能让随时都在关注警察一举一动的真凶，赶紧把几个孩子转移到别处。而且凶手已经用杀死冷春来威胁我们了，假如不能一次性找准凶手，并限制其行动的话，他们也许就会拿几个孩子开刀。

"另外还有一个问题，就是我毕竟才认识你们短短几天，对你们不够了解。但你们却认识了一年多，几个妈妈还是关系密切的朋友，你们肯定是了解彼此的。所以我想了这个办法，把你们八个家长——等于八个有嫌疑的人全都聚集在一起玩这个游戏，让你们彼此提问、互相质疑，我在暗中调查，如此一来，不但控制了你们的行动，不给任何人下手的机会，还可以在你们互相提问的时候判断谁更可疑。我一开始就告诉你们，警察调查过你们，最好是说实话。但是你们很清楚，在一些非常关键的问题上必须撒谎，否则等于直接暴露了。"

陈娟从文件夹里抽出几页纸，是关于韩雪妍和靳文辉的："这几页纸上面，有关于你们的各种信息资料。玩游戏时，你们回避和隐藏的，恰好就是最关键的信息！等于说，我用这个方法，让你们自己把'重要信息'筛选过滤了出来：靳文辉好几次晚上出去几个小时，韩雪妍老家的自建房，韩雪妍曾经微整过，你们俩对孩子的血型含糊不清——把这几条关键信息串在一起，答案就呼之欲出了。现在，只需要等待验证结果就行了！"

陈娟说完这番话后，用一种胜利者的目光睥睨着他们。这对夫妻没有再说话了，闭上眼睛，等待结果的降临。十几分钟后，陈娟的电话响了，是张鑫打来的，陈娟虽然没有开免提，但是对方激动的声音已经传到了会议室里每个人的耳朵："娟姐，我们在韩雪妍老家的自建房里，找到了几个孩子！"

梁淑华、余庆亮、陈海莲和邹斌激动得站了起来，余庆亮急切地问道："他们没事吧？"

陈娟示意他们暂时别说话，她问张鑫："几个孩子的情况怎么样？"

"没什么大碍，五个孩子都好好的，只是受了些惊吓。"

"五个孩子？"陈娟以为张鑫是口误，"你说错了吧？应该是四个孩子，赵星已经回家了。"

"不，娟姐，就是五个孩子！地下室里有四个，地面的房间里，还有一个孩子！"

陈娟愣住了，望向韩雪妍和靳文辉。这夫妻俩默默地垂下了头，彼此依偎，眉头紧锁，神情绝望。他们知道，一切都完了。

第五十二章　孩子们的动机

　　与其说短暂地睡了四五个小时，不如说闭目养神直到黎明，一整夜，陈娟都没有真正地睡着。即便如此，一早起来的她也毫无倦意。案子虽然已经告破了，但是还有很多事情，是她迫切想要了解的。

　　拨通何卫东的手机，对方很快就接了："娟姐，这才过七点，你怎么就醒了，不是让你多睡一会儿吗？"

　　"我睡不着。昨晚你们也辛苦了。几个孩子呢，现在什么情况？"

　　"昨天市一医院特别安排几个科室的医生连夜给他们做了全面的体检，都没有问题。邹薇薇和余思彤，被她们的家长接回家了。冷俊杰和靳亚晨现在还在医院的病房里。他们俩一个没了妈妈，一个父母双双被捕，我们正在想如何通知他们的其他顺位监护人。但这事好像颇有些难度。"

　　"困难在哪里？"

　　"冷俊杰说，他妈妈当初不知出于何种原因，跟父母，也就是冷俊杰的外公外婆彻底闹掰了，之后很多年没有再联系过。冷俊杰也从没见过外公外婆，更不知道他们住在哪里。而他的亲生父亲更是个谜，他根本不知道父亲是谁，冷春来也没有提起过。"

　　"我们当初调查冷春来的时候，知道她怀上冷俊杰的那段时间，正好在横店拍戏。你们联系一下横店那边，看看能不能查到十五年前冷春来参与拍摄过的影片，进过哪些剧组，也许就能顺藤摸瓜找到当年跟她发生过关系的男人。冷俊杰这孩子太可怜了，一定要想办法找到他的亲生父亲，不然他就成孤儿了。"

"好的，我明白了。"

"对了，冷俊杰知道他妈妈被杀害后，是什么反应？"

"悲伤不能自持，几乎哭了整整一夜。刘丹安慰了他很久，现在情绪才稳定下来。"

"唉，所以我说，这孩子真的很可怜。相依为命的母亲居然被好朋友的家长杀害了……这简直是双重打击。冷俊杰和靳亚晨，没有住在同一个病房吧？"

"是的，正是考虑到了这一点，我们安排他们住在不同的病房。说到靳亚晨，也有点棘手。我们已经通过亲子鉴定确定靳文辉和韩雪妍不是他的亲生父母了，这意味着他的爷爷奶奶、外公外婆也不是血亲，这种情况下，我们是否还要把他们视为顺位监护人呢？"

"我认为，应该想办法找到靳亚晨的亲生父母。具体情况，需要审问韩雪妍和靳文辉。"

"那我现在就审问他们。"

"不，这事我来。我现在先去一趟医院，跟靳亚晨见面聊一下，然后审问韩雪妍和靳文辉。"

"好的。"

半个小时后，陈娟来到市一医院，跟何卫东联系后，在住院部一间单独的病房里见到了靳亚晨。

正是照片中那个眉清目秀、皮肤白皙的男孩。此刻他已经吃过医院配送的早饭了，坐在床上望着窗外出神，看到陈娟进来后，他站了起来。

陈娟和蔼地说："靳亚晨吗？我是这次专案组的组长陈娟，你可以叫我陈警官或者陈阿姨。"

"我听何叔叔说了，多亏您我们才能得救，谢谢陈阿姨。"靳亚晨礼貌地向陈娟鞠了一躬。

真是个懂事的孩子。陈娟的心被刺痛了一下。其实她现在很难想象靳亚晨的心情——得知父母是这次案件的罪魁祸首，以及他们根本不是自己的亲生父母，还杀死了好朋友的母亲……这个十五岁的少年，此刻正承受着怎样的伤痛呢？但是这样的情况下，他并没有表现得情绪化，而是礼貌地向自己道谢。靳文辉和韩雪妍把这个孩子教育得这么好吗？真是讽刺啊。

"不用谢，这是我们警察应该做的，"陈娟微笑着说，"坐吧，阿姨想跟你聊一会儿，可以吗？"

"好的。"靳亚晨坐在床沿上。何卫东搬了一把椅子过来，陈娟对他说："你去忙吧，我跟亚晨单独聊一会儿。"

"好的。"何卫东走出病房，把门带上。

"何叔叔昨天已经把这起案子的结果告诉你了，对吧？"陈娟问。

"是的。"

"对于这个结果，你感到意外吗？"

"我之前猜测过，会不会是他们绑架了我们五个人。但是，我没有想到他们不是我的亲生父母，更没有想到他们会杀死冷阿姨……昨天何叔叔告诉我这件事的时候，我非常震惊，心里难过到了极点。"

说这番话的时候，靳亚晨鼻子发红，眼眶也湿润了，满脸的悲伤。但是陈娟能看出，他在努力克制自己的情绪，尽量不让自己哭出来。他的坚强和隐忍，让陈娟为之感慨。

"你早就猜到自己的父母可能是这起绑架案的元凶？"

"嗯……但我之前只是这样想过，不能确定。我甚至跟另外四个同学提起过，但他们觉得应该不可能。没想到是真的。"

"你为什么会怀疑自己父母？可以从头说起吗？把整件事的经过都告诉阿姨。"

靳亚晨点了下头，说："这件事情最开始源于我的好奇心。大概是从今年初开始的吧，我发现了一件奇怪的事。

"我们家有一个大储藏室，用来存放一些杂物之类的。以前我没怎么关注这个储藏室,是有一次需要用工具箱,才去里面翻找了一下,结果从几个大箱子里,发现了很多食品——保质期比较长的面包、火腿肠、肉罐头、零食等。我当时既欣喜又好奇,不明白父母为什么要藏这么多好吃的在储藏室里。很快我又想通了,他们平时都会限制我吃零食,大概是担心我长胖吧,所以才会藏起来。

"我没有把这件事告诉他们,心想这个'宝库'被我发现之后,我可以时不时拿点零食出来吃,他们应该不会知道。但是一段时间后,我再次去储藏室拿零食的时候,发现几大箱食品全都不见了。我当时很吃惊,不知道他们把这些食品转移到哪里去了。找了厨房等地方,并没有找到。这时我注意到,父母一起开车出门了,所以就想,难道他们把这几大箱食物全都带到某个地方去了?

"这事我怎么都想不通。他们到底在做什么?这些食物被运到哪儿去了?为什么要背着我做这样的事呢?我本想等他们回来后,直接问他们的,后来还是忍住了,因为我想自己寻找答案。

"接下来的一段时间,我开始关注这件事,结果发现了一个规律。储藏室里总是会不定时地增加一些食品,当数量凑够几大箱之后,这些食物就会彻底消失,而当天,我的父母或者其中的一个,一定会开车出去一趟。

"这个时候我清楚地意识到,父母一定是瞒着我在做什么事。而且我突然想起,这件事并不是从今年才开始的,其实从我有记忆以来,他们就总是会不定时地消失一个下午或者晚上。只是我当时年龄还小,觉得他们应该是去工作了,就没有多想。现在才发觉事情可能不是我想象的那么简单。因为他们不可能带着足够在荒岛上生存一两个月的食物去处理任何工作,而且还瞒着我。

"我的好奇心越来越强烈,最后做了一个决定——一定要弄清楚这是怎么回事。于是四月的某个周末,爸妈对我说'亚晨,我们要出去一趟,你在家好好做作业',我猜到他们又要去做这件事了,于是嘴上答应,实际上,在他们出门之后,我就跟着出了门。他们去地下停车场开车，而我跑到小区门口，打了一辆车，告诉司机，跟着前面这辆车。

"他们驾车来到郊外，这里有一些独栋建筑，他们进入其中的一栋，我自然不可能跟着进去，便默默记下了这个地址和门牌号，然后打车返回家中。大概一个小时后，他们回来了，根本没有意识到我也出去了一趟。

"接下来的某个中午，我趁爸爸午睡的时候，偷偷拿了他皮包里的钥匙串，有些钥匙我知道，就是家里的钥匙，剩下的就只有一两把了。我悄悄出门，找到配钥匙的地方，把我不知道的两把钥匙各配了一把，之后回到家，把钥匙串放回他的皮包。

"我找了一个周末，借口说要去同学那里玩，实际上是打车前往上次那个地点。我用其中一把钥匙试了一下，果然打开了房门，便走了进去。

"但是让我失望的是，这套房子里除了简单的家具，什么都没有。就在我疑惑不解时，听到了细微的声响，循着声音找去，我发现了一道锁着的门。我手里还有另外一把钥匙，一试，把这道门也打开了，出现在我眼前的是向下的阶梯，通往地下室。

"我当时心里有些恐惧，不知道地下室里有什么，但还是壮着胆子走了下去。下面有灯光，也有响动，显然有什么生物在里面。但是，我正战战兢兢地往下走，一个怪物突然出现在阶梯下方，把我吓了一大跳，我大叫一声，逃也似的跑出地下室，将门锁上，然后离开了这栋房子。"

听靳亚晨讲到这里，陈娟忍不住打断道："怪物？"

靳亚晨摇了摇头："不，其实是一个人，一个长得有点丑陋和畸形的人，头很大，五官扭曲。当时他突然就跳了出来，在昏暗的灯光下，显得十分可怕，所以我把他当成了怪物。但事后想起来，他只是一个可怜的畸形儿，而且从穿着上来看，年龄不会很大，也许跟我差不多。"

陈娟点了点头，表示明白了，示意靳亚晨接着往下说。

"知道这件事后，我整个人都不好了。我父母居然偷偷把一个畸形的孩子藏在郊区的地下室,而这件事显然其他人都不知道。这个秘密像一个噩梦萦绕在我心间,我本能地意识到,父母做了什么犯法的事情,我不敢跟他们对质,也不敢把这件事告诉任何人。

"这时学校里流行起了玩国王游戏,我和赵星、冷俊杰、邹薇薇、余思彤五个人经常一起玩,觉得很有趣。至于那个秘密,我一直压在心头,忍着没有告诉任何人。直到五一节那天,我们五家人一起去三岔湖野炊,家长们准备烧烤的时候,我们五个人单独跑到另一边湖畔玩国王游戏,几轮之后,赵星抽到了'国王',提出的要求是,让我说出一个我知道的最大的秘密。

"玩游戏之前,我们都发过誓,如果被提问,一定要说实话,不然天打五雷轰之类的。这是原因之一,另一个原因是,我实在是压抑太久了,有种不吐不快的倾诉欲望。于是我让他们发誓,绝对不能把这件事告诉其他人,他们照做了。然后,我把这件事讲了出来。

"毫无疑问,他们四个人都惊呆了。但赵星似乎不太相信,怀疑我在吹牛。我说,如果你不相信的话,我就带你们去那个地方亲眼看看吧,反正那两把钥匙正好被我揣在身上。

"赵星、冷俊杰立刻产生了兴趣,但两个女生有点害怕。最后邹薇薇决定跟我们一起去看个究竟,而余思彤一向是乖乖女,又是班长,所以选择回到家长们那里去,但她保证不会把这事告诉家长们,会找借口帮我们打掩护。

"于是我们四个人离开三岔湖,打车前往郊区的那个地方。我再次用钥匙打开了房门,进入后,我们径直来到那道通往地下室的门前,对他们说,那个畸形儿就关在下面。做好心理准备后,我用钥匙打开了门。

"但是,我们沿着阶梯走下去,并进入宽敞的地下室后,并没有发现那个畸形儿。这时我猛然意识到,我上次来过之后,也许留下了一些痕迹,被我父母察觉了,他们便将那个畸形儿转移到别的地方去了。

"我把自己的推测告诉了赵星他们,这一次他们没有怀疑。因为虽然没见到人,但是这个地下室里明显有人居住过的痕迹——床、电视机、沙发、冰箱、食品柜、卫生间、通风换气设备等等。显然，这些东西还没来得及转移到别处。

"我们离开了这栋房子，打车回到家附近，在肯德基坐了一会儿，讨论这件事情。冷俊杰说：'虽然我不清楚这是怎么回事，但这明显是非法拘禁，是犯法的！'邹薇薇说：'那怎么办？我们要报警吗？'

"这时我不同意了，因为干出这事的，是我的亲生父母——我当时是这样以为的。而且这件事他们俩都参与了，如果报警的话，他们肯定会坐牢，工作自然丢了，我也会失去双亲，我们原本幸福的家就彻底完了。这是我不愿意看到的。

"赵星很仗义，他说：'这事我们必须考虑靳亚晨的感受和实际情况，报警的话，不等于把他坑了吗？'冷俊杰说：'那这事也不能放任不管，假装不知道。那个畸形儿不知道还要被关多久，太可怜了，难道我们不想办法把他救出来吗？'

"当天下午，我们没有商量出解决办法，便约好共同保守秘密，绝不告诉其他人，之后就回去了。回去后爸妈问起我们突然回家是怎么回事，我没有正面回答，搪塞了过去。

"后来一段时间，我们五个人悄悄商量了好几次，最后决定营救那个可怜的畸形儿。但是他现在已经被转移到别处了，没有实证的话，就算报警，警察也不一定会相信我们几个小孩的话。余思彤提议，寻求某个大人的帮助，于是我们想起了冷阿姨，她是一个非常开明的妈妈，和冷俊杰的关系就像朋友一样，我们也很信任她。

"某个周末，我们五个人去冷俊杰家，一起把这件事告诉了他妈妈，希望得到她的帮助。冷阿姨得知此事后，提议报警。我说，我爸妈非常聪明，可能已经察觉到我知道此事了，所以把那个畸形儿转移到了别处。报警的话，找不到那个孩子，就没有证据，警察也未必会相信我们的话，毕竟只有我一个人见过那个孩子。我爸妈一定会用花言巧语为自己开脱，甚至捏造我有幻想症。警察一旦相信了他们的话，就不会展开搜寻了。

"冷阿姨说，但是不报警的话，怎么才能引起警察的重视，让他们找到那个被藏起来的孩子呢？我们几个人商量了很久，设想了各种各样的办法，甚至通过各种途径打听和寻找，试图找到那个孩子的下落，但是都一无所获。最后，我想到了一个另类的营救计划，就是制造我们几个人集体失踪的假象。如此一来，警察肯定会在全城范围内展开搜寻，从而找到那个被藏起来的孩子。

"但是要实施这个计划，需要冷阿姨的配合。冷阿姨一开始不同意，觉得这样做不妥，她会被当成绑架犯。但我们说，事后我们会集体做证，向警察说明真相。冷俊杰对他妈妈说：'除了这个办法，我们想不出更好的办法了。你不是从小就教育我要当一个有正义感的人嘛，那我怎么能对这样的事情坐视不管呢？'——这番话说动了冷阿姨，她同意配合我们演这场戏，扮演绑架者。"

靳亚晨说到这里，难过地低下头，眼泪再次涌出眼眶："另外我知道，冷阿姨愿意配合做这件事，还有一个原因，她是在为我着想。假如报警的话，我的父母可能都会被捕。她觉得这样的话，我就变成了一个没人照顾的小孩，太可怜了。冷阿姨是一个非常开明的大人，她从来不把我们当成小孩儿，而是当成真正的朋友，设身处地地为我们考虑，所以她才会冒着被当成绑架犯的风险，跟我们一起做这件事。但是这个计划却害死了她……"

陈娟已经彻底明白这件事的起因了。她叹了口气，说："那么5月20日那天晚上，就是你们商量好的'消失'的时间，对吗？"

"是的，那天晚上轮到冷阿姨来接我们，按照原计划，她先开车把我们带到某处，然后我们一起下车，避开监控，消失无踪。实际上是到某个地方躲起来——这个地方我们之前就选好了，在一个废弃的游乐园内，总之非常隐蔽，也很难被人想到。只要带够食物和水，在里面待上个两三天，估计不会被任何人发现。这几天内，家长和警察肯定都会以为我们被绑架了，从而在全市展开搜索。我们的目的是希望能把那个畸形儿找出来！"

陈娟摇头叹息，说道："毕竟是几个孩子想出来的计划，你们太天真了。知道吗，警方是不可能如你们所愿，把全市翻个底朝天的，因为入室搜查，需要搜查证，我们没有理由也没有精力把全市每家每户都找一遍。所以很多失踪案、绑架案，很久都无法侦破，有些甚至成了悬案，几十年都无法解决。你们把警察想得太神通广大了，以为我们能两三天就把某个目标对象找出来，其实这是不可能的。"

靳亚晨垂下头，嗫嚅道："我们确实想得太简单了……"

"虽然你们的出发点是好的，但我还是要说，以后假如再遇到这样的事情，不要想什么另类的营救计划，直接报警才是对的。如果你的亲人真的做了什么违法犯罪的事情，你不应该帮他隐藏，也不需要瞻前顾后。一个人犯了罪，就应该接受法律的制裁，这是他应该承担的。我们只有清除掉这些罪恶，世界才会更加美好，这其实是一种大爱，你说对吗？"

靳亚晨点着头说："我明白了，陈阿姨。"

"结果那天晚上，事情没有按原计划那样进行，对吗？"

"是的，我们上车后不久，冷阿姨给了我们一人一瓶饮料。我们全都喝了，然后很快就昏睡了过去。醒来的时候，已经在那个地下室了。一开始我们还以为冷阿姨换了一个隐秘的地方，但很快就发觉不对劲了。"

"这些事情，赵星跟我说了，还有后来一个戴着面具、穿着雨衣的男人出现在你们面前，要求你们玩国王游戏，并放走抽到国王牌的人，我都已经知道了。那么，你现在知道这个面具男是谁了吗？"

靳亚晨难过地说："是我爸爸……对吗？"

"我想应该是。但是当时的你或者你们，为什么没有想到绑架你们的人，会是你的父母呢？"

"其实我想到了，还提出来过，但是有几个原因，让我们觉得应该不可能是他们。第一是我发现他们的秘密是在大概一个月前，距离我们被绑架，已经过去这么久了，并没有证据表示，他们跟这次的绑架案有关系；第二是我们上的是冷阿姨的车，也亲眼看到了她，所以只可能是她绑架了我们；第三是我爸妈并不知道我们的这个计划，怎么会绑架我们呢？"

"但事实证明，他们的确是将计就计，把你们绑架了。至于他们是怎么办到这一点的，我会调查清楚。"陈娟略微停顿，说道，"你现在已经知道他们俩不是你的亲生父母了，那你想知道自己真正的父母是谁，跟他们相认吗？"

"当然想！"靳亚晨抬起头来说道。

"明白了，那我会尽快帮你找到亲生父母的。"

"真的吗，陈阿姨？"

"我跟你保证。"

"真是太感谢你了！"

陈娟微笑着摸了一下靳亚晨的脑袋，说："那我先走了，你好好休息。"

"嗯！"

走出靳亚晨所在的病房，陈娟并没有马上离开医院，她还想见一个人。

第六个孩子——那个跟几个少年一起被营救出来的畸形儿。陈娟打听到了他所在的病房，在医生的陪同下进入其中。

甫一见到这孩子，陈娟心中暗自吃了一惊。跟之前靳亚晨形容的一样，他顶着一颗跟身体不成比例的硕大的脑袋，脸上的五官是扭曲的，特别是左眼，朝左边偏移得非常厉害，看上去极不协调，并且十分丑陋。此刻他坐在病床上，蜷缩着身体，手里抱着一只脏兮兮的玩具小狗，看到陈娟后，他脱口而出"妈妈"，随即又露出失望的神情，嗫嚅道："不是妈妈……"

陈娟慢慢靠近他，轻声问道："孩子，你叫什么名字？"

畸形儿没有理睬她，只是紧紧地抱着那只小狗，仿佛这个世界上跟他最亲的，除了妈妈，就是这只小狗了。

"陈警官,我们试着跟他交流很多次了,没有用,他几乎不理睬任何人,最开始还对陌生人表现出恐惧和敌意,现在适应了一段时间,已经好多了。总之,他的语言能力有限,只会说最简单的词语,无法表述完整的句子,缺乏基本的社会性,仿佛第一次来到人类社会一样。他说得最多的话,就是'妈妈',偶尔也说'爸爸',似乎非常依恋自己的父母。"医生说。

陈娟点头表示明白了:"医生,我们出去说吧。"

两人离开病房,站在走廊上,陈娟问:"亲子鉴定的结果和体检报告出来了吗?"

"结果出来了,这个畸形儿就是靳文辉和韩雪妍的亲生儿子。"医生说,"体检报告也出来了,这孩子身体健康,没有什么疾病,但是如你所见,他有先天性的头部、面部畸形,以及大脑损伤,也就是弱智,他虽然已经十四岁了,但只有三岁小孩的心智。我们初步估计,是父母某一方染色体异常引起的。"

"你刚才说,他缺乏社会性,是不是长期被软禁,没跟其他人接触造成的?"

"完全有可能。先天性大脑损伤的孩子我见过很多例,虽然智商偏低,但是给予很好的照顾,社会适应性方面是没有问题的。比如,一些小猫、小狗的智商就等同于几岁孩子的智商,它们完全能跟人和谐地相处,享受幸福的生活。"

陈娟深吸一口气,她一分钟都不想再等了,向医生道谢后,快步离开医院,驾车前往高新区刑警队。

第五十三章　最后的救赎

刑警大队的审讯室里，陈娟和韩雪妍隔着一张桌子，相对而坐。韩雪妍素面朝天，去掉精致妆容后，整个人显得苍老憔悴了许多，她上身套着一件黄色马甲，双手戴着手铐，头发仍然是整洁的，一张脸面无表情，神情涣散。

"我刚才去医院见到你儿子了，你不想知道他现在的情况吗？"陈娟问道。

韩雪妍双眼无神地摇头。

"你都不问，我说的'儿子'，是哪个儿子？"

韩雪妍仍是摇头。

"你打算一直一言不发，不配合我们的审讯工作？"

"如果我配合的话，是不是就可以快点判刑，然后执行枪决？"她抬起头来问道，好像这是她唯一关心的问题。

"如何判刑，不是我们警察说了算，是法院说了算。不过，如果你积极配合的话，的确可以加快这一流程。"

"好，那我说。这整件事情都是我的主意，是我一手策划并实施的，冷春来也是我杀死的，可以了吗？这样的重罪，肯定判死刑吧，我没有任何意见，只希望快点执行。"

陈娟凝望着她："看来，你一心求死啊。"

韩雪妍苦笑一下："这还用说吗，我的剧情已经落幕了，人生已经结束了。"

"恐怕还没有，有些事情，我们还没有弄清楚。"

"那你问，我知无不言。"

"那个被你们夫妻俩藏起来十几年的儿子，叫什么名字？"

"他不是我儿子。"

"亲子鉴定结果都已经出来了。"

"我知道。我是说，我从来没有把他当成我的儿子。我不愿意承认有这样一个丑陋、畸形、弱智的儿子。"

"所以你们把他拘禁在地下室里十几年，就为了不让世人知道他的存在？"

"是的。"

"作为一个母亲，你的心不是肉长的，是一块石头吗？"

"或许吧。陈警官，我都已经认罪了，你又何必从道德上谴责我？直接让我接受法律的制裁，不行吗？"

陈娟沉吟片刻："好吧，暂时不说这个。我换一个问题，你们当初为什么要这样做？"

"把畸形的儿子秘密软禁起来吗？"

"是的。"

"我还以为我已经回答了。"

"就仅仅是出于对他的嫌弃吗？只有这一个理由？"

韩雪妍沉默良久，说："从他身上，我看到了自己的未来。"

"什么？"

韩雪妍望着陈娟："陈警官，你也是一个孩子的妈妈，你当然知道，成为母亲之后，一个女人生活的重心，会有很大一部分转移到孩子身上。一些妈妈甚至因此丢失了自我，从此围着孩子转。不夸张地说，对于她们而言，孩子就是她们未来人生的全部。"

陈娟清楚，自己并不属于此列。她爱儿子，也在乎家庭，可是她并没有舍弃自己的人生和事业。但韩雪妍说的这种情况也是事实，她身边的好几个同学、朋友就是如此,有了孩子之后,几乎放弃了事业和社交,一心扑在孩子身上,她们摒弃了其他身份和社会属性,成为全职妈妈。

韩雪妍继续道:"人类延续的过程中,母亲总是扮演着重要角色,孩子的成长对于母亲来说至关重要。孩子是否优秀,更是和自己后半生的幸福息息相关。所以现在起跑线已经划到备孕之前了,更不用说孩子出生之后的教育、培训和塑造。每个妈妈都在竭尽全力培养孩子的智商、情商、财商,关注他们的学习成绩和兴趣爱好,希望自己的孩子以后能成为科学家、艺术家、体育健将、富商、明星。

"从某种角度来说,孩子就是她们后半生的尊严和资本。头脑好的,比拼学习;学习比不过,就比特长;特长比不过,就比体育;体育比不过,就比外貌。苏静、陈海莲、梁淑华她们不就是如此吗?她们的孩子,总有一样值得骄傲吧?但我呢?如果我的儿子就是这个畸形儿,有哪一方面可以拿出来比?

"十几年前,我就预见到这件事了——我会跟一些同为妈妈的女人成为朋友,而我们聊的话题,百分之六十都是围绕自己的孩子。我会看着她们在我面前炫耀,谈论孩子取得的成绩和具有的优势,而我只能在一旁自惭形秽,暗自心酸。不,这样的人生不是我想要的。我不可能让这一幕发生。"

"所以,出于虚荣心,你决定把亲生儿子关在地下室一辈子。只要没有这颗'坏棋',你就永远不会输。但是这个世界上还有不少天生就畸形、残疾、弱智的孩子,他们的父母并没有选择把孩子永远藏起来不见人——为什么你会这样做呢?"陈娟问。

"做出这样的事,也许跟我从小的生长环境有关系吧。我出生在一个书香门第,父母都是知识分子,我是独生女,被他们视为掌上明珠。我小时候长得很可爱,所有人看到我,都会称赞我的皮肤和样貌,父母自然觉得十分骄傲。也许是为了维持这份虚荣心,他们对我十分严格,要求我一定要成为大家闺秀,在任何方面都要尽善尽美。他们严格控制我对糖分和碳水化合物的摄入量，不准我吃任何含有脂肪的食物，送我去学习钢琴和古典芭蕾，教我穿衣搭配，让我保持优美的身材和秀丽的外表。学习方面，他们也要求我拿全班第一乃至全年级第一。

"我虽然聪明，但也不是全校唯一聪明的人，做不到每次都考第一，每当这种时候，我妈妈就会非常失望，然后苦口婆心、语重心长地对我说：'雪妍，你是我们见过最漂亮、最聪明的孩子，你也是我们整个家族的骄傲，你一定要让这份骄傲维持下去。别人能做到的事情，你一定能做到；别人能拥有的东西，你也一定要拥有。只有这样，你才能站在金字塔顶端，成为人生赢家。'

"小时候，我不太明白父母，特别是妈妈，为什么对我要求这么高。后来渐渐明白了，妈妈的妹妹，也就是我小姨，就是她口中那个'家族的骄傲'。和小姨相比，妈妈不管是外表还是内在，还是学习成绩和未来的发展，都逊色一筹。除了一点——小姨和姨父的女儿，长得没有我好看，其他方面似乎也比不上我。毫无疑问，这是反击的利器。我妈妈把所有的希望都寄托在了我身上，也许她认为，只有这样，才能在小姨面前扳回一局、扬眉吐气。

"说到这里，我想起了十岁那一年，爸妈带我去小姨家做客。妈妈让我挑一条自己最喜欢的裙子，于是我在衣柜里挑选，这时我发现最漂亮的那条裙子，不知什么时候裙摆的地方被烫了个小洞。我犹豫要不要穿它，最后还是穿上了，因为我非常喜欢这条裙子，而这个小洞也不太起眼，应该不会被注意到。

"于是我们去了小姨家，吃完饭后，大家坐在沙发上看电视，小姨夸我的裙子好看，这时她发现了那个小洞，说'可惜被烧了个小洞'，我当时只是觉得有点尴尬，妈妈却当场就变了脸色。回到家后，她问我穿之前知不知道裙子上有个小洞，我说知道，但是影响不大。妈妈很生气，说什么叫影响不大？有些时候，一个小小的瑕疵就可能毁了你的一生！她当着我的面，把裙子扔进了垃圾箱，并对我说：'以后你的生命中，不能出现这种有瑕疵的东西！'

"在这种观点的影响下,我长大了。绝大多数时候,真的达到了我妈妈的标准和要求。实际上到了后来,也不是她的要求了,而是我对自己的要求——我的人生观和价值观,已经被塑造成这样了。到了谈婚论嫁的年龄,一般的男人我根本看不上,直到经人介绍,认识了靳文辉。我们俩第一次见面,就清楚地意识到,我们完全是同一类人,这就是所谓的天作之合吧,我甚至怀疑这个世界上除了他之外,我再也找不到第二个跟我这么搭的男人了,于是我们顺理成章地结婚了。

"不久后,我们打算生一个孩子,去医院做了产检,并没有发现什么问题。怀孕期间我去做过几次B超,医生说孩子的头好像比一般胎儿要大一些,我们没有引起重视,心想小孩子本来头就会比较大,长大后比例就正常了。

"怀孕的每一天,我们都想象着这个小天使出生后可爱的模样。结果孩子出生后,医生把一个畸形的男婴抱到我面前,我惊呆了,不敢相信这是我生出来的孩子。后来医生告诉我,经过检查,我的遗传基因出现了变异,有染色体异常的疾病,而基因病变是无法检查出来的,也治不好。这就意味着,我永远不可能生出健康的孩子。这个儿子就因为大脑损伤而出现了头部和面部的畸形。听到这话,我和靳文辉如同被一记闷棍击倒了,我们问医生,能不能不要这孩子,比如给他实施安乐死。医生说不行,这是犯法的,言下之意是,我们必须养活他。

"当天晚上,我和靳文辉商量了整整一夜,最后做出了一个决定。我们是在一家私立医院生产的,靳文辉花钱买通了给我接生的医生和护士,让他们不要透露我们在这家医院生下过一个孩子。第二天,我们就带着这个畸形儿离开了医院。

"接下来该如何是好,困扰了我们很久。我根本不敢把这事告诉父母,我能想象,我妈在听到这个消息的那一刻就会原地去世。杀死或者遗弃这个孩子,我们也做不到,毕竟是我们的亲生儿子,而且可能是我此生唯一的亲骨肉。考量许久后,我们决定把孩子悄悄养起来,不让任何人知道他的存在。

"为此,我们离开当时所在的城市,来到南玶市。靳文辉托一个朋友,找到了一套位于郊区的独栋小别墅,这是一片打造失败的老别墅区,几乎没什么人住在这里,卖也卖不掉。其中一套房子的户主移民到国外去了,几乎没有再回过国。我们跟他谈好价格,长期租这套房子,看中的自然是这个区域人流稀少,加上房子里有一个相对隐蔽的地下室。这套房子是十几年前租下的,并且是私下签的合同,没有通过任何平台,所以无法查询租房记录。"

"你们最开始是带着靳亚晨,一起住在这套别墅里的,对吧?因为那个畸形孩子在很小的时候,是没有独立生活能力的,必须你们来照顾他。"陈娟说。

"是的,那时亚晨才一岁左右,根本不知道房子的地下室里还住着一个畸形儿。他快满三岁的时候,我们意识到不能再让他住在这里了,否则他迟早会发现地下室的秘密。于是我们在市区买了一套房子,搬走了,只剩下畸形儿在地下室里。亚晨离开这套别墅时不到三岁,所以对这里一点印象都没有。"

"然后,你们就把这个畸形的孩子偷偷养在别墅的地下室里,再也没有让他出来过?"

"是的。"

"这么多年,他没有反抗过吗?没有闹着想出来?"

"老实说,我们当初没有想到他会活这么多年。原本以为,这种畸形儿可能活不了多久,等他死后,我们就悄悄找个地方把他埋了,没想到他居然活了这么久。至于你问的这个问题,答案是——完全没有。因为他的智商一直保持在三岁的水平,跟一只小猫差不多。而他出生后不久就住进了这个地下室,没有见过外面的世界,所以在他的认知中,这个地下室就是全世界,他压根儿没有想过要离开这里。"

"就算他本人没有这个意识,那你们呢?不觉得这样很残忍吗?"

"其实就算我们不把他关在这里,他的生活又会有什么本质的区别呢?他不可能像正常孩子那样去上学,跟同龄人交朋友。让他试着融入社会，只会让他遭受身边的人异样的眼光，这对他难道就不是伤害吗？所以让他待在一个永远不会有歧视和嘲笑的小世界里，反而是件好事。另外，除了把他软禁起来以外，我们没有做过任何虐待他的事，反而是想尽一切办法来弥补他：给他买各种玩具、好吃的，每周尽量抽出时间去看望和陪伴他——要不是因为这样，亚晨也不会发现我们的秘密。"

"好了，终于说到靳亚晨这里了。这是最重要的一个问题——这孩子是从哪儿来的？"陈娟说。

韩雪妍抬头仰望审讯室灰色的天花板，仿佛陷入了回忆。良久，她轻轻吐出一句话来："这孩子的出现，直到现在，我都觉得是天意。"

"什么意思？"

"那天发生的事，直到现在都历历在目。我生下畸形的儿子不久，独自一人来到郊区的公园散心。那是一个工作日，公园里的人不多，一些父母或者保姆推着婴儿车，带着孩子出来玩耍。看着那些健康、可爱、活泼的孩子，我心里难受到了极点，不禁感叹命运的嘲弄——我所拥有的一切都是那么完美，为什么上天偏偏要捉弄我，让我无法拥有一个健康的孩子呢？

"就在我自怨自艾的时候，天色突变，乌云密布，下起瓢泼大雨。公园里的人赶紧找地方躲雨。旁边是一个文化长廊，人们纷纷跑了进去。我的包里其实是有雨伞的，但是雨太大了，伞遮不住，所以我也进入长廊躲雨。

"这时我注意到，几个避雨的保姆聚在一起聊天，旁边是几辆婴儿车。其中一辆小车里躺着一个熟睡的婴儿，不到一岁大，皮肤白皙、脸色红润、眉清目秀、模样乖巧，看到他的那一瞬间，我心里油然而生的想法是——这要是我的孩子，该有多好！细看之后，更是惊讶地发现，这孩子竟然跟我长得还有几分相似。于是，一个罪恶的念头冒了出来。

"趁着保姆伸手去感受雨点大小的时候，我借着雨伞的掩护，悄悄把熟睡的孩子抱在怀中,然后打着伞快步离开长廊,径直走出了公园后门。我打了一辆车,回到家中,等意识到自己做了一件什么事之后,我已经给孩子洗完澡,放到自己床上了。"

"等于说,这孩子是偷来的。这事发生在南玶市吗?"陈娟问。

"不,我们当时在珠海,发生这件事后,才来到南玶市的。"

"这才是你们来南玶市最主要的原因吧?"

"是的。"

"靳文辉发现你偷了一个孩子,是什么反应?他也赞成你犯罪吗?"

"不,他一点都不赞成。他当时让我立刻把孩子送回去或者交给警察,这事还有挽回余地。但我对他说,你仔细看看这孩子的脸,不觉得他跟我们有几分相似吗?这是天意,是上天让我跟他相逢的!错过这个机会,我们这辈子就再也不可能有孩子了,哪怕是养子!"

"你居然把偷走别人的孩子称为'天意'?"

"我当时完全不清醒,已经把道德之类的抛于脑后了。"

"但你为什么说,错过这个机会,你们就不可能有孩子了?像你们这样的情况,按照政策,是可以去福利院申请领养一个孩子的。"

"我知道,但如果领养孩子,自然每个人都知道孩子不是我们亲生的了。随之而来的问题就是——你们为什么不自己生呢?我就必须向每个人解释,我有染色体异常的疾病。我刚才提到过了,在我早就定型的人生观中,是不允许这种巨大的瑕疵存在的。加上我妈妈对我说过的那句影响我一生的话——'别人拥有的东西,你也一定要拥有'。所以,哪怕是自欺欺人,我也一定要拥有一个'自己的孩子'。"

陈娟皱起眉头,凝视着这个有着扭曲价值观的女人。这一瞬间,陈娟觉得畸形的不是韩雪妍的儿子,而是她自己。

"所以,你劝说靳文辉,让他接受了这个事实。"

"是的,他是被动接受的。"

"这么多年,靳亚晨一直不知道,他其实不是你们的亲生儿子,对吧?"

"对。"

"而你为了让你们显得更相似,所以去做了微整形,这事他也不知道。你说他当时才两三岁。"

"是的。"

"但你们没想到的是,孩子渐渐长大了,终究还是发现了你们隐藏的秘密。"

"这的确是我们疏忽了。我没有想到亚晨这孩子这么有心计,居然会暗中跟踪我们,而且配了他爸的钥匙,悄悄去那套房子一探究竟。"

"那么,你们怎么知道,靳亚晨发现了你们的秘密呢?"

"因为他犯了一个很大的错误,离开那套房子的时候,忘了反锁门。加上他发现这事后,行为和表情多少会有些不自然,我们很快就猜到了。"

"于是你们立刻把关在地下室的孩子转移到你老家的那套自建房去了。"

"是的。我们当时心里很不安,心想,亚晨会不会把这件事说出去?他会不会报警呢?最后我们决定赌一把,赌他不会这样做,毕竟他一直以为我们是他的亲生父母。当然,我们也想好了对策,假如他真的报警了,我们就说他是因为学习太紧张,出现了幻觉。警察在没有实际证据的情况下,仅凭一个孩子的一面之词,大概率不会立案调查。"

"你们果然打算这样做,靳亚晨也猜到了这一点,所以他没有选择报警,而是想了一个'折中的办法'——这件事,你们又是怎么知道的?"

"亚晨知道我们的秘密,是在四月份,后来过了一二十天,都风平浪静的,我们猜想他大概不会把这事讲出去,也不会报警了。就在我们稍微松了一口气的时候,五一那天去三岔湖玩,发生了几个孩子突然提前回家的事情。当时我和文辉就觉得很可疑,想到孩子们最近迷上了玩国王游戏,我们猜测,亚晨会不会忍不住把这件事告诉几个好朋友了?

"为了验证此事,我们偷偷在他的房间里安装了窃听器,听到了他跟同学打电话聊天的内容,发现果然如此。这时我们陷入了巨大的恐慌——亚晨一个人知道也就罢了,但是另外四个孩子都知道的话,没人保证他们也能守住秘密。这就像埋下了一颗定时炸弹,随时都可能爆炸。

"进一步窃听之后,我们得知了五个孩子的计划,也就是他们打算在5月20日晚上,和冷春来一起制造'失踪事件'。这时我们知道,事情已经无可挽回地扩散了,连冷春来都知道了,而且和几个孩子联合起来对付我们。任由此事发展下去的结果就是,警方总有一天会调查出事情的真相,除了非法拘禁之外,还会牵扯出我们当年偷孩子的事情——这两样都是重罪,我们会因此坐牢,苦心经营多年的幸福生活,更会被破坏殆尽。

"也许从普通人的角度来看,我们犯下的并不是死罪,就算被捕,最多就是坐个十年八年的牢而已,犯不着为了守住秘密,绑架六个人。但我和靳文辉都是绝对不容许人生有任何瑕疵和污点的人,被警察戴上手铐当众抓捕、在众目睽睽的法庭上听候宣判,然后坐牢,成为遭人唾弃的囚犯——这样的事假如发生在我们身上,就意味着我们的人生已经结束了,和被判处死刑没有任何区别。所以我们绝不能让这样的事情发生,不惜一切代价,都要设法阻止冷春来和几个孩子。

"商量之后,我们决定将计就计,为此做了很多准备,比如,购买用于乔装的物品,文辉去一家不正规的租车公司,用假身份证租了辆七座面包车,他还自己配置了吸入麻醉剂,等等。

"5月20日晚上,我乔装出门,来到冷春来租的房子楼下,等候在她的车子旁边,这是一个老旧小区,所谓的停车场就是旁边的一片空地,没有监控。我提前埋伏在那里,冷春来过来开车时,我偷袭了她,然后把昏迷的冷春来塞进后备箱,换上她的衣服,拿出事先准备好的假发,再戴上口罩,装扮成冷春来的样子,开着她的车前往学校门口。

"孩子们上车的时候,我没有开车内灯,车上播放着声音比较大的音乐，冷春来的发型，恰好是可以把脸遮住一大半的中长发，加上我戴了口罩，而坐在副驾的是赵星，不是熟悉自己母亲的冷俊杰，所以孩子们都没看出破绽，以为我就是冷春来。车子行驶途中，我模仿冷春来的音色和语调说话，并尽量言简意赅，在背景音乐的掩盖下，他们也没察觉出端倪。我把几瓶提前加入了强效安眠药的饮料交给赵星，让他分发给几个同学。他们全都喝了，并很快就熟睡过去，接下来的事情，就好办了。

"我把车开到南部新区的荒地，跟等候在此的靳文辉碰头，和他一起把几个孩子转移到面包车上，并把亚晨的电话手表留在了车里，冷春来的手机，也在之后破坏掉了。文辉开着面包车，把几个孩子还有昏迷的冷春来，一起送到我老家的自建房。孩子们被关在地下室，冷春来被绑在上面的一个房间里。"

陈娟说："我查看了事发之前你们的微信聊天记录，绑架案前后，你都在群里跟另外几个妈妈聊天，还发送了语音信息。但是按你刚才所说，其实你当时正在袭击冷春来，以及驾车到学校接几个孩子，是没有机会发微信的，这是怎么回事？"

"很简单，当时我的手机在靳文辉手里，他模仿我的语气在群里聊天就行了。而我袭击冷春来后，用她的指纹解锁了手机，然后发送了两条简单的文字信息，就开车去接孩子们了。接下来，靳文辉一直模仿我的口吻在群里跟另外四个妈妈聊天，就造成了一种我当时很闲的假象，同时也制造了不在场证明。"

"文字信息倒是可以通过靳文辉发送，语音信息呢？"

"那是提前录制好的，用蓝牙音箱播放，再发送到群里，就造成一种我正在说话的感觉。"

"提前录制的话，怎么能提前预知会聊到些什么话题？"

"陈警官，你再仔细看一遍那天晚上的聊天记录，就会发现，前面的语音信息，都是'我'在引起话题，而她们的回复是可以猜到的，然后再播放下一条录好的语音，就可以完美衔接了。当然，后来靳文辉开车送几个孩子去我老家，手机便回到了我手上，所以后面的语音信息，也就是几个妈妈发现不对劲之后的，确实是我本人发送的。"

"不得不说，真是高明啊，难怪我们警察很长一段时间，都没有怀疑到你们头上。那天晚上的微信聊天记录，确实误导了我们。"

"陈警官，这就是事情的全过程了。后面发生的事，你已经知道了，就不用我说了吧。把赵星放走，是迫于无奈，我们的确低估了赵星家的势力，没想到他们竟然可以发动三百多个人一起找孩子，而且赵星的爷爷说了，如果南坪市找不到，就去周边的县市找——农村自建房是重点搜寻对象。如此一来，他们早晚会找到这几个孩子。所以我和靳文辉决定冒险把赵星放走。"

"的确是挺冒险的，赵星知道你们的秘密。你就不怕他回家之后，把他知道的事情都告诉警察吗？"

"要说一点都不担心，当然不可能。但我们已经为此采取各种手段，避免他把事情说出来了。"

"比如用另外几个孩子的性命威胁他，以及把他放到荒山上，再装神弄鬼吓唬他？"

"是的。我们考虑了五点，认为即便把赵星放回家，也构不成太大的威胁。第一，赵星平时就是一个喜欢说谎的人，可信度低；第二，赵星没有直接看到过关在地下室的畸形儿，也没有任何实证；第三，赵星一直以为是冷春来绑架了他们，没有想到是被我们将计就计；第四，用几个同学的性命来威胁他；第五，让他受到极度惊吓，精神受到刺激，就算他把知道的事情说出来，警察也未必会相信，反而会以为他是精神错乱。"

"真够狠的，那么，为什么要杀死冷春来呢？"

"其实我们一开始并没有想过要杀死她，而是打算把她也软禁起来。但冷春来是一个很刚烈的女人，比几个孩子更有反抗性。她试图呼救、逃走，并攻击我们，在阻止她逃走的过程中，我失手杀了她。处理尸体时，我们想到了故意让警察发现她的尸体，从而造成一种威慑，让你们投鼠忌器。"

"那么这几个孩子呢？你们把他们绑架之后，是怎么打算的？"

韩雪妍长叹一口气，说："这是最让我们为难的部分。老实说，我们也想过把他们全都杀死，然后把尸体悄悄埋在某处，这样的话，你们就算查到我奶奶的房子，也不可能找到他们了。"

"但你们没有这样做，为什么？"

"因为这太残忍了，我们怕往后余生都会在噩梦中度过。特别是，这其中还有靳亚晨，他毕竟是我们的养子，这么多年，不可能没有感情。要把他也杀死，我们实在是于心不忍，于是就一直拖了下去，甚至想，干脆像对待那个畸形儿一样，把他们四个人也一直软禁起来算了。就在这样的犹豫和迟疑中，你们破案了。"

"这么说，我们之所以能破案，是因为你们良心未泯。"

韩雪妍苦笑道："那又有什么意义呢？我们毕竟杀了人，不，我说的是我——冷春来是被我用绳子勒死的。再加上非法拘禁、偷孩子、绑架、勒索，肯定是死刑无疑了。"

"说到勒索，你们假装成冷春来向几个家庭勒索八百万，是为了混淆视听，坐实冷春来绑架的犯罪事实，对吧？"

"是的，不然的话，从冷春来的角度出发，绑架几个孩子，又不勒索钱财，实在是太奇怪了，所以我们才策划了这起勒索的戏码。"

"苏静她们把交赎金的全部过程告诉了我，她们直到现在都想不通，你们是怎么做到把八百万现金，全部变成一捆捆白纸的。能告诉我这个戏法是怎么变的吗？"

韩雪妍说："魔术的特点就是，一旦把秘密说出来，就会发现其实没有想象中那么神秘。这个戏法，需要我和靳文辉一起配合完成——重点在于，每个时间节点，都可以由发号施令的'冷春来'，也就是我们来控制。

"早上，我们三个妈妈和苏静一起去银行取款的时候，我就悄悄用手机拍下苏静的拉杆箱，把照片发给靳文辉。他立刻到商场买了一个同款的拉杆箱，并把事先准备好的白纸装进箱子里。

"中午的时候，我们去往指定的那家餐馆吃饭。这家餐馆我们去过几次，知道其中有两个包间，看似是独立的，实际上隔在中间的'墙'，是一个可以滑动的推拉门，只是设计得很隐蔽，所以大多数客人都没有注意到。并且，这家餐厅的包间里没有安装监控摄像头。

"靳文辉提前一天，就用两个不同的身份定好了这两个包间。他行事非常谨慎，打电话预订，用的是之前在二手市场上买的没经过实名认证的电话卡。第二天，他自己先进入其中一个包间——当然是乔装过的，粘上络腮胡、涂黑皮肤、戴上墨镜、穿上徒步装，装扮成一个外表粗犷的驴友，跟他平时的形象大相径庭，然后假装在里面等赴约的人。之后我们到了这家餐厅，询问之后，得知包间全都预订出去了——这是肯定的事情，因为这家餐馆生意很好，不预订的话，根本不可能还有空包间。

"因为'冷春来'发来的短信要求我们必须坐在包间内，所以苏静问能不能把其中一个包间让给我们。这时因为靳文辉订的另一个包间一直没有客人来，所以老板肯定会打电话问客人是否还要过来用餐，接到电话的靳文辉说还在路上，确定不了时间，于是老板安排我们坐在了这个包间。这时苏静她们自然想不到，靳文辉就在隔壁。

"我们吃完饭后，结账离开，按照要求，需要把箱子留在包间内。走出去的时候，我故意走在最后，挡住她们三个人的视线。隔壁的靳文辉迅速滑动推拉门，把苏静的箱子和装着白纸的箱子对调。整个过程，只需要几秒钟。

"这个时候，装着钱的箱子就到手了。靳文辉打开箱子，把钱全都装进一个大双肩包内——他本来就是一身驴友装扮，即便背着这样一个大包，也不会引人注目。随后，他把空箱子放进餐厅卫生间旁的杂物间内，背着包离开了餐厅。至于这个箱子，估计一时半会儿不会被店员们发现，因为他们都在忙，就算以后被发现，大家也已经忘记这件事了，搞不清楚这是谁的箱子，便只好不了了之。"

"等一下,苏静说,这个箱子设了密码,而且密码只有她一个人知道,靳文辉是怎么打开箱子的呢?"陈娟问道。

"这种拉杆箱的密码,本来就是防君子不防小人的,要打开并不难,只需要将行李箱立起来,让密码锁对着亮光,就能看清楚密码锁的锁齿轮内部,再转动三个齿轮,让有凹槽的部分对着外面,记下凹槽部分对着外面时三个齿轮的密码号,将记下的密码号三位数均加5,就是之前所用密码——这样一来,不但能打开箱子,还能知道之前设的密码是什么。"

"原来如此,你们在第一个环节就成功地把箱子调包了。这么说,之后指示去公园、机场等地方,只是故布迷阵、混淆视听罢了。让苏静她们搞不清楚具体是在哪个环节被调的包。"

"这是一个原因,还有另外一点,就是我必须在后面这些过程中,找机会把箱子的密码设置成苏静之前设的密码,这样的话,她就更加相信,这个箱子就是她自己的——密码自然是靳文辉破解之后,发微信告诉我的。"

"那你是在什么时候设置密码的?"

"地铁上。我们选的5号线,会路过火车西站,到时候一定会涌上来很多人,而且多数都提着行李箱。这样的情况下,苏静她们的注意力肯定会放在这些人身上。当时箱子夹在我和梁淑华之间,密码锁对着我,趁她们不注意,我把手伸到密码锁处,就把密码设置好了。"

"原来如此,好一个偷梁换柱、瞒天过海的计策。"

"陈警官,该说的我都说了,总之从一开始,孩子就是我偷的,提议把他软禁起来的,也是我。后来策划这起绑架案,还有杀死冷春来的,都是我,靳文辉只是在我的授意下配合罢了。你还有什么不清楚的吗?"

陈娟埋头看了一会儿手机,说:"现在只有一件事情是我不清楚的了。"

"是什么?"

"你们俩究竟谁说的是真话?"

"什么？"

"知道吗？审讯你的时候，何卫东也同时在审问靳文辉。他交代的犯罪事实跟你说的相差无几，除了一样，那就是犯罪主体。他说孩子是他偷的，绑架案也是他策划的，冷春来是他杀死的，只有假扮成冷春来这一件事是你做的。等于说，他几乎把所有罪名都揽在了自己身上。"

"他说的不是事实，他是为了保护我，才这样说的。"

"靳文辉好像连这一点都考虑到了，他告诉何卫东，不要相信你说的话，你肯定会想方设法把一切都揽到自己头上。但实际上，所有一切都是他做的，特别是如何杀死冷春来，他交代得非常详细。"

韩雪妍愣住了，凄然一笑，说道："既然如此，你们也用不着分辨谁说的是实话了，就当是我们俩一起杀死的冷春来，一起犯下的这所有罪孽吧。"

"看起来，你现在真的是一心求死啊。"

"我不是从一开始就说了吗，我的人生已经结束了，没有苟延残喘的必要。"

"不，还没有结束。"

"什么？"

"今天早上，我去医院见到那个畸形孩子的时候，他看到我的第一眼，就脱口而出'妈妈'，看到不是后，随即露出失望的神情。仅仅通过这两个字，这一个神情，我就能清楚地感受到，他有多么依恋自己的母亲。虽然得不到你的承认，被你嫌弃，他也仍然爱着你！他的手里紧紧抱着一只脏兮兮的绒布小狗，我猜是你给他买的吧？即便被父母这样对待，他心中保留的，仍然是你们给他的仅有的关怀和温暖；即便被关在地下室十几年，他的心中仍然向往着阳光。韩雪妍，面对这样一个孩子，你能看到的，就只有他的外表吗？为什么连我们这些外人都能看到的东西，你这个当母亲的却视而不见？我知道，像你这种一辈子追求完美的人，到现在这种地步，自然认为没有活下去的必要了。我并不怜悯你，只是觉得，你如果还是一个人、一个母亲的话，就勇敢地承担起自己的责任！死很容易，活下去才难。为了你的亲生儿子不成为孤儿，不会永远看不到自己的父母，用你的余生来弥补和赎罪吧！"

说完这番话，陈娟的眼眶湿润了。韩雪妍更是泪如泉涌，她双手捂住双眼，遮挡住自己哭泣的脸，嘴唇翕动着："那只小狗……是我给他买的第一件生日礼物，他抱在怀里十六年了……这么多年，他从来没有责怪、埋怨过我们，每次我们去见他，他都欢欣雀跃得像只可爱的小狗，'妈妈''爸爸'地叫个不停……我的儿子，我对不起你……为什么天堂一直在我身边，我却要滑向地狱呢……"

她再也说不下去了，在泪水的冲洗中，陈娟仿佛看到了一个新的韩雪妍。也许这一刻，才是她向往已久的，成为一个孩子母亲的时刻。

尾声

六一儿童节那天,刘丹告诉陈娟一个好消息——靳亚晨的亲生父母找到了。他们是珠海的一对夫妻,这十四年来,他们从没放弃过找孩子,但是因为儿子被偷走的时候太小了,所以寻找的难度非常大,这么多年一直徒劳无功。当夫妻俩得知警察已经帮他们找到儿子后,自然是激动万分、喜极而泣,立刻乘坐飞机来到南坪市跟儿子相认。刘丹问陈娟,要不要去现场感受一下这个场面。

陈娟苦笑道,还是算了,她现在看不得这些感人的场面,多半会哭得梨花带雨。对于一个刑警队长来说,不太合适。

刘丹说,娟姐,你是刑警队长,也是个女人,不必非得当女汉子。陈娟说,对,这起案子破了之后,我是得好好当个女人和妈妈了,我儿子还有几天就要中考了,我得多照顾下他,让他考出好成绩才行。刘丹说,好嘞娟姐,你好好陪伴兆杰,剩下的事情就交给我们吧。

几天后,何卫东又带来了好消息——冷俊杰的亲生父亲也找到了。名字说出来后,陈娟吃了一惊,这人是国内非常有名的一个男演员,现在五十多岁。十几年前,冷春来和他出演过同一部电视剧,这位男演员是男一号,冷春来是一个戏份不多的女配角。据说冷春来当时非常迷这位男演员,两人在剧组中一来二去混熟后,就发生了关系。但这位男演员是有妇之夫,这种事情自然是不能公开的。据他说,拍完这部戏后,他就跟冷春来没有联系了,压根儿没想到仅那么一次,冷春来就怀上了孩子。男演员感慨地说，冷春来是一个非常善良，且通情达理的女人，她肯定是担心这事会对已经功成名就的他造成不良影响，也不想破坏自己的家庭和生活，才选择默默生下孩子，并且这么多年来没有跟他联系过一次。男演员表示，自己几年前离婚了，现在已经处于半息影状态，对于这个十五岁的儿子，他一定会跟他相认并尽力弥补，尽到一个父亲的责任。

陈娟说，太好了，这样的话，事情就算是圆满地解决了。

6月15日，中考结束了。之前一直不敢问儿子考得怎么样的陈娟和王传平，在最后一科考试结束后，试探着问儿子考得如何。王兆杰信心满满地说，绝对没问题，重点高中的大门，已经向他敞开了。夫妻俩听了这话，自然喜不自胜。陈娟承诺儿子，只要考上重点高中，就给他买一台新电脑，外加暑假出去旅游。王兆杰笑嘻嘻地说，那您就等着破费吧。

等待成绩的那几天，陈娟对儿子说，你最好约赵星出来见一面，向他说明情况，人家还一直把你当兄弟呢，突然就不跟他联系了，不太合适。王兆杰说，我正有此意，打算等着考试结束，跟他解释清楚呢。

于是王兆杰托同学帮他约了赵星，两人在一家饮品店碰了面，聊了接近一个小时。回家后，陈娟问儿子："怎么样，赵星没怪你吧？"

王兆杰坐在沙发上，表情复杂地摇了摇头，然后意味深长地笑了一下。

这反应就让陈娟读不懂了，她坐过去问道："怎么回事？"

王兆杰望向母亲："妈，你知道赵星跟我说什么吗？"

"说什么？"

"他说，在我把手机给他的当天，他就知道我是你儿子了，也知道我的目的是什么。后来我跟他套话，他是故意配合我的。"

"啊？真的？"陈娟为之愕然。

王兆杰点点头："赵星很聪明，我们都低估他的智商了。我当时假装成学生会的人去看他，他就觉得很奇怪。按理说，就算学生会要派人去看他,肯定也会叫上一两个本班的同学,不会直接来一个高年级不认识的学长。之后我还塞给他一部手机,加上密码账号什么的,就更让他觉得我是有备而来、另有目的。所以等我走后,他打电话给他的班主任邱新良,让班上的一个同学接电话,然后请这个同学帮忙查一下我的家庭情况。这同学到我所在的班级一打听,立刻就问出来了,然后告诉赵星,王兆杰的妈妈就是高新区刑警队的队长陈娟。"

"这么说,他是在用'反间计',借这个机会,把他知道的情况告诉你,实际上就是间接地告诉我。"

"正是如此。"

"但是,他既然打算向警察透露情况,为什么不直接跟我说或者暗中打电话告诉我呢?"

"关于这一点,我问了赵星。他说,当时他刚刚经历了这件可怕的事情,又被绑架者威胁恐吓,精神紧张、思绪混乱,对身边的人,甚至父母,都不敢完全地信任。因此他不敢用家里的任何通信工具跟你联系,担心被绑架者监听或知晓,从而害了四个同学。而我悄悄塞给他一部手机这件事,没有任何人知道,他晚上躲被窝里用这部手机跟我联系,不会被其他人发觉。所以他用这种方式,把真相告诉了我,希望了解情况后的警察能够用巧妙的方法破案,找到另外四个同学,把他们救出来。对于自己靠作弊离开的事,他始终心怀愧疚,一直在想用什么方法既能够避开身边的监视,又能把信息传递给警察。我的出现,恰好帮上了忙。"

"原来如此,"陈娟恍然大悟,"我说呢,他当时为什么那么快就信任了你,并把一切都告诉你,原来是这样。这个赵星,果然如苏静所说,是个头脑聪明的机灵鬼。不过,微信聊天的时候,他为什么要跟你演戏呢?直接说'我知道你是陈娟的儿子',然后把真相告诉你不就行了吗?"

"这个我没有问他,也许是想留条后路吧。万一这件事被绑架者知晓,他至少可以说,是被我诱导后说出真相的,而不是他主动的。在向警方透露信息这件事上,让自己尽量处于被动的局面,是更安全的策略。"王兆杰猜测。

"现在的初中生,心思已经这么缜密了吗?"陈娟感叹道。

"瞧不起我们初中生啊?哦,不对,我已经是高中生了!"王兆杰咧嘴笑道。

"真的这么有把握吗?还是等成绩出来再说吧。"

"都说了没问题,你就等着瞧吧!"

陈娟当然希望儿子的自信是有根据的,暗自欣喜。

一个星期后,到了公布成绩的日子,时间是晚上七点。一家人忐忑不安,又充满期待。他们故意没有吃晚饭,打算知晓成绩后立刻找家高档餐厅庆祝一下。七点整,陈娟的短信提示音响了,她急切地拿起手机一看,脸上的表情僵住了。

短信内容是:

【南玶考试院】王兆杰(012005416)总分(不含加分)607:语文70;数学141;英语140;物理69.5;化学46.0;政治:20;历史:20;地理:20;生物:20;体育:60。

王传平一看妻子的神情,就知道有点不妙。他把手机拿过来一看,"啊"了一声,说:"只有607分吗?……"

"什么?607?"王兆杰难以置信地叫道,"怎么可能?我之前预估的分数是650左右啊!"

陈娟把手机递给儿子:"你自己看吧。"

王兆杰拿过手机看了之后,惊呼起来:"语文70分?这怎么可能?"

"我还想问你呢,150分的满分,你怎么才考70?"陈娟说。

"肯定是搞错了!这是不可能的事!"王兆杰焦急地嚷道,"语文虽然不是我的强项,但是我平时的考试,都能考120左右,就算发挥失常,也不至于比平时少50分吧?"

"那你是不是发挥失常了？卷子做完了吗？"王传平问儿子。

"做完了，而且我也没觉得发挥失常，这次的语文题目不算很难，还没有'一诊'的题难，'一诊'我还考了121呢！"

"那会不会是统分的时候，弄错了？"王传平对陈娟说，"我找关系帮兆杰查查分？"

"如果是搞错了，当然好……但是中考的改卷和评分十分严谨，一般情况下不会发生这么大的疏漏。"陈娟思忖了一会儿，说，"这个70分，好像整整少了作文的分数。兆杰，你仔细想想，你的作文是不是出了什么问题？"

妈妈这么一提示，王兆杰猛然想起了什么："啊……该不会是因为那个吧？"

"哪个？"父母关切地问。

"我写作文的时候，提到了妈妈，说她是一个优秀的女刑警队长，是我崇拜的偶像……但是，我没有提到妈妈的真名啊。"

"哎呀！"陈娟一拍大腿，"肯定就是因为这个！你透露了我的信息，就等于间接地透露了自己的身份，改卷的老师觉得这是违规的，就给你的作文打了零分！"

"但是，我只说自己的妈妈是女刑警队长，全国的女刑警队长应该不止你一个人吧？这都算透露信息？"

"全国可能不止我一个，但是南坪市，确实就只有我一个女刑警队长啊！你又是南坪的考生，对号入座的话，一下就知道这个考生是谁了。依我看，这个老师还算是手下留情了，只是给你的作文打了零分，没给你整张卷子打零分，都算是不错了！"

王兆杰呆若木鸡。过了半晌，他默默朝自己的房间走去，关上房门。陈娟和王传平对视一眼，心情复杂。

十多分钟后，夫妻俩推开儿子的房门，看到王兆杰趴在床上，用被子盖住脑袋。陈娟想掀开被子，被王兆杰扯住被子制止了，他说："你们出去吧，我想一个人静静。"

"我们还没吃晚饭呢。"陈娟说。

"我没心情吃晚饭,你们吃吧。"

"再怎么着,饭也要……"

"别说了!我不想吃,也吃不下去!读了三年初中,就为了中考这一刻!后面的复习阶段,我铆足了劲地学习,没想到最后关头,居然还是出了这么大的疏漏。我的人生完了!"

"哪有这么夸张?实在不行,就复读一年吧。"王传平皱着眉头说。

"中考不比高考,不能随便复读的,普通的公立学校,好像都不支持复读!而且我也不想再读一年初三了!"

王传平也不知道该怎么劝了,只有叹气的份儿。陈娟眉头紧蹙,想到了一些非常重要的事情,隔了十几秒,她一下扯开盖在儿子头上的凉被,严厉地说道:

"王兆杰,才遇到这么点事,你就开始自怨自艾了吗?什么叫你的人生完了?中考不能决定你的人生,高考也不能!起决定作用的,是你的人生态度!只要你有聪明的头脑和积极向上的心态,是金子就总会发光!而且你要知道,人生从来就不是完美的,会有各种遗憾和不足,就像法师的物理攻击不会太高、战士的魔法防御偏低、龙骑士会被弓箭克制,每个角色都不完美,但这才是他们独特的魅力所在,不是吗?"

王兆杰转过身来,有些诧异地望着妈妈,擦干脸上的眼泪,说:"妈妈,你还懂这些?"

"真以为我没玩过游戏吗?读大学的时候,我可是RPG游戏的忠实玩家!"

"真没想到……"

"兆杰,你妈妈说得对。这次的中考虽然有点小遗憾,但是607分也不错了,进普高肯定没问题。之前我们还担心你连普高都上不了呢,你已经用你的努力证明了自己的实力,所以我们为你感到骄傲。另外,你以后不是想读警校吗?爸爸支持你。"

听到这话,王兆杰一下就来精神了:"真的,爸?你不会是为了安慰我才这么说的吧?"

王传平摇头道:"不,我是真的想通了。这个世界上,也许不需要多一个会赚钱的商人,但是需要一个像你妈妈这么优秀的刑警。我们能过着幸福平安的生活,是他们保驾护航的结果。所以儿子,按自己的心意去选择你想要的人生吧。"

"爸,谢谢你!"王兆杰终于展露出笑容。

"其实我之前就已经想通了,还故意给你们制造探讨案情的机会呢。"王传平笑着说。

王兆杰想起了一些细节:"原来如此啊。"

"那么,现在可以去吃饭了吗?我的肚子都快饿扁了。"陈娟说。

"咱们就去对面餐馆随便吃点吧。"王兆杰说。

"给你庆祝,就在对面小餐馆随便吃点,也太不像话了吧?"

"这还要庆祝啊……"

"当然要!庆祝你考上高中,迈向人生的下一个阶段。说吧,想吃什么,破了这次的案子后,局里奖励了我一笔奖金,够我们奢侈一把了。"

"那……我一直想去的人均四百多的自助餐厅,可以吗?"

"就吃这个,走,出发!"

一家人的脸上都展露出笑颜,换好衣服后,乘坐电梯下了楼。王兆杰左手挽着妈妈,右手挽着爸爸,欢声笑语中,他们幸福的身影在夕阳的余晖下笼罩着一层金色的光芒,最后消融在城市璀璨的夜色之中。